苦命天子

苦命天子

咸豐皇帝奕詝

茅海建　著

香港中文大學出版社

《苦命天子：咸豐皇帝奕詝》
茅海建 著

繁體版© 香港中文大學 2020

本書版權為香港中文大學所有。除獲香港中文大學
書面允許外，不得在任何地區，以任何方式，任何
文字翻印、仿製或轉載本書文字或圖表。

本書原由生活‧讀書‧新知三聯書店以書名《苦命天子：咸豐皇帝奕詝》出版，
經由原出版者授權本社在中國大陸以外地區出版發行本書繁體字版。

國際統一書號 (ISBN)：978-988-237-175-0

出版：香港中文大學出版社
　　　香港 新界 沙田‧香港中文大學
　　　傳真：+852 2603 7355
　　　電郵：cup@cuhk.edu.hk
　　　網址：cup.cuhk.edu.hk

Biography of the Xianfeng Emperor (in Chinese)
　　By Mao Haijian

Traditional Chinese Edition © The Chinese University of Hong Kong 2020
All Rights Reserved.

This publication is originally published by SDX Joint Publishing Company.
This edition is published in arrangement with the original publisher for sales
all over the world except the People's Republic of China.

ISBN: 978-988-237-175-0

Published by The Chinese University of Hong Kong Press
　　　The Chinese University of Hong Kong
　　　Sha Tin, N.T., Hong Kong
　　　Fax: +852 2603 7355
　　　Email: cup@cuhk.edu.hk
　　　Website: cup.cuhk.edu.hk

Printed in Hong Kong

目　錄

導　言

　　我想給咸豐帝奕詝作傳，決非出於對他的景仰，因為他太平庸了，毫無文華武英之姿；也非是對他的同情，因為他沒有大業未竟或遭人暗算等值得讓後人掉眼淚的情事。我只是可憐他。一個好端端的青年，就像絕大多數人那樣平常，只因為登上了絕大多數都夢求的皇位，結果送掉了性命。死的時候，只有30歲，正是古人所謂「而立」之年，他卻一頭倒了下去，命歸黃泉。

　　我第一次去紫禁城的時候，還不太懂得歷史。只覺得皇帝的家真大啊，轉一轉都需要一整天，而又有多少人室如蝸居。後來去多了，印象也就慢慢變成了許多許多道的門，許多許多重的牆，方體會「門禁森嚴」。皇帝是天子，在凡人面前是神，說的話是聖旨，一切的一切都應該不同凡響。可是，其生理機能又確確實實是個凡人。這就產生了一個悖難，明明是人，偏要裝神，太難受了。鄉間扮神弄鬼的巫婆神漢，只需一陣子，過後喝酒吃飯拿錢走路，恢復人態人性。可皇帝一走上神壇，就下不來了，那是終生的職業。漸漸在我的眼中，皇帝坐的金鑾寶殿有點像供奉犧牲的長案，而紫禁城內外的重重門禁，也就跟關押犯人的道道鐵欄差不了多少。今天的人們愛稱監獄為「大牆之內」，可那牆能跟紫禁城的城牆相比嗎？

我坐在皇帝的寢宮養心殿的門前，心想這是一個「五星級」牢房的「總統套間」。

清代的皇帝還是聰明的，為了有更大更好的空間，修建了著名的圓明園。咸豐帝奕詝便出生在那兒，登位後也常住在那兒。與紫禁城的神聖相比，那兒多了一點平常味。可這座富麗壯觀的園林，卻恰恰就在咸豐帝當位的時候，被英國人燒掉了，其理由是，給他一個永久的警告。

除此之外，咸豐帝還能去哪兒呢？祖上的巡幸江南他可不敢效法，承德的避暑山莊也不得空去。他太忙了，因為天下太亂。就是不忙，也得裝出忙的樣子。天子聖君就應當宵衣旰食。

衣錦食肥，美妾如雲，皇帝享有人世間的一切榮華富貴，可他並不能享有其中的許多樂趣。他的身上負有着重大的責任 —— 行為應當成為人世間的楷模，言論必須成為戰無不勝的法寶。一個人要堅持一天兩天，一月兩月，都不困難。索性做一個昏君，誰也奈何他不得。可要想長年累月地做一個好皇帝，倒是一個苦差使。若在一個平常年代，一切還能過得去。可咸豐帝奕詝又特別命苦。他遇到了清朝立國以來從未有過的災難。

由今上溯一個多世紀，1850 至 1861 年，咸豐帝奕詝當了 11 年的皇帝，沒有過一天安生的日子。1850 至 1864 年爆發了太平天國戰爭，1856 至 1860 年又爆發了第二次鴉片戰爭，其間天地會、捻軍等造反，更是數不勝數。內憂外患，遍地硝煙，那才是真正的動亂。中國的歷史由此發生了重大轉折，也成為後來許多歷史學家關注的重點。

可是，在此歷史關鍵時刻的關鍵人物咸豐帝奕詝又是怎麼樣的呢？這應當是這一重要歷史時期的重要歷史問題。可當我把目光聚焦在他身上時，卻看到很少。天子的私事是不讓臣民知道的，雖說西華門內的仿古建築中保留着那個時期的大量檔案，但裝腔作勢的

咸豐御覽之寶，田黃石。三面有邊款，分別題：「惟清」；「堅栗精密，澤而有光。五色發作，以和柔剛。心逸」；「玉蜜滋」

官樣文章和官式套話中又有多少他的真心。天子過的是遠離塵世的生活，卻主宰着塵世間萬物，做事情想問題與我們慣常的心理習慣不同。作為一部傳記，作者與傳主的心靈溝通似屬最高境界，但世界上心通的人大多境遇趨同，以至「相逢」不必「曾相識」。我絕無為與他溝通而去當幾天「天子」的意願。

我也有我的麻煩。

可是，天子再尊再貴也畢竟是人。是人總還會有點相通之處，不管他用什麼方式吃飯、睡覺。這就使我有了一點資本。為了彌補我個人直觀的偏誤，我又試圖從當時對咸豐帝奕詝作用最大的不同人的角度去觀察他，將各種碎片斷頁拼湊起來。今天奉獻給讀者的這本書，有點像是拼貼畫。

歷史作為已經發生的事實，應當是非常客觀的，但歷史研究又是相當主觀的活動。任何一部歷史著作都是史學家對史料的一種主觀解讀，在不同人眼中的歷史面目會有差別。我想，我一定會有誤讀，但使我心安理得的是，現代歷史學理論居然已經證明，誤讀也有其存在的價值。

於是，我便敞開來說說，讀者也不妨隨便看看。

咸豐帝陵寢──定陵，河北遵化昌瑞山下，遊人罕至

一　皇四子與皇六子

1831年7月17日，即道光十一年六月初九日，肯定是道光帝一生中最開心的日子之一。這一天，他又得了個兒子。

「道光」是愛新覺羅‧旻寧繼位後使用的年號，廟號為宣宗。後人稱清代皇帝多用年號系之而罕用廟號，本書亦沿用之。此時，他已執政11年，年齡49歲，依中國傳統方法計算，為虛歲半百。

說是又得了個兒子，是指在此之前，道光帝曾經有過三個兒子。

皇長子奕緯，生於1808年，最為道光帝所喜。《清實錄》中留下不少培養教育奕緯的諭旨，可從中體會到那種深沉的父愛。1831年5月，奕緯已23歲，落落成人，卻突然死去。關於他的死因，有私家記載稱，奕緯的老師迫其背誦經書，並叮叮說道：「好好讀書，將來做個好皇帝。」年輕氣盛的奕緯實在不願意做此等無味（且也無益）之事，便危言頂撞：「將來我要做了皇帝，首先殺了你！」此雖年輕人的一時衝動之言，但足以使老師魂飛魄散。道光帝得知此事後惱怒至極，立即召見奕緯。而戰戰兢兢的皇長子正欲跪下給父皇請安時，突遭道光帝踢來一腳，恰恰傷及下部，未久而不治。[1]

1　信修明：《老太監的回憶》（北京：北京燕山出版社，1992），頁2。

在專制社會中,宮廷不僅是平民進出的禁區,同時也是私家文字的禁區。凡不利於皇帝及皇室高大完美形象的事件,官方決不可能留下正式記錄,而私人悄悄作筆記也有所忌憚,不敢寫明消息來源、是否驗證等等對今日歷史學家作考證極為重要的資訊。結果,各種民間盛傳的稗官野史,既有可能是人云亦云的傳訛,亦有可能是官方竭力掩蓋的確鑿的真實,着實使歷史學家犯難。若信之,可能有誤;若不信,那麼只剩下官修文書的冠冕堂皇。此一段奕緯死因的頗具色彩的傳說,永遠無法得到驗證。讀者對此不妨姑妄聽之,千萬別當作肯定的事實。這一類的材料,我在後面還會大量引用,凡難以確認者,亦會不時地提醒讀者。

道光帝旻寧(1782–1850)
朝服像

因此官方的正式記錄中，僅記載皇長子奕緯「道光十一年辛卯四月十二日未刻卒」，沒有記載死因。道光帝初以皇子例治喪，復追封為貝勒。次月賜諡為「隱志」。這是一個令人難以琢磨其中含義的諡號。

皇二子奕綱生於 1826 年 11 月 22 日，死於 1827 年 3 月 5 日，在世 104 天；皇三子奕繼生於 1829 年 12 月 2 日，死於 1830 年 1 月 22 日，在世 52 天。這兩位早殤的嬰兒沒有更多的值得今人細琢的材料，只是他們的生母很值得注意。她是皇六子奕訢的生母，也是皇四子奕詝（即本書的傳主）的養母——生皇二子時為靜嬪、生皇三子時為靜妃的博爾濟錦氏。

年近半百的道光帝先後失去三子，悲痛之狀可以想見。可是，他只是為自己膝下空虛而悲傷嗎？只是哀痛自己不獲天倫之樂嗎？恐怕在他的心中，想到的更多是朝廷而不是他個人。今日東方型的超級富翁若無子女賺錢也覺無味，自己反正花不完了，留下的又給誰呢？道光帝身負社稷之責，他的問題是，誰來繼承他的皇位呢？

別忘了，他是個皇帝，而且一心想當好皇帝。

皇長子奕緯死的時候，後宮中受寵的全貴妃鈕祜祿氏[2] 正身懷六甲。她恐怕比道光帝更希望自己能生個兒子。誰不知道，姿色再美也會隨年齡而消退，以此受寵必不能長久。在宮中，母以子貴！若有一個好兒子，情況就不一樣了，不僅將來能有個依靠，而且若兒子能討父皇喜歡，自己不是可長以專寵嗎？

2　此時滿族婦女無大名，僅有姓氏。鈕祜祿氏又為滿族八大姓之一，後宮中同姓者甚多。即在道光帝的后妃中，就有孝穆皇后、成貴人、祥妃同姓鈕祜祿氏，請讀者細心區別。

奕詝生母孝全成皇后鈕祜
祿氏（1808–1840）朝服像

　　鈕祜祿氏，二等侍衛頤齡之女，生於1808年3月24日，與皇
長子奕緯同歲，小道光帝26歲。她入宮的準確時間今已不可考，
史籍上稱道光初年入宮（道光元年為1821年）。這與滿旗官員家女
子13至15歲選秀女的規定相吻合。而她在幼年時，曾隨父親宦居
蘇州，頗受江南秀麗之氣，看來很是討道光帝的喜歡。一入宮便
賜號全嬪，在後宮的「皇后、皇貴妃、貴妃、妃、嬪、貴人、常
在、答應」八個等級中居第五等，為最低一級的「主位」（清代制
度，嬪以上為「主位」，與貴人以下有明確區別）。但在1823年，便
冊晉為全妃，1825年再晉為全貴妃。這種地位的迅速上升反映出
來的當然是道光帝的寵愛，而道光帝賜號中的「全」字，更見匠
心。大約她是色藝明慧一應俱全吧。私家記載亦稱，她曾仿照民
間的七巧板，斫木片若干塊，排成「六合同春」四字，作為宮中的
新年玩具。[3]

3　《清稗類鈔》（北京：中華書局，1984），第1冊，頁17。

圓明園《九洲清晏圖》，咸豐帝出生於此

　　鈕祜祿氏入宮後，曾於 1825 年生下皇三女，1826 年又生下皇四女。可在那個時代，女兒不值錢。皇三女死於 1835 年，僅十歲，追贈端順固倫公主。皇四女於 1840 年下嫁蒙古王公，封壽安固倫公主，1860 年去世。兩位公主在當時和後來都沒有什麼影響。

　　已經生下兩位皇女、正在圓明園湛靜齋待產的全貴妃，多麼盼望上天此次能賜予她一位皇子。是男是女，絕對不一樣，更何況正值前三位皇子俱亡的特別時刻。因此，她在千辛萬苦終於產下一位男嬰時，臉上浮現出無限幸福的笑容：我已經兒女俱全了，我已是真正的全貴妃了。

　　與鈕祜祿氏同樣等得心焦的是道光帝。讓全貴妃在湛靜齋生產，很可能是道光帝給全貴妃的特別待遇。湛靜齋在乾隆時名九洲清晏，為圓明園最大且最為重要的建築。道光帝住園時多在此地，他也可以就近了解消息吧。

　　皇四子出生時間為丑時，按照現在的時間刻度，為清晨 1 至 3 時。當這位排位第四，實居皇長子之位的男嬰以響亮的啼哭驚動夜

空時，道光帝似乎聽到的是一種絕妙無比的音樂。他給皇四子起了不同以往的名字「奕詝」——不再像奕緯、奕綱、奕繼那樣繫於「糸」旁，而用了「言」旁（清代制度，皇室男性名字第一個字表示輩份，由康熙帝確定，排行次序為允、弘、永、綿、奕、載、溥等；而皇帝之子第二個字使用同一偏旁。奕詝之後，諸皇子名皆用「言」旁）。

湛靜齋，到了1850年皇四子奕詝登基後，改名為基福堂。[4] 它是個福地。又到了1860年英法聯軍入侵時，被英軍焚毀，它又成了災地。

皇四子奕詝的降生，彷彿是一個吉兆。僅僅六天之後，1831年7月23日，祥妃鈕祜祿氏生下皇五子奕誴。過一年半，1833年1月11日，靜妃博爾濟錦氏生下皇六子奕訢。越七年，1840年10月16日，貴人烏雅氏生下皇七子奕譞。又四年，1844年2月24日，由貴人晉為琳妃的烏雅氏又生下皇八子奕詥。再一年，1845年11月15日，琳妃烏雅氏再生下皇九子奕譓。這是道光帝最後一個兒子，是年，他63歲。[5]

一下子有了這麼多的兒子，可謂喜福事。即便從皇位繼承的角度考慮，選擇面越大，就越有可能挑出英主。若僅有一子，是明是暗都是他了，朝廷的前景也就明暗不清了。在王朝政治中，確立皇儲，是無可爭議的頭等大事。

然而，要從這六個兒子中，選出一個能繼承光大祖業的接班人，決非易事。這與平常人家不一樣，可以析分家產，縱然出了一群敗家子，只要有一個爭氣，仍可耀祖光宗。可皇太子只能有一個，一旦繼位，便無可挽回。往小裏講，宗廟社稷動搖；向大裏說，整個國家數億生靈都要遭殃。這需要一種非凡的識力。

4　咸豐帝奕詝生於圓明園湛靜齋，可見證於《清實錄》及其他史書。
5　唐邦治：〈皇子〉，《清皇室四譜》，卷3。

御筆《恭儉惟德》貼落。道光元年書。「恭儉惟德」一詞出自《尚書·周官》:「恭儉惟德,無載為偽。」

　　道光帝是一個資質平常的人,不具想像力,也乏創造力。他的為政之道曰「守成」,即用祖宗的成法,讓祖宗之業再度輝煌。然而,時代不同了。自乾隆後期起,清王朝已經進入了中國歷代王朝「治」、「亂」循環的又一曲折,康、雍、乾盛世風光已是流水不復;而鴉片戰爭(1840-1842)中西方殖民者大兵入侵,又改變了中國社會慣常的軌道。道光帝曾經用祖宗成法平定了西北的張格爾叛亂,而同樣的祖宗成法卻在東南海疆一敗再敗於英「夷」的堅船利炮。

　　道光帝也有長處,那就是辦事認真,講究實際。他雖然不能判明清王朝所患病症在於制度本身,起而改革舊制,但卻能從病理上細心餵藥,追求調理溫補療效。他曾對一名即將赴新任的官員說道:

> 汝此去,諸事整頓,我亦說不了許多,譬如人家一所大房子,年深月久,不是東邊倒塌,即是西邊剝落,住房人隨時黏補修理,自然一律整齊,若任聽破壞,必至要動大工。此語雖小,可以喻大,是曲突徙薪之論也,汝當思之。[6]

6　張集馨:《道咸宦海見聞錄》(北京:中華書局,1981),頁89。

由此可見其醫頭醫腳實行保守療法不肯動大手術的複雜內心。他從來小心謹慎，不冒任何風險。

道光帝就是這樣一位不具有長距離、寬視野的人，目光短淺。看人尤其成問題。手下的大臣們經常幾上幾下，其中最出名的有英和、楊芳、琦善和林則徐。

正因為如此，當道光帝將眼光放在眾皇子身上，欲選定一個接班人時，迷眼了。

普天下的父親從來都只是在口頭上宣稱對其所有子女皆一視同仁，在其內心中必有親疏厚薄之分。同樣，六位皇子在道光帝心中也地位有別，並不是都有可能入選儲君的。

首先是皇七子奕譞、皇八子奕詥、皇九子奕譓被淘汰出局。他們分別小道光帝58歲、62歲、63歲。天有不測風雲，萬歲爺總不能萬歲。一旦自己歸西，這麼小的兒子又如何擔起大任。此非尋常膝下弄子的歡樂，而決定着王朝的命運，道光帝必須拋棄個人的情感，不管這些牙牙學語的小傢伙顯得多麼可愛。

還剩下皇四子、皇五子、皇六子。

皇五子奕誴看來性格不穩，言行浮躁，不是一塊做大事的料子。其生母祥妃鈕祜祿氏也越來越張狂了，不成體統。此子不能入選。於是，1846年2月，道光帝乾脆採取行動，將皇五子奕誴過繼給自己的三弟、已經去世八年而無後的惇恪親王綿愷，降襲為惇郡王。這等於明白宣佈奕誴不可能入繼大統。至於其生母祥妃鈕祜祿氏也被降為貴人，不再居於主位。從後來的事實來看，道光帝的這一舉措應當說是非常正確的。惇郡王（後晉為親王）奕誴確實當不了皇帝，備多滑稽惡作劇。相傳他酒量很大，宴客時雖設菜餚，卻不准賓客下箸，只許飲酒終席。有肚饑者索要飯食，則給韭餡包

《璇宮春靄圖》，清宮廷
畫家繪。描繪了皇四子
奕詝與生母孝全成皇后
鈕祜祿氏的後宮生活

子，極為辛辣而難以下咽，以博哄堂一笑。[7] 至於天熱時葛衣葵扇
箕踞什刹海（位北京北海之北）納涼，更是一派市井豪傑的風光。
京城地面上留下了不少這位老五爺的故事。

　　還剩下皇四子和皇六子。

　　如果說皇五子的生母為道光帝所不喜是其終被排斥的重要原因
的話，那麼，皇四子奕詝的生母為道光帝最寵愛，可能會助其佔
優。按照清代制度，皇帝擁有一皇后、一皇貴妃、兩貴妃、四妃、
六嬪，貴人以下無定數。可道光帝在38歲繼位後，僅追封已故的

7　　崇彝：《道咸以來朝野雜記》（北京：北京古籍出版社，1982），頁76。

嫡福晉鈕祜祿氏為孝穆皇后，立繼福晉佟佳氏為皇后，而皇貴妃、貴妃、妃三個品級暫空。奕詝的生母鈕祜祿氏是第一個賜嬪、第一個晉妃、第一個晉貴妃。1833年，皇后佟佳氏去世，她又晉為全皇貴妃，旨命攝六宮事。一年後，又被立為皇后。雖說按清代制度，皇后之子並無立儲之優先，但從古今中外的歷史來看，誰又敢低估這方面的影響呢？

可是，奕詝的好景不長。他9歲時，新皇后鈕祜祿氏也駕崩了，終年僅32歲，諡孝全。道光帝將他歸皇六子的生母靜貴妃博爾濟錦氏撫養。

博爾濟錦氏，刑部員外郎花良阿之女，生於1812年，小道光帝30歲。入宮時賜號靜貴人。1826年封靜嬪，1827年晉靜妃，1834年晉靜貴妃。她先後為道光帝生了皇二子、皇三子、皇六女、皇六子。皇后鈕祜祿氏去世後，道光帝晉她為靜皇貴妃。但是，道光帝儘管寵愛她（宮中遷晉僅次於奕詝的生母鈕祜祿氏），但卻沒有立她為皇后，而且也不再立后了。這或許是追念孝全皇后鈕祜祿氏吧？

就外表形象，皇四子奕詝比不上皇六子奕訢那般俊美，而且還是個跛子。私家筆記稱：

> 文宗（即奕詝死後的廟號）體弱，騎術亦嫻，為皇子時，從獵南
> 苑，馳逐群獸之際，墜馬傷股。經上駟院正骨醫治之，故終身
> 行路不甚便。[8]

此條筆記的作者稱，消息來自惇王府人云（即奕誴那一支）；而撰寫時，又已是民國，故敢透露消息來源，看來比較可靠。若從凡人的眼光來看，跛子不太合真龍天子之相。道光帝對此又怎麼看呢？

8　崇彝：《道咸以來朝野雜記》，頁2。

道光帝雖說並無識人之才，但也很明顯地感覺到這兩個兒子的差別：皇四子奕詝老成持重賢慧，但才氣稍遜；皇六子奕訢才氣不凡且明慧冠人，但看起來不那麼靠得住。兩人各有所長。猶如今日的教師和家長，不明顯地分成兩派，一派喜歡老實聽話、學習成績優良的孩子，一派卻偏愛聰明好動、學習成績時好時壞的孩子。雖說這兩類孩子都很可愛，但若長大成人放在負責任的位置上去，後一類孩子似乎明顯優勝，儘管可能闖的禍也大。至於「看起來不那麼靠得住」之類的評價，是凡人對才子的普遍看法，未必可靠。

在專制社會中，立儲之事只能出自聖裁。旁人的建言本已逾規，若言而不中更有危險。康熙帝立儲之事引起了多大的糾紛，以致雍正帝上台後殺的殺、關的關、管的管，一片刀光血影。殷鑒不遠。雍正帝由此而創造了密建制度：由皇帝密寫立儲諭旨封於匣內，藏於乾清宮「正大光明」匾後，待皇帝死後，由御前大臣、軍機大臣等公同啟示，按「御書」所定，嗣皇帝繼位。乾隆帝更是將此方法定為永久的制度。

密建制度避免了眾皇子為爭奪皇位的紛爭，避免了內外大臣互相勾結為擁立所親近的皇子的紛爭。因為，所有的一切，在皇帝未死之前絕對秘密。皇子欲被選為皇太子，只能靠自己的表現而贏得父皇的心。

這樣一來，道光帝更麻煩了。他不能像其他軍國大事一樣，聽聽臣子們的意見，甚至公開地表示對某一皇子的好惡也會引起宮內外的一些混亂。他只能自己看，自己想，自己作判斷，並將一切放在心底。而在他的心底，皇四子與皇六子又難分上下。由此，他舉棋不定，難下決心。茲事體大！

道光帝的秉性決定了他與皇四子奕詝更易相通。他們是相同類型的人。往好處說，可謂英雄所見略同；朝壞處講，又可稱惺惺惜惺惺，或曰同病相憐。皇四子奕詝被選中的可能性極大。但道光帝

始終關注着皇六子奕訢，似也經常考慮立奕訢為儲君。野史中稱：

> 宣宗（即道光帝）晚年最鍾愛恭忠親王（即奕訢），欲以大業付
> 之。金合緘名時，幾書恭王名者數矣。以文宗（即奕詝）賢且居
> 長，故逡巡未決。[9]

又稱：

> 宣宗倦勤時，以恭王奕訢最為成皇后（指靜皇貴妃博爾濟錦
> 氏，後將詳述）所寵，嘗預書其名，置殿額內。有內監在階下
> 窺伺，見末筆甚長，疑所書者為奕訢，故其事稍聞於外。宣宗
> 知而惡之，乃更立文宗。成皇后後宣宗崩，病篤時，文宗侍
> 側，後昏瞀，以為奕訢，乃持其手而謂之曰：「阿瑪（滿語父親
> 之意）本意立汝，今若此，命也。汝宜自愛。」旋悟為文宗，窘
> 極。文宗乃叩頭自誓，必當保全奕訢。

又稱：

> 恭王為宣宗第六子，天姿穎異，宣宗極鍾愛之，恩寵為皇子
> 冠，幾奪嫡者數。宣宗將崩，忽命內侍宣六阿哥。適文宗入
> 宮，至寢門請安，聞命惶惑，疾入侍。宣宗見之微嘆，昏迷
> 中，猶問「六阿哥到否」。迨王（指恭王奕訢）至，駕已崩矣。文
> 宗即位，恭王被嫌……[10]

對皇位繼承有異議的文字，大凡是很少見的。一是密建制度確定其
機密性和可靠性；二是當時人特別是當事人也不敢對嗣皇帝表示不
敬。自雍正帝後，乾隆、嘉慶、道光三朝皇帝登位均無異聞，此次

9　《清朝野史大觀》（上海：上海書店印行，1981），卷7，頁101。
10　《清稗類鈔》，第1冊，頁367。

《道光帝行樂圖》，清宮廷畫家繪。道光帝端坐於書案前，皇四子奕詝、皇六子奕訢兄弟在芳潤軒中讀書、習文，皇七子奕譞、皇八子奕詥、皇九子奕譓正在放風箏，皇五子奕誴已過繼，故畫中未出現

卻冒出如此傳聞。然而，上引三條材料，都無法得到驗證，我們甚至大可懷疑其可靠性。第一條稱道光帝幾次想在立儲諭旨上寫上奕訢的名字，這純粹是個人的心理活動，外人何能知之？第二條稱太監窺伺末筆甚長，認為是奕訢，更似天方夜譚。第三條描寫道光帝臨終之情景，不僅與官方文書的說法不一，而且暗喻先到達者可能繼位，更與清代制度不符。我們若從三條材料的文字來看，既稱奕訢為文宗，當在奕詝死後，此時奕訢權重一時，更可以解釋為何這種說法流行一時。

那麼，奕訢有可能入選的說法僅僅是空穴來風嗎？

不是的，檔案材料對此有明確的記載。

1846年，道光帝已經64歲了，時感不適，猶豫甚久的立儲大事再也不能猶豫了。8月7日，他下了最後的決心，朱筆寫下了立儲御書。

現存中國第一歷史檔案館的這份御書，為9.5×21.6厘米的四扣折紙，右起第一行寫道：

皇六子奕訢封為親王

右起第二行寫道：

皇四子奕詝立為皇太子

右起第三行是第二行內容的滿文。（見第29頁圖）

這一份御書用兩層黃紙包封，第一層黃紙上用朱筆寫着道光二十六年六月十六日（即1846年8月7日），並有道光帝的親筆簽名。第二層黃紙上又用朱筆寫着滿文「萬年」，並有道光帝的簽名。

在一份御書上寫上兩個人的名字，是前所未有的。守成的道光帝這一破例，表露了他在皇四子和皇六子之間猶豫徘徊的心情。他雖然最終選擇了奕詝，但也給了奕訢他所能給予的最高地位。一切關於皇四子、皇六子的傳聞都由這一份御書而得到了證實。

而在中國第一歷史檔案館保存的立儲鐍匣，似更能說明問題。它是以楠木製成，十分精美，除安放合葉的一面外，能開啟的三邊均貼有封條，兩端的封條上有道光帝的親筆簽名，而正面的封條上除了道光帝的簽名外，另有道光帝親書：

道光二十六年立秋（以下字跡殘缺）[11]

案：道光二十六年立秋為陽曆1846年8月8日，陰曆六月十七日，是道光帝立儲的第二天。也就是說，道光帝寫完朱諭後，仍然在猶豫，看看自己是否作出了錯誤的選擇。直到第二天，他才下定決心。

從檔案中，我們看不到道光帝在此之前是否有立儲行動，但可以確定，在此之後，道光帝沒有變更過。這時，離他去世之日，尚有三年六個月十六天。

天平終於傾向一邊。皇六子奕訢最後被淘汰出局。後來的人們一百多年來不停地指責道光帝犯了重大錯誤。奕詝平庸，奕訢機敏；奕詝保守，奕訢進取。在奕詝把國家搞得一團糟之後，奕訢竟

11　有關道光帝的立儲御書及鐍匣，可參見李鵬年：〈雍正創建秘密立儲制度〉，收入《清宮史事》（北京：紫禁城出版社，1986）。

收拾出「同光中興」的局面。人們雖然不能肯定奕訢替代奕詝，就一定能挽救國運（奕詝當政時，奕訢主要時間為閒置；「同光中興」也並非奕訢一人的力量，而主要靠後起的曾國藩和李鴻章）；但人們可以肯定，若奕訢來做皇帝，就不會有懿貴妃，不會有慈禧太后。這位才識淺薄權術精深的毒辣女人，攬政近五十年，給國家帶來多少痛苦多少災難……

人們的指責確實能夠成立，因為他們依據的是可以看得見的歷史結局。可是，道光帝又能看到什麼？在他面前，只是一個剛滿15歲的孩子，另一個還不到14歲。

兩年後，1848年，道光帝為皇四子奕詝舉行了婚禮，冊封太僕寺少卿富泰之女薩克達氏為皇子福晉；為皇六子奕訢題寫匾額「樂道堂」，「樂道」兩字的含義也只有他本人才能解釋清楚。又兩年後，1850年，薩克達氏死去，這離道光帝的死期已經不遠；只是「樂道堂」成了奕訢自編詩集的題名，我們今天還能看到。

二 良師藎臣杜受田

儘管道光帝是獨立自主地立皇四子奕詝為皇太子的，但我們有理由相信，他中了奕詝的師傅杜受田的計。

杜受田，山東濱州人，1787年生，官宦詩書人家出身。父親杜堮，進士出身，曾任內閣學士，浙江學政，兵部、吏部、禮部侍郎。杜受田於1823年中進士（二甲一名，時稱傳臚），入翰林院，散館後授編修，派過順天、雲南的考官，充過國史館的提調。1833年，遷詹事府中允（正六品），派為陝西學政。因陝西巡撫是其兒女親家，改為山西學政。

學政是管理一省學務之官，為該省當然的學林領袖，任期三年。按照清代制度，學政是差而不是官，其底缺仍是原任之官，而且出任學政也不影響其官缺的遷轉。[1] 學政一般由中過進士入過翰林院侍郎以下京官派充，因此，由正六品至正二品都有，頗有只講學問不講地位的味道。

杜受田出任山西學政後，其底缺也於次年升為詹事府洗馬（從五品）。但到了1835年9月，他的任期尚未滿，突然接到諭旨，召他回京供職。次年2月，旨命「入值上書房」。

---

1 如杜受田的父親杜堮1821年以兵部右侍郎（正二品）放浙江學政，並於1822年改為吏部右侍郎，1825年奉召回京。

上書房是皇子讀書的地方。清代皇家制度，皇子六歲入上書房讀書，除了上書房的總師傅外，每一名皇子都派有一名師傅，教漢文經典，另派滿人授滿文，稱「諳達」。由於清朝以儒家禮教治天下，漢人師傅的地位，遠遠高於滿人諳達。

上書房的師傅，如同各省學政一樣，是差而不是官，無品級的規定，一般選擇京官中學問精深者充任。杜受田雖外派山西學政，底缺仍在詹事府，屬京官。道光帝匆匆忙忙召其回京，是選他為皇四子奕詝的師傅。

1836年農曆新年一過，按中國傳統算法，皇四子奕詝已到了6歲（儘管實際年齡僅4歲半），端裝正色來到上書房，拜年已49歲的杜受田為師，開始習研成書於兩千多年前的《論語》、《孟子》、《大學》、《中庸》，靜靜地聽着這位來自孔孟家鄉的老師深入淺出地講解。

這一年，是蒸汽機的發明者瓦特（James Watt）誕辰100週年，是伏特（A. Volta）發明電池的第34年，是莫爾斯（A. Morse）發明電報電碼的第二年，而達爾文（C. Darwin）正隨船作全球考察，研究生物。

這一年，貝多芬（L. Beethoven）已去世9年，巴爾扎克（H. Balzac）正處於《人間喜劇》的創作高潮，馬克思（K. Marx）在柏林大學攻讀法律和哲學，而歐洲又進入新一輪的經濟危機。

這一年，英國任命義律（C. Elliot）為對華商務總監督，輸入中國的鴉片已達2.8萬箱，白銀外流超過500萬元，太常寺卿許乃濟上奏請求弛禁鴉片。

……

儘管按照現代教育學的理論，我們有理由認為，奕詝四歲半讀書太早；儘管按照社會發展的趨向，我們更有理由指責，孔孟經典不適宜作為教材，教育應當包括新科技、新文化；但是，在那個時代，中國與外部世界隔絕，即便是知識精英，也認為孔孟之道是學

問的頂峰。在那種氛圍裏，若有從事科學技術的人，自己都會認為自己「不學無術」。更何況沿襲了近兩百年的上書房制度，已經「成功」地培養出五代皇帝，包括康、雍、乾三朝英主。功績俱在，夫復何言？

上書房是造就皇帝的地方。在中國做皇帝就一定要懂「四書五經」。這一切，實為中國歷史使然，實為中國社會使然，儘管與世界潮流背道而馳。

那麼，這麼枯燥的教學內容，杜受田的教授效果究竟如何呢？

作為學生，奕詝做了皇帝後有過評價，褒揚非常。1850年，他說道：

> 朕自六歲入學讀書，仰蒙皇考（即道光帝）特諭杜受田為朕講習討論，十餘年來，啟迪多方，恪勤罔懈，受益良多。

1852年，又說道：

> 杜受田品端學粹，正色立朝。皇考宣宗成皇帝深加倚重，特簡為朕師傅。憶在書齋，朝夕訥誨，凡所陳說，悉本唐、虞、三代聖賢相傳之旨，實能發明蘊奧，體用兼賅。[2]

這些話充滿着學生對老師的感激之情，而其中值得注意的有兩點：一是稱其十餘年來恪勤罔懈，朝夕訥誨，看來杜受田確實為此花費了全部的精力。他與奕詝每天相處的時間很長，很可能是失去生母且對肅穆的父皇有畏懼感的皇四子最親近也最具影響力的人。二是稱其講學中經常引據為孔子最推崇而比孔子還早兩千年的三代故事，由此可見杜受田的治學方法和政治思想。

2　《清史列傳 · 杜受田傳》（北京：中華書局，1987），第11冊，頁3198、3203。

不僅是學生滿意，看來學生的家長道光帝也很滿意。身為皇帝，不必也不應直接評價，但可運用手中的皇權，不停地為之升官晉級。1837年3月，杜受田擢為詹事府右庶子（正五品），1838年1月升為翰林院侍講學士（從四品），5月遷侍讀學士，8月晉內閣學士（從二品，連跳三級），1839年1月再擢工部左侍郎（正二品）。由從五品的洗馬到正二品的侍郎，杜受田用了不到三年的時間，可謂飛黃騰達。道光帝為了不分散杜受田的精力，授其為內閣學士時還特諭：「專心授讀，毋庸到閣批本。」此外，道光帝還經常派他一些讀書出身的官員最為心儀的差使：1840年朝考閱卷大臣、1841年會試副考官、1844年順天鄉試正考官、1847年會試副考官。這不僅有房師、座師的榮譽，而且可得學子們的銀兩孝敬。

道光帝便服像

隨着道光帝對奕訢越來越看重，對杜受田也越來越重用。此時他的用意不僅僅是褒揚，且有希望他以重臣的地位輔佐新君之目的。1844年2月，杜受田升左都御史（從一品），1845年1月遷工部尚書。1846年10月，杜受田六十生辰（按週年計算為59歲），道光帝此時已密立奕訢為皇太子，御書「福」、「壽」字並諸珍物賜賞之。1849年，再授杜受田為上書房總師傅。

　　如果我們離開這些學生的評價和君主的隆恩，就實際而論杜受田的授學功夫，可以看到，奕訢登基後朱批朱諭的文字功力在清代諸帝中還屬中上，字也寫得不壞，對儒家禮教和清代制度均為熟悉。考慮到奕訢智商平平，杜受田的功績實不可沒。

　　清代設立上書房的目的，並非是要培養出對傳統經典造詣深厚的學者；上書房的學生無須參加折磨人的科舉考試，以證明自己的學力，以證明教師的水準。這與當時的一切學校、書院、私塾有着原則的區別。

　　可是，上書房裏並非無標準可言。學生就要爭取被立為儲君，師傅就要爭取成為帝師。這是唯一的鑒定和檢驗，雖然永遠不會有人明說，但誰都能感到它的存在。

　　平靜的上書房，實際上與硝煙瀰漫的戰場無異。上書房的學生，有如角鬥士，而他們的師傅，有如教練。

　　然而，皇位的競爭決不能公開進行，皇子之間必須以謙讓為懷，康熙朝的故事不能重演。一切都須在暗中進行，如同平靜海面之下的湍湍急流。作為孩子的奕訢，一開始還不能明白這些道理，即使明白也不知所措；但杜受田老謀深算，從他入值上書房的第一天起，便暗暗下決心，一定要擁戴奕訢獲取皇位，建立非常之功勳。一年後，當奕訢適齡而入上書房時，杜受田立即注意到了這位美貌少年，知道他已經遇到了真正的對手。

大凡皇子相爭之類的史料是很難尋覓的，對乾隆、嘉慶、道光三朝皇帝，根本找不到這方面的材料。然對奕訢，野史中有兩則記載。其一稱：

> 皇四子之師傅為杜受田，皇六子之師傅為卓秉恬。道光之季，宣宗衰病，一日召二皇子入對，將藉以決定儲位。二皇子各請命於其師。卓教恭王，以上（指皇上）如有所垂詢，當知無不言，言無不盡。杜則謂咸豐帝曰：「阿哥（清代稱未成年皇子為阿哥）如條陳時政，智識萬不敵六爺。惟有一策，皇上若自言老病，將不久於此位，阿哥惟伏地流涕，以表孺慕之誠而已。」如其言，帝大悅，謂「皇四子仁孝」，儲位遂定。[3]

另一則更妙。稱是道光帝命諸皇子校獵南苑，按清代制度，皇子外出須向老師請假，以示尊師。當奕訢臨行前向杜受田請假時，杜在他的耳邊密授機宜：

> 阿哥至圍場中，但坐觀他人騎射，萬勿發一槍一矢，並當約束從人，不得捕一生物。覆命時，上若問及，但對以時方春和，鳥獸孕育，不忍傷生命以干天和；且不欲以弓馬一日之長，與諸弟競爭也。阿哥第以此對，必能上契聖心。此一生榮悴關頭，當切記無忽也。

奕訢果然依計行事。這一天，皇六子奕訢射得禽獸最多，顧盼自喜，見奕訢只是默坐，從者亦垂手侍立，感到奇怪而問其故。奕訢只是輕描淡寫地答道：「沒有什麼，今天不舒服，不敢馳逐」，便把奕訢打發了。到了晚上，道光帝見奕訢一無所獲，詢問之，奕訢按

3　《清朝野史大觀》，卷1，頁64。

杜受田所教之言答覆。道光帝大喜，「是真有君子之度也」，遂決定了立儲人選。[4]

這兩則記載的可靠性很難確定，因為這些計謀只有杜受田、奕詝兩人心知，何至傳到外邊。但此兩則記載又在民間廣泛流傳，後者竟在20世紀20年代為一些學者列入具有正史地位的《清史稿·杜受田傳》，可見此說深入人心。我們雖不能驗證這兩條記載，但可以肯定杜受田為奕詝奪得皇位建立過奇功。這一點，只消看看杜受田死後咸豐帝所頒殊榮便可明白（後將詳述）。另外，我們也可設想一下，資質平常的奕詝如何戰勝才華橫溢的奕訢，不靠這些非常手段能行嗎？

在奕詝和奕訢的角力中，奕訢的教練卓秉恬也是位高手。1802年，他19歲便高中進士，入翰林院，散館後由詞臣轉諫台，1837年以吏部左侍郎放浙江學政，當年便被召回，任兵部、戶部、吏部尚書等職，授體仁閣大學士。從史料上看，他似乎不是奕訢的正式師傅，[5] 找不到他入值上書房的記載，很可能是見奕訢少年英姿而自充「業餘教練」的。而在他調教下的奕訢也十分了得，文武雙全，[6] 處處將奕詝打得落花流水。卓秉恬相信，作為裁判的道光帝，一定會分出個高下。

技高一籌的杜受田卻在競賽中發現了紕漏，身為裁判的道光帝同時又是遊戲規則的制訂者。於是，他指揮奕詝調整方向，以孝道

4　同上，頁101。

5　從史料上看，奕訢的第一個師傅是翁心存，第二個師傅是賈楨。但卓秉恬曾整頓過宗學，並獲成功，以致被任命為宗人府府丞。或許是他的這一經歷，使得他關心皇室教育。

6　奕詝和奕訢曾在少年時期一同習武，並創制槍法二十八勢、刀法十八勢，道光帝命名為「棣華協力」、「寶鍔宣威」。此事在《清實錄》中稱由奕詝一人所為，但從道光帝另贈奕訢一柄金桃皮鞘白虹刀來看，應是奕訢的功勞更大些。（見《清史稿》，卷227，〈奕訢傳〉）

來對抗才識，以仁義來反擊武功。實際上，他不是讓奕訢和奕詝競爭，而將進攻的方向改為道光帝——直取裁判。在當時的環境中，儒家的「仁」、「孝」是第一位的，而事功之類等而下之。20世紀六七十年代的「紅」、「專」矛盾與此相似。紅與專相比，往往會有微妙的優勢。

可以說，卓秉恬指揮奕訢戰勝了奕詝，而杜受田指揮奕詝戰勝了道光帝。

儘管人們可以有意見，但裁判最後的判決，卻是不可改變的。

1850年1月23日，道光帝的繼母孝和皇太后去世，年老多病的道光帝備受打擊，身體一下子便垮了下來。[7] 2月24日，他終於堅持不住了，病倒在床上。這一天，他破了登基近三十年的例，沒有看奏章，而是召見了五位重臣，其中四位是軍機大臣，[8] 剩下的一位是杜受田。很可能到了這個時候，杜受田才知道，他贏了。

1850年2月25日，道光帝自覺已走到人生盡頭，於卯刻（早上5至7時）召見宗人府、御前、軍機、內務府十位大臣。[9] 早已焦急地等候在寢宮外的大臣，聽宣入內被道光帝召至榻前。儘管道光帝已臨死亡，仍堅持冠服端坐，吃力地宣佈他的決定：皇四子奕詝立為皇太子。未久，奕訢也被召來，各大臣在新老兩位君主的面前，

7　道光帝以孝道著稱，他的生母於1797年去世，此後半個多世紀，他一直將繼母當作生母來侍奉。從《清實錄》中看，他每天一早第一件事便是向這位皇太后請安。道光帝操辦喪事以致自己不保的情節，可參見《清實錄》。

8　四位軍機大臣為祁寯藻、何汝霖、陳孚恩、季芝昌。

9　十位顧命大臣為宗人府宗令載銓，御前大臣載垣、端華、僧格林沁，軍機大臣穆彰阿、賽尚阿、何汝霖、陳孚恩、季芝昌，總管內務府大臣文慶。其中載垣、端華於11年後又成了顧命大臣。

道光帝立儲朱諭、鐍匣及臨終朱諭

打開了鐍匣，展閱1846年道光帝的立儲諭旨。[10] 此外，道光帝還頒下一份朱諭：

> 皇四子奕詝著立為皇太子，爾王大臣等何待朕言，其同心贊輔，總以國計民生為重，無恤其他。

這是道光帝寫下的最後一道朱諭，今藏於中國第一歷史檔案館，字跡草亂，可見是道光帝在痛苦中掙扎寫出的。到了中午，道光帝歸西，顧命大臣立即請奕詝「正尊位」。

道光帝死於圓明園慎德堂，按照清代制度，新皇帝奕詝當日下午護送大行皇帝的遺體至城內紫禁城乾清宮停放。而這位新君作出的第一個決定是：

---

10 以上情節據季芝昌年譜，《清實錄》的記載與此有異，稱道光帝打開鐍匣，展示朱諭時，奕詝並不在場，可能是為了掩飾奕詝沒有推讓而故意漏去。季芝昌為顧命大臣，所敘應當更為可靠。

以上書房為倚廬，席地寢苫。[11]

「倚廬」是居父母喪時所住的房子。紫禁城裏有上萬間房子，為何不
選別處，偏偏選擇上書房？奕詝這麼做，明顯地不是為房子，而是
能夠方便地見到杜受田。[12] 猶如一位離不開母親的孩子，這位青年看
來像被突如其來的事件震呆了，不知所措，需要他的老師指點迷津。

道光帝的喪事按照皇家儀禮按部就班地進行，新皇帝的登基大
典定於1850年3月9日舉行。在這吉慶的日子裏，大駕鹵簿全設，
奕詝在簇擁中坐上了太和殿的御座，接受百官朝賀，宣佈改明年為
咸豐元年。儘管王公大臣人頭密密，可他一眼就看到了站在工部尚
書位置上的杜受田。

站在朝賀禮儀班次中的杜受田，端莊肅穆，仰視着登基大典一
幕幕地進行。可他似乎什麼也看不清了，只覺胸中湧動着一陣陣無
可抑制的激動：我成功了，我創造了一代新君！也就是在這一時
刻，他意識到，他和奕詝的關係，由師生變為君臣。

於是，他又暗下決心，做一個輔弼新君的幹臣。

奕詝登基時，差四個月才滿19歲。作為一個掌管四億人口的
大國君主，他顯得太年輕，但從清代君主繼位的年齡來看，他還不
算太小：

順治帝福臨：5歲繼位，13歲親政

康熙帝玄燁：7歲繼位，13歲親政

雍正帝胤禛：44歲繼位

11　《清實錄》(北京：中華書局，1986)，第40冊，頁68。

12　按清代制度，杜受田旨命「入值上書房」，每天均可到上書房，但不能去宮中
　　別處。若奕詝選擇別處為倚廬，召見杜受田須由御前大臣帶領，手續繁雜，
　　十分不便。

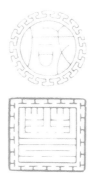

「咸」「豐」組璽，雞血石。印面4厘米見方，高15.7厘米。「咸」字陽文，「豐」字陰文，四周均用萬字迴紋裝飾，一圓一方

乾隆帝弘曆：24歲繼位

嘉慶帝顒琰：36歲繼位

道光帝旻寧：38歲繼位

可是，福臨、玄燁登基後，朝政分別掌握在多爾袞、鰲拜手中，若拋開傳統政治學中的「謀篡」罪名，應當說，這些輔政大臣於國政甚多功績。乾隆帝弘曆繼位時雖不比奕詝大幾歲，可他接手的是雍正帝留下的豐厚遺產，本人又才華橫溢。

可咸豐帝奕詝呢，他接手的是道光帝留下的爛攤子，自己又乏才缺識，只得將求助的眼光轉向杜受田。登基後，他頻頻給杜受田升官加爵：加太子太傅，兼署吏部尚書，遷刑部尚書，授協辦大學士。這一方面是對杜氏為他謀取皇位的酬答，另一方面是對杜氏的倚重。

儘管杜受田在幫助奕詝登上帝座時顯示了對中國政治的深刻理解，但他本人最大缺陷是缺乏實際經驗。他沒有做過地方官，處理過具體政務，就是在京官生涯中也只是做過戶部、禮部、工部的堂官，

而未在實際操作層面的司官一級工作過，且主要精力又放在教育奕詝上。他一生研習儒家經典，心得頗豐，由此引申出來的治國方案是一套一套，但只有做過具體工作的官員方能體會到儒家理論與實際工作有着多麼遙遠的距離，儘管人們常說「半部《論語》治天下」。

於是，杜氏開出的藥方仍是按照祖制，讓咸豐帝奕詝下詔求言求賢。

1850年3月20日，奕詝登基後的第11天，便由內閣明發上諭：[13]

> 凡九卿科道，有奏事之責者，於用人行政一切事務，皆得據實直陳，封章密奏，俾庶務不至失理，而民隱得以上聞。[14]

「九卿」是指六部之外京內各小衙門的堂官，「科道」是指六科給事中、十三道御史之類的言官；雖說皇帝讓所有具有奏事權的官員都發表意見，但點明「九卿科道」似乎要特別聽聽下級官員的意見。

七天後，3月27日，奕詝再次由內閣明詔求賢，命令各省總督、巡撫在其下屬官員中保舉「才德兼優、誠心任事」的能人。又過了二十多天，4月21日，他看到了一份奉旨奏事的摺子，非常高興，下旨曰：

> 著再飭諭在京部院大臣，各舉所知，果有品學純正、才德出眾之員，無論京外家居，准其保奏……督、撫、提、鎮、學政於政事有關得失者，著據實臚陳，備朕採擇。其藩、臬兩司，亦許各抒所見，密封交本省督、撫，代為呈奏。[15]

13　清代制度，皇帝的諭旨分三類：由軍機處轉內閣所發，為公開的明發上諭；軍機處寄各地各衙門，稱「廷寄」或稱「字寄」；軍機交京內各衙門為「交片」。後兩種不公開。

14　《清實錄》，第40冊，頁91。

15　同上，頁95、116。

這一諭旨將保舉的範圍擴大到不在職的官員，歷來不得直接奏事的布政使、按察使，此時也獲得了向天子進言的機會。

求言求賢，顯示了君主的開明，但實際反映出來的是，咸豐帝此時對政事的不明，對人才的不察。這也是上級在不知所措時經常採用的方法之一。

三道御旨下達後，奏章紛至沓來。在這些摺片中，最為咸豐帝欣賞的有十餘篇，而頂頂看中的是禮部侍郎曾國藩（這是在後面將要登場的重要人物），傳旨褒獎；而各處報來的推薦人才的名單中，也有十餘人傳旨查看，準備進京引見，其中杜受田推薦了兩人，一是鴉片戰爭中被革此時在家養病的林則徐，另一是當時的爭議人物前漕運總督周天爵。

求言求賢一改道光末年政壇死氣沉沉的局面。大約從 1845 年起，步入老年的道光帝就像眾多老年人一樣，貪圖政治平靜、耳邊安靜，「惡聞洋務及災荒盜賊事」。[16] 皇帝身邊的軍機大臣也就報喜不報憂，掩飾真相，封殺言路，專揀好聽的說給道光帝聽。當時京師中有一制聯云：

著、著、著，祖宗洪福臣之樂，
是、是、是，皇上天恩臣無事。[17]

這一制聯的矛頭是對着首席軍機大臣穆彰阿的。

咸豐帝此次求言，言路大開，許多官員憑實匯報，説出了許多咸豐帝未曾聽聞、不敢相信的事情：各地盜賊蜂起，官員貪污腐敗，兵弁懈怠嬉玩，財用困乏不繼。美好的場景一下子被這麼多的醜惡現象所替代，反倒激起了這位青年天子力挽狂瀾的雄心。

16　崇彝：《道咸以來朝野雜記》，頁 56。
17　《清稗類鈔》，第 4 冊，頁 1584。

道光帝陵寢——慕陵隆恩門，河北易縣泰寧山。咸豐帝繼位後多次拜謁

可是，最最要緊的是解決問題的辦法。

咸豐帝不像是一個沒有主見的人，上書房中杜受田14年的教誨發揮了作用。他最為欣賞的是各地官員按照儒家學說、祖宗制度提出的解決辦法，甚至引經據典地指責當時的理學大師倭仁的一些意見（這些意見也是從禮教中引申出來），足顯示其學識功力。杜受田看到自己的好學生如此辦理，心中高興無比，私下裏或許給了一個「優秀」的成績。這一對君臣相信，只要按照儒家學說、祖宗制度來辦理，天下一定大治。

然而問題就出在社會的各種弊端，皆源於儒家學說和祖宗制度，以此去救世，如同以火救火，以水治水。周期性的王朝治亂，被傳統史學家荒謬地概括為性理名教的興廢所致，使人們堅信，不是經不好，而是和尚念歪了經。殊不知「治」、「興」非為念經正，「亂」、「廢」亦非不念經。當理論與實際相背離時，經不能不念歪。

一道道諭旨發往各地，官員們紛紛稱讚聖旨英明。可政治卻沒

有起色，局勢反越來越壞。誰又敢説聖旨無效無用呢，最聰明的方法是用紙將火包起來，等到燒穿了那天再説。

這一段君臣相處的日子，奕詝後來回憶道：

> 朕即位後，（杜受田）周諮時政利弊，民生疾苦，亦能盡心獻替，啟沃良多。
>
> 每召見時，於用人行政、國計民生，造膝敷陳，深資匡弼。[18]

由此可見杜受田的作用之大。但是，君臣倆一心釐清惡弊的種種舉措，紛紛墜落於黑暗政治的潛網中，無聲無息地消失了。他們倆竟然對此毫無察覺，問題是誰也不會對他們説。

在咸豐帝登基後的最初兩年裏，杜受田幾乎是隨侍左右。當咸豐帝拜謁道光帝陵寢——慕陵以及東陵時，旨命杜受田「留京辦事」，很有替天子看家的味道。1852年，因黃河在豐縣破壩決口，[19]水漫山東、江蘇，百姓生計無着。看來咸豐帝對地方官敷衍草率不好好念經感到氣憤，派杜受田親自前往調查解決。

奉旨出京的杜受田果然實心辦實事，一路上風塵僕僕，詳查災情，請旨賑糧。8月，到達江蘇清河（今清江市），炎熱的天氣、潮濕的環境觸發舊患肝症，再加勞累過度心力交瘁，於22日病故。

當杜受田去世的消息傳到北京時，咸豐帝聲淚俱下，悲痛異常，朱筆寫下了一段極富個人感情的話：

> 憶昔在書齋，日承清誨，銘切五中。自前歲春，懷承大寶，方冀贊裏帷幄，讜論常聞。詎料永無晤對之期，十七年情懷付於逝水。嗚呼！卿之不幸，實朕之不幸也！[20]

18　《清史列傳》，第11冊，頁3002。

19　當時黃河由南道即淮河水道入海，與今不同。

20　《清史列傳》，第11冊，頁3202。

「贊襄帷幄」一語出自被「贊襄」的皇帝本人之口,道出的不僅是對杜受田的讚揚,而且還稍稍流露出對杜受田的依賴。這一詞語,咸豐帝後來還多次用過。

杜受田的喪事,規格高得異乎尋常:賞陀羅經被、賞銀五千兩、贈太師大學士、命沿途地方官親自照料護送靈柩。咸豐帝還打破常規,不待內閣票擬,自行特諡「文正」。[21] 11月15日,他親自到杜受田的家中奠醊,撫棺灑淚,悲悼實深,在場者無不動容。他哭的是杜受田?他是為自己而哭!

杜受田死了,咸豐帝由此體會到了孤獨。局勢的惡化使紙終於包不住火,於是他更思念這位藎臣。1853年春,他到國子監臨雍講學,特派其五弟奕誴祭奠這位恩師。當日頒下的諭旨明晰地流露其心情:「(杜受田)倘能久在左右,於時事艱虞,多有補救。」[22] 他又是多麼希望杜受田能幫助他挽救岌岌可危的朝運。

杜受田死了,咸豐帝將他不盡的思念轉化為對杜氏家人的隆恩。杜受田的父親前禮部侍郎杜堮,賞禮部尚書銜,賞食全俸;杜受田的長子杜翰,時以翰林院檢討放湖北學政,15個月就由從五品提升至正二品的侍郎,並進為軍機大臣;杜受田的次子杜翻,亦升至侍郎;杜受田的三個孫子,全都加恩賞給舉人,准一體參加會試。

杜受田死了,死得又是那麼安詳。作為師,造就一代君主;作為臣,做到鞠躬盡瘁。他再也看不到歷史的結局。倘若他天上之靈知道親手培養的奕詝,正因他送上皇位而早早丟掉了性命,會不會後悔自責呢?

21　清代諡「文正」者僅八人:湯斌、劉統勳、朱珪、曹振鏞、杜受田、曾國藩、李鴻藻、孫家鼐,為諡號最高待遇。又,清代制度,賜諡須由內閣票擬,再由皇帝欽定。
22　《清史列傳》,第11冊,頁3204。

咸豐帝（1831–1861）
朝服像

後屢降屢升。他的轉機，在於1825年以漕運總督襄辦海運，[4] 始受道光帝注重，召京後署理工部尚書。[5] 1827年旨命在軍機大臣上學習行走，1828年任軍機大臣。1837年起，為首席軍機大臣，由此至1850年，他一直是道光帝最信賴的人。

道光帝是一個生性多疑的人，穆彰阿能長居政壇不倒，乃是取法道光帝的另一親信曹振鏞，[6] 以「多磕頭、少説話」為政治秘訣。

4　當時每年有四百萬石漕米北運，以供京城之用，漕運成為一大政。但承負運輸的運河又多受黃河影響，漕米經常不能運京。行海運，即從長江出海運至天津，當時為一創舉。主辦其事的為琦善、陶澍等人。

5　此時穆彰阿丁父憂，按照旗人的規定，守制百天即可出為官，但不以實任，改為署理，以示守孝之意。

6　曹振鏞，1821至1835年任首席軍機大臣，為政平庸卻聖恩特隆。他是官場老好人的典型。

穆彰阿位於首輔，幾乎每天都被召見，他很少建言，每遇垂詢，必盡力揣摩帝意而迎合之，而不究事理本身。他對於道光末年的政治敗壞，應負有無可推卸的責任。

嚴格地說起來，穆彰阿也是咸豐帝的老師。1836年即奕詝入學時，他即為上書房的總師傅，至1849年初因保舉不當被罷，改為杜受田，可不知為何，道光帝臨死前兩個月，穆又復充上書房的總師傅。對於這位老師，咸豐帝很小便聽到了許多，早就想拿他開刀。

中國傳統政治的一個重要表徵，就是「一朝天子一朝臣」。咸豐帝登基後，沒有立即採取行動，很可能是出於策略上的考慮：穆彰阿多次充當考官，[7]且長期結交京內外官員，特別喜歡拉攏年輕有才的下級官員，形成了一個龐大的勢力集團，時人謂之「穆黨」。咸豐帝欲罷免穆彰阿，所下諭旨若由內閣發出，穆是文華殿大學士（即內閣首揆），若由軍機處發出，正好穆是首席軍機，須得事先考慮安排好才行。

僅僅出於上述原因，就足以使咸豐帝罷斥穆彰阿，但從咸豐帝後來的諭旨來看，他更加不滿的是穆氏的對外政策，這就牽涉到先前那場鴉片戰爭。

1840年7月至1842年9月，英國侵略中國，蹂躪東南沿海，清政府被迫簽訂了不平等條約。雖說戰爭爆發時，咸豐帝只有9歲，不可能理解戰爭的過程和意義，但他的老師杜受田當時曾發表過意見。1842年8月，杜受田上奏建策：用中國傳統的木筏，火攻突入

7　從1814至1850年，穆彰阿歷任會試複試閱卷大臣、教習庶吉士各七次，朝考閱卷大臣、考試試差閱卷大臣各六次，庶吉士散館閱卷大臣五次，殿試讀卷官、武英殿讀卷官、大考翰詹閱卷大臣、拔貢朝考閱卷大臣各一次，可謂門生遍天下。當時的師生名份是很重要的。

長江的英國艦隊。[8] 這是書生論兵的典型，表現出對前線戰況和近代軍事技術、戰術的無知。他的建策不可能被地方官採納，但他的思想不會不對奕訢發生影響。

鴉片戰爭失敗的原因，今天看來是很清楚的，在於中國政治的腐敗和軍事的落後。但當時的士大夫不承認這一點，不相信堂堂天朝居然不敵區區島夷。他們認為，戰爭的失敗在於忠臣林則徐等人的抵抗主張沒有得以實現，在於奸臣琦善、耆英等人一心畏夷媚夷，而穆彰阿又在此時蒙蔽了道光帝。[9]

士大夫的看法歸結起來，就是主張對「逆夷」強硬而不是屈服，而廣州反入城鬥爭又使他們誤以為強硬政策獲得了勝利。

由於《中英南京條約》中英文本的歧義，戰後英國人是否可進入通商口岸的城，中英雙方有着分歧。[10] 兩廣總督兼五口通商欽差大臣耆英，在戰爭中被打怕了，竭力維護民夷相安的局面，對外持

---

8   《籌辦夷務始末》(北京：中華書局，1964)，道光朝，第4冊，頁2181–2184。

9   這種觀點在戰後的《中西紀事》、《道光洋艘征撫記》等著作中得到了充分的展開，可視為當時人們的普遍認識。

10   《中英南京條約》中文本第二款稱：「自今以後，大皇帝恩准英國人民帶同所屬家眷，寄居大清沿海之廣州、福州、廈門、寧波、上海等五處港口，通商貿易無礙；且大英君主派設領事、管事等官，住該五處城邑。」(王鐵崖：《中外舊約章彙編》〔北京：生活・讀書・新知三聯書店，1957〕，第1冊，頁31)根據此條規定，來華的英國商人只能住在「港口」而不能入城，英國外交官似可以入城(儘管一些地方官對「城邑」二字另作解釋)。而該條約英文本措辭不同，若直譯為現代漢語，當為：「中國皇帝陛下同意，英國國民及其家人和僕從，從今以後獲准居住於廣州、廈門、福州府、寧波和上海的城市和鎮，以進行通商貿易，不受干擾和限制；統治大不列顛及各處的女王陛下，將指派監督或領事官員，駐紮上述城市和鎮⋯⋯」(總稅務司編：《中外條約協定彙編》〔*Treaties, Corventions, etc., between China and Foreign States*〕〔Shanghai: Statistical Department of the Inspectorate General of Customs, 1908〕，第1卷，頁160)據此文本，英人有權入城。從實際執行來看，各地也有區別。上海、寧波很快就實現了入城。廈門城只是一個直徑一華里的圓形要塞，英人也沒有要求入城。福州於1845年實現英外交官入城，民人至1850年才實現入城。廣州因紳民反對，成為一件大案。

軟弱態度。他起初因廣州紳民反對，對英人入城問題推諉騰挪，後因歸還舟山而允諾英方有權入城。[11] 1847年4月，英軍戰艦再入珠江，陷虎門，逼廣州，耆英見勢不妙，允諾1849年4月6日開放廣州城。[12]

英人在未入廣州城之前，居住在今廣州沙面以東大三元酒家一帶的商館，距廣州城西南城牆僅二百米。廣州紳民在入城問題上的堅決反抗態度，用今天的眼光來看，是沒有認清反侵略的真正方向。

1848年初，耆英被召回北京，晉文淵閣大學士。繼任兩廣總督兼五口通商大臣的徐廣縉、廣東巡撫葉名琛，對外持強硬態度。他們不顧耆英先前的承諾，於1849年4月斷然拒絕英人入城，並組織團勇近十萬人，準備與英軍一戰。因入城一事尚小，兼未作好戰爭準備，英方宣佈將入城一事暫為擱置。也因為翻譯問題，清方以為英方永遠放棄了入城的權利。

就這麼一個小小的勝利（今天看來是否是勝利還很難說），大大鼓舞了主張強硬的官紳士民，認定只要由強硬派掌權，就會改變鴉片戰爭以來屈辱的局面。就連道光帝也為此一振，認為這是兵法中「善之善」的「不戰而勝」，封徐廣縉為子爵，封葉名琛為男爵。

廣州反入城鬥爭勝利時，咸豐帝已經18歲了，離他當皇帝還不到一年。他已經懂事了。由此，擺在咸豐帝面前的結論，似乎是很明顯的，只要罷斥這批對外軟弱的官員即可，只可惜父皇還在受穆彰阿的「蒙蔽」。

咸豐帝登基未久，中英關係中又發生了一件事。

11　1846年4月，耆英與英國公使德庇時簽訂了《退還舟山條約》，規定英人有權入城，但實現入城的時間為「一俟時形愈臻妥協」，即無時間的明確規定。（《中外舊約章彙編》，第1冊，頁70）

12　總稅務司署編：《中外條約協定彙編》，第1卷，頁210。

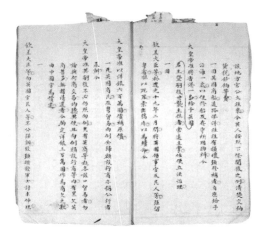

《南京條約》抄呈本，道光帝朱圈句點。注意「大皇帝」、「欽差大臣」、「大清」的抬格

　　1849年英人入廣州城被挫後，英國駐華公使[13] 文翰 (S. G. Bonham) 向國內報告，英國外相巴麥尊 (H. J. T. Palmerston) 指示文翰繼續交涉，並發下他本人致穆彰阿、耆英的照會。文翰因在廣州與強硬的徐廣縉無法打交道，便駕船北上，企圖在中外關係和好的上海打開缺口。

　　1850年5月，文翰到達上海，與兩江總督陸建瀛會談，要求轉遞巴麥尊致穆彰阿、耆英的照會和他本人致耆英照會。陸建瀛先是拒絕，但聽說英國將派船北上天津，態度立即軟了下來。咸豐帝收到陸建瀛的奏摺，下旨：命陸建瀛勸文翰南下，有事只許與兼理五口通商事宜的徐廣縉交涉。諭旨中稱：

> 若非剴切曉諭，於妄念初萌之際示以限制，勢必以無厭之詞，向在京各衙門紛紛呈投，成何事體！

13　其正式職銜為香港總督、全權公使、五口通商事務監督。本書敍及此職位時，全用簡稱。

咸豐帝這時的策略是，不與這些桀驁不馴的「夷」人們打交道，讓善於制「夷」的徐廣縉來辦理此事。同日，他還發給徐廣縉一旨，讓他「堅明約束」，「折其虛憍，破其要挾。」[14]

巴麥尊的照會指責徐廣縉危害中英「和好」關係，並要求在北京進行談判，「商訂其事」。這種直接照會京內大臣的告狀做法，使咸豐帝認定英方在行「反間計」，陷害忠良徐廣縉。而巴麥尊的照會不發給別人，偏偏發給穆彰阿、耆英，又很容易使人對此兩人發生懷疑。特別要命的是，文翰給耆英的照會，內中有一段話：

> 茲以貴大臣本屬貴國大員，熟悉外務事理，眾所共知。更念本國前大臣等素與貴大臣頻恒札商，極敦誼禮，衷懷欣慰，為此乘機備文，照會貴大臣閱悉。[15]

這種來自敵方的對耆英及其外交政策的讚揚，實實在在是幫耆英的倒忙。

也就在這一時候，咸豐帝以耆英所奏用人行政理財諸端，持論過偏，傳旨申斥。

也就在這一時候，咸豐帝以英人梗頑，命林則徐進京，聽候簡用。

咸豐帝的意向，已經明顯得不能再明顯了。

文翰沒有罷休。他派翻譯麥華陀（W. H. Medhurst）前往天津投遞文書，當地地方官奉旨予以拒絕，他本人在上海的活動也毫無效果。7月，他只能垂頭喪氣地返回香港。

文翰此次北上交涉，無疾而終。咸豐帝卻從這次對抗中增強了信心。英「夷」也不過如此。然而，他為自己不能趕走這些可惡的「夷」人而遺憾。當他得知上海天主教堂的十字架被雷電擊劈時，

---

14 《籌辦夷務始末》（北京：中華書局，1979），咸豐朝，第 1 冊，頁 12–13。
15 同上，頁 11。

頗動感情地在臣子的奏摺上朱批道:「敬感之餘,更深慚愧。」[16]

過了不到兩個月,又出一事。

負責北京治安的步軍統領衙門抓住一天主教徒丁光明,手持稟帖到耆英家門前投遞。此事還牽涉到傳教士羅類思。[17]刑部審理後上奏,要求耆英對此事作出解釋(此時刑部尚書為杜受田)。儘管耆英不用吹灰之力就把自己洗得乾乾淨淨,但在咸豐帝心中又留下了耆英可能與外人有勾結的陰影。

咸豐帝還沒有行動,又等了幾個月。

1850年12月1日,咸豐帝動手了。這一天,他破例地未向皇太貴妃(即其養母博爾濟錦氏)請安後再辦公,而是首先頒下一道朱諭〈罪穆彰阿、耆英詔〉。這份文件的份量不亞於一次政變,紫禁城為之震動,空氣也變得凝重起來。雖説這道諭旨長達千言,但咸豐帝寫出了他的真實思想,故全錄於下。讀者在了解咸豐帝的內外政策的同時,也不妨測測他的文字水平和觀念高下:

> 任賢去邪,誠人君之首務也。去邪不斷,則任賢不專。方今天下因循廢墮,可謂極矣。吏治日壞,人心日澆,是朕之過。然獻替可否,匡朕不逮,則二三大臣之職也。
>
> 穆彰阿身任大學士,受累朝知遇之恩,不思其難其慎,同德同心,乃保位貪榮,妨賢病國。小忠小信,陰柔以售其奸。偽學偽才,揣摩以逢主意。從前夷務之興,穆彰阿傾排異己,深堪

---

16 《清實錄》,第40冊,頁183。

17 羅類思(L. M. Besi)法國天主教傳教士,鴉片戰爭前即潛入上海,1841年為山東教區主教。丁光明為山東歷城人,1845年與羅類思有交往。1847年羅類思已經離華。又,當時人誤將羅類思作大西洋國羅瑪府人。大西洋國,當時指葡萄牙;羅瑪府,即羅馬,在意大利。

痛恨。如達洪阿、姚瑩之盡忠盡力，有礙於己，必欲陷之。耆英之無恥喪良，同惡相濟，盡力全之。似此之固寵竊權者，不可枚舉。我皇考大公至正，惟知以誠心待人。穆彰阿得以肆行無忌。若使聖明早燭其奸，則必立置重典，斷不姑容。穆彰阿恃恩益縱，始終不悛。

自本年正月（農曆）朕親政之初，（穆）遇事模棱，緘口不言。迨數月後，則漸施其伎倆。如英夷船至天津，伊猶欲引耆英為腹心，以遂其謀，欲使天下群黎復遭荼毒。其心陰險，實不可問。潘世恩等保林則徐，則伊屢言林則徐柔弱病軀，不堪錄用。及朕派林則徐馳往粵西，剿辦土匪，穆彰阿又屢言林則徐未知能去否。偽言熒惑，使朕不知外事，其罪實在於此。

至若耆英之自外生成，畏葸無能，殊堪詫異。伊前在廣東時，惟抑民以奉夷，罔顧國家。如進城之說，非明驗乎？上乖天道，下逆人情，幾至變生不測。賴我皇考炯悉其偽，速令來京，然不即予罷斥，亦必有待也。今年耆英於召對時，數言及英夷如何可畏，如何必應事周旋，欺朕不知其奸，欲常保祿位。是其喪盡天良，愈辯愈彰，直同狂吠，尤不足惜。

穆彰阿暗而難知，耆英顯而易著，然貽害國家，厥罪維均。若不立申國法，何以肅綱紀而正人心？又何以使朕不負皇考付託之重歟？第念穆彰阿係三朝舊臣，若一旦置之重法，朕心實有不忍，著從寬革職，永不敘用。耆英雖無能已極，然究屬迫於時勢，亦著從寬降為五品頂戴，以六部員外郎候補。至伊二人行私罔上，乃天下所共見者，朕不為已甚，姑不深問。

辦理此事，朕熟思審處，計之久矣。實不得已之苦衷，爾諸臣其共諒之。嗣後京外大小文武各官，務當激發天良，公忠體國，俾平素因循取巧之積習，一旦悚然改悔。毋畏難，毋苟

安。凡有益於國計民生諸大端者,直陳勿隱,毋得仍顧師生之誼,援引之恩。守正不阿,靖共爾位。朕實有厚望焉。

佈告中外,咸使知朕意。[18]

這篇諭文,讀之頗感氣勢,非積鬱胸臆久矣而不能為之。咸豐帝一吐為快,說出了他多年的心聲。

朱諭頒下後,京內外大小臣工奔走捧讀,齊聲讚揚。咸豐帝說出了他們多年想說而不敢說的話。他們於此看到了新君的明察秋毫,看到了新君的有意振作,看到了清王朝的希望。用忠擯奸,是中國傳統政治學中最古老且最常青的原則,由此在中國傳統歷史學中形成了一固定模式:亂世的基本表徵就是奸臣當道,一旦聖主罷斥群奸,起用忠良,定雲霧重開,萬眾歡騰,王朝也會走向中興。這一套路,經杜受田的多年宣教,早已澆鑄在咸豐帝的心中,他決心力行,做一名中興的聖君。

穆彰阿罷斥了,耆英降革了,導致道光朝病衰的妖氛剷除了。一切的好轉,不正是合乎「歷史邏輯」的嗎?

在此咸豐帝舒志、臣子們額慶之際,似乎誰也沒有認真想一想,中國的問題僅靠換幾個當權派就會解決嗎?

如果我們仔細地推敲,咸豐帝的上引論旨尚有不實之處。

除了泛泛的指摘外,穆彰阿的具體罪名有二,一是排斥達洪阿、姚瑩,二是阻撓林則徐的復出。

達洪阿前為台灣鎮總兵,姚瑩前任台灣道,鴉片戰爭期間兩人負責保衛台灣,竭盡心力。1841年9月,英軍運輸船納爾不達號(Nerbudda)在台灣基隆海面遇險。船上274人有34人乘小艇逃走

（多為軍官和英人），剩下的印度人中除病溺而死外，有133人為台灣守軍生擒，32人被斬首。1842年3月，英另一運輸船阿納號（Ann）亦在台灣中部沿海遇險，船上57人有49人被守軍活捉。然此兩次事件被達洪阿、姚瑩渲染為擊敗來犯英軍的重大軍事勝利，[19] 受到道光帝的褒獎。1842年5月，當清軍在鴉片戰爭中節節敗退之際，道光帝親自下令，台灣所因俘虜中除頭目外，其餘「均着即行正法，以紓積忿而快人心。」戰爭結束後，英方要求釋放戰俘。得知台灣戰俘除11人外皆被處死，立即交涉，頗有戰端重起之勢。殺俘是奉旨行事，那是萬萬碰不得的，而開罪了「夷」人，又啟戰火，也是不堪想像之事。在此情勢下，以彈劾琦善私許香港而名揚天下的閩浙總督怡良，赴台親自調查後發現，達洪阿、姚瑩兩次奏報抗英獲勝純屬虛構，請求將兩人治罪。道光帝得奏後下令將兩人革職，解京送刑部審訊。1843年10月，穆彰阿奉旨參與審訊，事後奏摺中對達、姚兩人尚有回護之意，結果道光帝下旨「免治其罪」。因兩人前已革職，後也沒有再起用。由此看來，達洪阿、姚瑩之獄是出自聖裁，與穆彰阿似無關聯。

林則徐在鴉片戰爭中被革，後發配伊犁。1845年釋回，1846年任陝西巡撫，1847年任雲貴總督，1849年因病自己要求開缺。穆彰阿若要阻止林復出，在道光朝即可大作手腳。至咸豐帝上台後調林進京，也是林本人稱病不出。特別具有諷刺意味的是，就在咸豐帝頒下朱諭的前八天，林則徐已經病死在赴廣西鎮壓太平天國的路上了（關於林病故的奏摺尚未到達北京）。這麼說來，反是穆彰阿言中了。

19　達洪阿、姚瑩的說法流傳頗廣，但其破綻是十分明顯的：一、鴉片戰爭中，英軍的每一次進攻都是有組織的，而沒有人發現英軍對台灣的進攻組織計劃和命令；二、英軍若要進攻台灣不會派這麼小的武裝，且只派運輸船而不派戰艦。至於姚瑩所稱五犯台灣，難以核實。

耆英的罪名更是空泛。朱諭中講了兩條：其一是入城一事上過於軟弱，這在前面已經介紹過了。其二是咸豐帝登基後，耆英在幾次召對時皆主張對英國「應事周旋」，即不宜使用強硬手段。實際上，這也是咸豐帝下決心對穆、耆開刀的主因。

　　對於一個比自己強大國家的咄咄逼人的進迫，應當採取何種策略，從思想角度和政治角度來看是有區別的。前者強調正義性，後者強調可行性。作為一名政治家，耆英主和並不為錯，這是他正確分析了敵強我弱的客觀形勢，如將國運民生意氣用事，浪於一擲，其意氣雖暢快，但後果不堪設想。耆英的錯誤不在於主和，而在於苟和，沒有利用鴉片戰爭後的和平局面，從事革新，使自己國家變得強大起來。

　　由此反觀主張對外強硬的官員，他們大多在戰爭期間遠離戰區，沒有直接跟西「夷」打過交道，奏摺制度的機密和各地奏報中的粉飾，使他們無從了解實情真相，偏信那些頗具戲劇性的傳說，前述達洪阿、姚瑩一案的走形變態就是一例。[20] 從根本上說，他們的判斷也不是依據敵我力量之對比，而是為了恪守傳統的「夷」夏之道，順昌逆亡。他們相信義理的力量之不可戰勝，認為戰勝逆「夷」的手段不在於器物，而在於人心，「正心」「誠意」即可「平天下」。[21] 咸豐帝在杜受田的教導下，飽浸性理名教之義，罔知兵革器物之力。他的這種價值取向，受到了絕大多數官吏和幾乎全部士林學子的歡迎，既是形勢使然，又使然於形勢。

20　諸如此類似是而非的說法有：一、林則徐的制敵方案可以制勝，但因奸佞陷害而不得實行；二、關天培的抗戰可以獲勝，但因琦善不救援而敗；三、裕謙在浙江的失敗在於余步雲的貪生逃命；四、陳化成在吳淞已經獲勝，但因牛鑑逃跑而犧牲……這些說法將鴉片戰爭中展現出來的複雜的軍事、政治、經濟、科技、社會問題，簡單地概括為忠奸矛盾。

21　語見《大學》。孟子對此有更明細的論述，見〈梁惠王上〉，提出了「仁者無敵」的結論。

罷免穆彰阿、耆英，咸豐帝表達了其對外新政策：將啟用對外強硬的官員使用強硬的手段來對抗英國等西方國家。他的這種全力保住並盡可能挽回國家權益的意向，無疑應當讚揚，但就實際舉措而言，以為用忠擯奸即可抗「夷」，卻是一支射偏了的箭。

對外強硬取決於武力的強大，若非如此，只是一種虛張。咸豐帝也明白這個道理。在其聞悉文翰、麥華陀駕舟北上時，便提出這一問題：

> 至沿海各處防堵，數年以來，想早已有備無患。[22]

這句話說得不那麼自信，底氣不夠充沛。而當麥華陀南下之後，又下旨：

> 從前夷船由海入江，江、浙一帶屢經失事（指鴉片戰爭），追溯前因，能勿早之為計……（各沿海督撫）各就緊要處所，悉心察看，預為籌防，斷不可稍存大意。文武官員，總須慎選曉事得力者分佈防堵，其一味卑諂懦弱者概應更換。[23]

此道諭旨頒下後，安徽布政使蔣文慶、前漕運總督周天爵、福建學政黃贊湯亦先後上奏，提具體計謀，咸豐帝皆發下，令沿海各省參照執行。[24]

---

22 《籌辦夷務始末》，咸豐朝，第 1 冊，頁 17。

23 同上，頁 23–24。

24 蔣文慶建議：沿海各省將備弁兵，日日講求訓練；沿海地方官，力圖團練之法；仿造台灣定例，道、府地方官節制轄地駐軍。周天爵判斷英國再犯有三個方向，即長江、天津、山海關，建議用木頭或石料製作 30 萬斤大炮，並在戰術上誘敵登岸，用火攻、陸戰制敵。黃贊湯要求在糧餉、器械、義勇上早作準備，早定出奇制勝的計謀。（《籌辦夷務始末》，咸豐朝，第 1 冊，頁 38–40、42–45、59–61）

咸豐帝的諭旨，只令籌防，而未言及如何籌防。蔣文慶、周天爵、黃贊湯的計謀未能切中要害，甚至不着邊際，與戰時杜受田的「木簰火攻法」相類似。然而，聖旨又是不能不執行的，各地的做法更是各行其道。

直隸總督訥爾經額的方法是，以大沽、北塘的海口炮台為依託進行抗擊，並在炮台之後路組織團練。對此，他信心十足，宣稱「此臣十載籌防所可深信者，不敢於聖主面前，稍作過量語」。[25] 按照這一方法，直隸其實什麼事也不必做（炮台早已建成，團練也已成常設）。

盛京將軍奕興的方法更簡單，根本不必設防，若英軍前來，誘之登岸，堅壁清野，然後以奉天（地域與今遼寧省大體相當）的「勁旅」來剿滅不善擊刺步伐的英軍，「正我兵所長」，沒有什麼問題。按此，奉天也不必籌防，到開戰時再說吧。

兩江總督陸建瀛奏稱，鑒於上海已經開放，「自當另為一議」（實為不設防之議），松江、蘇州一帶河汊，用沉船的方法阻止英艦船的進軍，另行募勇、火攻諸法。然沉船、募勇、火攻須戰時才可實施，江蘇此時也無事可做。

浙江巡撫常大淳對策有二，一是繼續補造戰船（浙江水師戰船在鴉片戰爭中損失殆盡，尚未補造完竣），二是將團練之法寓於保甲之中。前者是繼續進行正在做的事，後者是以保甲取代團練，實際上一切均無需新張。

兩廣總督徐廣縉、廣東巡撫葉名琛仍宣佈採用1849年反入城鬥爭的老辦法：一是斷絕通商，二是借助民力。其理由是，英國以貿易為生計，英商挾重資而來，不敢冒商業風險而進攻貿易重埠廣

---

25 《籌辦夷務始末》，咸豐朝，第 1 冊，頁 61–67。

州；一旦開戰，香港英軍僅一兩千人，何抵抗於廣州數萬民眾？且香港巢穴可虞，黃埔船貨可虞，廣州城外英國商館可虞，英人豈無顧惜？他們的結論是英國不敢動手，因此也不必緊張自擾，憑着他們以往的「有效」措施即足以制敵！

最有意思的是閩浙總督劉韻珂、福建巡撫徐繼畬的奏摺。他們與那些表面上大講如何籌防、實際上一件實事也不做的官員不同，公然明白主張不設防。其理由為：一、英國控制了制海權，戰爭無法取勝；二、誘敵深入將導致英軍蹂躪內地，而陸戰必勝的說法不可靠；三、福建港寬水深，無險可扼；四、團練戰時不足恃，平時又易流為寇；五、籌防措施會刺激英方，可能招致禍患。

真是上有政策下有對策。咸豐帝皇皇數道上諭，換來的就是地方官這些筆頭子上耍功夫、實際無為無作的奏摺。這些地方官老於世故，知道若處處遵旨辦事，聽到風就下雨，那將會怎麼樣也忙不過來，什麼事也辦不成。別的不說，籌防是很花錢的，若真的造炮修船練兵團練，銀子又從何而來，中央財政肯定不給撥款，地方上又從哪兒弄這筆錢呢？

一遇到具體問題，咸豐帝也蒙了向。他本來就是只想制夷而不知如何制夷，對各地的做法結果都予以認可。其中他最欣賞的是徐廣縉、葉名琛，在他們的奏摺上朱批：「卿智深勇著，視國如家，所奏各情甚當。朕聞汝今秋偶有微屙，此時佳善否？」[26] 這裏表現出來的重點，仍是讚揚徐、葉對英國的態度，而不是注意他們的籌防。即便對於劉韻珂、徐繼畬的不設防言論，他也提不出什麼反對意見，而是聯繫其鴉片戰爭後一貫主和的表現，以此時的福州反入

---

26 同上，頁105。

城事件[27]為由，將他們一一革職了。

這是一支射得更偏的箭。

花如此之多的筆墨，來介紹新帝罷免老臣的事件，是因為此乃咸豐帝在位11年中唯一的一次振作。此後，他心有餘而力不足了。而我在敘說中又鋪墊了大量的背景材料，出現了大量的人物。這是因為這些背景反映了那個時代，這些人物大多後面還會出場。我個人筆力不健，只能如實羅陳而不能娓娓道來。還需請讀者原諒的是，我在這裏仍想對各地官員的奏摺和咸豐帝的思想再做分析，幫助今天的人更了解那個時代。

各地官員之所以不肯花力氣整頓海防，除了惜銀惜力(實際上也就是惜民)外，還因為受兩種思想的左右。

其一是英軍船堅炮利，清朝無法組建一支強大的海上力量與之對抗。前敘周天爵的奏摺中稱：

> 惟前此失事，皆專事海門，一切船隻炮位，事事效顰。[28]

徐廣縉、葉名琛上奏時也同意這種說法，並裁減廣東水師的戰船。周、徐等氏的意見具有普遍性，也就是說，不必效法英國等西方國家，在「船隻炮位」上作實際的努力。雖說清朝此時尚無建

27　1845年，英國外交官已經入福州城，居於城西南荒僻的烏石山積翠寺。1850年，英國代理領事為兩名英國民人租用烏石山神光寺房屋兩間，侯官知縣在租契上蓋了印。福州士紳在回籍養病的林則徐領導下，效法一年前的廣州，書寫公啟、公呈，要求驅逐英人出城。咸豐帝聞訊也多次下旨垂問。劉韻珂、徐繼畬一面申斥侯官縣令，一面授意地方官以「士民會議」的形式，不准為英人修繕房屋，不准民人去英人處，又令神光寺僧不准收房租；另一方面也不同意林則徐的意見，直接與英人對抗。後因連日陰雨，英人房屋滲漏不堪，被迫遷走，事件逐漸平息。此事可見劉韻珂、徐繼畬的「制夷」方法之圓滑，但主張強硬的官僚士子對此極不滿意。

28　《籌辦夷務始末》，咸豐朝，第1冊，頁42。

設近代海軍的能力，但此時是戰後寶貴的和平時期，放棄這種努力就是放棄近代化的嘗試，中國以後也只能用傳統來對抗西方了。

其二是英軍不善陸戰。早在鴉片戰爭時，林則徐、裕謙等人就有此類言論，認為英軍雖可橫行海上，但一至陸地，清軍將穩操勝券。戰爭的實踐使道光帝發現此中的謬誤，[29] 但由於清朝戰後諱敗諱辱，不思振作，未能正確地總結教訓。直至此時，英軍不善陸戰的神話仍未破滅，各地疆吏仍將陸戰取勝當作以己之長攻彼之短的制敵良謀。

鴉片戰爭結束已經八年了，當年的前敵主將們紛紛被革退致仕，仍在台上的只有劉韻珂、徐繼畬等數人。戰爭這把客觀的尺子，使他們量清了中英軍事實力的差距。[30] 他們兩人的奏議，應當說要比那些空叫「防夷」而不知「夷」為何物的碌碌臣工的言詞，更切合實際。可他們找不到制「夷」的武器，居然放棄了制「夷」的使命。

年輕的咸豐帝，生長在深宮，讀的是聖賢書，他又如何知道制「夷」之法？內外臣工們要麼就是一味強硬，要麼就是一味妥協，誰也說不清「夷」為何物，讓他憑空能想出辦法來嗎？

當時的中國，就沒有人知道正確之途嗎？

也不是。有一個名叫魏源的名士，寫下了一部名為《海國圖志》的著作，初為 50 卷，後擴至 60 卷，定稿為 100 卷。在這本書的敘說中，他提出了一個驚世的命題，「師夷之長技以制夷」！

---

29 一直到了 1841 年 9 月，道光帝收到廈門戰敗的奏報，才發現英軍居然也會陸戰，諭旨中稱：「至逆夷習於水戰，向來議者，皆以彼登陸後，即無能為患。乃今佔據廈門，逆焰猶然凶惡，是陸路亦不可不防。」（《籌辦夷務始末》，道光朝，第 2 冊，頁 1156）

30 劉韻珂在鴉片戰爭期間任浙江巡撫，最初主戰，上奏啟用林則徐，後因屢戰屢敗而主和，上了有名的「十可慮」奏摺。戰後，他表面上與英國搞好關係，暗地裏仍行箝制之策。徐繼畬，鴉片戰爭中任福建汀漳龍道，組織漳州一帶的防禦，戰後撰寫了《瀛環志略》。這是一部中國早期介紹西方史地的重要著作。

魏源的思想也是極其有限的。他準備所「師」的西方長技為三個方面：造船、造炮、養兵練兵之法。[31] 從今天的角度看來，僅僅「師」這些長技仍是制不了「夷」的。「夷」也不是那麼好制的。但是，魏源指明了一個方向，朝這個方向走下去，中國就能上軌道。

咸豐帝肯定見到過《海國圖志》一書。據檔案記載，1853年武英殿修書處奉旨將此書修繕貼錦進呈。至於咸豐帝有沒有細讀，讀後又有什麼感受，今人皆無從得知。但是，可以說，到了此時即便他想振作，也已經來不及了。

天下已經大亂。

31　從某種意義上講，魏源的師夷思想也是不完備的，就在《海國圖志》中仍有安南、緬甸等不用師夷便可制夷的土法制夷例子。即使在大講師夷的〈籌海篇〉中，仍有黃天蕩的故事。

四　「上帝」之禍

　　道光帝遺下的攤子之爛，咸豐帝第二天便感受到了。

　　1850 年 2 月 26 日，即道光帝去世次日，咸豐帝接到的第一件公文，就是廣西巡撫鄭祖琛關於李沅發起義軍入廣西的奏報。

　　造反是專制社會的非常之事，很危險，很難辦，統治者只有堅決地毫不手軟地強力壓之。造反者也自知命運如絲，非逼上絕路而不輕易為之。李沅發是湖南新寧縣水頭村的農民，1849 年秋，因富紳重利盤剝遭水災的貧民，討生無計，便夥眾搶奪，殺富濟貧。繼因同夥被縣官捕去，便殺入縣城劫大獄，正式舉旗造反，與官軍相抗，由湖南入廣西進貴州，部眾最多時有四五千人，攪得西南大不太平。

　　就是這次小小的造反，湖廣總督親自趕到長沙坐鎮指揮，湘、桂、黔三巡撫親自操辦，動用了四省的軍隊，僅廣西便花軍費 24.7 萬兩銀子，咸豐帝更是忙得不亦哀乎。到了 6 月 2 日，總算抓住了「匪首」李沅發，下旨檻送北京，於 9 月用最最殘忍的凌遲刑法處死。為了警告那些怠玩政務的地方官，咸豐帝還將湖南巡撫、湖南提督、永州鎮總兵等高官統統革職，統統發配新疆，為此受處分的官員不下數十人。

　　李沅發受戮棄市後，咸豐帝似乎感到一絲輕鬆，自己的本事也足以告慰祖先。他哪裏想到，更大的風暴已經降臨。這就是持續

14年，兵戰18省，以洪秀全、楊秀清為領袖，讓咸豐帝此後日日不太平的太平天國。

　　洪秀全，小名火秀，族名仁坤，1814年出生於廣東花縣（今花都市）一個農民家庭，是家裏的小兒子，大咸豐帝17歲。1820年入村塾讀書，教材與咸豐帝的一樣，都是古代聖賢經典。

　　科舉時代的讀書人，大多本非為求知、為個人情操的昇華，而是非常功利的。讀書→做官，既是他們的出發點，也是他們心中的歸宿。不然那幾本哲人眼中充滿哲理，凡人眼中十足乏味的古書，怎麼會引得那麼多凡人由童年、少年、青年至中年甚至老年孜孜不倦地苦讀？還不是為了書中的黃金屋和顏如玉。在一個農民的家庭中，洪秀全能得到讀書機會，是族人家人覺得此子可成大器，父兄們也當作投資機會。

　　1828年，洪秀全第一次赴考，縣試高中，但府試失敗了。[1] 這一結果使人沮喪，但也使人感到還有希望。於是，他在獲得一村塾師職位後，仍繼續苦讀，準備再考。1836年、1837年、1843年他又去考了三次，皆落第。此時，他已近三十歲，終於失望了，憤憤不平：等我自己來開科取天下士罷。數年後，此言成真。

　　有不少後人指責那幾年的廣州知府和廣東學政全都瞎了眼，若是讓洪秀全中一個秀才，就不會去造反。這種說法本屬歷史的臆測，無足深論，但考官們的確沒有冤枉洪秀全。雖然洪氏後來做成了一番大事業，但從他留到今天的詩文來看，以八股策論的標準衡量，也只是一個三家村先生的水平。而他對古代聖賢經典的了解和理解，比起有名師指點的咸豐帝，也明顯地差了一截。

1　洪秀全參加的初級考試，時稱童試，共三次：第一次在本縣，為縣試；第二次在本府（花縣屬廣州府），稱府試；第三次由本省學政主持，稱院試，通過者為生員，俗稱秀才。

「太平天王金璽」璽文。
印面24厘米見方。璽中
為「太平天王大道君王
全」,右為「奉天誅妖」,
左為「斬邪留正」

聖賢的書再也讀不下去了,洪秀全找來1836年他在廣州街頭
得到的一部基督教佈道書《勸世良言》。[2] 研讀之中,又聯想到1837
年他落第後大病四十餘日夢中的種種異象,突然發現自己就是天父
上帝賜封的「太平天王大道君王全」,受命降世斬邪扶正。於是,
他便自施洗禮,自行傳教了。拜上帝。

洪秀全在廣州一帶的傳教活動,看來並不出色,皈依者僅為他
的族人和少數密友,大多數人都覺得他出了毛病。但這小小一群信
徒中,卻有兩個人非常重要,一位是馮雲山,另一位是洪仁玕。

1844年,洪秀全與馮雲山等人,離家結伴遠遊,在廣東省幾
乎轉了一圈,然皈依受洗者寥寥。而當他們轉到廣西,事業的局面
打開了。尤其是馮雲山孤身入桂平紫荊山區長達三年的活動,皈依
的信徒達兩千餘人,使這一地區成為拜上帝會活動的中心。在信徒
的隊伍中,又有兩人後來極為有名,他們是楊秀清和蕭朝貴。

2　《勸世良言》是梁發摘引《聖經》的若干章節,宣傳人們不可崇拜偶像,獨尊唯
　　一真神上帝耶和華。梁發本是一排字工人,後成為中國近代第一位華人牧師。

楊秀清，廣西桂平人，1823年生於一貧苦農家，小洪秀全九歲，大咸豐帝八歲。他五歲喪父，九歲失母，靠伯父拉扯長大，以燒炭種山為生。艱苦的生活養成其堅毅的性格，雖然沒有讀過書，但才識卓異，在山民中小有威望。

馮雲山在紫荊山區傳教時，那種人人都是上帝所養所生、大家都是兄弟姐妹的平等思想，顯然打動了楊秀清的心。他也隨眾人入會，但一直是個普通信徒，未受馮、洪的重視。

1847年，馮雲山被捕，洪秀全出奔廣東謀求營救，紫荊山拜上帝會會眾一時群龍無首，陷於癱瘓。楊秀清挺身而出，控制住了局面。

1848年4月6日，楊秀清突然跌倒，不省人事，未幾在昏迷中站起，滿臉嚴厲肅穆：眾小子聽着，我乃天父是也！今日下凡，降託楊秀清，來傳聖旨。一番天父無所不在無所不能的説教，一下子震懾了信徒們的心，沒有想到遙遙太空的皇上帝親臨身邊，可見法力無窮。這一天，後來被太平天國定為神聖的節日「爺降日」。既然天父選擇楊秀清，楊氏也天然地成了領袖。

這樣裝神弄鬼的還不止一人。這一年10月，天兄耶穌也降託蕭朝貴下凡了。這位天兄怕眾人不認識，便自報家門，朕是耶穌！今人在英國發現的太平天國印書《天兄聖旨》，記錄了蕭朝貴在三年多中一百二十餘次扮耶穌下凡事。而耶穌對拜上帝會特別關注，最頻繁時一日幾次下凡，給予指示。蕭朝貴是楊秀清的密友，由此也進入了領導層。

洪秀全的基督教知識，得自《勸世良言》這一蹩腳小冊子，後雖隨美國傳教士羅孝全（I. J. Roberts）學過一陣子，但離掌握基督教的真諦甚遠。但是，洪秀全充滿自信。他認為自己是天父皇上帝耶和華的次子、天兄基督耶穌的二弟，而馮雲山、楊秀清也成了天父

的三子、四子，蕭朝貴在塵世間娶了楊秀清的乾妹楊宣嬌，稱兄道弟幾乎亂倫，結果成了天父的女婿。[3] 這種禮教中的君權神授和江湖上的兄弟結義，構致了拜上帝會領導層天人合一的小家庭。

沒有理由認為洪秀全、馮雲山真相信下凡這類巫術。但他們回到紫荊山區時，卻沒有辦法不相信此類巫術的神奇，不得不承認現實。於是，下凡成了洪、馮也必須恭順承教的聖事。蕭朝貴甚至借天兄下凡，滑稽地帶着洪秀全會見去世多年的元妻。從洪秀全的詩中，我們可以看出楊秀清因天父下凡大戰群妖而損傷了脖頸。而這種演出場面，在《天兄聖旨》中又有着詳細的描寫：

> 馮雲山問：「天兄，現今妖魔欲來侵害，請天兄作主。」天兄答：「無妨。」……突然，天兄對馮雲山叫道：「拿雲中雪（劍名）來。」馮雲山遞雲中雪。天兄揮之大戰妖魔，口中振振有詞：「左來左頂，右來右頂，隨便來隨便頂。」又喊道：「任爾妖魔一面飛，總不能逃過朕天羅地網也。」又喊道：「紅眼睛，是好漢就過來，朕看你能變什麼怪！」戰畢，天兄對馮雲山道：「你明天回奏洪秀全，天下已經太平，閻羅妖已被打落十八層地獄，不能作怪矣……」[4]

蕭朝貴主演的斬妖殺怪的劇情，與民間驅趕病魔的套路，並無二致。今人看來覺得可笑，但在山民的心中有着超乎自然的魅力。

在蒙昧的社會裏，迷信比科學更有力量。

來自西方的基督教，在洪秀全手中已與中國的儒學傳統和民間

---

3   韋昌輝成為天父第五子，楊宣嬌成為天父第六女，石達開成為天父第七子。而洪秀全的兒子不僅是天父的孫子，而且過繼給天兄耶穌，兼祧耶穌、洪秀全兩門。

4   王慶成編註：《天父天兄聖旨》(瀋陽：遼寧人民出版社，1986)，頁84、87。文字由引者改為白話。

宗教嫁接，到楊秀清手中又與巫術相連，這使得下層民眾對外夷舶來貨多了一分故家舊物的認同，更為接受，更為景仰。於是乎，有天父耶和華，順理成章地有了「天媽」，有天兄耶穌，也就有了「天嫂」。按基督教教義應為神靈的上帝，在洪秀全那兒有了具體的形象：「滿口金鬚，拖在腹尚（上）。」[5]儘管西方人認定，拜上帝會供奉的只是一個不倫不類的野菩薩，但洪秀全等人認為，上帝與他們獨親，他們的基督教知識已超過了西方，以至不免得意洋洋地向西方人詰難：

> 爾各國拜上帝咁久，有人識得上帝腹幾大否？
> 爾各國拜上帝、拜耶穌咁久，有人識得耶穌元配是我們天嫂否？
> 爾各國拜上帝、拜耶穌咁久，有人識得天上有幾重天否？[6]

這樣的問題共有50個，完全是老師考學生的口吻。

然而，最能打動下層民眾心思的，當為洪秀全設計的「天下為公」的「大同」理想社會。在這個社會中，沒有相凌相奪相鬥相殺，天下男人皆為兄弟，天下女子皆為姐妹。與遙遠的天堂相對應，又有人間的盡可享樂的「小天堂」。一切財產歸公、人無私產的「聖庫」制度，更換來物質上的人人平等。儘管這種超越現實的「聖庫」必不能長久，但在最初實施時期，又吸引了多少貧困無告的民眾。

而要實現這一切，須與人間的「閻羅妖」拼鬥。清朝統治者被宣佈為「滿妖」、「韃妖」，其祖先是白狐赤狗交媾所生。[7]洪秀全、楊秀清等人決定推翻清朝了。

5　〈太平天日〉，中國近代史料叢刊：《太平天國》（上海：神州國光社，1952），第2冊，頁632。又蕭朝貴對此也有過描述，見《天父天兄聖旨》，頁4。
6　《太平天國文書彙編》（北京：中華書局，1979），頁303–307。「咁久」為廣西白話，「如此之久」、「這麼久」之意。
7　〈頒行詔書〉，《太平天國》，第1冊，頁162–163。

廣西桂平金田村，太平天國興起於此

　　1850 年 4 月，即咸豐帝正式登基後的整整一個月，蕭朝貴扮天兄下凡，傳達天意，決定起義。

　　1850 年 9 月，即咸豐帝下旨將李沅發凌遲處死之時，拜上帝會領導層下令各地會眾「團方」，即全數開往金田村一帶團集。

　　1851 年 1 月 11 日，洪秀全、楊秀清等人在金田村宣佈起義，組成一支有兩萬人的太平軍。

　　1851 年 3 月 23 日，太平軍進至武宣縣東鄉，洪秀全登基，稱太平天王，正號太平天國。所有這一切，咸豐帝當時一無所知。

　　從後來揭露出來的情況看，早在道光後期廣西社會已經很不平靜了。天地會[8]山堂林立，有着很大的號召力，小規模的抗官起事不斷。1849 年，正值廣西大荒年，各處暴動，較大規模的就有十

8　天地會，又稱三合會、三點會，支派有小刀會、紅錢會，社會下層民眾的組織，口號為「反清復明」，當時在廣東、廣西、福建、湖南、江蘇等省極有勢力。

餘起。然在首席軍機穆彰阿的授意下，廣西巡撫鄭祖琛匿情不報，粉飾太平，下級官吏更是貪贓姑息。我在前面提到馮雲山曾被捕，罪名是謀反，這在當時罪列「十惡」之首，不僅本人將處極刑，家屬都得連坐，即極有可能滿門抄斬。可桂平縣的縣太爺收到一大筆賄款後，竟輕判這位太平天國的重要領袖「押解回籍管束」，致使馮雲山重返紫荊山。[9]清廷中樞在矇騙中對廣西的形勢未有絲毫的覺察。

1850年6月15日，咸豐帝收到鄭祖琛等人以六百里加急送來的捉住李沅發的捷報，而另一份戳穿廣西「會匪」大作的奏摺也送到咸豐帝案前。對於前者，咸豐帝加鄭祖琛太子少傅銜；對於後者，嚴旨鄭祖琛督率文武緝拿，「切勿稍存諱飾」。[10]

可蓋子一揭開後，關於廣西地方不靖的報告雪片般地飛來。咸豐帝意識到問題的嚴重性，命令他的愛臣兩廣總督徐廣縉帶兵入桂剿辦。可廣東境內的天地會反叛使徐廣縉無法脫身。於是，咸豐帝又想起杜受田等人多次推薦的能臣林則徐，10月17日，授林為欽差大臣，迅赴廣西。由於他還不知道洪秀全和拜上帝會，諭旨中只是泛泛地稱「蕩平群醜」。[11]他對這位名臣抱有極大的期望，先後又頒佈十道諭旨，並將鄭祖琛革職，讓林氏署理廣西巡撫。

林則徐在此之前曾兩次奉旨召京，他都不為所動，以病相辭了。此次於11月1日奉到諭旨，忠烈臣子的責任感使他不顧病體，於5日起程，但17天後，即22日，行至廣東普寧便去世了。咸豐帝聞此，於12月15日改派前兩江總督李星沅為欽差大臣，前漕運總督周天爵署理廣西巡撫。李星沅是當時的能臣，但辦事不免手

9　馮雲山說服了兩位押解他回籍的衙役，隨他一起投奔拜上帝會。

10　《清實錄》，第40冊，頁167–169。

11　《清政府鎮壓太平天國檔案史料》（上海：社會科學文獻出版社，1994），第1冊，頁51–52。

軟，周天爵是有名的酷吏，為政不免暴烈。咸豐帝一下子派去兩人，用意似乎是各取所長，剛柔互濟。

李星沅於1851年1月3日趕到廣西當時的省城桂林。他的經驗和眼力，使他在廣西數十股叛亂中，一下子就盯住了桂平金田村的一支。為此，他上奏道：

> 潯州府桂平縣之金田村賊首韋正、洪秀全等私結尚弟會，擅帖偽號、偽示，招集遊匪萬餘，肆行不法……實為群盜之尤，必先厚集兵力，乃克一鼓作氣，聚而殲之。

看來李星沅還不太清楚太平天國的實情，將拜上帝會誤作「尚弟會」，將韋正 (即韋昌輝) 誤作第一號首領。

我在上面引用的這份文件，是據檔案的今排印本，[12] 而在李星沅的私人文集中，韋正作「韋政」，洪秀全作「洪秀泉」，[13] 另在《清實錄》中，韋正不變，洪秀全仍作「洪秀泉」。[14] 造成這種人名混亂的原因不詳，很可能出自後人的改動，但清方沒有弄清太平天國的首領是真。

李星沅的這份奏摺於陰曆正月初五 (1851年2月5日) 送到北京，正值北方民俗的「破五」。咸豐帝剛剛度過在自己年號下 (咸豐元年) 的第一個春節，剛剛將自己在上書房中的舊作，交給杜受田編輯整理結集，看到李星沅的報告，立即予以批准，並加了一句話，「朕亦不為遙制」。[15] 咸豐帝第一次聽到洪秀全的名字，但似還未意識到這位敵手的厲害。

後來的情報似乎越來越亂。

---

12 《清政府鎮壓太平天國檔案史料》，第1冊，頁131–132。
13 《李文恭公奏議》，卷21。
14 《清實錄》，第40冊，頁360–361。
15 《清政府鎮壓太平天國檔案史料》，第1冊，頁154。

太平軍抄本《天條書》，洪秀全、馮雲山制訂，共十條，仿《聖經‧舊約全書》中摩西所傳上帝十誠制訂

周天爵於1月底到達廣西後，也同意金田的一支為首要對手，但在奏摺上講了一句更糊塗的話：

> ⋯⋯其最凶無如大黃江一股，為尚地會之首逆韋元蚧等⋯⋯[16]

拜上帝會由「尚弟會」再作「尚地會」，「韋元蚧」可能是韋元玠，那是韋昌輝的父親。再過了一個月，情報更亂了。李星沅、周天爵奏稱：

> 金田大股逆匪連村抗拒⋯⋯西匪韋正、韋元蚧，東匪洪秀全即洪雲山，傳為逆首⋯⋯[17]

1851年4月21日，李、周又奏稱：

16　同上，頁159。僅過了十天，在周天爵的奏摺中，「韋元蚧」又改作「韋沅蚧」了。
17　同上，頁223。

> 訪聞金田匪首洪泉即洪秀全，乃傳洋夷天竺教者……[18]

「天竺教」當為「天主教」，比起「尚弟會」、「尚地會」說來，似為距事實更近，但「洪泉即洪秀全」一語，似乎自己把自己攪亂了。兩天後，周天爵又奏：

> 現在賊情形勢，惟韋正、洪泉、馮雲山、楊秀清、胡一沈、曾三秀頭目數十百人，而洪泉、馮雲山為之最。洪泉，西洋人傳天竺教者……洪非其姓，乃排輩也……[19]

此奏摺應當說距真實相當近了。可洪秀全的身份，一下子卻變成了「西洋人」。咸豐帝至 5 月 10 日收到此摺，此時距其初派林則徐已經半年多了。清方的統帥如此不明前線的敵情，調度指揮也不能不手腳錯亂。

　　儘管咸豐帝並不了解對手的情況，但對造反者仍顯示出毫不手軟的決心。前面我已談到了他的命將，都是當時朝野呼聲很高的幹臣。這裏，再看看他的調兵：

1850 年 10 月 12 日：調湖南兵 2,000 名入桂

1850 年 10 月 22 日：批准新任廣西提督向榮率親兵 600 名入桂

1850 年 10 月 28 日：調貴州兵 2,000 名入桂

1850 年 10 月 31 日：調雲南兵 2,000 名入桂

1851 年 2 月 5 日：調貴州兵 1,000 名入桂

1851 年 4 月 6 日：調貴州、雲南、湖南、安徽兵各 1,000 名入桂

1851 年 4 月 25 日：調四川兵 1,000 名入桂

1851 年 5 月 6 日：調貴州兵 1,000 名入桂

18　同上，頁316。

19　同上，頁329。

以上共計調兵 13,600 名。[20] 當然，由於地理的遠近等因素（詳見第五章），這些援軍趕到戰場尚須時日。

打仗是世界上最最花錢的事。對於軍費的撥出，咸豐帝與他苟儉摳門的老子道光帝相反，毫不心疼。自 1850 年 10 月 12 日由湖南撥銀 10 萬兩、戶部再撥銀 20 萬兩開始，至 1851 年 4 月 26 日，已放銀超過 160 萬兩。咸豐帝不待地方官請求，拿出皇室的私房錢，從內務府撥銀一百萬轉輸廣西，以求飽騰之效。[21]

據今日史家估計，金田起義時，洪秀全、楊秀清的部眾大約兩萬人，除去婦女老弱，能打仗的男子不過四分之一。再說這些毫無軍事經驗的農民，也本不應是馬步嫻熟的官軍的對手。這麼多的兵將銀兩堆上去，咸豐帝心想，即使不可一鼓蕩平，總可扼制其蔓延之勢吧。

誰知情況恰恰相反。

李星沅是個懦弱的人，周天爵根本不把這位欽差大臣放在眼裏；新任廣西提督向榮自恃鎮壓李沅發有功，也無視這兩位只會耍嘴皮子的文官上司。三個人三條心。花在對付「尚弟會」或「尚地會」叛亂上的心思，似乎少於他們互相之間的勾心鬥角。儘管從他們的奏摺上看，清軍獲得了一個又一個的勝仗，可賊越殺越多，局勢越來越壞。李星沅一面上奏「廣西會匪多如牛毛」，要兵要將要錢；一面也不掩飾內部矛盾，承認自己沒有本事，再三要求咸豐帝派出「總統將軍」前來。

咸豐帝原來設想的剛柔相濟，結果成了窩裏鬥。

太平軍卻在此期間越戰越強。

清軍小勝大敗。

20　同上，頁 43、54、57、65、153、270、368。
21　同上，頁 43、201、243、342。

到了這個份上，再傻的人也看出來廣西的軍政班子非作調整不可。咸豐帝也決計換馬了。這一次，他派出了一個頂尖人物，文華殿大學士、軍機大臣、管理戶部事務的賽尚阿。[22]

賽尚阿最初的任務是到湖南組織防禦，阻止太平軍北上。廣西的內爭使咸豐帝將賽、李對調，派賽尚阿入廣西主持攻剿，調李星沅回湖南協調防堵。為了防止再出現將弁內爭而不聽命的局面，咸豐帝在賽尚阿臨行前還舉行了一個特別的儀式，授其遏必隆神鋒必勝刀，[23] 許以軍前便宜行事，將弁違命退縮可用此刀斬之。此刀象徵着王命。

1851年7月2日，賽尚阿抵達廣西省城桂林，前任欽差大臣李星沅在幾個月的焦灼中病死，傲慢無人的周天爵亦奉旨回京。然而，賽尚阿手下強將如雲，[24] 咸豐帝又在兵、餉上盡力滿足。朝野上下，都認為此次大功必成。咸豐帝得知賽尚阿抵達廣西，那顆緊揪了幾個月的心頓感輕鬆，立即發去了黃馬褂、大荷包、小荷包等御賞物品，頒旨：「迅掃妖氣！」[25]

只是後人們在多少年後才發現了一條材料：賽尚阿臨行前就不那麼自信，在與同僚武英殿大學士卓秉恬相辭時，居然對之落淚。[26]

---

22 就內閣的地位而言，賽尚阿為首揆，但在軍機處，實以祁寯藻為領班。有人以賽尚阿為首席軍機，實誤。但賽尚阿的地位也已至人臣之極。

23 遏必隆，清初名將。其刀為乾隆時經略傅恆攻打金川時所用。此刀的來歷也可見咸豐帝的用意。

24 此時在賽尚阿麾下有都統巴德清、副都統達洪阿、廣西提督向榮、廣州副都統烏蘭泰、總兵長端、軍機章京丁守存、廣西按察使姚瑩等人。由於賽尚阿的舉薦，當時頗有才幹的官吏，如嚴正基、許祥光、江忠源、丁辰拱等也奉旨入賽尚阿軍營。

25 《清政府鎮壓太平天國檔案史料》，第2冊，頁91。

26 據謝興堯：《桂林獨秀峰題壁詩雜記》。

洪秀全、楊秀清自金田起義後，入武宣，轉象州，折回桂平，根本不在乎清軍的圍追堵截。他們似乎也聽說了賽尚阿的到來，知道清軍將大兵壓境，蕭朝貴於是扮天兄下凡，大戰妖魔三場，宣佈了天意，那姓尚的大妖頭被殺絕了，尚妖頭之首級及心膽皆取開了。天兄旨意即刻遍傳於全軍：要大家寬心、放心。[27] 7月2日，就在賽尚阿到達桂林的那天，洪、楊動員全軍進擊，果然數敗「清妖」。9月25日，太平軍攻佔了廣西東部的永安州城（今蒙山縣城），這是他們奪取的第一個城市。

太平軍佔領永安後，開始其一系列的軍政建設：

——天王洪秀全封楊秀清為東王（九千歲）、蕭朝貴為西王（八千歲）、馮雲山為南王（七千歲）、韋昌輝為北王（六千歲）、石達開為翼王（五千歲）。所封各王均受東王節制。由此，楊秀清以東王、正軍師執掌太平天國的實權，洪秀全有如精神領袖。

——廢除清王朝的正朔，頒佈天曆，於壬子二年（即咸豐二年、1852年）實行。

——頒刻《太平禮制》、《太平條規》、《太平軍目》，並重頒了《天條書》，規定了等級制度、軍紀軍規、部隊編制。

——嚴別男行女行。自金田起義後，太平軍即拆開家庭，按性別、年齡編伍。此次重申後，更規範化、制度化。

然而，最能打動人心的是日後「小天堂」的封賞。洪秀全頒佈詔書：

> 上到小天堂，凡一概同打江山功勳等臣，大則封丞相、檢點、指揮、將軍、侍衛，至小亦軍帥職，累代世襲，龍袍角帶在天朝。[28]

---

27 《天父天兄聖旨》，頁90。
28 〈天王詔旨〉，《太平天國文書彙編》，頁35。

太平天國新曆

這種打天下、坐天下的江湖做派，最適應下層民眾之心。按照《太平軍目》，就是最小的「軍帥」，也是統轄萬人的赫赫將領。為了功賞罪罰嚴明，洪秀全還下令，每次殺妖後，記錄每一個人的功過，逐級上報，「俟到小天堂，以定官職高低，小功有小賞，大功有大封。」[29]

永安城外的清軍，密密麻麻。「尚妖頭」帶來的「妖兵」，由兩萬升至四萬。[30] 英勇的太平軍將士毫不畏懼。有天父天兄保佑，有天王德福賞賚，他們視死如歸，即使升天，也「職同總制世襲」。[31] 賽尚阿迷惑不解地向咸豐帝報告：

29　同上，頁34。

30　江忠源：《致彭曉杭學傅書》。其中有相當大部分為僱勇。

31　〈天王詔旨〉，《太平天國文書彙編》，頁35。「總制」為太平軍的官職，位於王、侯、丞相、檢點、指揮、將軍之後，列在監軍、軍師、師帥、旅帥、卒長、兩司馬之前。

（太平軍）一經入會從逆，輒皆淌不畏死。所有軍前臨陣生擒及
地方拿獲奸細，加以刑拷，毫不知所驚懼及哀求免死情狀，奉
其天父天兄邪謬之説，至死不移。睹此頑愚受惑情況，使人莫
可其哀矜，尤堪長慮。[32]

這是一種來自內心的宗教信仰的力量。

然而，皇上帝的信仰，只能鼓足勇氣，兵戰的勝負又往往取
決於指揮員水平的高下。楊秀清，這位年僅27歲未曾讀書據說不
識字的農民兒子，在實戰中顯示出高於清方將帥的非凡軍事才
能。他在這一時期制訂的《行軍總要》，被後人視作中國近代優秀
兵書之一。

賽尚阿出京的日期隨着星辰移轉而在咸豐帝心中日漸模糊，可
賜刀壯行的威嚴場面仍歷歷在目。他身在北京，心念廣西，每天仔
細閱讀前方的軍報，每次均予以詳明的指示。他已將自己的主要精
力，轉移到對付這支巨匪之事。雖然前方的軍情不太妙，但他相信
一定會好轉。為此，咸豐帝作了兩首詩，題為〈盼信〉，隨諭旨一
同寄給前線的賽尚阿，激勵臣子們激發天良：

狼奔豕突萬山中，負險紫荊必自窮。
峽界雙峰抗難破，兵分五路鋭齊攻。
壯哉烏向謀兼勇，嘉爾賽鄒才濟忠。
權有攸歸師可克，揚威邊徼重元戎。

罹劫吾民堪浩嘆，冥頑梗化罪難寬。
因除巨慝武非黷，迥思庸臣心可寒。

---

32 《清政府鎮壓太平天國檔案史料》，第2冊，頁408。

默籲蒼天事機順，速望黔庶室家完。

未能繼志空揮淚，七字增慚敢慰安。[33]

詩後，咸豐帝還附有一篇非常動感情的朱諭。為了集中力量保重點，咸豐帝派兵增將撥銀，前方將帥要什麼就給什麼，光銀子就給了一千萬兩；[34] 可他要的東西──獲勝擒首班師的捷報，賽尚阿卻沒有送來。盡是那些言辭含混、初看似為勝利、細思則是失敗的報告，咸豐帝一次又一次掃興失望。

為了弄清敵情，咸豐帝不惜放下架子垂詢：

據單開獲犯供詞，有太平王坐轎進城（指永安城），大頭人俱住城內之語。究竟系何頭目？是否即系韋正？[35]

而賽尚阿對此的答覆，仍使他不得要領：

惟金田逆匪自稱太平天國，確有歷次所獲犯供及偽示、偽印可憑。其匪首確系稱太平王，惟其偽太平王究系韋正，抑系洪秀全，供詞往往不一。臣等各處密發偵探，適有報稱匪洪秀全以下八人，稱二哥至九哥，其大哥即賊所妄稱上帝，又曰天父者。……緣此會匪本由洪秀全、馮雲山煽惑，韋正傾家起釁，始推韋正為首，後仍推洪秀全為首。而洪秀全又一姓朱，則向有此說，乃其詭稱前朝後裔，洪字即假洪武字樣……

---

33 《清政府鎮壓太平天國檔案史料》，第2冊，頁200。咸豐帝在詩中自註「峽」為「豬仔峽」，「烏向」為烏蘭泰、向榮，「賽鄒」為賽尚阿、鄒鳴鶴。

34 據賽尚阿奏，自他執掌廣西軍政後，共得軍費銀820萬兩，然於1852年2月5日，再伸手要200萬兩，咸豐帝仍予批准。見《清政府鎮壓太平天國檔案史料》，第2冊，頁857。

35 《清政府鎮壓太平天國檔案史料》，第2冊，頁343。

賽尚阿還稱，這些傳聞之詞，他也難以確認，以致未及時上奏。[36]
為了激勵將帥用命，咸豐帝還於1852年2月6日下了一道嚴旨發給
永安前線：

> 以後如不能迅速攻剿，徒延時日，朕惟賽尚阿是問！若或防堵
> 不周，致賊匪潰竄，再擾他處……朕惟烏蘭泰、向榮是問！其
> 能當此重咎耶？[37]

這是一道不留餘地的死命令。兩天後，他又提醒賽尚阿，別忘了那
把遏必隆神鋒必勝刀，遇有臨陣退縮或守禦不嚴者，「立正典刑，
以肅軍紀」！[38]

永安城的圍攻戰，持續了半年。在賽尚阿的統率下，向榮、烏
蘭泰兩路夾擊，大小數十仗。到了4月5日，眼看大功告成，永安
即將得手，洪秀全、楊秀清又率軍間道突圍，直奔省城桂林了。

如此損兵折將，只賺得一座空城，賽尚阿自知罪孽重大。為了
對付主子的聖怒，他將一名太平軍俘虜，捏稱為太平天國的天德王
洪大泉。在奏摺中大肆渲染此人是洪秀全兄弟，同稱萬歲，所有謀
劃皆由其主掌，洪秀全只享其成。[39] 這一名「首要逆犯」被賽尚阿
一路秘密押解，「獻俘」北京。

「洪大泉」於1852年6月押至北京，咸豐帝似乎已覺察出此人
非「首逆」，但為了自鼓士氣，仍下令凌遲處死。

不能說咸豐帝一無所獲，他此時總算弄清了對手的實情。「洪
大泉」的供單，明確開列了洪、楊、蕭、馮等人的地位稱號。可咸
豐帝讀到這份情報是在1852年5月9日，距金田起義已經484天了。

36　同上，頁408。
37　同上，頁576。
38　同上，頁579。
39　《清政府鎮壓太平天國檔案史料》，第3冊，頁57–59。

洪秀全、楊秀清決計突圍永安，確實因兵事陷於危局。但當他們一旦出了這座小小的山城，反倒是蛟龍入海，造就出更大的形勢。

永安突圍有如一座里程碑。在此之前，洪、楊取戰略防禦之策；在此之後，他們開始了戰略進攻。

1852年4月17日起，太平軍攻廣西省城桂林，作戰33天，接仗24次，雖未破城，但也把廣西的軍政大員嚇個半死。

1852年5月19日，太平軍撤桂林圍北上，克全州，於6月9日打出廣西，進軍湖南。

1852年6月12日，太平軍兵不血刃地佔領道州（今道縣），休整月餘，遂東進、北上，一路攻城略地，9月11日起進攻湖南省城長沙。

長沙的戰事膠着持續了兩個多月，楊秀清以久攻堅城非計，於11月底撤兵，北佔岳州（今岳陽），隨後水陸開進湖北。

1853年1月12日，太平軍攻入武昌。這是他們攻佔的第一座省城。天國的將士們在這座歷史名城中度過了天曆的新年。2月9日，洪、楊放棄武昌，率軍沿長江而下，目標是他們的「小天堂」——南京。

在這十個月的征戰中，太平軍的人數急劇擴大。受盡壓迫卻生計無出的下層民眾，山洪暴發般地湧入其行列。楊秀清以他的組織天才，幾乎在一夜之間便將渙散的民眾部勒成伍。在道州得挖礦工人而建土營，至岳州得船艘而編水軍。總兵力在湘南即達五萬，入湖北已近十萬，而離開武昌時，已成為旌旗蔽日、征帆滿江的五十萬大軍（包括婦女老弱），對外號稱「天兵」百萬。

已經沒有什麼力量可以阻擋他們了。人間的「小天堂」召喚出他們近乎無窮的創造力。

迅猛發展的造反浪潮，使京師龍廷中的咸豐帝坐臥不安。他一直在發怒生氣，一直埋怨前方將帥不肯用命。可他並沒有新的招數，其頻頻出手的王牌，仍是罷官、換馬。

位於人臣之端的欽差大臣、大學士、軍機大臣賽尚阿，先是被咸豐帝降四級留任，命其趕至湖南主持攻剿，但賽尚阿的軍務越辦越糟，於是，咸豐帝便調派其最為賞識的、剛剛鎮壓廣東天地會頗有成效而晉太子太傅的兩廣總督一等子爵徐廣縉入湖南，接任欽差大臣，並署理湖廣總督，將賽尚阿革職拿問送京審判。

徐廣縉又是個銀樣鑞槍頭，受命後一直在磨延時日，不能組織起大規模的軍事行動。湖北戰場的失敗，使咸豐帝再次拿徐廣縉開刀，革職逮問送京審判。

兩湖戰場的一敗塗地，使咸豐帝的目光不再注視那些位尊名高的重臣，開始尋找那些有實戰經驗和統兵能力的戰將。向榮，這位自參與鎮壓太平軍起曾六次被他懲黜，差一點發配新疆的署理湖北提督，1853年2月3日被破格提拔為欽差大臣，「專辦軍務，所有軍營文武統歸節制」，成為兩湖地區的最高軍政長官。而他先前一向痛恨的在鴉片戰爭中對「夷」軟弱、1852年6月藉故發配吉林的前陝甘總督琦善，因辦事幹練，也於是年底召回，以三品頂戴署理河南巡撫，1853年1月12日授欽差大臣，帶兵南下防堵太平軍。至於官聲一直不錯的兩江總督陸建瀛，也於1853年1月12日被授欽差大臣，帶兵西進防堵太平軍。

三位欽差大臣，分佈在三個方向。咸豐帝的如意算盤是，三路合擊，消滅太平軍於湖北戰場，至少也不能讓其四處流竄。

向榮出身於行伍，征戰四十年，又與太平軍交手三年，深知對手的厲害：若發動大規模的軍事進攻必自取其敗。於是，他採取的作戰方針是等距離追擊。既不要突得太前，惹急了對手，也不能落得太後，以能應付主子。他打的是滑頭仗。

由於太平軍並沒有北上，且琦善手中的兵力也不足，於是，琦善的「戰法」是在江北隨太平軍的東進攻勢平行向東移動監視。這自然也無仗可打，猶如遠距離間隔的護送。

這下子可苦着了陸建瀛。

欽差大臣陸建瀛奉旨後率五千兵馬西上，於 1853 年 2 月 9 日到達江西九江，隨後遣兵三千前出，扼守鄂贛交界廣濟縣境內的老鼠峽，自將兩千兵紮營於龍坪。這麼一點兵力，又何擋於雷霆之力。

1853 年 2 月 15 日，太平軍進抵老鼠峽，一夜盡覆陸建瀛前遣之軍。躲在三十里後的陸欽差聞敗，急乘小船一逃九江，再逃當時的安徽省城安慶。安徽巡撫苦求其留守此地，他仍不顧而去，隻身逃往南京。

陸建瀛的逃跑開了一大惡例，長江沿岸的清軍紛紛效法，聞風即潰。東進的太平軍一帆千里，如入無人之境，輕取九江、安慶、銅陵、蕪湖。南京已成了風前之燭。

陸建瀛逃歸南京後，同城的江寧將軍祥厚力勸其再赴上游督戰。可陸氏已經嚇破了膽，自閉在總督衙署內堂中三日不見客。原來奉旨趕至南京協防的江蘇巡撫楊文定，見勢不妙，不顧同僚垂淚哀求，也出城逃命，理由是防守南京後方的鎮江！

陸建瀛的做法使咸豐帝暴跳如雷。他於 1853 年 3 月 6 日收到江寧將軍祥厚彈劾陸、楊的奏摺，立即下旨將陸建瀛革職逮問送刑部大堂治罪，授江寧將軍祥厚為欽差大臣署理兩江總督，組織南京城的防禦。幾天後，仍覺心氣難平，又下旨抄沒陸建瀛的全部家產，並將其子刑部員外郎陸鍾漢革職。

然而，這一份威嚴無比的諭旨卻無人接收，無人執行了。

1853 年 3 月 8 日，太平軍前鋒進薄南京，19 日攻入城內，20 日盡蕩城內之敵。已被革職尚未拿問的前任欽差大臣陸建瀛、已經授

職尚未奉旨的繼任欽差大臣祥厚，統統死於太平軍的刀下。在天國的軍威之下，怯懦的與膽壯的無分別地魂歸一途。

當石頭城易幟巨變的報告傳到北京時，咸豐帝流淚了，當着眾臣的面……[40]

1853年3月28日，太平天王洪秀全在萬軍簇擁下進入南京城，儀衛甚威，路人跪迎。南京被定為太平天國的首都，改名天京。中國出現了南北對立的兩個都城。

紫金山下玄武湖畔的南京號稱虎踞龍盤的名城，曾為六朝故都。明太祖朱洪武元璋在此開基立國，明成祖朱棣遷都北京後，仍以此為陪都。清代以北京為首都，以盛京（今瀋陽）為陪都，改南京為江寧。當時的文人墨客又多用古名金陵。但南京這個名詞，一直沒有從老百姓的口中消失。去掉一個名稱容易，抹去一片記憶甚難。這個在當時南中國最大的城市，為清代管轄蘇、皖、贛三省，兼理漕、河、鹽三務的兩江總督的駐所，是中國最重要的政治、經濟中心之一。

楊秀清由此看中此地，太平天國由此號其為「小天堂」。[41] 儘管今日歷史學家對太平天國定都南京的得失眾說紛紜，但它在當時許多人心目中具有帝王氣象。

定都伴隨着封爵加官。廣西而來的「老兄弟」成了管理城市的新主人。王朝的典儀建立了，天國的規制大定了。天王洪秀全興奮地頒佈詔書：

<hr>

40　黃輔辰：〈戴經堂日鈔〉，《太平天國資料》（北京：科學出版社，1959），頁47。

41　據《李秀成自述》，太平軍攻取南京後，洪秀全仍欲取河南為業，而楊秀清為一湖南老水手說動，遂移天王駕入南京，改為天京。詳見《太平天國文書彙編》，頁486。

東王楊秀清誥諭。黃紙精印，墨刷，朱筆填寫。縱91.44厘米，橫152.4厘米。此佈告發於1853年6月，但仍署1852年長沙戰死的西王蕭朝貴之名

地轉實為新地兆，天旋永立新天朝。

一統江山圖已到，胞們寬草任逍遙。[42]

這道在今日文士眼中不夠雅致的七律格式的詔書，看來確係洪本人的手筆。東王楊秀清也頒下誥諭：

……茲建王業，切誥蒼生，速宜敬拜上帝，毀除邪神，以獎天衷，以受天福，士農工商，各力其業。自諭之後，爾等務宜安居桑梓，樂守常業，聖兵不犯秋毫，群黎毋容震懾，當旅市之不驚，念其蘇之有望。為此特行誥諭，安爾善良，佈告天下，咸曉萬方……[43]

為這位不識字的「真天命太平天國禾乃師贖病主左輔正軍師東王」楊秀清撰此誥諭的書手，今已無從考其姓名，但文筆頗為古樸。洪

42　《太平天國文書彙編》，頁39。「胞們」，是對太平軍將士的稱謂。「寬草」即寬心之意。

43　同上，頁111。

秀全的詔書也罷，楊秀清的誥諭也罷，說的都是一個意思，即新朝已建，王業已立，「妖胡」行將撲滅。

位於今南京市漢府街的兩江總督衙署，此時被改為天王府。許多年後，它又成了繼洪秀全之後反清革命的孫中山、號行國民革命的蔣介石的總統府。此為後話。但從1853年3月直至咸豐帝病死，太平天國的天王洪秀全在此牢牢地坐在他的王位上。

正當洪、楊據南京為都時，北京的咸豐帝也陷入苦思：登極以來，日夜操勞，為的就是求天下平治，可為何局勢卻壞到這般田地？

面對着一次次的失敗，咸豐帝似乎也承認自己用人不當。林則徐出師未捷身先死，喪失了兩個月的時機；李星沅名高卻不足以當大任，但操勞過度死於疆場還算是盡忠了；賽尚阿在召對時頗有對策，誰知一至前線反束手無策；徐廣縉在反英人入城、平廣東「會匪」時表現上乘，誰知到頭來竟敢欺朕；陸建瀛負恩昧良，厥罪尤重，本死有餘辜，但此時畢竟戰死了，總不能再加罪死人，於是還得開恩按總督例治喪；眼下一個向榮，已進至南京東的孝陵衛，紮下江南大營，一個琦善，亦趕至揚州，紮下江北大營，可天曉得他們能否不辱君命，擊滅這股不肯剃頭的「髮逆」。

想來想去，除了用人不當外，咸豐帝實在看不出來自己的舉措又有何失當。對於佈兵攻剿的方略，已詳盡到何處設防何處進兵；對於逆匪處置的指示，也已具體到如何收買如何反間。總不能讓朕親赴前敵，事事辦理妥當吧！前方傳來的軍報，從來都不過夜，當日便予以處置；前方將帥要兵，便調動十八行省精兵十萬，就連關外龍興之地的部隊都動用了，更何況各地又大量僱勇；前方糧台要餉，便傾出家底搜羅近三千萬兩，戶部的銀庫空了，各地的儲備盡了，就連內務府的開支也十分緊張。還有那些沒良心的地方官，嫌戶部指撥的銀兩到達太慢，居然點着名要撥內務府銀兩一百五十

太平天國玉璽，青白玉質。長、寬各20.4厘米，超過了清宮交泰殿清乾隆二十五寶中的玉璽。璽文為：「天父上帝玉璽　太平　恩和　輯睦　天王洪日天兄基督　救世幼主　主王興篤　八位萬歲　真王貴福　永定乾坤　永錫天祿」

萬，朕也忍了，未加究治。[44] 只有臣子以天下養朕，哪有臣子敢掏皇帝的私房腰包。至於用兵之道，古訓煌煌：在於賞罰嚴明。軍興三載，各地督撫換了個遍，桂、湘、鄂、贛諸省的軍政官員換了一茬又一茬，被革發遣的不力將弁又何止數十員。就說向榮，六次懲黜，稍有微勞，即予開復。朕不惜於典刑，不苟於賞賚，可是這批臣子也太沒有天良了！由此越想越氣，將革職拿問的賽尚阿、徐廣縉統統定為斬監候，並把賽尚阿的家產抄了，四個兒子統統罷官！

可在眼下，不用這批人又用誰呢？恩師杜受田撒手仙逝，滿朝的文武，誰又能幫朕出出主意，挽狂瀾於既倒！

咸豐帝的這番反思是永遠找不到出路的。社會動亂的根源之一，在於自乾隆末年起半個多世紀的政治腐敗。文官愛錢，武官惜命。拼命做官，無心做事。見利竭力鑽營，見難彌縫逃避。絕大多數的官員已經不能在政治目標上與朝廷中樞保持一致。在李星沅、周天爵先後勞累病死之後，在廣州副都統烏蘭泰、湖北巡撫常大淳、安徽巡撫蔣文慶以及前面提到的陸建瀛、祥厚兵敗自殺或被殺之後，在賽尚阿、徐廣縉判處死刑緩期執行之後，當官已成了危途。撈不到錢，卻要送命，做官還有什麼意思？湖北巡撫龔裕，見

44　《清政府鎮壓太平天國檔案史料》，第5冊，頁75、103。

太平軍盛，居然自行上奏，詭稱其患病且不知兵，請求開缺！在升官不能打動心思、罷官反覺釋然的時候，咸豐帝又用什麼來鞭策、激勵臣子們的效忠呢？

在萬般無奈之際，咸豐帝多次想到天意，難道上天偏向於「天國」而不再傾向自己？從1850年冬至1853年春，他曾九次親承大祀，每次都祈求上天祖宗的保佑。[45] 他甚至下令地方官將洪秀全、楊秀清、馮雲山、韋昌輝等人三代祖墳徹底掘毀，並明確指示將墳後「坐山後脈概行鑿斷」，以壞其風水。[46] 在軍事不利的危急關頭，他還兩次頒下〈罪己詔〉，一次在1852年5月17日，另一次在1853年2月15日，求上天寬宥，民眾原諒，臣子盡心用命。[47] 局勢沒有絲毫的好轉，反是更壞。〈罪己詔〉本是皇帝的最後一招，此招出手無效，難道真是天命終絕？上天呐，祖宗呐，你們既然擇我為天子，選我繼帝位，為何不給我指明一條能走的道？

勤政的咸豐帝，此時愁腸百轉，漸漸地倦怠於政務了……

45　《清政府鎮壓太平天國檔案史料》，第6冊，頁318。
46　《清政府鎮壓太平天國檔案史料》，第5冊，頁178。
47　《清政府鎮壓太平天國檔案史料》，第3冊，頁134–135；第4冊，頁363–364。

五　虧得湘人曾國藩

就在咸豐帝一籌莫展陷於困境時，統治集團內部倒是真有一位奇異人士挺身而出，他還帶出了堪與太平天國對敵的軍隊。這就是曾國藩和他訓練的湘軍。

曾國藩，湖南湘鄉人，1811年出生於山村中一個小地主家庭。大咸豐帝20歲，大洪秀全三歲。他六歲上學，讀四書五經。教材與咸豐帝、洪秀全相同。

與洪秀全科場挫意相反，曾國藩15歲便中了秀才，隨後入衡陽唐氏家塾、湘鄉漣濱書院和長沙岳麓書院學習。經名師高手指撥的曾國藩，理所當然比只靠村塾冬烘發蒙的洪秀全，更能理解傳統經典的真義，八股制藝的技巧也更正規，更熟練。1834年中舉人。1838年中進士，入翰林院。1840年散館後授翰林院檢討。此後多任翰林院、詹事府的詞臣之職，雖沒有什麼實權，但有機會讀書，升遷機會比六部司官和地方縣、府太爺更多，時人稱為「儲才養望」之地。果然，1847年，曾國藩由正四品的翰林院侍講學士破格提拔為正二品的內閣學士兼禮部侍郎銜，連升四級。1849年，出任禮部右侍郎。

十年之中，由一名翰林院的庶吉士升至侍郎，當時屬火箭速度的幹部。而點燃這支火箭的，是權重一時的穆彰阿。

曾國藩中進士那年，穆彰阿恰為正考官，按當時的習慣，兩人屬門生、座師的關係。可當年中式進士183名，選庶吉士也有50名，穆彰阿對人群中的曾國藩看來沒有很深的印象。1843年，穆彰阿任總考官大考翰詹。交卷之後，穆向曾索取應試詩賦，曾隨即謄清送往穆府，自此，曾在穆的庇護下飛黃騰達。野史中關於穆彰阿如何照顧曾國藩的記載接近於神話，[1] 但曾國藩對其恩師之感激確在史籍中有可靠的記載。穆彰阿被罷斥後，曾每路過穆宅總不免一番感慨。後來曾國藩發達了，仍專程拜訪穆宅。也曾因自己不得空，還派其兒子登門代致敬意。

京官生涯中，曾國藩雖官運亨通，但似乎更注意學問修養，與京城中的名儒交往甚密。他精通理學，一手桐城派的好文章，大字小楷也都寫得不錯。在儒家精神的感召下，他不僅要立功，而且還想立言、立德。這種至高無上的境界，他後來似乎都做到了。

咸豐帝登極後，下詔求言。曾國藩因先前上有〈遵議大禮疏〉[2] 而獲咸豐帝的褒嘉，此時，他以為新君從善如流，必有大振作，自己亦可一展身手。於是，他細心結撰一摺，抨擊官場上的退縮、瑣屑、敷衍、顢頇之惡習，請求咸豐帝加意整頓，注意考察。[3] 疏上，咸豐帝大為讚賞，下旨曰：

1　據《清稗類鈔》，穆彰阿多次在道光帝面前表彰曾國藩遇事留心，可大用。一日，曾國藩奉旨召見，太監引至一室，但等到午後，仍未被召見。傳旨：「明日再來。」曾國藩回到穆宅，穆問及可留意房間內懸掛字幅，曾國藩告之未留意。穆彰阿立即請家僕帶四百兩銀子買通太監，連夜將該室內字幅全文抄下。第二天，道光帝召見，所問皆為昨日室內懸掛之歷朝聖訓，曾國藩對答如流。道光帝後對穆彰阿說，「你稱曾國藩遇事留心，果然如此。」遂曾國藩駸駸向用矣。（見該書，第3冊，頁1404）

2　《曾國藩全集》（長沙：岳麓書社，1987），奏稿一，頁3–6。「大禮」，是指道光帝陵寢「郊配」、「廟祔」二事。

3　《曾國藩全集》，奏稿一，頁6–10。

> 禮部侍郎曾國藩奏陳用人三策，朕詳加披覽，剴切明辯，切中
> 情事，深堪嘉納⋯⋯

可是，咸豐帝似乎沒有弄清楚曾國藩奏摺中的曲折用意，只是對「日講」一事發生興趣，讓有關部門「察例詳議以聞」。[4]曾國藩由此上奏「日講」規章十四條，[5]結果部議不予採納。曾國藩並不氣餒，繼續上奏言事，尤以汰冗兵省國用一摺切中時弊。然而，所有的建議都是不了了之，良苦的用心換來四處碰壁。以忠臣自勵的曾國藩對此不免失望，憤懣的心情在私信中無保留地瀉出：

> 自客春求言以來，在廷獻納，不下數百餘章，其中豈乏嘉謨至
> 計？或下所司核議，輒以「毋庸議」三字了之，或通諭直省，則
> 奉行一文之後，已復高閣束置，若風馬牛之不相與。[6]

1851年5月24日，廣西的局勢已經不可收拾，心急如焚的曾國藩鼓足勇氣，上有一摺，直接批評咸豐帝注重小節而忽略大計，惑於虛文而不求實學，剛愎自用而不能知人善任。[7]疏上後，曾國藩屏息以待雷霆，在給朋友的信中稱：「忝竊高位，不敢脂韋取容」；[8]在其家書中又稱，為了「盡忠直言」，「業將得失禍福之度外」。[9]

　　咸豐帝看到曾國藩這番教訓他的話，果然怒氣大作，將奏摺扔在地上，即刻召來軍機大臣，要求立即下旨加罪之。軍機大臣們再

4　《清實錄》第40冊，頁116–117。「日講」是指以詞臣每日向皇帝進講儒家經典之事，以勸激朝野對儒家經典的注重。

5　《曾國藩全集》，奏稿一，頁11–17。

6　《曾國藩全集》(長沙：岳麓書社，1990)，書信一，頁76，「客春」，「去春」之意。

7　《曾國藩全集》，奏稿一，頁24–27。

8　《曾國藩全集》，書信一，頁80。

9　《曾國藩全集》(長沙：岳麓書社，1985)，家書一，頁212。

贈太傅原任武英殿大學士兩江總督一等毅勇侯諡文正曾國藩

曾國藩（1811–1872），字伯涵，
號滌生，湖南湘鄉人。選自
清人繪《清代名人像冊·曾國
藩像》

三勸阻，咸豐帝也自覺失態，便下了一道表面上是優容實質上是斥
責的上諭。[10] 很可能是曾為曾國藩房師時任軍機大臣的季芝昌，將
內情透露給曾國藩。[11] 曾國藩消沉了，詩中出現了「補天倘無術，
不如且荷鋤」之句。[12]

　　京官的生活對曾國藩來說是越來越乏味了，自覺得滿腹才華無
處使去，原來這堂堂二品京堂就是這麼不當用的。

10　《清實錄》，第40冊，頁446。上諭中有「語涉偏激，未能持平，或僅見偏
　　端，拘執太甚。念其志在進言，朕亦不加斥責」；「諸臣亦當思為君之不易」
　　等語。

11　朱孔彰：《中興將帥別傳》（長沙：岳麓書社，1989），卷1，頁2。

12　〈秋懷詩五首〉，《曾國藩全集·詩文》（長沙：岳麓書社，1986），頁22。

1852年7月26日，咸豐帝放曾國藩為江西鄉試正考官，並准其在考差完畢後返回已離別13年的家鄉省親。這一好消息使曾國藩如釋重負，打點行裝後離開京城南下。此一去，直至1868年才有機會再叩宮闕，那時，咸豐帝已去世七年。

　　1852年9月8日，曾國藩行至安徽太湖縣境內，突聞其母病故，孝子之情使他當日折往湖南，回家奔喪，準備按儒家的禮制，在家丁憂守制三年。

　　回家的路，很不好走。太平軍在兩湖的攻勢，使曾國藩切身體會到清王朝的頹勢。10月6日，他回到湘鄉老家，又親眼目睹了當地鄉紳在太平軍攻擊之後的驚弓之鳥狀。然而，其母的喪事尚未辦完，又於1853年1月21日接到湖南巡撫轉來咸豐帝的諭旨：

> 前任丁憂侍郎曾國藩，籍隸湘鄉，現聞在籍，其於湖南地方人情自必熟悉，著該撫（指湖南巡撫）傳旨，令其幫同辦理本省團練鄉民、搜查土匪諸事務。伊必盡力，不負委任。[13]

看到這一份諭旨，着實使曾國藩犯難。如遵旨出山，既有損於孝道，且諸事棼難，多年的名聲難保；若抗旨不出，聽說太平軍已破武昌，勢如破竹，覆巢之下，豈有完卵，不僅自己的名聲，即連身家性命都必毀之。猶豫的心情整整折磨了他四天。在朋友一再勸激下，他終於以忠君衛道保鄉的信念，驅向長沙，慷慨赴大任了。

　　咸豐帝讓曾國藩幫辦團練，並非是對他的重用。團練是不遠離家鄉的民間武裝，一般由鄉紳捐資，由鄉紳控制；個別情況下亦由官府發餉，聽官府徵調，但性質也轉變為僱勇。自嘉慶朝鎮壓苗民起義後，團練又成為清政府慣常的手段，與保甲制度相配套，保境

13　《清實錄》，第40冊，頁1021。

安民，平息當地小股反叛，以補官軍之不足。咸豐帝命曾國藩出山，是在他得知太平軍已佔岳州並開向武昌之時，恐湖南在太平軍過後地方不靖，而湖南巡撫一個人又忙不過來，便讓曾國藩出來幫幫忙而已。而且，在此前此後，咸豐帝共任命45名在籍官員辦理團練，最多的一省為山東，共有13名團練大臣。諭旨中「幫同」、「團練鄉民」的用語，更是明確限定了曾國藩的工作性質和任務範圍。

咸豐帝此時絲毫沒有想到，他的這份純屬一時之念的諭旨，成就了曾國藩此後數十年的大業。

曾國藩到達長沙後，其最主要的敵人，並不是已經北上的太平軍，也不是本省活躍非常的天地會，而是自家人——湖南本省的軍政各大員。

曾國藩深知小打小鬧的團練成不了氣候，不用說是太平軍，就連山堂林立的天地會也對付不了。於是，他挖空心思在「團練」兩字上做文章，曲解其意思：將由鄉紳控制的保境安民的武裝，即本意上的團練，稱之為「團」，而將集中僱募離鄉作戰的僱勇，稱之為「練」。結果，他在鄉團僱勇中發展了一支數千人的武裝，成為其日後湘軍的基礎。咸豐帝交代的「搜查土匪」的工作，幾乎沒有花曾國藩多少力氣。他以「團」為耳目，以「練」為機動部隊，隨時開赴各地鎮壓。不消幾個月，湖南境內的局勢大體平定下來了，而他與湖南地方官的矛盾卻已如水火，無法相容了。

在平定各處反叛中，曾國藩拿獲了大批「匪首」，他自設刑堂，自定罪名，大開殺戒，被鄉人呼為「曾剃頭」。然按清代制度，一省刑名由按察使負責。被架空的按察使自然不滿，而欲從審判中撈取種種好處費的大小胥吏，更是罵聲不絕。

按當時的一般做法，地方平靜之後，練勇應立即遣散，至少得縮小規模，而曾國藩的部眾卻有補充擴大之勢。由此引起的巨額餉

銀，也使有理財之責的巡撫、布政使苦累不堪，憑什麼拿自家的錢養別家的兵呢？

團練也罷，僱勇也罷，以往都歸於官方的軍事長官節制。可曾國藩把持的這支「練勇」，就連巡撫都難以過問，執掌一省兵權的湖南提督更難染指。若此也就罷了，曾國藩還利用其下屬插手於地方官軍，竟然命令長沙的綠營隨同這種不上枱面的「練勇」一同操練！這些平日不事操演卻有種種惡習的丘八老爺拒不從命，被激怒的軍官更是挑起事端。最後在湖南提督的慫恿下，亂兵衝進曾國藩的公館，差一點要了他的性命。

若以當時的官場遊戲規則來討論，應當說是曾國藩違旨，他本是「幫同」地方官辦理「團練」，可他卻利用昔日「二品京堂」的餘威，專摺奏事的權力，讓地方官「幫同」他來籌建一支「練勇」。以此觀之，地方官的不滿是有「道理」的，但曾國藩心知肚明，正是這些「道理」使清王朝陷於如此之深的危局。要辦成事情，只能自己身體力行，決不能沾上那早已腐爛的政權機器。

逆來順受，帶血吞牙，曾國藩一切都忍了。他不想告御狀，在大業未成之際花力氣打一場沒完沒了的筆墨官司。長沙再也呆不下去了。1853 年 9 月 29 日，他忍氣吞聲地帶着三千人的小部隊，南下衡州 (今衡陽)，對咸豐帝匯報説，要去鎮壓那兒的土匪。

太平軍的凌厲攻勢，使咸豐帝焦頭爛額，根本無暇顧及湖南的曾國藩。曾國藩從幫辦「團練」到自辦「練勇」的角色轉換，他稀裏糊塗地認可了。曾國藩要求撥餉購炮造船，他也不假思索地批准了。他似乎只認一條理，只要對鎮壓太平天國有利，只要不從中央財政中拿錢，怎麼辦都可以。他不清楚細節，也無時間無心思作具體的策劃。就是這麼一條縫隙，使曾國藩在湘南一隅，從清朝的軍政體制之外，不受干擾地完全依照自己的設計，編練出一支迥異於清朝各類武裝力量的新軍 —— 湘軍。

曾國藩的新軍，新在哪裏呢？

軍官：曾國藩萬分痛恨清軍各級軍官的腐敗，私信中稱他們「喪盡天良」。他由此以理學精神為號召，尋找那些具有「忠義血性」的儒生來帶兵。一時間，眾多有志有才的湘籍士子圍聚在他的身旁。湘軍軍官中，儒生過半，成為其主要特色之一。

士兵：為了防止潰兵滑勇把種種惡習帶入湘軍，曾國藩強調募集邊僻地區的山民。他還讓帶兵官自行回鄉募兵，以一地之兵集中於一營，用鄉誼故交維繫部隊內部的情感，以求在作戰中互助互力。此種方法使湘軍兵源很長時間內集中於湖南，尤其以曾國藩的家鄉湘鄉為最多。

編制：鑒於清朝國家軍隊平日兼負大量的警察職能，戰時只能抽調，臨時命將率領，結果兵將不習，兵兵不習，勝則相妒，敗不互救；曾國藩建立了自己的指揮體系，由大帥到統領到營官，不越級指揮，職權歸一；又因湘軍的任務單一，作戰時一營一營地成建制調出，兵將相習，又可收指臂之效。

火器：由於清朝國家軍隊戰時臨時抽調編組，各部攜帶的火器往往不一，且因遠程調派運輸困難而缺乏重火器。曾國藩在營制中注重輕重火器與冷兵器的恰當比例，並為解決運輸問題而專門設立了「長夫」（類似於今日運輸部隊），這使得湘軍的火力比各處清軍皆強。

水軍：清朝水師多設於沿海，長江各省綠營所編戰船甚少。為對付太平軍的水軍，曾國藩亦相應建立了水軍，以水制水。這使得在鎮壓太平天國的戰場上，湘軍是唯一一支可以水陸協同作戰的力量。且水軍的建立，也為湘軍陸師的快速機動提供了便捷的運輸條件。

訓練：清朝國家軍隊訓練廢弛久矣，以致對付揭竿而起的農民皆紛紛敗北，而曾國藩先前派所編「練勇」外援江西失敗的教訓，

使之格外重視技戰術訓練。衡州的營地，實際上就是一個訓練基地。也因為如此，湘軍後來出戰時，對付因作戰頻繁而訓練欠足的太平軍時，往往能以少擊多。

餉俸：清朝國家軍隊餉俸低下，兼士兵多有家小，難以維持生計，需作別項經營。[14] 湘軍實行厚餉制度，所募士兵多為青壯，無家小之累。在當時農村破產的湖南，厚餉吸引了眾多苦於生活的山民，使湘軍有可靠、充足的兵源。

湘南衡州的建軍練兵工作，緊鑼密鼓地進行了四個月。曾國藩在此期間絞盡了腦汁，費盡了心力。他只是一名丁憂在籍的官員，嚴格說起來還算不上朝廷正式命官，上奏時自稱「前禮部侍郎」，處於「非官非紳」的尷尬地位。他的這一支部隊，也不是國家正式軍隊，官方文書上有「湘勇」、「楚勇」、「勇營」等多種稱謂，屬既非團練又非官軍的模糊性質。這種特殊性，雖有利於曾國藩放開手來創造，但要合「法」地取得清朝上下的承認、支持，尤其是獲得軍費，又是太難了。在當時一般官場人士的眼中，湘軍只是一個怪胎。對它的非難以至刁難，從來沒有停止過。

而曾國藩以他堅毅的性格，逐一克服來自清朝內部的種種困難，其目的，就是為了保住大清。

太平天國定都天京之後，又開始了英勇的北伐和西征。北伐軍以精兵兩萬直指北京；西征軍溯長江而上。

此時咸豐帝最最頭痛的是手中無兵。南方各省可調之兵，除已潰散外，盡歸於向榮之江南大營，北中國的部分兵力集中在琦善的

---

14 當時清軍的兵役制度十分落後。當兵是終生的職業，無合理的退役、補兵的明細規定。因而在軍營中，士兵從15至60歲皆有，很多士兵上有老，下有小，均需其供養，因而在操練之餘，兼做其他小生意，甚至做幫工。

江北大營。兩大營的任務是攻克「髮逆」巢穴,咸豐帝自然不能過分削弱。儘管從日後太平天國的發展來看,西征的意義重於北伐,但對咸豐帝來說,北伐的威脅大於西征。於是,他將北方各省精兵強將盡行用於對抗太平天國北伐軍。至於西征一路,他找不到生力軍,也未任命統兵大員,只是酌調些微兵弁命各省保全地方。

這是一個無可奈何的漏着。

長江中下游各省清軍,已被太平軍掃蕩過一次,地方官手中的兵力少得可憐。他們拼盡全力雖保住了南昌,但九江、安慶、廬州(今合肥)先後易手。太平軍由此建立起皖贛根據地,並以一部兵力攻入湖北。

太平軍在西戰場上的勝利,使咸豐帝拿着放大鏡遍地尋找可用之兵。曾國藩的部隊引起了他的注意,接連三次讓曾國藩率部出省作戰。

第一次是增援湖北。

1853年10月29日,因武昌危急,咸豐帝命曾國藩「選派」練勇,隨同湖南的綠營兵赴鄂。緊接着又於11月3日和5日,再次下旨命曾部出動。[15] 此時湘軍剛剛開到湘南整訓,根本不具備遠征作戰的能力,數日之內的三道金牌着實使曾國藩犯難。好在此時太平軍解圍東歸,武昌軍情稍解。曾國藩便以形勢有變為由而拒不從命。

咸豐帝命曾國藩部出援武昌,並不是認為其部足當大任,而是揀到籃中就是菜,以配合官軍助攻。曾國藩的一番遁詞也使咸豐帝很滿意,朱批道:「汝能斟酌緩急,甚屬可嘉。」[16]

第二次是救援安徽。

1853年12月12日,咸豐帝聽說曾國藩部已發展到六千人,趕

---

15 《清實錄》,第41冊,頁638、652、659。
16 《曾國藩全集》,奏稿一,頁75–78。

緊命令其率部開赴安徽，收復安慶等地。為了防止曾國藩不肯聽命，先給曾戴了一頂高帽子：

> 該侍郎忠誠素著，兼有膽識，朕所素知。諒必能統籌全域，不負委任也。[17]

曾國藩於12月23日收到此諭，正值湘軍水師編練的關鍵時刻，船未造齊，炮未運到，若倉促輕試，難逃失敗結局。於是他橫下一條心來抗旨不遵，在奏摺中強調若非船、炮、水勇一併辦齊，所部無法開動。曾國藩的這一篇奏摺惹惱了咸豐帝，朱批中充滿刻薄挖苦之語：

> 今觀汝奏，直以數省軍務，一身克當，試問汝之才力能乎？否乎？平日漫自矜詡，以為無出己之右者，及至臨事，果能盡符其言甚好，若稍涉張皇，豈不貽笑於天下？[18]

咸豐帝此時是小看了曾國藩。而曾國藩奉此嚴斥，連忙再次上奏，詳細說明了五條不能出戰的理由。[19]

第三次仍是出救湖北。

1854年2月25日，武昌危急，咸豐帝再次想到曾國藩的湘軍，下旨「刻日開行」。為了堵住曾的口，諭旨中稱：

> 現在已逾正月下旬（陰曆），船、勇當早齊備，廣東所購洋炮諒已陸續解到。

以此不讓曾國藩再強調客觀困難。[20] 然而，也就在這一天，曾國藩的湘軍練成，共有陸師十營、水師十營，各類船艘四百餘隻，火炮

---

17 《清實錄》，第41冊，頁739–740。
18 《曾國藩全集》，奏稿一，頁80–82。
19 同上，頁86–90。
20 《清實錄》，第42冊，頁50。

四百餘位，官兵長夫水手共計一萬七千人。他未待旨命，率部離開衡州向北開進。

這是一支強大的生力軍。清王朝先前鎮壓太平天國時，還從未派出過如此軍容整齊的部隊。

咸豐帝調其出援的諭旨由北向南，曾國藩率軍出征的奏摺從南而北；身背公文的摺差們兩騎錯過。雙方各自收到文書的場景，今已無人知曉，時間的湊巧或許會使他們會心一笑。然而，曾國藩這一次又違旨了。他沒有能救湖北，因為太平軍已經攻入湖南。

最初攻入湖南的，是太平天國一支規模不大的部隊。他們雖然在寧鄉小挫新編成的湘軍，但很快退走了。曾國藩立功心切，企圖督軍乘機殺進湖北，哪知在岳州遇到太平軍主力而大敗，只得退縮於長沙。長沙周圍的湘陰、寧鄉、靖港、湘潭一帶，盡為太平軍所據。

長沙本來就是曾國藩的逆旅。敗師回城，謗議四起。曾國藩決心用勝利來洗刷一切。他遣湘軍陸師進攻湘潭，自率水師及陸師一部進攻靖港。

1854年4月28日的靖港之戰，是曾國藩一生最大的失敗之一。湘軍水師被太平軍打得大敗，增援的陸師又聞敗而潰。惱羞成怒的曾國藩以文弱書生之軀親自執刀督陣，置令旗於岸邊，上書「過此旗者斬！」哪知潰逃的士兵繞旗而奔，局勢變得不可收拾。心冷至極的曾國藩投水以圖一死了之，被幕僚們救護回長沙。

真正救曾國藩性命的是湘潭傳來了獲勝的消息。4月27至30日，湘軍陸師連連獲勝，迫該處太平軍退出湖南。靖港獲勝的太平軍見局勢不利亦退至岳州。已經買了棺材不飲不食寫下遺書的曾國藩，聞知此訊似乎沒有像旁人那樣高興，而是冷靜分析勝敗兩方面

的教訓，整軍於長沙。勝將擴軍，敗營遣散，為此他不認親情，其弟曾國葆亦被裁之。曾國藩此後立下一條規矩，打勝仗可升官，打敗仗立即滾蛋。這與潰而復集、集而復潰的清朝國家軍隊，正好形成了鮮明的對照。

長沙整軍，使湘軍縮減至四千餘人。而兩個月的休整補充，又擴至萬人以上。是年7月，曾國藩率湘軍北上，與太平軍在岳州、城陵磯大戰月餘，將太平軍全部趕出湖南。隨即又水陸並進，連戰皆捷，於10月14日攻克了被太平軍佔據16個月的湖北省城武昌。

這一系列的勝利，使咸豐帝驚呆了。

自太平軍突圍永安城之後，咸豐帝似乎已經習慣了失敗。各級官員謊報的勝仗，他早有覺察，只不過是軍情緊急，無法一一查明而已。當他獲知湘軍在湘潭獲勝的消息之後，十分懷疑此即謊報，以遮蓋曾國藩靖港大敗之罪。一日，他召見湘潭籍的翰林院編修袁芳瑛，袁氏以家鄉得到的消息詳細告之。咸豐帝聞之大喜。而這位編修也在龍顏大悅之際佔了點便宜，當日放了一個肥缺江蘇松江知府。由於曾國藩因靖港之敗自請處分，他也按慣例將其前禮部侍郎

《克復岳州戰圖》，係《平定粵匪戰圖》之四，清宮廷畫家繪。湘軍於1854年8月攻佔岳州

的底缺革去了。岳州、城陵磯獲勝的消息傳來，咸豐帝對曾國藩刮目相看。儘管曾氏當年出山時為顯示其孝道，宣稱守制期間不受議敘，咸豐帝仍授其三品頂戴。10月20日，咸豐帝收到署理湖廣總督（時在孝感楊店）用日行八百里的當時最快速度送來紅旗捷報，稱聞湘軍已克復省城，他一時還不敢相信，旨命詳細奏覆。[21] 整整六天之後，曾國藩的奏摺遞到了北京，這天大的喜訊使咸豐帝激動了，朱批道：

> 覽奏感慰實深。獲此大勝，殊非意料所及。朕惟兢業自恃，叩天速赦民劫也。

功績卓著，立頒賞賚，這一點咸豐帝是從不含糊的，他當日授曾國藩二品頂戴，署理湖北巡撫，並賞戴花翎。[22]

「署理」為暫時代理之意。以曾國藩的功績，咸豐帝恐怕當時並非不肯實授此職，似乎為考慮另外兩層原委。一是聖恩不可一日施盡，若曾國藩再立功績，又加之何恩典？二是曾國藩以孝道自榜，上次給他三品頂戴都上奏推辭，若真實授，他必固辭不就，反為不美。守制期間任署理之官也是旗人的規矩，此時不妨效之。[23]

但這「署理」，卻給咸豐帝日後留下了餘地。

沉浸在勝利喜悅之中的咸豐帝（他已很久沒這麼高興了）向軍機大臣說道：「不意曾國藩一書生，乃能建如此奇功。」一位軍機大臣提醒咸豐帝：

21　《清實錄》，第42冊，頁520–522。
22　同上，頁533–536。
23　清代制度，旗人守制百日即可出為官，但任署職，以示孝道。守制三年（實為27個月）後改實任。

曾國藩以侍郎在籍，猶匹夫耳。匹夫居閭里，一呼蹶起，從之
者萬餘人，恐非國家之福。[24]

這位軍機大臣的話，如一盆涼水澆來，咸豐帝默然變色良久。出了
一個洪秀全，可不能再招來巨盜，歷史上如曹操滅黃巾之類的故事
一幕幕在腦中閃過。七天後，咸豐帝收回成命，改曾國藩為兵部侍
郎銜，專辦軍務，不再署理湖北巡撫了；同時，命令曾國藩率軍沿
長江東下，進攻江西。

　　咸豐帝對曾國藩的猜忌，用當時的觀念來看，完全是有道理
的。清朝以少數民族入主中原，歷來的傳統是以漢人辦事，以滿人
掌權。「滿漢一例」的口號喊得越起勁，就越說明滿漢之間的不平
等，否則也就不必多說了。曾國藩是個漢人，他出師時的〈討粵匪
檄〉風行一時，可只稱衛護性理名教，對「髮逆」的「興漢討胡」一
說卻是細心地不置一詞。不表態就是表態。他是否存有異心呢？

　　若僅如此，也就罷了。可曾國藩所帶的部隊，實質上是私家軍
隊，除了曾國藩等少數湘籍將帥外，誰也指揮不動。歷來的「兵為
國有」的根本制度，到他那兒成了「兵為將有」。還不知他手下的將
士們，心中除了曾大帥外，還有沒有大清。咸豐帝越想越猜忌：此
人不能不防。

　　咸豐帝又錯了。他從來就缺乏知人善任的本事。後來的歷史證
明，曾國藩是挽救大清朝的天字第一號忠臣。

　　咸豐帝的態度轉變，曾國藩很快便體會到了。

　　當他奉到署理湖北巡撫的任命後，立即上奏請辭，可收到的卻
是充滿虛情假意的朱批：

---

24 薛福成：《庸庵文續編》，卷1，〈書宰相有學無識〉。薛福成稱此軍機大臣為
　　祁雋藻，近來據朱東安先生的考證，可能為彭蘊章（見《太平天國學刊》〔北
　　京：中華書局，1985 〕，第2輯，頁178–182）。無論是祁雋藻還是彭蘊章對
　　湘軍都有疑忌心理，後將詳述。

> 朕料汝必辭，又念及整師東下，署撫空有其名，故已降旨令汝
> 毋庸署湖北巡撫，賞給兵部侍郎銜。

巡撫與侍郎雖為同品，可一是實權，一是空銜，其間的區別，誰都
看得出來。更讓曾國藩吃驚的是，咸豐帝又以其請辭奏摺中未書寫
「署撫」官銜之細故，無限上綱，稱「違旨之罪甚大」，「嚴行申
飭」。[25] 看到這裏，功臣的心涼了。

幾個月後，那位軍機的話語也傳到曾國藩的耳邊。曾的臉色一
下子暗了下來，無精打采。他與密友談起了東漢太尉楊震為權貴所
逼在几陽亭自殺的故事，愴嘆久之，開始為自己的命運擔心了。[26]

在許多許多時候，忠臣要比奸臣難當。

咸豐帝對曾國藩的態度轉變，最終倒楣的當然是他自己。

按照一般的軍事常識，湘軍奪取湖北後應全力經營之，成為可
靠的後方基地，穩紮穩打，逐漸向東進攻。而咸豐帝讓湘軍立即全
軍前出江西，一方面是急於鎮壓太平軍，另一方面是對湘軍又利用
又限制的策略，不使其在湖北坐大，使在江西、安徽的拼戰中消耗
實力，最後由江南、江北大營的清朝國家軍隊坐收其功。這種如意
算盤，當然只是咸豐帝的一廂情願。曾國藩在兩湖戰場上的勝利，
也使他沖昏了頭腦，以為這支萬餘人的部隊，能夠迅速蕩平「粵
匪」。1854年11月，湘軍水陸東進，在田家鎮一帶獲勝，迅速開抵
九江城下，發起攻城。

以後的戰爭不能不讓志向高大的曾國藩沮喪。九江的圍攻，歷
大小百餘戰，終不能克復，而湘軍的水師卻在湖口被切成兩半，喪

---

25 《曾國藩全集》，奏稿一，頁257。
26 〈曾太傅輓歌百首〉，劉蓉：《養晦堂詩集》，第5卷。

《攻破田家鎮克復蘄州圖》，係《清軍奏報與太平軍交戰圖》之一。清人繪。1854 年 11 月，湘軍水陸師大破太平軍，攻佔田家鎮

失作戰能力。1855 年 2 月，太平軍發起奇襲，直取曾國藩的座船。在萬分緊急關頭，曾國藩再一次投水自殺，又被左右救出。

再也沒有湘潭大捷的喜訊來安慰死而復生的曾國藩的心了。太平軍已再次西征，於 1855 年 4 月，第三次攻克武昌。而咸豐帝在軍情大變的情況下，又開始了瞎指揮，一會兒讓曾部回救湖北，一會兒要湘軍速克九江，直取天京。

一切惡果都顯露出來了。湘軍是無基地的作戰，此時又喪失了後方。除了進軍過早之外，湘軍軍事不得進展的另一重要原因是缺錢，無法擴充軍力，無法購買槍械，就連士兵的糧餉也捉襟見肘。曾國藩不敢問中央財政要，這不僅得不到反而會遭到訓斥；靠地方支持，那就得看地方官的態度了。家鄉湖南雖有支持，但遠遠不夠，而客軍所駐的江西巡撫卻不買曾國藩帳，處處刁難。曾國藩怒而劾之，哪知新任江西巡撫更壞。孤軍深入的湘軍，苦苦賣命而得不到應有的報答。好在曾國藩的好友胡林翼此時署理湖北巡撫，他即派出主力部隊援鄂助之，自己率領數千疲軍在江西苦熬。

《克復武昌省城圖》，係《清軍奏報與太平軍交戰圖》之一。清人繪。1856年12月胡林翼率湘軍攻克武昌

　　所有這一切使曾國藩深深體會到，真要有所發展，必須掌握地方政權，一個空頭「兵部侍郎銜」是實現不了自己的目標的。

　　不能説咸豐帝一點兒也看不出問題癥結所在。這一時期，地方官員變動極大，總督、巡撫的撤換如同走馬燈一般。許多資歷、功績都不如曾國藩的紛紛被拔至高位，但他就是不把地方實權交給守制已滿、眼巴巴等待着的曾國藩。

　　江西的日子是曾國藩一生中最痛苦的時期。皇帝的不信任，同僚們的鏑射，使他在功業難成的情況下「不欲復問世事」。1857年3月，他接到父親病故的訃告，奏報丁憂後便委軍而去，直接跑回家鄉守制了。

　　統兵大員不經批准放棄指揮權出走，在當時是一個不小的罪名。由於一些官員為曾求情，咸豐帝沒有處分曾國藩，而是給假三個月，讓他在家料理完喪事後立即返回江西帶兵。這麼一個讓人不放心的能人，朕還需要他出力，實在不值與之過分計較。

三個月的假期很快就到了。曾國藩在此期間終於打定主意，要向咸豐帝爭一爭了。

作為一種試探，曾國藩先是於 1857 年 6 月 16 日出奏，為了孝道，請求在家終制。奏摺中說了一句很值得玩味的話：江西軍務「添臣一人，未必有益，少臣一人，不見其損。」[27] 這句話當然不符合實情，其真正含義是讓咸豐帝掂掂他的份量。

咸豐帝當然明白曾國藩的重要性，諭旨中稱：「該侍郎所帶楚軍（即湘軍），素聽指揮」，這也婉轉地承認別人指揮不動。他沒有同意曾國藩的守制要求，而是讓曾立即返回江西。他甚至還誤以為曾國藩不肯出山是出自孝道，將曾國藩的兵部右侍郎的實缺改為署理，以順應其孝子之心。[28]

咸豐帝一再命其出山的諭旨，使曾國藩認為一切條件均已成熟。於是，7 月 26 日，他上了兩篇奏摺。前一摺仍作孝子狀，請求終制。後一摺長達兩千字，歷陳帶兵作戰沒有地方實權的種種難處，最後亮出底牌：

> 以臣細察今日局勢，非位任巡撫，有察吏之權者，決不能以治軍。縱能治軍，決不能兼及籌餉。臣處客寄虛懸之位，又無圓通濟變之才，恐終不免於貽誤大局。[29]

這段話的意思再清楚不過了，咸豐帝你要我出山，就得給我巡撫實缺，否則拒不從命。我已經受夠了氣，不再奉陪了。

咸豐帝這下子才真正弄明白，曾國藩鬧了幾個月，原來就是要挾朕授其江西巡撫。這決不能答應。軍權加政權，如虎添翼，稱霸

27　《曾國藩全集》（長沙：岳麓書社，1987），奏稿二，頁 860–861。
28　同上，頁 861–862。
29　同上，頁 866。

一方，將來如何了得。於是，他將計就計，批准曾國藩守制，並按照守制的規矩，將曾兵部右侍郎的底缺也開去了。你不是要做孝子嗎？朕這次成全你！

儘管咸豐帝在諸多方面不顯才氣，唯獨這一方面十分清醒。專制統治者對威脅自己權勢的任何人與事，從來就是最靈敏，最惡感，並下手不留情的。

這下子該曾國藩叫苦了。沒想到咸豐帝居然假戲真做。一肚子黃連，又向誰道去。當年10月，又收到咸豐帝諭旨，讓他以在籍身份，幫辦湖南團練。這就更讓他哭笑不得。湖南境內並無太平軍，出來再幫辦團練又算什麼呢？於是，他在10月26日的奏摺中小心翼翼地提及江西，並寫下了一段充滿悔意的話：

> 臣自到籍以來，日夕惶悚不安。自問本非有用之才，所處又非得為之地。欲守制，則無以報九重之鴻恩；欲奪情，則無以謝萬世之清議……

曾國藩此中曲折透露出來的意思是讓咸豐帝「奪情」，命他復往江西。哪知咸豐帝一不做，二不休，在其奏摺上朱批：

> 江西軍務漸有起色，即楚南（湖北）亦就肅清，汝可暫守禮廬。[30]

也就是說，幫辦湖南團練一事也都免了吧。

不管曾國藩如何示孝，但真正讓他在家鄉守制卻憋得更加難受。他飽浸理學，忠孝不能兩全的古訓，他深知之，事君事親孰重孰輕，他更明之。他早已立志以救天下為己任，江西只不過是不敵志，在家則是不得志！這位講究修養的理學大師，一下子變成了行

30　同上，頁868。

為乖僻的人，常常無緣無故地生氣，拿家裏人來出氣。最倒楣的是他的弟媳婦，被這位大伯的無名火弄得不知所措。

然而，在此怨憤憂鬱中稍稍使他寬慰的是，在江西、湖北征戰的湘軍將領，遇事仍至湘鄉向他請示。湖北的一切，由其密友胡林翼一手包辦，江西的湘軍，由其部將楊載福統帶。別人誰也插不進手。

風箏雖然放了出去，可線還捏在曾國藩的手裏。

到了 1858 年，江西、浙江、福建的局勢大變，咸豐帝只得請曾國藩出山，但職權上絲毫不讓步，讓曾以「前任兵部侍郎」的空銜領兵征戰。

到了 1860 年，清朝用於鎮壓太平天國的唯一主力部隊江南大營，被太平軍擊滅，手中再也無可用的國家軍隊。咸豐帝只得將救急的目光聚焦在曾國藩身上，先是加其兵部尚書銜，署理兩江總督，不久後改為實授，並任命其為欽差大臣，督辦江南軍務，節制大江南北水陸各軍。

到了這種境地，咸豐帝終於明白，要鎮壓頭號對手太平天國，不靠曾國藩和他的湘軍，已經不行了。至於將來會有什麼後果，到那時再說吧。

這些都是後話，後面還會述及。

六　新財源：釐金

　　湘人曾國藩及其創建的湘軍，在清朝鎮壓太平天國的主戰場 —— 湘鄂贛皖等省的頑強表現，幫了咸豐帝的大忙，緩解了其極為頭疼的兵力不足的難題；但是，另一個問題又凸現在咸豐帝的面前，這就是軍費問題。

　　清朝的財政體系是一種相當落後的制度：每年的財政收入是固定的，約銀四千萬兩，主要來源於地丁錢糧；每年的支出也是固定的，近四千萬兩，主要用於官俸兵餉。其基本特點就是量入為出，而由此引出的最大弊端，就是缺乏彈性。一切都是固定不變的，為政者沒有錢去開辦新的事業，而一旦遇到天災人禍，如水災、旱災、蝗蟲、戰爭、瘟疫，政府的收入銳減，支出劇增，往往會引起財政危機。

　　但這種制度最初推行時，似乎效果還不錯，康熙、雍正兩朝明主的精心管治，使戶部的存銀最高時達到七千萬兩，但經好大喜功的乾隆帝大手筆開銷，到嘉慶帝時，存銀已經不多了。川楚白蓮教起義、張格爾叛亂、鴉片戰爭，再加上黃河多次決堤，清政府的財政已陷於窘境。咸豐帝一上台，就想清清自己的家底，管理戶部事務的大學士卓秉恬向他報告：國庫存銀僅八百萬兩，而且「入款有減無增，出款有增無減」，入不敷出，為數甚巨。[1]

1　轉引自彭澤益：《十九世紀後半期的中國財政與經濟》（北京：人民出版社，1983），頁84、138。

戰爭是吃錢的怪獸，其消耗量大得驚人。可清政府財用的匱乏，似乎沒有影響咸豐帝鎮壓太平天國的決心。他從戶部銀庫中支撥，從各地封貯銀中調解，從內務府「私房錢」中發給。與先前和之後的列朝皇帝不同的是，咸豐帝動用皇家私產時毫不顧惜、毫不心疼。兵部尚書桂良奏稱，內務府存有金鐘三口，重兩千餘斤，值銀數十萬兩，請銷熔以補軍費。他立即命令內務府查明，派六弟奕訢親自監熔。結果這三口乾隆年間由宮廷工匠精製，鑴有乾隆帝御製銘文，分別重800斤、700斤、580斤的世界超級工藝品，被熔為金條、金塊共計兩萬七千餘兩。[2] 戶部奏請將宮廷園林中多餘銅器發出，以供鑄造銅錢。他又命令內務府查明，結果圓明園等處存放的今天絕對是上等級文物的銅瓶、銅爐、銅龜鶴等228件，化成了8,747斤銅料。[3] 對於咸豐帝多次從內務府發銀的諭旨，使總管內務府的各位大臣都處在不理解的也要堅決執行的思想境界。到了1853年9月，內務府終於向咸豐帝亮出了紅燈，存銀僅41,000兩，再也不能支付皇室以外的任何開支了。[4] 年輕的咸豐帝似乎第一次知道，富甲天下、金碧輝煌的皇家也有財盡用窘的時候。

到處羅掘，千方籌措，使咸豐帝從1850至1853年7月，總共弄到了近三千萬兩的銀子供應前線，[5] 換來的是太平天國定都南京。而到了此時，咸豐帝已經山窮水盡，戶部存銀僅29萬兩，就連京官京兵的俸餉也都發不出來了。

2　《清代檔案史料叢編》(北京：中華書局，1979)，第1輯，頁5–6、9–11、26–27。又據奕訢奏，金鐘除外包金，內質的成色是金三、銀五、銅二，故只熔得這些黃金。

3　《清代檔案史料叢編》，第1輯，頁7–8、13–14。

4　同上，頁19。

5　轉引自彭澤益：《十九世紀後半期的中國財政與經濟》，頁139。

至此，咸豐帝再也沒有甚麼招數了。後來的情況表明，咸豐帝在財政問題上只能是聽任臣子們的擺佈。而為了救急，臣子們的建策無不毒辣萬分。咸豐帝只能一一照辦不誤：

一、官兵減俸減餉

從 1853 年起，根據戶部的提議，咸豐帝先後批准將京內外文官武弁營兵的俸餉扣發兩成。以後又多次扣減。我在這裏具體地一一說明此類扣減的比例和時間，會是毫無意義。因為已經減少的俸餉，也經常欠發（尤其是京外）。到了後來，俸餉中又搭發大錢、銀票、寶鈔，那更是名不副實了。

官弁的俸餉減少，決不會使他們自甘生活無着。於是，他們更變本加厲地腠刮百姓。早已腐敗的吏治更是壞到無以復加。長期欠餉的清軍士兵，多次因鬧餉而起事，不少人乾脆幹起了打家劫舍的土匪勾當。這一切，加劇了全國的動亂局勢。

二、大開捐例，賣官鬻爵

開捐是清政府應付財用不足的傳統手法，自康熙朝開創後，幾乎從來沒有停止過。咸豐帝的父親道光帝對此種手段頗為痛恨，每次召見捐班官員皆容色不悅，曾經發生過因捐納官員應對粗俚而退捐罷官的事例。他在私下場合對一名科舉出身的官員坦露過心跡：「捐班我總不放心，彼等將本求利，其心可知。科目未必無不肖，究竟禮義廉恥之心猶在，一撥便轉。」[6]

道光帝雖對此不滿意，但為了財政之需仍不得不為之。咸豐帝沒有他父的那種道德上的顧忌。他需要銀子，管不了那麼許多。為了吸引富紳大商投資官秩官位，他根據臣子們的意見，來了個減價大拍

6　張集馨：《道咸宦海見聞錄》（北京：中華書局，1981），頁 22。

賣。1851年，他將1846年的捐例核減一成，九折收捐。至次年底，戶部收帳為銀300萬兩。1853年，再減一成，按八折收捐，當年戶部收得67萬兩。1854年，再減半成，按七五折收捐，戶部得數甚少。

戶部所獲捐銀的減少，並不是當時收捐總數的縮小，這主要是捐銀大多被地方官截留了。個中的原因，我在後面還會介紹。

三、鑄大錢、發銀票、製寶鈔

當時中國的貨幣是白銀、銅錢雙制式。銀按成色以重量為計，錢由清政府鑄造。為了用更少的成本獲取更大的財富，咸豐帝批准了臣子們鑄大錢的奏議。

1853年4月25日起，戶部開始鑄造當十銅大錢（即一枚抵十枚制錢）。在此後的一年中，又添鑄了當五十、當百、當二百、當三百、當四百、當五百，甚至當千的銅大錢。除了中央的戶部外，又有13行省先後獲准開局鑄造大錢。為了直接獲利，各處並不全是開礦煉銅或進口洋銅，而是往往熔毀原值一文的制錢，改鑄大錢。

即便如此，鑄銅錢仍嫌成本太高，當時的銅資源十分有限。1854年2月28日，咸豐帝又批准了鑄造鐵錢，甚至批准了鑄造當五、當十的鐵大錢。是年9月，咸豐帝還批准了鑄造鉛錢。

銅大錢、鐵錢、鐵大錢、鉛錢，畢竟還用金屬鑄造，更能獲利的是紙票。1853年4月5日，咸豐帝批准發行銀票，即「戶部官票」，面額有一兩、三兩、五兩、十兩、五十兩不等。是年12月24日，咸豐帝又批准戶部印製寶鈔，即「大清寶鈔」，又稱「錢票」，面額有一千文、二千文、五千文、十千文、五十千文、一百千文。除戶部外，由戶部監督的官銀錢號，也發行了數量驚人的京錢票，面額有高達一萬千文者！這種近乎無成本的紙幣，獲利驚人。如寶鈔一張，工本費僅制錢一文六毫，造百萬即可獲利百萬，造千萬即可獲利千萬。除了戶部外，京外16省區也開設官銀錢局，發行「局票」。

咸豐時期的當十、當五十大錢

從世界金融史來看，從以重量為計的貴金屬貨幣，發展到以數量為計的貴金屬或金屬貨幣（如金圓、銀圓、銅錢等），再發展到紙幣，是一種歷史的必然。從清代的經濟規模和商品交換的總量來看，紙幣的出現本非壞事。事實上，民間錢莊票號發行的各種票據也彌補了此種不足。但紙幣的發行須有完善的金融理論來指導，須有周密的設計，其中相當數量的保證金及嚴格控制的發行額，已是今日使用紙幣的人們耳熟能詳的決定性原則。可是，咸豐帝也罷，奏請發行銀票、寶鈔的官員也罷，他們並無近代金融知識，更無改造清朝落後的貨幣體系的構思。他們只是為了應付本無能力承擔的財政開支，而濫用行政權力發行根本不準備兌現的大錢、銀票、寶鈔。毋庸多言，如此無限量空頭發行毫無保證的紙幣，其後果必然是惡性通貨膨脹，這與直接掠奪人民無異。

濫發通貨的後果，立刻就顯現出來，咸豐帝也不是不知道，但裝着看不見。為了挽救財政危機，他一意孤行。戶部用白銀與票、鈔、大錢搭放的方式支付財政用度，如兵餉，往往銀、票對半，這實際上減少開支一半；又如河工，竟然銀二票八，這實際上減少開支八成。從1853至1861年咸豐帝去世，清中央政府發行的大錢、銀票、寶鈔、京錢票高達六千餘萬兩，佔這一時期國庫總收入的69.5%。[7]

咸豐一朝，是清代歷史上貨幣制度最為混亂的一朝。

咸豐一朝金融體系的動盪，給中國社會經濟帶來了巨大的災

7　彭澤益：《十九世紀後半期的中國財政與經濟》，頁114–115。

咸豐三年戶部五十兩銀票，銀票蓋有戶部關防，並有「永遠通行」方形滿漢文合璧圖記。鈔面下端長方格內印小字八行，「戶部奏行官票，凡願將官票兌現銀錢者，與銀一律；並准按部定章程搭交官項。偽造者依律治罪不貸。」

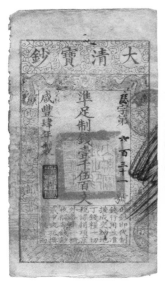

咸豐四年《大清寶鈔一千五百文》。寶鈔即錢鈔，格式與銀票類似。錢數上鈐《大清寶鈔之印》滿漢文合璧鈐記；下端印小字九行，曰：「此鈔即代制錢行用，並准按成交納地丁錢糧。一切稅課捐項，京外各庫一概收解，每錢鈔貳千文，抵換官票銀壹兩。」

難。咸豐帝似乎對這一切並不在意，為治眼前瘡，已不顧心頭肉了。因為，他也實在想不出別的辦法來了。

然而，從以上敍説中，我們又可以看出，咸豐帝的舉止有如被臣子們操縱的木偶。萬能的皇帝已在臣子們面前顯露其無能，至上的皇權也受到臣子們的侵蝕，這可是一種不祥的徵兆。

大錢、銀票、寶鈔的強制推行，只不過緩蘇了中央政府的財政危機，而鎮壓太平天國的軍費，並沒有因此有了着落。

自1853年中央財政危機大爆發之後，前方將帥們再也收不到由戶部撥來的實銀，頂多不過是一紙他省協餉的公文。而各省對此種非份且無休止的指撥，根本沒有能力完成，只能是推諉不辦。久而久之，此種皇皇的指撥協餉的命令，成了一紙並無效用的具文，將帥們別指望憑着它就可以弄到銀子。也就是從這時開始，中央的財政命令已經不靈光了。至於戶部發下的銀票、寶鈔、京錢票，民間往往拒收，並不頂用。

在這種情勢下，籌集軍餉似乎已不再是中央政府的義務，而在不知不覺中變成了戰區地方官的責任。咸豐帝在國庫一空的現實中，只讓前方將帥打仗，不肯管也沒有能力管前方的供給了。

於是，既然中央不負責軍費，地方如何籌餉也理所當然地成為中央管不着也管不了的事了。

於是，在戰區各省，籌餉成了地方官諸般政務中的頭等大事。

除了湖南、湖北等少數省份用整理本省財政的方法，增加財政收入外，[8] 許多省份的辦法是利用各種名目加捐加稅，其中有：四

8　湖南、湖北都是湘軍控制的省份。1855年湖南巡撫駱秉璋依靠幕僚左宗棠整頓田賦，其主要辦法是拋開清朝原有的賦稅機構，依靠鄉紳直接徵稅，改「中飽」為「公費」，結果增加收入數十萬兩，而民眾減少了實際繳納額。1857年，湖北巡撫胡林翼用同樣的方法進行整頓，也大大增加了收入，詳見龍盛運：《湘軍史稿》(成都：四川人民出版社，1990)，第3、4章。

川的按糧津貼和隨糧捐輸；[9] 江蘇、安徽等省的畝捐；[10] 廣東的沙田捐；[11] 安徽、江西、湖北、湖南、河南的漕糧折色。[12] 這種新增加的捐稅，集中於土地，也為地方官開闢了「浮收」的新管道，往往實徵是其定額的數倍，多收的款項成為各級官吏「中飽」的淵藪。在國庫日虛的同時，許多官員腰包日盈。戰爭給他們帶來了發財的新機會。

然而，農業生產的技術和規模，限定其產出。農業稅再怎麼增加，畢竟數量有限。過度的搜刮使小民賠累不起只得鋌而走險，全國都陷於戰爭狀態 (詳見第七章)。於是，各省地方官的眼睛轉向富紳大商。對付他們的辦法，就是勸捐。

按照原來的捐例規定，各省將捐銀數額交到戶部後，再轉行吏部，最後經皇帝批准發下標明捐得何種官爵的憑照。這種辦法需時多日，往往銀子交上去後，很久沒有下文，還要花銀子打點以催促辦事胥吏。為了提高效率，咸豐帝應地方官的請求，命吏部直接下發空白憑照，由地方官自填，定期匯總上報。從此，捐官捐爵成為一手交錢、一手發照的直接生意。這種高效率一時性地促發了「官爵消費者」的購買興趣；同時，地方官握有空白憑照，不必再等戶、吏兩部轉文，也以軍需為由將賣官鬻爵的捐銀截留。1854 年以後，捐銀成為各地軍餉的主要來源之一，早期的湘軍糧餉，基本

9　按糧津貼是按正項錢糧，帶徵同額的津貼。後因津貼仍不夠用，復勒索民間按正規錢糧數額攤派捐輸。

10　畝捐是按地丁錢糧數額的加徵。最初在蘇北開徵，每畝捐錢二十文至八十文不等。後在蘇南、安徽推行，數額不一，有每畝捐錢四百文者，亦有每畝捐穀兩斗者。

11　沙田是廣東沿海因泥沙沖積而形成的新土地，原來的國賦較輕，沙田捐是在正賦之外，每畝加徵銀二錢。

12　太平天國定都南京後，控制了長江漕糧轉運的中心區域，南方各省的漕糧無法北運。清政府改實物為折色，即令各地繳納白銀抵充先前的穀物。1853 年，部定每石漕糧折為白銀 1.3 兩。但各省官吏大肆浮收，經常向農戶多徵數倍。

是靠這些空白憑照解決的。而戶部自然再也收不到捐銀了。

　　但是，捐來的官爵大多是空銜，即便多繳銀兩捐補實缺，也須等待數年後方有機會授職。花兩三千兩白銀，捐一個七品知縣的頂戴，最初的自我感覺是能夠跟縣太爺平起平坐，但等到鄰里中知縣滿街走，甚至知府、道員的頂戴日日相見時，反襯托出真正的縣太爺的八面威風。虛銜又怎比得上實缺？投資是要講效益的。當這種官場投資不能換來原來期望的實際效益時，捐納市場就不可避免地走向熊市。

　　然而，龐大的軍費開支不能容許捐銀數量的下降。於是，原來標榜為「自願」的捐納，在實際操作層面「自願」的成分越來越小。上門勸捐已屬給面子的客氣，不給面子的帶兵勒捐也已見多不怪。許多紳商畏懼官府的權勢，只得一捐再捐，用白花花的銀子去換幾張空頭官銜的黃紙。

　　紳商遍遭勒索之後，又有官員將目光注視到在外面做過大官發過大財的回鄉在籍官員身上。這些做過真官的家庭，本來就看不起捐班，對空頭名銜毫無興趣，可無奈於地方官一再勸勒，也不得不交出部分家產。其中最典型的事例是，曾國藩對前兩江總督陶澍家的逼捐，使陶家的女婿左宗棠大為光火，埋下了日後曾、左仇隙的種子。

　　事情仍未到此為止。軍費的需求使在職官員也難於倖免。這方面最生動的事例是，1853年，太平天國北伐軍逼近北京，清軍軍費無出，戶部尚書孫瑞珍（前兩江總督、體仁閣大學士孫玉庭之子）被視為富戶，王公大臣在集議中派孫家捐銀三萬，孫瑞珍聞此變色，自報家產僅七萬，「若有虛言，便是龜子王八蛋。」這一場爭論幾乎弄到老拳相向。幾代儒學一品大員竟以粗俚的「龜子王八蛋」自誓，可見其惱羞成怒，也在史籍中添一笑料。[13] 京官不比地方官

13　鄧文濱：〈龜子虛言〉，《醒睡錄初集》，卷4。

可以刮地皮，京官的俸祿已經一減再減。如此逼勒使這位負責全國財政的高官也受累不起。第二年，孫瑞珍以病告退。當官原來是一樁賠錢的生意。

儘管開捐已成為地方官斂集軍餉的主要手段，但時間越長，收益越低。道光朝中期捐一監生需銀一百餘兩，到1857年僅十七兩，捐者仍不踴躍。戰區內富紳大商已受太平軍的打擊，復遭官軍的劫搶，根本無力應付再三再四的逼捐，此處的羅掘畢竟有窮盡之時。更何況還有兩點需地方官作考慮：一是開捐終究掛着「自願」的名義，總不能帶兵入室抄尋，諫台對勒捐多有微詞上聞，雖說咸豐帝基本不管，即便管也是裝裝門面，但畢竟不能做得太過分；二是捐銀的數量極不穩定，有時多一些，有時根本沒有，但前方軍營的開支是一個常數，不能吃了上頓還不知下頓在何方。有沒有一種強迫性且具穩定性的新財源呢？

釐金由此而產生。

最初的釐金，仍是捐輸的變種，稱為釐捐。首行區域為蘇北，創辦者為雷以諴。

1853年，刑部侍郎雷以諴奉旨幫辦揚州江北大營軍務，主要任務是籌餉。這可是一件極難辦頂費力的差使。可他的一個幕僚錢江，當時頗具傳奇色彩的人物，[14] 向雷氏出了一個主意：派官兵到各水陸要衝去設關卡，對通過的貨物按其價值強行派捐（這實際上是商品過境稅，當時又被稱作「行釐」）；另對開店銷貨的各商人按銷售額強行派捐（這實際上是商業稅，當時又被稱作「坐釐」）。釐

14　錢江，字東平。鴉片戰爭中，他以監生的身份來到廣州，刊刻由何大庚起草的〈全粵義士義民公檄〉，妨礙和局，被當地官員逮捕，充軍新疆，與林則徐有過交往。釋回後，赴北京，以其縱橫捭闔之說，奔走各官僚門下，名噪一時。投靠雷以諴之後，多有建策，然恃才傲物觸怒雷以諴，於1853年6月被雷殺之。

捐的交納者亦可同其他捐納者一樣，領到捐得何種功名的部照，只不過這裏面再也沒有自願的色彩了。

　　1853年10月，雷以諴首先在裏下河設立機構，向揚州城附近的仙女廟、邵伯、宜陵、張網溝各鎮米行派釐助餉，最初的標準是，每一石米，捐錢五十文。雷以諴一開始抱着試一試的念頭，哪裏想到在半年之中，共收錢兩萬串。次年4月，他向咸豐帝報告（先斬後奏）：此種方法既不擾民，又不累商，數月以來，商民無事。他還看出了此種方法的長期穩定性，奏摺中稱：「且細水長流，源源不竭，於軍需實有裨益。」於是，雷以諴一面宣稱自己將在里下河各州縣推行此法，一面提議由江蘇巡撫和南河總督在各自防堵的區域裏，「照所擬捐釐章程，一律勸辦。」[15]

　　咸豐帝收到這一奏摺，並沒有立即認識到此中的特別意義。他只是例行公事地認可了雷氏的做法，諭旨中說了一段極為含混的話：

> 粵逆（指太平軍）竄擾以來，需餉浩繁，勢不能不借資民力，歷經各路統兵大臣及各直省督撫奏請設局捐輸，均已允行……（雷以諴）稱里下河一帶辦理有效，其餘各州縣情形，想復不甚相遠……[16]

從這段諭旨來看，在咸豐帝的心中，釐捐與當時各省的捐納捐輸並沒有什麼區別，並用「想復不甚相遠」一語，對雷以諴之前之後的行為予以承認而已。至於雷氏的建議，咸豐帝下旨江蘇巡撫、南河總督等各就當地情形妥當商酌，若事屬可行，亦可照雷氏的方法變通辦理。這是咸豐帝第一次對釐金一事的表態。

15　羅玉東：《中國釐金史》（上海：商務印書館，1936），上冊，頁16。
16　同上，頁19。

1854年5月，雷以諴收到諭旨後，便在泰州設立分局，大張旗鼓地抽釐助餉。釐金的範圍從大米一項擴大到各類糧食、家禽、牲畜、油、鹽、茶、糖、鹼、棉、絲、布、衣物、酒、漆、紙、藥材、鍋碗及各類雜貨，可以說，沒有一種商品不抽釐。此外，對銀號、錢莊亦按其營業額抽釐。江蘇巡撫、南河總督大約也在是年下半年開始設卡抽釐。其具體做法今人限於史料還難以考證清楚。但到了1855年初，有人向咸豐帝報告「大江南北捐局過多」，可見其發展規模之迅速。

1854年底，欽差大臣、降調內閣學士勝保發現了釐金的特異功能，上奏宣揚其種種好處，並請下旨各地仿行：

> 可否請旨飭下各路統兵大臣，會同本省鄰省各督撫，會同地方官及公正紳董，仿照雷以諴及泰州公局勸諭章程，悉心籌辦。官為督勸，商為經理，不經胥吏之手，自無侵漏之虞。用兵省份就近隨收隨解，他省亦暫存藩庫，為協撥各路軍餉之需。[17]

勝保的建議中有三點值得注意：一是以統兵大員為主，各地方官只是會同（他此時正任欽差大臣，為軍費所苦，頗想自行徵收）；二是以公正紳董經手（由此可擺脫地方官吏的種種牽制和侵漁）；三是以濟軍需為名，隨徵隨解（由此可不讓戶部插手，也可不上交中央財政）。其核心是在清朝國家財政稅收網絡之外，另闢新的稅收體系。智商平常知識有限的咸豐帝，看到了這一奏摺，似乎沒有弄清楚勝保的真意，只是慣常地發下交戶部議覆。而戶部一不識釐金之意義，二不知釐金徵收之實額（各處多有瞞報甚至不報），因而對

17　同上，頁20。又，該書將勝保的職銜誤為內閣大學士兼禮部尚書（很可能是對內閣學士兼禮部侍郎銜一職的誤解），並誤稱勝保在江蘇幫辦軍務（此時已升欽差大臣）。

其發展前景並不看好，只是同意各省可以試一下。由此決定，戰區各省督撫可以針對本省情況定奪，酌量抽釐。

朝廷的這一決定，將徵收釐金的權力下放到各省督撫手中，這對勝保的建策是一種修正，但對徵收的方法及標準，均無明確的規定。戶部對此並無通盤的設計，咸豐帝更是懵懂不清。他腦子裏想的只是要弄到銀子來應付缺口極大的軍費，至於銀子的來由，他不想過問，也弄不清楚。

由此，各省紛起仿辦釐金。

走在前列的又是創建湘軍的湖南。1855年5月，湖南巡撫駱秉璋奏准設釐金總局於長沙，委本省鹽法道為總辦，本地紳士為會辦。湖南的做法與勝保的建策頗有相通之處，即繞開府州縣的各級官僚體系，官督商辦，將抽釐的收入直歸省級財政。繼湖南之後，以侍郎銜領湘軍在江西作戰的曾國藩，也於1855年10月奏請在江西試辦釐金。兩個月後，湖北巡撫胡林翼亦仿行於湖北。曾、駱、胡都是湘軍集團的頭面人物，為湘軍的餉需費盡了心思。他們最先看出了釐金的種種優長。

此後辦行各省日多，最後發展到全國，可見下表：

1856年	四川、新疆、奉天
1857年	吉林、安徽
1858年	福建、直隸、河南、甘肅、廣東、陝西、廣西、山東
1859年	山西
1860年	貴州
1862年	浙江
1874年	雲南
1885年	黑龍江
1886年	台灣

其間勝保於1857年7月所上一摺，奏請各省普遍抽釐，起到了推波助瀾的作用。按照當時的實際做法，各省督撫只需將該省釐金的收

入數與支出數，按季報戶部核查即可。也就是說，誰徵誰用，怎麼徵，甚至怎麼用，朝廷都管不着。

這下子可為枯竭的省級財政輸了血。按照清朝的財政制度，一切財政收入均歸於中央，各省、府、州、縣要弄點錢，只能在「耗羨」等名目上打主意。自1853年夏天之後，中央財政已撥不下軍費，本無正當財源的省級財政卻要負擔為數甚巨的各軍營軍費。現在總算有了一個名正言順的徵收渠道，誰也不肯將此交到中央財政去。釐金由此成了不受中央控制的大財源，由各省督撫所把持。

也就在這一時期，釐金漸漸脫離了「捐」的範圍，明確了「稅」的身份。

如果我們用今天的財經理論來劃分，釐金當屬商稅。它的出現，有着歷史的必然。儘管在中國古代的歷史中，商稅經常成為國家的主要稅種，特別是宋代，商稅超過一千一百萬貫，成為最主要的財政收入之一。但我們仍須看到，自明代之後，這種情況有了變化。朱元璋出身於農家，限於其個人的經歷，認識不到商業的意義，國家稅收主要為地丁錢糧，即農業稅，商稅反而減弱了。清承明制，國家收入的三分之二來自於地丁。永不加賦的祖制，[18] 又使之失去了擴張性。此外雖有鹽、茶、礦、關、酒、當、契、牙諸稅，但除鹽稅外，其餘稅目徵收額很小。

這種落後的稅收制度，使國家財政依賴於農業。本來產出有限的土地，因官府種種名目的加增 (大多為中飽，中央財政沾潤很少) 受到越來越多的榨取，農民甚至地主都無力承受。而利潤頗豐的商

18　康熙五十一年上諭宣佈，丁額以康熙五十年為額，以後滋生人口永不加賦。雍正初年實行攤丁入畝，田賦也永不加增。這種自我限制財政收入的方式，既反映了土地產出有限的實情，但使得清政府無法擴大其財政收入。對照此期的通貨膨脹，清政府陷於財政危機是一種必然。

業，卻長期處於輕稅甚至無稅的狀況。這種不合理的現象產生了兩大嚴重後果：一是國家在商業中獲利甚微，為保證其財政收入，一直採取重農輕商的政策，傳統的農本主義的經濟思想一直佔主導地位，商業得不到國家扶植反備受打擊。二是獲利的商人成為各級官吏搜刮的對象，各種陋規和攤派多取自於商人，一些商人也結交官府，謀取超經濟的優勢，如廣州的行商、揚州的鹽商即是，這使得正常的商業秩序久久不能建立起來。與宋代已經取得的城市經濟和工商業興旺的成就相比，明清的工商業未能達到其應該達到的水平。雖說歷史不能重演，但我們也不妨試想一下，如果明清兩代能有合理的商稅，國家從日益擴大的商業中獲得越來越多的收入，是否會對商業採取保護或扶植的政策？

在咸豐朝財政大危機之際，許多官員也有徵商稅之議。1853年，戶部也獲准擬定了具體辦法，[19] 準備先在北京試行，然後推廣到全國。但北京的商人們聞訊後紛紛以關閉相抗，市井蕭條，民眾不便，最後不得不取消。這一計劃的流產，反映了清政府主管經濟部門的官員才智低下和辦事低能。釐金的出現，應當說是彌補了商稅的不足。從以後幾十年的歷史來看，它和關稅的蓬勃發展，使清朝財政的基礎由農業轉向商業。就這一點而論，應當說是有意義的。

但是，正如紙幣代替貴金屬貨幣符合歷史方向，而無限量空頭發行「銀票」、「寶鈔」、「京錢票」卻是極大禍害一樣；在這一時期出台的釐金，以最大程度地榨取商人而填彌巨額軍費空洞為目的，失去了合理性，對商業的發展有着種種不利的後果。其一，各種徵發機構龐雜，名目繁多。如釐金的發源地蘇北，在咸豐一朝，抽釐機構有江北大營、江南大營、南河總督、袁甲三軍營（為

---

19 當時規定上等舖戶每月徵銀二錢，中等舖戶每月徵銀一錢，下等舖戶及工匠免稅。這種方法與商業利潤脫節，不太合理，自然遭到了抵制。

鎮壓捻軍而設）四大系統，名目有卡捐、餉捐、房捐、舖捐、船捐等近20種，彼此雷同，重複抽取。其二是釐卡林立，密於市鎮。如江西釐金卡局達56處，湖北釐金卡局竟曾高達四百八十多處。幾里幾十里即遇一卡局，商旅難於行路。其三是各省自行規定稅率，從百分之一到百分之二十不等，一般都達到百分之四、五。由於是重複徵收，商人望而卻步，嚴重影響了商業規模的擴大和全國市場的形成。

由此我們可下結論，釐金是一種惡稅。

儘管釐金是商業的毒瘤，但對各省級財政來說，卻是一大幸事。萬分窘迫的軍費難題由此得到了緩蘇。

最先推行釐金的江蘇省，相當長時期內缺乏實收額的統計數字。但據當時辦理上海抽釐事務吳煦的檔案來看，僅上海一地每年就超過一百萬兩白銀，其中最大一項是對當時的禁物鴉片的抽釐，其公開的名義是「廣捐」。[20] 湖南本為一財政小省，開徵釐金後，銀浪滾滾。湖南巡撫駱秉璋自稱每年釐金收入70萬、80萬至120萬兩之間，但經手其事熟悉內幕的郭嵩燾卻稱超過140萬兩，今人估計為近200萬兩。[21] 湖北的釐金更為出色，曾國藩的弟弟曾國荃稱，1857至1862年，平均每年有128萬兩，曾國藩稱「歲入二百數十萬兩」，湘軍大將劉蓉稱「舉辦鹽貨釐金歲五六百萬兩」（包括鹽稅等項），今人估計為300萬至400萬兩之間。江西是個窮省，且長期為主要戰區，其1859年的釐金收入達一百六十七十萬兩，此後四年共計為700萬兩。[22] 準確地估計當時釐金的絕對數額，今天已無

20　見《吳煦檔案選編》（南京：江蘇人民出版社，1983）。

21　龍盛運：《湘軍史稿》（成都：四川人民出版社，1990），頁149、152。

22　同上，頁335–337。

可能性，因為當時的官吏為免得戶部提取或恐戶部在報銷軍需中作梗，有意壓小數字，且即便是壓小上報的數字，也是各時各人自報一帳。但是，如果我們注意當時官員之間的私人信件，可以看出，西戰場上的湘軍和東戰場上的江南大營、江北大營，每月幾十萬兩的開支，主要靠釐金支撐着。

清政府鎮壓太平天國究竟花去多少銀子？今天的歷史學家有一個統計，即向清中央財政正式奏銷數為1.8億兩，[23] 實際開支數字肯定超過2.5億兩，如果再加上鎮壓捻軍等其他軍費開支，僅咸豐一朝的軍費遠不止三億兩。這麼大一筆數字，沒有釐金的支持是難以想像的。

因此，後來的歷史學家不停地對釐金的數額進行猜測。其中最有影響的，是羅玉東在《中國釐金史》中的估計，自1853至1864年，平均每年1,000萬兩，共計1.1億兩。[24] 這一說法當然缺乏嚴格的史料支持，但也能揭示真相，說明事實。就我個人的估計，此一時期的釐金總額似乎超過1.1億兩。

從清朝的社會經濟結構來看，要搜斂這麼一大筆資金，只可能從商業中榨取，在農業或手工業中絕無可能性。這是一種歷史的必然，咸豐帝個人或戶部對此有何想法或設計，一下子就顯得不那麼重要了。

同湘軍一樣，釐金的出現也非源於旨意，而是由統治集團內部由下而上地興辦的。它們的共同特點是：一、在清朝國家體制之外自創制度；二、朝廷的監控權很小。這顯示了統治集團中某些個人的出色才華，也反襯出朝廷及整個官僚機器的無能無力。客觀地說來，在當時的情況下，如果真正想辦一點事，依靠舊有的國家機器

23　彭澤益：《十九世紀後半期的中國財政與經濟》，頁127–130。
24　羅玉東：《中國釐金史》，上冊，頁38。

和行政關係幾乎寸步難行，只能憑藉某些個人的膽識、毅力和關係。遵制守法的結果，我在第四章中已作了說明，那必將一敗塗地。要做非常之事，須靠非常之人，行非常之法。

非常一旦行久，又變成了正常。

從此，各省督撫在辦理軍需的名義下，不僅把持了捐銀，而且控制了更為重要的釐金，就是原來由中央財政管理的地丁錢糧，戰區各省也時常以各種理由進行截留。這一變動，完全顛倒了原來中央集權的財政體系。中央斷了來路，各省督撫自行執掌銀錢流向的開關：可以上交中央，可以自行留用，甚至可以付給其他省份或地區與己關係密切的軍營。湖南、湖北兩省政權由湘系控制，搜斂到的銀錢便大力支援湘軍。而上海等處的收益，又解往賴以為屏障的江南大營。中央關於調度銀錢的命令，他們可聽也可不聽，往往找一個理由拒付。天底下動聽的理由又有多少，更何況中央也並不掌握他們手中銀錢的實際數額，退一步說，那些好不容易弄到銀錢的督撫也不願將之上交，腐敗的中央政府無識無能，與其讓他們揮霍，不如留下來辦點實事！

也就是由於這種情勢，曾國藩才處心積慮地上演了我在第五章中介紹的向咸豐帝要江西巡撫的一幕。掌握釐金等款項的督撫職缺太重要了，無此即無餉，又如何能練兵打仗。待到後來，曾國藩柄政兩江，湘軍征戰八省，其總兵額最高時達到五十萬！與清朝八十萬經制兵已相距不遠，而戰鬥力遠遠勝之。

釐金與湘軍，是咸豐一朝的兩大變局。銀與兵，是咸豐帝當政之初日夜焦慮耗盡心力的兩件事。釐金和湘軍正是應朝廷之急而生，可以說它們挽救了清王朝的危亡。可是，財權和兵權，這兩項在任何國度中都極為重要的權力，漸漸地落到了地方督撫手中，朝廷的權力也慢慢地只剩下任官命將一項（這一項權力後來也受到了侵蝕）。釐金和湘軍開始了晚清中央權輕、地方權重的新格局，原

來的統治秩序從內部開始了變異。只是僅僅看到其最初幾幕的咸豐帝，還沒有明白劇情會向何處演變。

　　細心的讀者一定會發現，在湘軍的創建過程中，咸豐帝多次與曾國藩鬥法，而在解決財政危機上，咸豐帝卻身影不顯。我在這裏用了這麼多的篇幅，介紹咸豐帝根本沒有插手或形同傀儡的諸如減俸、開捐、大錢、釐金等項事務，似乎游離了傳紀的本體。但是，要知道，無所作為也是一種作為。在像釐金這般重要的大政上，咸豐帝居然毫無己見，一切放手，這本身也就説明了許多、許多⋯⋯

七 「造反」、「造反」

今人稱湘軍和釐金挽救了清王朝的危亡，是因為他們看到了咸豐帝死後許多年的歷史結局，然身在廬山之中的咸豐帝，一時間還感受不到春江水暖，依舊處於渾身寒冷之中。他的那雙驚恐的眼睛，緊緊盯着撲面而來的太平天國北伐軍。

1853年5月，由太平天國天官副丞相林鳳祥、地官正丞相李開芳等人，率軍兩萬「掃北」，目標是攻取北京，將咸豐帝推下皇位。這支部隊雖然人數不多，卻是從廣西到南京一路打先鋒的精銳，其中兩廣來的老兄弟就有三千人之多。他們從浦口登岸後，進軍安徽，連克滁州，臨淮關，於6月攻克河南歸德（今屬商丘）。軍事的勝利，使之信心大增。此時太平軍鎮江守將羅大綱致書英國駐上海領事稱：「依揆情勢，須俟三兩月之間，滅盡妖清。」[1]

雖說咸豐帝在太平軍尚未北伐之前，為防其北上，於4月29日批准了山東巡撫所奏防堵計劃，5月2日又命直隸總督訥爾經額擇要加強防禦，但觀其主旨，是以黃河下游為天然屏障，在徐、淮一帶阻截太平軍。太平軍攻佔歸德後在劉家口渡黃河不成，似可視作此一計劃的成功之處。哪知擅長乘虛蹈隙的北伐軍又向西進擊，在黃河中游的鞏縣，用了八天時間渡過黃河，於7月8日進圍懷慶府（今沁陽）。

1　《太平天國文書彙編》，頁295。

咸豐帝得知懷慶未失守，寫「喜報紅旌」四字，命做成匾額。今故宮博物院軍機處堂內依舊掛着咸豐帝所書「喜報紅旌」匾

　　懷慶府的圍攻戰進行了56天，動作緩慢的清軍終於在外圍的南、東、北三個方向完成了反包圍，可是，只見北伐軍向西一躍，徑入山西，二十餘日連克十餘城。9月29日，太平軍攻入直隸，至10月7日，連下任縣、柏鄉、趙州、欒城、槀城。這一勝利的消息傳到天京，洪秀全從楊秀清之請，封林鳳祥為靖胡侯、李開芳為定胡侯。「靖胡」、「定胡」，不僅表明了他們的決心，似也說明了他們的信心。

　　前後五個月，征戰五個省。如此迅速的攻勢，又如何不使咸豐帝坐臥不寧。在這五個月裏，他調動了盛京、吉林、黑龍江、密雲、察哈爾、綏遠城、陝西、甘肅、河南、山東、直隸⋯⋯幾十處數萬兵馬，任命出征的將領不下數十人。如此頻頻下旨，今天觀其出招的套路已零亂無序。就是頂頂顯赫的欽差大臣一職，他先是授於文淵閣大學士、直隸總督訥爾經額，兩個月後因戰爭失敗，改

授因過失而降調的前內閣學士勝保，命其節制直、晉兩省各路兵馬。他又恐勝保不副名望，授其康熙年間安親王所獻的神雀刀，許以副將以下先斬後奏之權。至於訥爾經額，先是解任戴罪，再是革職逮問，最後又定為斬監候。此一場景，如同先前之向榮、賽尚阿一幕之重演，不過節奏更快而已。

在危急的日子裏，咸豐帝可能已經想到了亡國。稗史中有這麼一段記載，稱他曾對恩師杜受田的兒子杜翰說道：

> 天啟當亡國而弗亡，崇禎不當亡而亡。今豫南北皆殘破，賊已渡河，明代事行見矣。設在不幸，朕亦如崇禎不當亡而亡耳。[2]

「天啟」是明熹宗朱由校的年號，「崇禎」是明思宗朱由檢的年號。咸豐帝將此局勢比擬亡明，雖自認為「不當亡」，但又自比「崇禎」，可見對局勢悲觀至極。

上引這一條材料屬前人的道聽塗說，亦是今日歷史學家認為不立之孤證，但當時在華的外國人幾乎全認為清朝行將滅亡。這種風聲之大，以至遠在倫敦正致力於理論建設的馬克思都聽到了。馬克思寫道：

> 最近東方郵電告訴我們：中國皇帝因預料到北京快要失陷，已經詔諭各省巡撫將皇帝的收入送到其老祖宗的封地和現在的行宮的所在地熱河，該地距萬里長城東北約八十英里之遙。[3]

外電的說法仍然是一種道聽塗說，我在檔案中找不到相應的記載。至少可以肯定，《起居注》中沒有這一道諭旨。而中國的一則筆記，也談及出逃北京一事，但角色完全顛倒了，咸豐帝成了鎮定自若的

2　費行簡：《慈禧傳信錄》（上海：上海中原書局，1926），卷上，頁14。
3　《馬克思恩格斯論中國》（北京：人民出版社，1993），頁162。

統帥。該筆記稱，咸豐帝在局勢的危急關頭，召集王公四輔六部九卿會議，各位大臣皆涕泣喪膽，眼眶腫若櫻桃。咸豐帝喝道：「哭不足濟事，要準備長策。」於是，有人建議北逃盛京，有人建議遷都西安，有人建議下詔各省興師勤王，有人建議派王大臣督兵出戰，有人建議閉城與民死守。咸豐帝聞此，下了最後的決心，謂：

> 棄大業而出奔，古所恥；論各省勤王兵，勢無及。國君死社稷，禮也。然與其坐而待亡，不若出而剿賊。惟遣師督兵，戰而捷，則長驅直搗，滅此小丑而還；不捷，則深溝高壘，待勤王之師不遲。

説罷，命查前朝拜大將軍儀制，準備遣師出征了。[4] 儘管這一則筆記描寫得有鼻子有眼，但越是完整的材料，越有可能摻入記錄者的合理想像和添油加醋。這段筆記寫了咸豐帝的英武明斷，也透露其心虛如草。「國君死社稷」一語，似乎在宣佈將效法崇禎帝朱由檢，寄魂於此時為御花園的景山。「戰而捷」、「不捷」的選擇性判斷，似與賭徒孤注一擲的心理並無二致。

除去上述難以驗證的記載外，在宮廷的皇家檔案中留下正式記錄的是咸豐帝拜將出征的悲壯場面。1853年10月10日，前方誤傳太平軍已攻佔距北京僅180公里的定州（今定縣），咸豐帝意識到，僅靠一個勝保，無法指揮如此龐大的軍事。11日，他在紫禁城乾清門外舉行儀式，授惠親王綿愉為奉命大將軍，頒給鋭建刀，授科爾沁郡王僧格林沁為參贊大臣，頒給訥庫尼素光刀。12日，又命其六弟恭親王奕訢參加辦理京城巡防事宜。

在文華殿大學士賽尚阿、文淵閣大學士訥爾經額先後革拿後，咸豐帝此時選用的是清一色皇親。惠親王綿愉是道光帝的五弟。由

4　鄧文濱：《醒睡錄初集》，卷3，頁19–20。

於道光帝諸兄弟除綿愉外皆先於道光帝去世，綿愉成了唯一的叔叔，咸豐帝登基後十分尊重他，免其行叩拜禮。科爾沁郡王僧格林沁原為蒙古貴族，因過繼給下嫁蒙古王公的道光帝姐姐莊敬和碩公主，而襲封郡王。他長年在北京擔任御前之職，道光帝去世時為顧命大臣之一。恭親王奕訢因皇位之爭與咸豐帝有隙，在此危急關頭不能再計前嫌。一位是親叔叔、一位是過繼的表兄，一位是親弟弟，自家人總比外姓人可靠，總比那些缺少天良的臣子們更多一份忠誠，他們的生死榮辱早已與愛新覺羅家族結成一體。咸豐帝此時的胸中萌動着血濃於水的親情。

　　強自打氣的命將儀式，絲毫無補於京城內的慌亂氣氛。自太平天國定都南京後，北京城內就有不少官員請假出都，以求苟全性命於亂世。就連後來在洋務運動中名聲大噪的文祥，也有人約其同作走避之計。待到此時，京內官員甚至有不待請假便倉皇出城者。[5]由於命將儀式，咸豐帝下旨，令吏部排定的新任官員帶領覲見的儀式向後推遲，不料這些官員亦有不少抽身出都者。[6]又有誰願陪亡國之君做亡國之臣？久為傳頌的「家貧出孝子，國亂出忠臣」，此時被翻新為「家貧出忠臣，國亂出孝子」。意即譏諷那些家貧而無資逃亡的官員，只能留在京城，故云「出忠臣」，而此時請假出都者，不是託辭歸養，就是借名迎親，作出萬般「孝子」狀。[7]「樹倒猢猻散」是歷史的結局，但就過程來觀察，不待樹倒而只是樹搖，猢猻們早已紛紛逃散。

　　因此，儘管命將儀式後頒佈的諭旨立即發出邸鈔，多作勝利在握之詞，「天戈所指，自可剋日蕩平」，[8]但前門外最為繁華的大柵欄

5　〈自訂年譜〉，《文文忠公事略》，卷2。

6　崇實：《惕庵年譜》，頁32–33。

7　周壽易：《思益堂集‧日札》，卷9，頁19。

8　《清政府鎮壓太平天國檔案史料》，第10冊，頁15。

商業區，若荒郊，無人跡。[9] 只是車馬行前人頭簇擁，車資馬費的價格一路高揚，比平日翻了幾個跟斗。

逃亡的也罷，留京的也罷，此時他們最最關注的是咸豐帝的神情，但只有最親近的人才能體會到咸豐帝此時心亂如麻。

猶如硬弓射出的疾箭，飛行甚速甚遠，但畢竟有力竭墜地之時，太平天國北伐軍一路掃蕩，兵力最多時擴充到四萬人，但10月30日攻至天津以南十里處，便無力繼續向前了。他們只能在天津近郊的靜海縣城和獨流鎮紮營固守，等待天京再派援兵。

儘管太平天國北伐是一幕威武的壯舉，但今天的歷史學家幾乎一致認為，其難免悲劇的命運。這不能不從定都南京說起。

太平天國定都天京時，總人數有50萬，這是將男女老少一併計算，而真正能征戰者不過十多萬。北伐去了精兵二萬，保衛天京及附近地區用兵四萬，其餘大多用於西征。這種兵力分配，在當時是形勢使然，別無選擇。

在太平天國北伐軍威脅到清朝的首都之前，自己的首都就已受到了清軍江南大營和江北大營的威脅，咸豐帝頻頻給江南大營的統帥向榮下達死命令：

> 若能迅克金陵，則汝功最大，前罪都無；若仍吃緊時巧為嘗試，則汝之罪難寬，朕必殺汝！[10]

向榮受此嚴旨，不得不全力攻擊雨花台、太平門、朝陽門、漢西門、神策門，雖未能奏效，卻是太平天國的腋肘之患。與天京的犖

9　鄧文濱：《醒睡錄初集》，卷3，頁19。
10　《東華錄》，咸豐朝，卷23，頁19。類似的言論，咸豐帝又曾多次提出，在一次上諭中稱：「向榮接奉此旨，若再不迅速進攻，仍前遷延觀望，國法具在，必當立置重典！」（同上書，卷30，頁43）

固不同，作為北部屏障的揚州在江北大營的攻擊下，岌岌可危。咸豐帝也同樣給江北大營主帥琦善下了一道死命令：

> 琦善老而無志，如再不知愧奮，朕必用從前賜賽尚阿之遏必隆刀將汝正法！[11]

到了1853年，揚州太平軍已陷於絕境，最後在援軍的救助下突圍而出。太平天國的江北據點僅剩下瓜洲。天京的東部屏障鎮江，雖未如揚州那般失守，但也長期處於敵強我弱的圍攻之中。

除了天京、揚州、鎮江三地的戰守外，為了首都的供給，太平天國又開始了西征。這次戰役的最大成果是建立了皖贛根據地，使得太平軍能堅持長期的戰爭，但要保住這片根據地，只能與湘軍為主的清朝各類武裝反覆廝殺。西戰場由此成了主戰場。此處的情節，我在第五章中已有交代，此處不再詳言。

由此可見，既然定都天京，保衛首都就成了太平軍軍事戰略之首要，太平軍的主力應堅守此地；為了保住首都，保證供給，西征成了太平軍軍事戰略之次要，楊秀清對此極為重視，先後派出了石達開、賴漢英、羅大綱等重將，也多次抽調精兵增援。這樣一來，北伐處在第三的位置上了。儘管楊秀清後於1854年2月派出援軍萬人，也進至山東臨清州，但因主將不力，部眾發展過濫，三個月後便敗亡了。

前出天津的北伐軍，只是一支孤軍。

讓這麼一支孤軍去推翻清王朝，失去了現實的可能性。[12]太平天國派軍北伐，犯了孤軍深入的戰略錯誤。

11　《剿平粵匪方略》，卷56，頁23。
12　北伐軍雖一路進軍神速，但其作戰指導是乘虛躡隙。若要攻克防守嚴密的北京，當時還沒有這種能力。如僅兵勇萬人的懷慶，北伐軍便久攻不下，便是明證。

歷史不可能重演。但是，歷史學家為了研究的必要，也為太平天國設想了種種方案：或從武漢直接北伐，經河南直撲北京；或從南京全師北進，盡早與清朝進行戰略決戰；或定都後全力經營江南，先圖南中國，廓清後方後再北上……每一種方案都會有其各自的利弊，但看到歷史結局的「事後諸葛亮」們一致斷言，無論採用哪一種方案，都會比此偏師北伐的結局要好許多。

太平天國的戰略錯誤，白送給咸豐帝一個戰略勝利。

尊貴的皇叔綿愉出為奉命大將軍，那只是借重聲望掛名而已，真正出征的是參贊大臣科爾沁郡王僧格林沁。這一條蒙古漢子做起事來卻粗中有細，率軍出京後，並不急於進攻，卻擇要防守。這種慎戰與欽差大臣勝保的浪戰形成對比。對於勝保的多次敗績和怠誤，咸豐帝的手法一如其對向榮和琦善：

若執意玩視，必以汝身家性命相抵！[13]

在天津近郊靜海、獨流駐守待援的北伐軍，此時最大的對手似乎不是「清妖」，而是氣候。習慣於在溫暖的山嶺中赤足行走的兩廣「老兄弟」，難抗北方冰天雪地的嚴冬。他們沒有保暖的衣被，也沒有禦寒的知識。刺骨的寒風成為他們難以克服的大敵。除此之外，與南方的稻米相比，北方的麥粟也不適應於他們的腸胃，至於玉米、高粱之類更使他們難以下嚥。如此的饑寒交迫，非戰鬥減員超過了戰場上的死傷。在困守三個多月後，1854年2月5日，北伐軍被迫從靜海、獨流南退，一路遺屍。2月7日退至河間束城鎮。

---

13 《東華錄》，咸豐朝，卷30，頁53。

參贊大臣僧格林沁率馬隊當日趕到束城，北伐軍再度被圍。一個月後，待援無望的北伐軍再次突圍南下，被僧格林沁、勝保兩部困於阜城。

北伐軍在天津的停頓，使咸豐帝看到了轉機。原先的保守京師的戰略，轉變為消滅北伐軍的戰略。可是，天津近郊與河間束城的兩次突圍，雖減輕了京師的壓力，卻又不能不使咸豐帝生氣，諭旨中充滿着斥責。怎能讓這些「長毛」來去自由，如入無人之境。哪知痛罵的聲音尚未消失，僅剩下數千殘兵的北伐軍又從阜城突圍了，於5月5日佔領了東光縣的連鎮。不久，林鳳祥聽到北伐援軍的消息，遣李開芳領兵一千人南下山東高唐。

連鎮是一個運河邊不大的鎮子，卻在近代戰爭史上留下了美名。林鳳祥率兵數千，頑強抗拒僧格林沁的兩萬大軍。原本以為戰事會很快結束的咸豐帝，在僧格林沁的奏摺上毫不掩飾地朱批道：

> 朕數日未閱軍報，即覺煩悶難堪。今早忽接軍報，以為必可得手。及細閱情形，仍屬敷衍。若不趕緊滅盡，何日是了！又藉口冰雪皆融，若早能殲滅，焉致今日之費力，斷不能再寬時日！[14]

可是寬不寬時日的決定權，並不掌握在咸豐帝的手中。林鳳祥孤軍在連鎮堅守了十個月，以一當十，以至彈盡糧絕。1855年3月9日，咸豐帝終於接到僧格林沁的紅旗捷報，臉上出現了多年不顯的笑容。這勝利雖然來得太晚，但直隸境內的「長毛」滅絕，畢竟是一個天大的勝利！看來新年之後數度齋沐祭拜終於有了靈驗。當日，他下了兩道諭旨，一是皇恩大開，晉僧格林沁為博爾多勒噶台親王，命其移軍高唐，撲滅北伐軍李開芳部，並命將師老無功的欽

---

14 《清政府鎮壓太平天國檔案史料》，第12冊，頁438。

差大臣勝保押解北京；二是下令各衙門做好準備，一個半月後將親駕西陵，祭拜其父道光帝和各位列祖列宗，感謝他們的保佑。北方的軍務使他兩年未親赴山陵了。

僧格林沁率軍至高唐後，改變了勝保先前大兵強攻的戰法，而是網開一面誘李開芳出城。李開芳見僧部至，知林鳳祥已敗，於3月17日乘夜率騎八百人向南突圍，據守荏平縣的馮官屯。僧格林沁雖有馬步萬餘，然對一座小小的村莊也不肯死攻，而是挖溝引水浸灌。馮官屯成了一片澤國，水深二至五尺不等。至5月31日，僧格林沁誘捕了李開芳，北伐軍全軍覆沒。

咸豐帝聞此喜訊，其恩賞大得驚人，居然讓僧格林沁以親王「世襲罔替」。

按清代制度，皇帝之子可封親王，而親王以下的子孫，一般都要降襲，如親王之子降襲郡王，郡王之子降襲貝勒，貝勒之子降封貝子，貝子之子降封鎮國公……這種制度是吸取了明朝封王過多的教訓，避免數百年後親王遍佈天下的局面。因此，清朝的親王是不多的，因而顯得極尊貴。但是，這種降襲制度也有例外。咸豐帝的曾祖父乾隆帝規定，清初開國定基的八位王爺，即禮親王代善、鄭親王濟爾哈朗、睿親王多爾袞、豫親王多鐸、肅親王豪格、承澤親王碩塞（後改號莊親王）、克勤郡王岳托、順承郡王勒克德渾的子孫中可有一人「世襲罔替」，即不必降爵而按原爵襲封。此八人，即民間俗稱的八位「鐵帽子王」。除此之外，乾隆帝僅特批一人，那是康熙帝第十三子、雍正帝的弟弟、乾隆帝的叔叔怡親王胤祥，他因輔佐雍正帝有功，被乾隆帝列入「世襲罔替」之類。僧格林沁以蒙古貴族進封親王，已屬特恩，此次再獲「世襲罔替」的破格待遇，反映出來的是咸豐帝對時局的估計：僧格林沁擊滅北伐軍之功，有如再造大清王朝。

1855年6月23日，紫禁城內乾清宮前熱鬧非凡，鹵簿儀仗全

僧格林沁（1811–1865），1853
年為參贊大臣，1855年擊滅
太平天國北伐軍，晉封親王。
1859年在大沽口督軍力戰，擊
沉英法炮艦多艘，擊傷英艦司
令何伯。次年，被英法聯軍所
潰。1860年奉命南下攻捻。
1865年所部在山東曹州（今荷
澤）高樓寨一役中兵敗被殺

設，咸豐帝為此次勝利舉行盛大的慶典。惠親王綿愉、博爾多勒噶
台親王僧格林沁率領出征將弁擺隊排列，在禮樂聲中向咸豐帝恭交
「奉命大將軍」印信和參贊大臣關防，恭交銳健刀和訥庫尼索光刀。
鐘鳴磬響，一切如儀。可是，若要細究清代制度，此一凱旋慶典當
在大獲全勝後才可舉行。當此南方軍務吃緊之際，咸豐帝卻展開了
一招一式皆如祖制的儀式，難道是強作精神自我打氣？當日頒下的
諭旨僅稱「現在北省軍務告蕆，河北一律肅清」。那麼，黃河以南
呢？咸豐帝就不再顧及了？

　　乾清宮前的慶功儀式，向我們述說了什麼？
　　無論以當時的戰況和後來的作用來看，北伐作為太平天國的偏
師，不能視作至關重要的行動，或者說，撲滅北伐軍距撲滅整個太
平天國的火焰，還十分遙遠。而我在這裏連篇累牘地詳細介紹，忽
略了更為重要的西征和天京周圍的戰事，那只是跟着咸豐帝的視野
轉；他此時只看重鎮壓北伐一路，將其作為工作重點或中心，在兵

力、軍費、調將等項上採取了傾斜政策；至於其他戰場上的戰事，他似乎已經放鬆了，甚至有點放任了。

從《清實錄》中，我們可以看出，自1854年之後，咸豐帝對前線的戰事（北伐一路除外）不再充滿熱心和信心了，顯得有些厭倦。他想不出辦法，找不到能臣，放着一個曾國藩還不敢重用。雖說每日依舊勤奮地披閱軍報，但下達的諭旨多是頭痛醫頭、腳痛醫腳的公式化文章，一看便知軍機處例行公事，所作的朱批只是痛罵加催勝，看不到先前在命將、調兵、戰略乃至戰術上的果敢的大動作。看來他在自己曾挖空心思策劃的種種計謀一一破產之後，已經認識到力不從心。他不再細心制訂新的作戰方略，而是將之下放到前方統兵大員。好在湘軍和釐金已經創辦，兵與餉的難題開始緩解。聰明的六弟恭親王奕訢，在北京危急時參與組織防禦，不久入軍機，為首席軍機大臣，也為他分擔了不少政務。對於前方的統兵大員，他時常以殺頭相威嚇，但此類話說多了說久了，效果也越來越不顯。要是真的將這幫將軍都殺了，朕又何處去找別人替代他們？於是，前方的將帥們也看出了此中的虛張，聽任咸豐帝一道道催命般索討勝利的嚴旨，自行作主，自行其是，只是在奏摺上大耍筆頭子功夫。下級員弁，更是無功無志無求。南京城下江南大營的兵勇，離家已久，也娶了當地的民婦，過起抱子賭錢做買賣的和平生活。

與北方的勝利相反，長江流域出現了軍事危局。湘軍攻九江不克，反在湖口大敗，曾國藩尋死不成。太平軍隨即進擊湖北，攻佔省城武昌。咸豐帝調僧格林沁所部大將、鎮壓北伐軍立有戰功的察哈爾都統西凌阿為欽差大臣，率得勝之師前往湖北。哪知西凌阿開戰不利，德安一役幾乎全軍覆沒。四個月後，咸豐帝只能換馬，以湖廣總督官文為欽差大臣，主持湖北軍務。官文好財好色，無才無德，靠的是署理湖北巡撫胡林翼所部湘軍。咸豐帝十分明白，對此頗有心計，就是不將全部權柄授予湘軍，堅持在胡林翼頭上加了一

蓋子。如此用將，自然使官、胡矛盾一時激烈。胡林翼欲出奏彈劾官文，手下謀士勸道，若是去了官文，皇上必派新總督來，處境未必見好。胡林翼一下子弄清了咸豐帝的心思，此後將功勞銀子盡行輸於官文，官文亦放權讓胡林翼大幹，兩人反見融洽。咸豐帝也將計就計，授胡為頭品頂戴湖北巡撫，丁母憂時堅決不讓胡去職，讓其盡心出力，又時常給官文加爵（賞戴花翎，授協辦大學士等），試圖以官文品級尊貴來壓胡林翼一頭。

到了1856年，局勢再度變化。太平天國東王楊秀清巧施妙計，從西戰場上抽調精銳，編組強大作戰兵團，解圍鎮江，擊破江北大營、江南大營，欽差大臣向榮驚駭病死。太平天國達到其最盛時期。

正如蝨子多了不覺癢，敗仗吃多了反養成處變不驚。遠在京城的咸豐帝，對於南方的戰事覺得越來越遙遠。他早已不在乎長江流域一城一地的得失，注重的是京畿地區的安定。北伐軍被消滅之後，他鬆了一口氣，但時時關注太平軍是否會再度北上。湖北一危急，他立即在河南佈兵預防。江南大營曾因兵力單薄而無力攻破天京，向榮向咸豐帝請調江北大營兵力助攻。咸豐帝恐太平軍北上，破口大罵：「汝必欲江北兵，可將汝首送來！」[15] 此時江北、江南大營俱破，咸豐帝注重的並不僅僅是此次慘敗，而更警惕太平天國下一步的動向。

也就在此時，咸豐帝的好運氣到來：太平天國內部發生了激烈的權力鬥爭。東王楊秀清逼宮謀權，北王韋昌輝奉詔殺楊，翼王石達開聞訊領兵「清君側」，天王洪秀全殺韋迎石回京輔政。整整一秋季，天京城陷於血腥恐怖之中。前線的將領放棄戰守返回，第一線的主力亦不待勝利而抽回，捲入了這場大殘殺之中。據保守的估計，死於此事的新、老兄弟不下三萬。這等於白白送給咸豐帝一大勝利。

有了此喘息機會，被擊潰的江北、江南大營重整旗鼓，恢復建

---

15 《東華錄》，咸豐朝，卷31，頁3。

立。琦善的手下大將德興阿被命為欽差大臣，督辦江北軍務；向榮的手下大將和春也被任命為欽差大臣，督辦江南軍務。太平天國剛獲得的軍事優勢瞬間消退，從它的巔峰上跌落下來。

天京內訌的消息，對懈怠政務的咸豐帝也是一個刺激。他一開始還將信將疑，特意去瀛台涵元殿拈香。隨着奏報的增多，消息被證實，咸豐帝也越來越興奮。他下令欽差大臣和春、德興阿「乘此機會」「迅奏膚功」；[16] 又下令欽差大臣官文和湖北巡撫胡林翼「乘此內亂，次第削平」。在給官、胡的諭旨中，還有一段話：

> 所望克復上游，即可移師東下，由九江而至安慶，由安慶而至
> 金陵……兵餉可不加增，而成功庶幾有望。[17]

他已經陷於勝利的狂想之中……

太平天國雖說削弱，但仍有相當的勁道。在石達開的主持下，逆勢很快扭轉。清軍的攻勢再度受挫。

咸豐帝又失望了。

到了這個時候，太平天國內部再一次爆發權力鬥爭。天王洪秀全恐石達開成為楊秀清第二，暗施多種箝制之策。1857年6月，石達開負氣出走，沿途發佈告示，各路精兵多聽石氏召喚隨之而去，輾轉贛、浙、閩、粵、桂等省，太平天國統治區內，僅剩下一些老弱殘兵。

咸豐帝的心中重又點起勝利的希望。他曾經命令曾國藩設法招降石達開，然曾氏已看出石氏不成氣候。胡林翼肅清了湖北，德興阿攻陷瓜洲，和春佔據鎮江，到了1858年5月，湘軍攻克太平軍重要據點九江。這一系列勝利，使咸豐帝以為離制服太平天國的時日已經不遠。

16　《清實錄》，第43冊，頁295。
17　同上，頁302。

然而，太平天國方面此時又出現了兩位年輕的傑出軍事將領：陳玉成和李秀成。他們在危機中顯示了非凡才華。1858年8月，陳玉成部攻克當時安徽的臨時首府廬州（今合肥），咸豐帝急命勝保為欽差大臣，主持皖北軍務；9月，陳玉成、李秀成合軍摧毀江北大營，咸豐帝立即將欽差大臣德興阿革拿，並撤銷江北大營，江北軍務由江南大營的和春兼理；11月，李秀成、陳玉成再次聯手，在安徽三河殲擊湘軍主力李續賓部，挫敗其東進的圖謀。太平軍在這兩位青年將領的指揮下，再次走向振興。

咸豐帝的美願又破滅了。

每一次都從充滿希望開始，以極度失望告終。一而再，再而三，反覆多次。誰又能忍受如此峻烈的心理挫折？希望值越高，失落感越大。心理不平衡的狀況可以想見。一個二十多歲的青年人，抱着「治國平天下」的一廂情願，結果落到這種地步，又該作何感慨？亂世出英雄，是指那些打破常規的人，可誰又曾想一想在亂世中最最難受的，正是要維護常規的皇帝？

然而，對於咸豐帝說來，這一切還遠遠不夠。

就在清朝與太平天國作生死較量之時，各地民眾亦紛紛揭竿而起，頻頻「造反」。其中影響最大的有：

捻軍（1852–1868）：在咸豐帝出生之前，皖、豫、蘇、魯四省交界處私鹽販子、遊民及貧苦農夫中早就有一種分散的組織，稱為「捻」。咸豐帝上台時，「捻」子們已十分壯大，多有起事。太平軍的北伐，實為鼓動他們「造反」的示範。如此暗無天日，不反更待何時！各路「造反」的「捻」子們，匯成了一支支捻軍。1855年秋，豫皖邊地區各捻軍首領在雉河集「會盟」，推出盟主，建立五旗軍制。1857年，捻軍接受太平天國的封號。此後，他們活躍於淮河南北，不時進擊豫東、蘇北，總兵力超過十萬。直至咸豐帝死後七年方被撲滅。

天地會：天地會的淵源比捻軍更早。天地會自己的文獻稱其肇始於康熙年間，而今日歷史學家手中的證據最早為乾隆年間。「反清復明」是他們的旗幟，做起事來全憑着一股「忠義」。其支派甚多，有小刀會、紅錢會、三合會、三點會等名目，內部又自稱「洪門」，在南中國有極大的勢力。太平天國起義時，廣西天地會已經紛起。太平軍入湖南，湖南天地會又大作。太平天國定都天京前後，東南沿海的天地會起義進入高潮。其中規模最大的有：

　　——黃德美等人領導的福建小刀會起義（1853–1854），曾佔領漳州、廈門等地，後退往海上，堅持與清朝對抗。

　　——林萬清等人領導的福建紅錢會起義（1853–1858），有會眾數萬，曾佔領德化等十餘縣。

　　——劉麗川等人領導的上海小刀會起義（1853–1855），有會眾數萬，曾據上海、嘉定等縣城。

　　——何六、陳開、李文茂領導的廣東天地會起義（1854–1864），有會眾十萬，號稱「紅軍」，圍攻廣州達半年之久，後移師廣西，佔領潯州，改稱「秀京」，建「大成國」，年號「洪德」，控制廣西四十餘州縣。咸豐帝死後三年才被鎮壓下去。

　　——朱洪英、胡有祿領導的廣西天地會起義（1853–1854），有會眾數萬，轉戰湘桂邊，建「升平天國」，奉「太平天德」年號。

　　除這幾股較大的外，各地小股起義多到難以統計。以廣西一省為例，據不完全統計，從1851至1868年，見於清方官書的有組織名號的天地會「反叛」多達175支。[18]

　　貴州各民族起義：從1854年起，貴州各族民眾紛起造反，其中最大的有：

18　《太平天國革命時期廣西農民起義資料》（北京：中華書局，1978），上冊，前言，頁2。

——楊鳳等人領導的齋教（白蓮教的一支）起義（1854–1855），有部眾兩萬餘人，據桐梓等地，建立「江漢」政權。

　　——張秀眉、包大度領導的苗民起義（1855–1872），有部眾數萬，控制了黔東南地區。

　　——號軍（白蓮教的一支）起義（1855–1868），分紅號、白號、黃號等，各擁兵數萬，控制了黔北地區。

　　——張凌翔等人領導的回民起義（1858–1868），控制了黔西南地區。

　　——陶新春等人領導的苗民起義（1860–1867），控制了黔西北地區。

　　整個貴州，除幾個中心城市外，化作一片「造反」的海洋。直至咸豐帝死後11年方才平定。

　　雲南各民族起義：自1856年起，雲南如同貴州，各族民眾紛紛造反。其中最著名的有：

　　——杜文秀領導的滇西回民起義（1856–1873），有部眾數萬，稱號「總統兵馬大元帥」，開府大理，佔據二十餘州縣。

　　——馬德新、馬如龍領導的滇南回民起義（1856–1862），有部眾數萬，控制滇南地區，並三度進攻省城昆明。

　　——李文學領導的彝民起義（1856–1872），控制了蒙化（今魏山）等十餘州縣。

　　雲南各族人民的「造反」，持續時間很長，直至咸豐帝死後12年才被鎮壓下去。

　　李永和、藍朝鼎起義（1859–1865）：以煙幫（為鴉片販子護送走私的團體）為基礎在雲南起義，後轉入四川，據州佔縣，兵力最盛時有數十萬，咸豐帝死後四年才告失敗。

　　所有這些起義，配合太平天國，形成了全國範圍的動亂。從《清實錄》中來看，關內18行省，已有14省戰火正熾，相對稍顯平

靜的直隸、陝西、甘肅、山西，也不時爆發一些較小規模的聚眾抗官事件。「造反」、「造反」，清王朝出現了立國以來前所未有的混戰局面。

僅僅是一個太平天國，就使得咸豐帝心力衰竭，面對如此眾夥的反叛該施以何策？我們從咸豐帝的眾多諭旨中，發現他心中有一條警戒線，那就是黃河。他最害怕黃河以北的動盪，那將危及京城。至於黃河以南的造反，他又根據地理遠近分別處理：捻軍就在黃河邊上，雖組織鬆散，形不成多大氣候，他仍先後命將調兵予以壓制；東南沿海的天地會，亦嚴旨各督撫全力平之；至於雲貴川地區，本來就「天高皇帝遠」，咸豐帝無心顧之，除在諭旨中說一些嚴厲的話外，並無實際的對策。儘管上面提到的「造反」，每一股在平常的朝代都已是大患，朝廷都應作出極大的反應，就在咸豐朝初期的李沅發起義，規模小許多，咸豐帝也沒有放過手。但到了此時，他已經管不了那麼多，也不想管下去。只要不打到黃河以北，他似乎已經不太在乎了。

此時咸豐帝的心中，似乎已求偏安。

咸豐帝一放手，責任便落在各省地方官身上。兵要自己調，勇要自己募，餉要自己籌，朝廷是一點兒也靠不着。權利和義務從來就是對等的。既然皇帝不盡其義務，權利也同樣受到侵蝕。皇上諭旨經常被地方官擱置一旁，或虛假地應付一下。歷來在九重之上的至聖至睿，讓臣子們仰慕不止，此時也露出了真相，原來皇帝也是如此無能無力。他們在奏章上依舊歌頌「英明」，但在心底裏對這種「英明」開始懷疑。他們只是從儒家的教義出發，忠君效能，已體會不到咸豐帝本人那種領袖的人格感召力了。天子本應是神，而他們心中的神壇開始塌陷。

一些聰明的官吏，見此情勢，不再求助於朝廷，而是求助於鄰省。最典型的是廣西。1858年，廣西巡撫因無力維持局面向湖南

呼救，結果湘軍蔣益澧部開入，成為當地清軍的頭號主力。一些跨省的官僚集團也開始形成。如曾國藩、胡林翼、駱秉璋的湘系集團，兩湖成為其基地，勢力擴大到數省；又如何桂清、王有齡、薛煥的江浙集團，憑藉從上海搜刮的銀子，維持江南的局面。他們之間的二指寬的條子，效能作用大於堂堂聖旨十倍！

對於這些變化，咸豐帝不知道嗎？看來他是在裝糊塗。天下的事情不必弄得那麼清楚，多一分糊塗可多一分幸福。

此時的咸豐帝，開始了另一種生活。按照中國的傳統，皇帝貴為天子，理所當然地可以享有人間一切福樂。衣錦食肥，華廈幽院，自然不在話下。而最為人們津津樂道的，就是可以擁有近乎無限的性夥伴。森嚴的後宮，從來就是激發文人們想像力的地方。「三千粉黛」，「五千佳麗」，既有想像的成分，也有事實的依據。

咸豐帝17歲成婚，不久後福晉就去世了。他御位不久，便選了一次秀女，後來出名的東、西兩太后，皆於此時入宮。1853年，依照慣例，又一次選秀女，京內滿族官員家中13到15歲的女孩均應入宮候選。這些年輕的孩子哭別父母，一大早便在紫禁城坤寧宮前排班候駕。哪知一直等到午後，仍不見車駕到來，鵠立甚久，饑渴難忍，加之對前景感到惶恐，一時欷歔聲與嗟怨聲並起。這一類最具傳染性的聲音，引起了女孩子們的混亂。守兵們大聲喝道：不許哭，一會兒皇帝駕到，會發怒挨鞭子的！眾女子一聽，更是嚇得渾身戰慄。在此隊列中，有一八旗驍騎校之女，識文字，工針黹，平日有空竟教鄰家童子識字，換取升米斗糧之值（這在當時極為罕見）。她見此挺身而出，說了一番大義凜然的話：

> 我輩離父母，絕骨肉，一旦入選，幽閉終生，就像囚徒一樣。
> 生離死別，在此一刻，誰又能忍得住此種傷感。我不怕死，又
> 何懼於鞭子。廣東的長毛起於田壟，據長江，入金陵，天下已

去大半。身為君主，不知求將帥以能戰守，保住祖宗的大業，卻迷戀女色，擄良女幽深宮，使之終生不復見天日。棄宗室於不顧，而縱一己之欲，還算得上什麼英明君主！

此語一出，聞者大驚，欲加以顏色，而咸豐帝已駕臨。守兵們將該女縛起，牽到咸豐帝面前，令她下跪請罪，該女就是不肯屈服。咸豐帝問其原因，該女竟然當面將剛才說的話再重複一遍。咸豐帝嘆道，「奇女子也」。結果，這位女孩由咸豐帝指婚，嫁給了某位親王，這次選秀女之事作罷，所有女孩都被放回家去。[19]

上面這一故事，見之於野史。從這一條記載來看，咸豐帝御位之初，對私生活還是注意檢點的。

然而，這樣的事情，僅此一例。野史中對清代皇帝私生活的記載，就數咸豐帝最多。

從清宮史料來看，從咸豐帝登基到去世的11年中，封貴人以上者共計14人，答應、常在人數今無可考。這些都可視作皇帝應有的待遇，從來也沒有人對此指責過。可在野史中描寫的情況，卻讓人吃驚。

按照清代制度，後宮佳麗雖多，卻是清一色的旗人，乾隆帝的香妃，可以視作例外。宮中是不應當有漢女的，以保證皇室血統的純正。可是，那些大腳的旗女已在咸豐帝眼中失去了新鮮感，那些纏足的漢女更能引起他的興趣。據野史中稱，發現咸豐帝此種性偏好的某位大臣，以重金到蘇浙購妙齡女子數十人來京。由於小腳女人不得入宮，便以「打更民婦」的名義入圓明園，每夜以三人在咸豐帝寢宮前輪值「打更」，咸豐帝聽到梆鈴聲便召幸之。在諸多漢女中，有四人最受咸豐帝的喜愛，被稱為「四春」，即牡丹春、海

19　《清朝野史大觀》，卷1，頁65。引文由作者改為白話。

棠春、杏花春、陀羅春（一作武陵春）。[20] 除此四人外，再加上號稱「天地一家春」的那拉氏（詳見第十三章），野史中稱其為咸豐帝的「五春之寵」。[21]

受寵的四名漢女，也留下了不少美麗的傳說。如牡丹春，江蘇人，最為艷麗，入園後多思逃歸之計，後在英法聯軍攻入北京時，改服逃走，嫁江南一士人。又如海棠春，大同人，曾在天津演戲，工青衣，曾與某士人相戀，入園後終思該士人，鬱鬱致疾，玉殞香銷。又如杏花春為某大吏之婢，為大婦所不容，入園後曾為主子謀得封疆大吏，又為主人之子說項，也謀得一官。陀羅春原是北京宣武門外一孀婦，後入尼庵，為咸豐帝看中後再入圓明園。每當咸豐帝臨幸時，她便跪地不肯起，入園八個月，未讓咸豐帝得手。後英法聯軍攻入北京，她投池自殺。[22]

受寵的「四春」，皆在圓明園分居亭館。西郊的圓明園經此裝點，自然比城內的皇宮更具魅力。清代的皇帝來自黑山白水，經受不住關內的盛夏，每年為避暑而住圓明園，已經成為制度。但咸豐帝住園，似乎不是為了避暑。他時常一過了新年就遷往圓明園，一直到了冬至，才肯搬回紫禁城的養心殿。

咸豐帝的風流韻事，野史中還有兩則記載。其一是稱他在後宮藏了一個來自民間的寡婦：

> 有山西籍孀婦曹氏，色頗姝麗，足尤纖小，僅及三寸。其履以菜玉為底，襯以香屑，履頭綴明珠。入宮後，咸豐帝最眷之，中外稱為曹寡婦。[23]

20　許指嚴：〈十一野聞〉，《近代稗海》（成都：四川人民出版社，1985），第11冊，頁22–23。

21　《清稗類鈔》，第1冊，頁368。不過該則筆記中沒有「陀羅春」，而有「武陵春」。

22　許指嚴：〈十一野聞〉，《近代稗海》，第11冊，頁36–41。

23　《清朝野史大觀》，卷1，頁40。

以理學為本，號召天下民女「節」、「烈」的天子，居然做出如此「害理」之事，實在讓人們吃驚。另一則記載更是駭人聽聞，稱圓明園內藏有春藥。晚清名臣丁寶楨在咸豐朝曾任職翰林院，一日上奏言談軍事，咸豐帝讀之大喜，召見於圓明園。丁寶楨早早入園靜候，見室隅玻璃盤，內有果子十數枚。丁氏吃了一枚，覺得甘香異常，復食兩三枚，突覺腹中發熱，陽具暴長，窘狀萬分。此時咸豐帝已升殿，即將召見，丁寶楨靈機一動立即撲地抱腹喊痛，詭稱疢症驟發，方得以出園。後詢問內務府一官員，稱道：「此媚藥之最烈者，禁中蓄媚藥數十種，以此為第一。」丁寶楨急延醫診視，困臥十餘日始起。[24]

從野史中得知，咸豐帝此時酗酒也很厲害。他不僅嗜飲，而且每飲必醉。醉後又必大怒，而又必有一二內侍或宮女遭殃。待他酒醒之後，自覺失態，對受辱受撻者寵愛有加，多有賞賜。然不久又醉，故態復萌。為此，咸豐帝曾告誡後宮，當他醉時不要隨侍左右，免得皮肉吃苦。可是，等到醉皇帝宣召時，又有誰敢不上前呢？如此這般，幾乎要鬧出人命案子。而「四春」之中的杏花春似乎是一個例外，等到咸豐帝大醉時，只要杏花春綽約而前，必狎抱之，曰：「此朕如意珠也。」結果，凡遇咸豐帝酗酒，後宮必膜拜頂禮，求杏花春為代表，以免譴責。杏花春為此獲得兩個外號，一曰「歡喜佛」，一曰「劉海喜」。[25]

野史中的傳聞，雖不能一一細究對證，且只能姑且聽之，但對咸豐帝如此之多的議論，實為清朝皇帝中之罕見。在正史中，有一條材料耐人尋味。1855年初先是兵部左侍郎王茂蔭奏請咸豐帝住在皇宮，不要去圓明園，咸豐帝讀之龍顏大怒，以「無據之詞，率

24　許指嚴：〈十一野聞〉，《近代稗海》，第11冊，頁100。
25　同上，頁40。

圓明園舊日一角

行入奏」為名，將王茂蔭交部議處。不久後，掌福建道御史薛鳴
皋，見圓明園修理園牆，認為咸豐帝又要去住園，上奏諫止，稱言
「逆氛未靖」，不要「臨幸御園，萌怠荒之念」。咸豐帝見之怒不可
遏，由內閣明發上諭，加以駁斥：

> 圓明園辦事，本係列聖成憲，原應遵循勿替……敬思我皇祖
> （指嘉慶帝）當莅政之初，適值川陝楚教匪滋事，彼時幸圓明
> 園，秋獮木蘭，一如常時。聖心敬畏。朕豈能仰測高深。設使
> 當時有一無知者妄行阻諫，亦必從重懲處……

咸豐帝對此搬出祖制來為自己辯護，以封殺一切諫阻他去圓明園的
言論。為了殺個雞給猴子看看，他下旨將薛鳴皋從掌福建道監察御
史，降為一般的監察御史，並交部議處。[26]

---

26 《清實錄》，第42冊，頁813–814。

《圓明園銅版畫·方外觀正面》，清宮廷畫師繪。清宮刻本。圓明園是當時世界上最華麗的皇家園林，西洋樓景區極為獨特，方外觀是第三座洋樓

　　皇帝住園本來就是制度，王茂蔭、薛鳴皋為何連續上奏勸阻？他們是否聽到了圓明園內的種種風流韻事？今天的治史者並不能對此下結論，但可以肯定地說，自從薛鳴皋受懲後，咸豐帝的耳邊安靜了，誰也不敢再對此事說三道四了。

　　醇酒婦人，從來就是凡夫俗子的一種追求。可所有的凡夫俗子都知道，沉迷於此，必死無疑。一個二十多歲的青年，不知深淺，一時性亂而不知自制，那是可以理解的。但是，如此長時間的樂此不倦，且對祖制家法極大破壞，這就不能不使人心生疑問：咸豐帝為什麼要這麼做？難道他在自尋死路？

　　如果將此荒唐，與咸豐帝登位之初的慎勤相比，更讓人加深此種疑問。有一則筆記稱，1850年，鴻臚寺卿呂賢基曾向其友人稱：

聞上（指咸豐帝）常居飛雲軒倚廬，而雲貴人常依康慈皇太妃（咸豐帝養母、奕訢生母）居慎德堂，中隔一湖，相距二里許。飛雲軒僅三楹，上寢食其中，讀《祖訓》、《實錄》，閱章奏及內

廷冊檔，召見大臣皆於是。除恭奠幾筵及恭詣康慈皇太妃宮請
安外，無他適也。

此種端莊的姿態，使得臣子們從內心中發出了「今上聖德」的呼
喊。[27] 不數年間，判若兩人。為什麼當年的英發果毅之姿，流變為
此時的風流滑稽之態？

咸豐帝在逃避，逃避現實中一切理應由他解開而又無能為力的
難題。

天下危局莫奈之何，只有美酒。從酒中尋找片刻的麻醉，一時
的安寧。皇帝喝的御酒，肯定是上品。但我們可以想見，那酒在咸
豐帝口中是苦的。[28]

天下危局莫奈之何，唯有美女。從女人身上顯示自己的能力，
驗證自己的雄風。皇帝看中的女人，肯定是絕色。但我們可以想
見，那裏面咸豐帝只有性的征服，而沒有情的纏綿。

咸豐帝的這種心態，就連當時的野史作者都已看了出來，謂：

咸豐季年，天下糜爛，幾於不可收拾，故文宗（指咸豐帝）以醇
酒婦人自戕。[29]

他確確實實需要一種片刻的歡娛，解脫心中的煩悶。朕當政這許年
了，沒有過一日舒心的日子；既然這一天都不可得，那麼有一刻也
是好的。他是在找樂，也是在找死。就連他自己都已感受到，他那
本不健壯的身體越來越虛弱了⋯⋯

27　郭沛霖：《日知堂日記》，卷上。
28　對此，野史中也有一記載：「咸豐某年元旦，文宗御制詩有『一杯冷酒千年
　　淚，數點殘燈萬姓膏』之句，蓋是時粵寇之禍方熾，故有慨乎其言之也。」
　　（《清稗類鈔》，第8冊，頁3945），咸豐帝自將酒比作「淚」，且用「冷」形容
　　之，可見此酒的味道了。
29　《清朝野史大觀》，卷1，頁68。

今朝有酒今朝醉，過一天算一天吧……

除了醇酒婦人這些流品低俗的歡娛外，咸豐帝此時還迷上了兩門高雅藝術。

其一是繪畫。琴棋書畫本是舊式文人的一種風雅和瀟灑。咸豐帝受業於杜受田，染上一些文人病也是不足奇的。而他的繪畫，似乎主要是繪馬。野史中稱：

> 嘗見文宗所畫馬，醇邸（指咸豐帝七弟醇親王奕譞）恭摹上石，神采飛舞，雄駿中含肅穆之氣，非唐、宋名家所能比擬也。[30]

這一條史料說的是咸豐帝死後的情況，而且經奕譞臨摹後刻石，已經轉過兩手。當時在咸豐帝身邊的軍機大臣彭蘊章親見過墨跡，曾在詩中對咸豐帝所繪馬作以下評價：

> 揮毫尺幅英姿壯，屹立閶闔依天仗。[31]

皇帝的御作，臣子們不敢不恭維。但讚美之辭高到「非唐、宋名家所能比擬」、「揮毫尺幅英姿壯」，可見決非信手塗鴉之作了。今天，我們找不到咸豐帝繪畫的原作，也難以判斷他的水平，但從上引兩條材料來看，其成就已經不俗。而他於此究竟花了多少時間和心思，今天更難考證。[32] 但誰都知道，學畫決非是三朝兩夕即可成功的。

其二是聽戲。自徽班進京後，咸豐朝正是其充分成長的時期。

---

30 同上，頁9。

31 彭蘊章：〈八月二十九日奉敕恭題御筆求駿圖敬成七言古詩一章〉，見梁章鉅、朱智：《樞垣記略》（北京：中華書局，1984），頁305。彭氏在詩中將咸豐帝作畫的用意，稱為「繪圖意在安天下」、「安得名將掃八荒」，顯然是阿諛之詞了。

32 關於咸豐帝的繪畫，還可見奕訢為畫所題詩，〈題御筆山水應制〉、〈題御筆雲龍畫軸應制〉、〈題御筆畫馬應制〉等，見《樂道堂詩鈔》。

《咸豐帝便裝行樂圖》，清宮
廷畫家繪。閒適而坐，面對
美景，可能是更適合他的生
活方式

「漢王好高髻，郭中高一尺。楚王好細腰，宮中多餓死。」專制君王
的好惡引導着文化流派的興衰。崑曲在此時牢固確立其優勢地位。
除了一般的聽戲外，咸豐帝似乎也有一般戲迷的嗜好 —— 捧角。
野史中也有一段記載：

> 有雛伶朱蓮芳者，貌為諸伶冠，善崑曲。歌喉嬌脆無比，且能
> 作小詩，工楷法。文宗嬖之，不時傳召。有陸御史者（相傳即
> 常熟陸懋宗，不知是否）亦狎之，因不得常見，遂直言極諫，
> 引經據典，洋洋數千言。文宗閱之，大笑曰：「陸都老爺醋
> 矣。」即手批其奏云：「如狗啃骨，被人奪去，豈不恨哉！欽
> 此。」不加罪也。[33]

---

33 《清朝野史大觀》，卷 1，頁 68。又，許多著作將朱蓮芳誤作女伶，實不然，
此時唱戲的還未出現坤角。當然，妓院中會唱戲的妓女除外。

君臣為一戲子而爭風吃醋，風流滑稽至如此，實屬罕見。據史料作者稱，他是聽同狎朱蓮芳的龔引孫所言，看來還不完全是無稽之談。很可能受咸豐帝的影響，其妃那拉氏後來也成了有名的戲迷。

由此看來，繪畫和觀戲成為咸豐帝苦中作樂的另兩種方法。

退一步說，醇酒婦人是當時上流社會的習氣，繪畫觀戲更是上流社會的時尚。前者無可厚非，後者更應褒揚。即便是在那動亂的歲月，王公貴族也從未停止過此種享樂。若以此為標準，咸豐帝沉迷於聲色犬馬之中，也不當招致物議。可是，他的身份不同。他是個皇帝。是皇帝就應當宵衣旰食勤政憂民！

正因為如此，咸豐帝與陸御史同狎一戲子時，那位陸御史就可以引經據典地批評他。也因為如此，儘管一般王公貴族、富紳大賈的醇酒婦人的風流，繪畫觀戲的雅趣，都可以成為史籍上的佳話，但皇帝就是不能。官方史書絕無其沉湎於酒色的記錄，而千方百計地將之塑造成為千篇一律的以天下為重而無任何個人情趣的標準的皇帝形象。

一個社會對於不同社會等級的人，有着不同的道德標準。

皇帝是天子，一切應按神的標準來行事。

也就是說，如果奕詝不做皇帝，僅是一名親王，一切都可別作他論。野史中對他的各種非議，皆可變作另一種欣賞。

可是這麼一來，新的問題又出現了。咸豐帝的一切痛苦，都可以歸咎於是他做了皇帝，尤其是一個亂世的皇帝。若非如此，他可以不必為此類天下皆反的危局而心煩，過一種平靜、無爭、自然的生活，他可以根據自己的能力去做一些力所能及的事，不必為力不從心而苦惱。真要出現了這一種局面，他還會借酒澆愁嗎？他還會以女色傷身嗎？他又會過一種怎樣的生活呢？

……

今天的歷史學家找不到任何心理的痕跡，去判斷咸豐帝奕詝是否後悔過做了皇帝；但可以肯定，如果他不做皇帝，他個人會多一分平常，也就是多一點歡樂。「幸福的家庭都是一樣的，不幸的家庭卻各有各的不幸」，托爾斯泰的這句名言，道出了人生哲學的真諦：幸福就是平常，不幸來源於非凡。站在人生各類巔峰上的人們，有着與他們的歡樂同樣尺碼的哀傷。這又是指成功人士而言的。咸豐帝作為一個不成功的皇帝，又有多少歡樂？又有多少悲傷？

然而，世界上任何一個人都可以將自己的悲傷傾訴於密友、家人、幕僚，以減輕內心的壓力，但中國的皇帝則不然。他不能透露出絲毫，必須以鎮定自若的神態來統御天下，只能將一切苦衷伴着冷酒，全部吞到自己的肚子裏去。

……

別忘了，他當皇帝時只有19歲，此時才二十多歲！

八　外患又來了

　　正當咸豐帝在內戰的泥淖中苦苦掙扎、擺脫無計時，外患又來了。這就是 1856 至 1860 年的第二次鴉片戰爭，英國和法國入侵中國，俄國與美國趁火打劫。

　　不過，對於這一次戰爭的到來，咸豐帝毫無知覺，一點未做準備。他受了兩廣總督兼管理五口通商事務的欽差大臣葉名琛的蒙蔽。在他最不願意開戰時，又捲入對外戰爭。

　　咸豐帝對內對外兩面作戰，而葉名琛又恰恰是他最為信賴的寵臣。

　　葉名琛，字崑臣，湖北漢陽人。1809 年出生於一詩書官宦人家，長咸豐帝 22 歲。其早年經歷與當時中國有志向的青年相同，在科舉途上一路奮鬥。1835 年，葉名琛 26 歲時中進士，入翰林院。1838 年散館，外放陝西興安知府，1839 年擢山西雁平道。1840 年調江西鹽法道。1842 年初升雲南按察使，當年底晉湖南布政使。1844 年丁母憂去職。1846 年服闋，授廣東布政使。1847 年擢廣東巡撫。從這麼一份簡歷中可以看出，葉氏是一名「火箭式」幹部，出翰林院不到十年，已升至省級大員，在此期間還丁憂守制 27 個月。這麼快的速度，在清朝的漢族官員中實不多見，可謂飛黃騰達。

　　葉名琛在官場上一路搭快車，主要原因有二：一是他辦事幹

練。如他29歲時外放興安知府，將這一三教九流匯集、號稱「難治」的地區，整理得有條有序，博得善治的能名。二是他理學、文學修養俱深。其祖輩頗有文名，著作等身，他從小耳濡目染，也極有造詣。他的上司、同僚、部屬經常為他的學問功底所折服。要知道，理學和文學在當時是最崇高的學術。能辦事、學問好，使葉名琛在官場甚有好評，因而幾乎一年一遷。不過，這些都是道光朝的事。咸豐帝之所以賞識他，卻是依據兩件功績確偉的事實：

我在第三章中提到，1849年廣州反入城鬥爭時，廣東巡撫葉名琛堅決支持兩廣總督徐廣縉，斷然拒絕英人入城要求，其中葉氏的主要功績是組織團練，準備武力相抗。這一在今人看來無關輕重的事件，在當時被視為極大的外交勝利。葉名琛因此受封男爵。咸豐帝上台後，對外持強硬路線，對敢於與「西夷」相抗的葉名琛特別青睞。此為一。

我在第四章中提到，1850年9月太平天國領導層下令「團方」，準備起義。然此時拜上帝教的勢力不僅僅在廣西，其中廣東的會眾由凌十八率領，也準備參加金田起義。因為受阻，凌十八等人佔據廣東高州羅鏡，部眾達一萬多人，與太平軍佔據的廣西永安，遙相呼應，兵勢不相上下。兩廣總督徐廣縉率軍久攻一年，師老無功，後被咸豐帝調往廣西，接替欽差大臣賽尚阿。葉名琛隨即趕至高州前線，調整部署，僅用了一個半月，便攻佔羅鏡，全殲凌十八起義軍。此一戰績另兼此前此後平定廣東各地反叛的軍功，使葉氏連獲太子少保、加總督銜的殊榮。此為二。

外能折衝樽俎，內能戈馬平定，咸豐帝的心中，很自然地將之與耆英之流比較，與李星沅等輩對照，如此比較對照的結論，極具說服力，葉名琛是一個不可多得的人才。因此，徐廣縉調廣西後，咸豐帝讓他署理兩廣總督。1853年2月，徐廣縉被革拿，葉名琛奉旨改實授。

就在葉名琛柄政廣東不久，更大的考驗到來了。1854年6月，廣東天地會發動了規模空前的紅兵大起義，先後佔據東莞、佛山、花縣、三水、順德，以十餘萬眾圍攻廣州。廣東境內能征善戰的部隊早已調往外省鎮壓太平天國，葉名琛手中僅兵勇一萬餘人。在此危急時刻，他一不靠外省相援，二不要國帑相助，硬是靠自己的本事，沉着應變，謀定後動，居然也能嬰城自固。經過半年多的戰鬥，他竟將紅兵逐出廣州地區，隨後又迫使他們退往廣西。到了1855年夏天，廣東全省的戰火已大多平息下來，雖說還有幾處仍在交戰，但在烽火連天的南中國，有如世外桃源。

　　我們若將廣東與廣西作一比較，可以清楚地看出，廣東的反叛規模一點也不亞於廣西，而咸豐帝對廣東的關照又少得多，幾乎是漠不關心。而在廣西局勢糜爛之際，廣東卻能擺脫危機，咸豐帝對此特別滿意。另外，除了本省事務外，葉名琛還為湘軍購買洋炮，派紅單船入長江，主動派兵援江西，表現出與其他省區大吏只顧本境不同的慨然以「天下」為責的風度。對於葉名琛所做的一切，咸豐帝也報以實際的獎勵。1855年10月，授葉為協辦大學士。1856年2月，再授體仁閣大學士。咸豐帝沒有調他來北京，仍留他在廣東，為咸豐帝看好嶺南的這一份家業。

　　還有什麼比一名信得過靠得住的官員更讓咸豐帝寬慰的呢？尤其是在懈怠政務之後。

　　葉名琛成了咸豐帝的南方一柱，一切提議建策，咸豐帝無不言聽計從。

　　自1844年起，兩廣總督例兼管理五口通商事務的欽差大臣。由於當時清朝自認為與「西夷」的關係僅僅是「五口通商」，管理五口通商事務的欽差大臣也成了清朝與西方各國打交道的最高外交官員。作為兩廣總督，葉名琛在平叛中顯示治績，為咸豐帝所倚重；

作為通商事務欽差大臣，葉名琛也鎮定自若，頗有「計謀」，為咸豐帝所信賴。

事情就壞在這裏。

1854年春，包令 (J. Bowring) 繼文翰出任英國駐華公使，根據本國政府的訓令，於4月25日照會葉名琛，要求修約。

修約是指修正1842年的《中英南京條約》和1843年的《中英虎門條約》及其附件。英國提出修約的外交依據是：一、1844年《中美望廈條約》第34款載：

> 和約一經議定，兩國各宜遵守，不得輕有更改；至各口情形不一，所有貿易及海面各款恐不無稍有變通之處，應俟十二年後，兩國派員公平酌辦。[1]

二、1843年《中英虎門條約》第8款載：

> ……設將來大皇帝有新恩施及各國，亦應准英人一體均沾，用示平允。[2]

按照英方的說法，雖然《望廈條約》12年的修約期限至1856年才到期，即便按《中英虎門條約》，也是要到1855年到期，但《虎門條約》作為《南京條約》的「附粘」條約，[3] 12年的修約期應當從《南京條約》起算，1854年到期。

---

1   王鐵崖：《中外舊約章彙編》(北京：生活·讀書·新知三聯書店，1957)，第1冊，頁56。
2   同上，頁36。
3   中英虎門條約的正式名稱為：《五口通商附粘善後條約》，條約的序言部分稱：「凡此條款實與原繕萬年和約 (指《南京條約》) 無異，兩國均須專一奉行」，該條約的法律地位由此確立。

既然英國於 1854 年有權提出修約，那麼享受最惠國待遇的美國與法國，也有權在這一年提出修約。

這有如連環套，一環扣着一環，可問題的要害在於，按照國際法，《中英虎門條約》所規定的最惠國待遇，只是針對「英人」，並不包括政府，[4] 更何況修約不應在最惠國待遇之內。對於這些理由，英方緘口不言，清方毫不知曉。

葉名琛長期浸於傳統學術，對外部世界並不知曉。他不怕「西夷」的恫嚇，也不願直接引起衝突。他就任管理五口通商事務的欽差大臣後，對付西方使節的辦法有二：一是以軍務倥傯為由，拒絕與西方外交官相見。多見面多麻煩，少見面少麻煩；二是對於西方使節的各種外交文書，都以最快速度答覆，而且每次都用溫和的語言，對西方的各種要求一律拒絕，早一點結束這種糾纏。此次，他收到包令的長篇照會，依然如舊，對包令提出的各項具體要求一律拒絕；而對修約一事，小心地不作回答；至於包令提出的到廣州城內兩廣總督衙署進行會談一事，葉名琛敏銳地覺察到英方企圖由此

4　《中英虎門條約》中文本關於最惠國待遇的條款，明確指明享有此項權利的為「英人」，即不包括英國政府。條約的英文本對此則更加明確，直譯為現代漢語為：「皇帝還進一步地同意，今後不論何種原因，施於其他外國的國民以更多的優惠或豁免權，這種優惠或豁免權將擴展至英國國民，為英國國民所享有。」（總稅務司編：《中外條約協定彙編》，第 1 卷，頁 201）英國政府的法律官員對此認定：「這裏所說的優惠或豁免權，是指外國個別民人的人身權利和享有的事情，並不包括政府之間涉及修改條約的規定。」英國政府以前任駐華公使德庇時（J. F. Davis）曾為修約問題與耆英交換過照會為由，要求包令提出修約。包令將耆英致德庇時的照會重溫一遍，得出印象：「耆英固定不變的意旨在於，盡可能避免承認修約的權利，懷疑其存在，並極力貶低它的價值和重要性。」（蔣孟引：《第二次鴉片戰爭》〔北京：生活‧讀書‧新知三聯書店，1965〕，頁 8–9）一直到了 1858 年的中英《天津條約》，最惠國條款的內容和文字發生了很大的變化，這才包括政府等各個方面。

實現入城。於是提出了反建議，在城外仁信棧房會面。[5]

　　葉名琛的答覆，自然不能讓包令滿意。他於 5 月 11 日又一次照會葉名琛，稱其對修約一事「默然不論」尤其不滿，再次強調了他的各項要求，並堅持在廣州城內兩廣總督衙署內進行會談。[6]

　　由於歷史文件的保存不全，我們今天已不知道葉名琛對此如何作覆，但當時的局勢已使在廣州的繼續交涉成為泡影。自 1849 年廣州反入城鬥爭後，徐廣縉、葉名琛從未對西方的要求讓過步，曾任廣州領事的包令，對葉名琛的行事方式可謂知根知底；更何況此時正際廣東紅兵大起義的前夜，廣州城也在風雨中晃動。

　　包令北上了。他準備到上海和天津，繞開葉名琛，另闢與清朝交涉的渠道。

5　佐佐木正哉：《鴉片戰爭後の中英抗爭（資料篇稿）》（東京：近代中國研究委員會，1964），頁 185–189。英國政府給包令的訓令中指出，修約要達到八項目的：一、進入中國內地，至少是長江自由航行；二、鴉片貿易合法化；三、廢除子口稅；四、有效取締中國沿海的海盜；五、制訂中國勞工向外移民的辦法；六、公使駐京，至少能建立公使與朝廷政要之間的公文往來的關係；七、外國公使能與總督直接會晤；八、條約的解釋以英文為主。（馬士：《中華帝國對外關係史》，中譯本〔北京：生活・讀書・新知三聯書店，1957〕，第 1 卷，頁 767–768）而包令致葉名琛的照會中，沒有提出上述內容，只是強調了至 1854 年 8 月 29 日，即《南京條約》期滿 12 年，英方有修約的權利。此外，他又提出了六項內容：一、進入廣州城；二、茶葉抽用行費；三、河南、黃埔租地；四、兩廣總督不應拒見公使；五、華人應歸還欠英人債務；六、英人被盜及被傷害的處理。此外還要求在廣州城內公署與葉名琛會晤。葉名琛很可能誤以為修約只是圍繞着此六項內容而進行，於是 5 月 7 日的覆照也圍繞着此六項內容予以駁斥：一、入城已經罷議；二、茶葉雖抽行用費，但貿易甚旺，可見有益無損；三、租地並非兩廂情願；四、已答應在城外會見，可見無拒見大吏之事；五、華人欠英人債務，英人亦欠華人債務，應當一體歸還；六、廣東盜賊甚多，「一時何能盡淨」。葉名琛的答覆，完全是重複舊調。因為包令提出的六項要求，一直是中英間長期存有矛盾之處。由此可見，若葉名琛以為修約僅僅是圍繞此六項要求，那麼完全可以全盤拒絕，根本沒有什麼可以討論的。

6　佐佐木正哉：《鴉片戰爭後の中英抗爭（資料篇稿）》，頁 190–191。

葉名琛似乎也掌握了包令北上的情報，1854年5月23日，他在一份奏摺後附了約二百字的夾片，輕描淡寫地匯報了英國等國的修約要求。在這份簡短報告的最後，說了一句充滿自信的話：「臣惟有相機開導，設法羈縻。」[7]

如果僅僅從葉名琛的報告來看，誰也弄不清楚「修約」是怎麼一回事，更何況對外部毫無知識的咸豐帝，對此似乎根本沒有放在心上。既然葉名琛對此甚有能力且不乏自信，那麼一切都交給他去辦理吧，下發給葉名琛諭旨中，出現了這樣的話：

> 葉名琛在粵有年，熟悉情形，諒必駕馭得當，無俟諄諄誥誡也。[8]

按照清朝官場用語的習慣，這段話意思是，皇上本人並無定見，葉名琛可全權處理。

1854年6月，包令來到上海，與先前到達的美國公使麥蓮（R. M. Mclane），向江蘇官員交涉修約一事。咸豐帝得知這一消息，下旨江蘇官員，讓英、美公使南下，一切與葉名琛商談辦理。在咸豐帝的心中，葉是辦理外交的最佳人選。

1854年8月，英、美、法三國公使在香港舉行會議，討論下一步的行動。他們一致認為若與強硬的葉名琛交涉，決不可能有任何進展，於是聯合行動，再次北上。9月，三國公使到達上海，要求修約。江蘇巡撫吉爾杭阿看出三國決不會善罷甘休，而葉名琛已與三國公使勢同水火；更見此一時期三國外交官紛紛前往鎮江、南京，恐已與太平天國暗通款曲；遂向咸豐帝提議，「可否欽派重臣

---

7 《籌辦夷務始末》，咸豐朝，第1冊，頁269–271。葉名琛的正摺是談俄國要求通商之事。另，葉名琛上奏日期，見中國近代史資料叢刊：《第二次鴉片戰爭》（上海：上海人民出版社，1978），第3冊，頁8。

8 《籌辦夷務始末》，咸豐朝，第1冊，頁271。

會同兩廣總督妥為查辦」，其意是削去葉名琛辦理外交之權，結果遭到咸豐帝的嚴詞駁斥。[9]

1854年10月，英、美、法三國代表到達天津海河口外。經過一番交涉，英方向清政府正式提交了修約要求18條，美方亦提出修約要求11條。[10] 從內容來看，已不是《望廈條約》中的「量為變通」，而是另訂新約了。咸豐帝本來就對西洋事務不甚明瞭，看到這些密密麻麻的要求更難弄清其中的真意，遂下旨：除在三項枝節問題上可到廣東與葉名琛繼續商辦外，其餘堅予拒絕。[11]

此時英、法兩國正與俄國進行克里米亞戰爭，無力東顧，美國官員見太平天國勢強，清廷可能垮台，主張再觀望一段時間。三國代表在北方轉了一大圈，毫無收穫，不得不南下香港。但他們都沒有去找葉名琛繼續交涉修約之事。三國第一次修約活動失敗了。

葉名琛費盡心力與圍城的紅兵交戰之際，突然想起北上的「西夷」不知究竟如何。這些隆鼻凹眼的「醜類」肯定在極力詆毀我，殊不知在「天朝」裏，「夷人」的咒罵就是對我的讚揚。話雖如此說，但到底放心不下。11月18日，葉氏上奏：

---

9   《籌辦夷務始末》，咸豐朝，第1冊，頁306–307。

10 英方的要求為：一、公使駐京；二、開放內地；三、天津開埠；四、公使可至各省督撫衙門以平行禮會見督撫；五、修改稅則，鴉片合法進口；六、英船可承運各通商口岸之間的貨運；七、廢除子口稅；八、定明各種銀圓的價值；九、共同肅清海匪；十、制訂華工出國章程；十一、下詔允英人購買中國土地；十二、下詔保護英人生命財產；十三、下詔追回華人欠英人款項；十四、停止廣東茶葉抽釐；十五、允許英人入廣州城；十六、新約以十二年為期，到期重訂；十七、設立保稅官棧；十八、條約以英文本為準。美方的要求為：一、公使可至中國官員衙署會面；二、美人在租房、租地上享有華人之待遇；三、兩國官員合審中美民人爭訟案件；四、准許美船承運通貨口岸之間的貨運；五、定明各種銀圓的價值；六、重訂稅則；七、可隨時修改條約；八、建立保稅官棧；九、免除所欠關稅；十、開放長江，開放內地，公使駐京；十一、允許美國人在中國沿海捕魚開礦。（《籌辦夷務始末》，咸豐朝，第1冊，頁343–347）

11 《第二次鴉片戰爭》，第3冊，頁63–64。

進尺的「夷人」掀起更大的波瀾。於是，他仍舊我行我素，不作任何退讓。

從後來的歷史可以看出，「修約」是英、法、美侵略中國的重要步驟，它們必然會使用一切手段來達到此目的。就在美國全權委員伯駕北上交涉之時，包令正在香港向倫敦要求炮艦。他的結論是，若要實現修約，「一支代表締約國各自國家的威武艦隊，應於明年五六月間會同於北直隸灣（指渤海灣）」。[16] 包令在這裏不僅要求戰爭，而且提出了戰爭的時間和地點了。

火藥桶已經打開了蓋子，空氣中充滿了火藥味，稍有火星，即刻就會爆炸。

主管外交事務的葉名琛沒有看出這一點，他正在為一再挫敗英國等國公使的修約要求而自鳴得意。

此時正迷戀聲色的咸豐帝更沒有覺察這一點，他正在為有這麼一位能獨當一面分擔憂慮的得力幹臣而高興。

戰爭一步一步逼近了。

1856年10月8日，清廣東水師根據舉報，在廣州江面上檢查了一條名叫「亞羅號」的船，帶走船上12名中國水手。英駐廣州領事巴夏禮（H. S. Parkes）以「亞羅號」曾在香港登記為由，要求釋放全部被捕水手，為水師官員所拒。於是，巴夏禮一面向公使包令報告，詭稱水師官兵扯下了船上的英國國旗，污辱了英國的尊嚴；一面致文葉名琛，要求道歉、放人並保證今後不發生此類事件。

---

16 馬士：《中華帝國對外關係史》，第1卷，頁785–789。

「亞羅號」事件只是一件小事，且內中疑問叢叢，[17] 但包令卻一味擴大事態，用他自己的話來說，就是「希望能在渾水中摸一些魚」。[18] 10月10日，即事件發生的兩天後，葉名琛允放水手九人，但巴夏禮拒收。10月16日，包令照會葉名琛：「如不速為彌補，自飭本國水師，將和約缺陷補足。」[19] 由此可見，英方不僅準備動武，而且將提出事件之外的要求。10月21日，巴夏禮限葉名琛在24小時內滿足英方要求。葉名琛允諾釋放全部被俘水手，但因未扯落英國國旗，不允道歉。於是，包令下令香港英軍進攻廣州。

戰爭就這麼打了起來，很明顯，「亞羅號」事件只是導火索。

1856年10月23日，英艦三艘越過虎門，攻佔廣州東郊的獵德炮台。葉名琛此時正在閱看武鄉試，聞報後宣稱，「不會有事，天黑自然會走的」，並下令水師戰船後撤，對入侵英艦「不必放炮還

17　「亞羅號」是中國人蘇亞成按中西合璧的樣式，於1854年在內地製造的划艇，後賣給居住在香港的中國人方亞明。1855年9月27日，該船在香港殖民政府登記，取得了為期一年的執照，並僱用一名愛爾蘭人為船長，全部水手皆為中國人。至「亞羅號」事件發生時，其執照已經過期12天，按法理，已不再受香港政府的保護。英方對清政府隱匿了此情。「亞羅號」是一條海盜船，多次在海上進行搶劫、走私活動。澳門當局曾因發現其海盜行徑欲將其扣留，但被它逃脱。清朝水師之所以對它採取行動，正是得到了幾天前在海上被劫商人的舉報。被捕的12人中，有兩名是著名的海匪。另外，根據英國的航海慣例，船泊進港停靠後，須降下國旗，至離港時再升起。當清朝水師上「亞羅號」搜查時，該船的船長正在另一條船上用早餐，該船也沒有作任何開航前的準備。也就是說，此時若升起英國國旗，意味着水手們反叛船長，準備潛逃了。清朝水師官兵否認船上升有國旗，即也無從扯落國旗。但該船船長卻聲稱，他在遠處看見了扯下國旗的全過程。作為一名海盜船的船長，他的證詞有多處破綻，經不起推敲。英方此時之所以要用「亞羅號」事件大作文章，特別是靠不住的扯下英國國旗一事，無疑是為了挑動其國內的民族情緒，以實現對華開戰、修改條約的目的。葉名琛對此警惕性不足。

18　黃宇和：《兩廣總督葉名琛》，中文本，頁172。

19　佐佐木正哉：《鴉片戰爭後の中英抗爭（資料篇稿）》，頁203。

擊」。[20] 24 日，英軍攻佔廣州南郊鳳凰崗等處炮台，葉仍不動聲色，繼續閱看武鄉試。25 日，英軍佔領海珠炮台、商館等處，兵臨廣州城下，葉的對策是中斷對外貿易。27 日，英軍司令照會葉名琛，要求允許外人自由進入廣州城，葉名琛不予答覆。當日起，英軍每隔五至七分鐘，便炮擊一次葉氏官署，署內兵弁逃避一空，但葉毫無懼色，端坐在二堂的官椅上，當日發佈宣示，要求廣州軍民協力剿捕，殺英軍一人，賞銀三十元。英軍見此仍不能奏效，便於28 日起集中炮火轟擊廣州城南的城牆，當晚轟塌了一個缺口。29日下午，英軍一百餘人攻入廣州新城，衝進兩廣總督衙署。多年的入城要求，終於在炮火中實現。正巧當日上午葉名琛去舊城文廟行香，遂避居舊城巡撫衙門，未被英軍捉住。

此次開戰的英軍，只是香港駐軍，兵力不足，很快從廣州城內撤退，然仍繼續炮火射擊，保持軍事壓力。與炮彈同時發來的還有英軍司令的三份照會，要求道歉、入城，皆為葉名琛所拒。英國公使包令也趕至，要求入廣州城與葉會談，仍被拒絕。

儘管軍事行動的規模不算太小，廣州城也一度被攻破，但葉名琛表現出超常的沉着鎮定。他為什麼這麼沉得住氣呢？

葉名琛自以為窺破英方的底蘊。

「亞羅號」事件不久，雙方照會的中心內容很快便由「道歉」轉向「入城」。原來英「夷」的真正目的就是藉此機會實現多年的入城願望，葉名琛一下子就充滿了信心。對付此事，他有經驗，也有招數。

1847 年葉氏初任廣東布政使，正恰英方為一細故發兵攻入珠江，一直打到廣州城邊的商館，當時的兩廣總督耆英嚇破了膽，立即同意兩年後開放廣州。1849 年，兩年期滿，英人要求踐約，葉

20　華廷傑：〈觸番始末〉，《第二次鴉片戰爭》，第 1 冊，頁 165。原文由引者改為白話。

名琛協助徐廣縉堅決頂住。正反兩方面的經驗教訓，葉皆親身體驗。此次英方行動的規模有如1847年，這可要硬着頭皮頂下去，決不能重犯當年耆英的錯誤。於是，他開出賞格，鼓勵軍民殺敵。

葉名琛當然知道，軍事上的抵抗根本靠不住；可他還有制敵招數。「夷」人最嗜利，萬里來廣州，不就是為了做生意賺錢？於是，他又下令斷絕通商，絕其財路。此舉頗有今日經濟制裁的味道。他要讓包令掂掂份量，入城與通商，孰重孰輕？

想到此，葉名琛一點也不慌張，堅信一定能挫敗英方的入城圖謀，只不過需要一點時間罷了。「鎮靜」不僅是他對時局的態度，而且變為他的對策了。

從廣州到北京，當時的加急公文需時約16天，即便以普通速度交付驛遞，也不過40天。可是，一直到了1856年12月14日，咸豐帝才收到葉名琛報告事件的奏摺。此時距「亞羅號」事件已經兩個多月了。

緩報軍情，已是膽大包天之舉，更讓人驚駭的是，葉名琛竟然謊報軍情。他宣稱，清軍兩次大敗來犯英軍，擊斃擊傷敵四百餘人，就連英軍的總司令西馬縻各厘 (M. Seymour) 也被當場打死。[21]他還宣稱，他已調集兵勇兩萬餘人，足敷防守；美國、法國及西方各國均認為英國無理而不會相助。

葉名琛送來了一枚定心丸，但咸豐帝吃後仍有所擔心：此次兵釁已開，不勝有傷國體，勝則英方必來報復，或竄犯其他口岸，當此中原未靖之時，沿海豈可再起風波。他在為「勝利」而喜悅的同時，又決定不擴大事態，下旨給葉名琛：

21　西馬縻各厘 (M. Seymour)，英海軍少將，英駐東印度及中國區艦隊總司令，他為此時軍事行動的指揮官。葉稱將其擊斃，當屬謊言。

> 倘該酋（指包令）因連敗之後，自知悔禍，來求息事，該督（指
> 葉名琛）自可設法駕馭，以泯爭端；如其仍肆鴟張，亦不可遷
> 就議和，致起要求之患。

這真是滑稽，失敗的一方等待着戰勝者來「悔禍」。在這篇諭旨中，咸豐帝還授予葉名琛處理此事的全權：「葉名琛熟悉夷情，必有駕馭之法，着即相機妥辦。」[22]

廣州附近的水陸戰事，打打停停。英軍雖戰無不勝，終因兵力不足，於1857年1月先由城邊十三行退往南郊鳳凰崗，不久後又退出珠江。葉名琛以為他的「鎮靜」之計已明驗大效，得意洋洋地向咸豐帝報告：「防剿英夷水陸獲勝，現在夷情窮蹙。」咸豐帝聞之甚為歡喜，讓葉名琛全權處理，「朕亦不為遙制」。儘管如此，他仍擔心會爆發大規模的戰爭，在諭旨中提醒葉名琛：

> 從前林則徐誤聽人言，謂英吉利無能為役，不妨慴以兵威，致
> 開釁端。迨定海失後，即束手無策。前車之鑒，不可不知。[23]

他讓葉不要做林則徐第二，不要光想到廣東防守得勝，還要考慮到全國的情況。

兩個月後，葉名琛又報來了好消息：清軍在戰場上節節獲勝，英國政府不滿意包令、巴夏禮所為，另派新使前來定議。咸豐帝聞此，以為事件很快會結束，指示葉名琛見好就收，「弭此釁端」。[24]

又過了一個多月，一直沒有廣東的消息，在北京等得心焦的咸豐帝，於1857年6月4日急命葉名琛，速將近況「詳細具奏，以慰

22　《籌辦夷務始末》，咸豐朝，第2冊，頁499–500。

23　同上，頁516。

24　同上，頁520–521。

塵懷。」[25] 儘管此時廣東水師在珠江上又一次被英軍打得大敗，廣州外圍炮台全部失守，廣州城已經處在內江無戰船、外圍無屏障、孤城困守的局面，但葉名琛依舊報喜不報憂。咸豐帝在這份奏摺上寬慰地朱批：「該夷乘機起釁，天褫其魄，理宜然也」，「俟新酋到後，設法妥辦，總宜息兵為要也。」[26]

咸豐帝的全部指示，可以概括為兩條：既不要引起大戰，又不准對英方作任何讓步。

由於葉名琛的誤導，咸豐帝對真情實際上是一無所知。

而真相又是如何呢？

「亞羅號」事件的消息傳到倫敦，英國首相巴麥尊決計擴大戰爭，但議會裏有不同意見。1857年2月，上院一議員提出議案，譴責英國在華官員擅用武力，結果以110票對146票被否決。此時，下院一議員又提出了類似的議案，以263票對247票獲得通過。巴麥尊立即解散下院，重新大選，結果巴麥尊一派在大選中獲勝。3月20日，英國政府派額爾金伯爵（Lord Elgin）為高級專使，準備對華正式用兵（此即葉報告中的新使）；並與法國、美國頻頻聯絡，籌劃聯合行動。

「亞羅號」事件發生前，法國傳教士馬賴（A. Chapdelaine）非法潛入廣西西林縣傳教，於1856年2月被當地官員處死。法國駐華官員多次要求賠償、道歉，葉名琛或置之不理，或予以拒絕。法國政府早已計劃對華用兵，此時得到英國政府的請求，遂與英結成同盟。1857年4月，法國派葛羅男爵（J. B. L. Gros）為高級專使，領兵東來。

25　同上，頁530。
26　同上，頁535。

「亞羅號」事件發生後，正在上海交涉修約的美國駐華委員伯駕立即趕回香港，準備參與行動。儘管美國駐華外交官一再呼籲戰爭，建議侵佔台灣、舟山，然美國對外用兵權屬於國會，國內又因黑奴問題而南北對立，勢如水火。美國政府婉拒了英國的出兵要求，但允在修約問題上與英、法「一致行動」。1857年4月，美國政府派列衛廉（W. B. Reed）為駐華公使。

俄國此時正在武裝航行黑龍江，在黑龍江下游建立了諸多軍事據點。由於黑龍江、吉林的駐軍已大多調入關內鎮壓太平天國，東北的軍事局勢已經主客易位，雖沒有發生正式的交戰，但俄軍的數量已遠遠超過清軍。[27] 1857年2月，俄國政府派普提雅廷（E. B. Путятин）為全權代表，要求與清朝締結一項條約，以獲英、法、美在鴉片戰爭後所獲得的侵略權益。普提雅廷在恰克圖等地入境被拒後，由海路抵天津，仍被拒絕，最後南下上海、香港。他不顧克里米亞戰爭俄國與英法結下的怨仇，參加了英、法、美的行動。

這樣，當時世界上最強大的四個國家 —— 英、法、美、俄聯手對付中國。清朝的危機空前嚴重。

1857年7月，額爾金到達香港，然此時印度發生了土著士兵起義，侵華英軍不能如期到達。額爾金遂返回印度，並將香港英軍與正在途中的英軍撤回印度，鎮壓土著士兵起義。額爾金的行蹤，為葉名琛偵知，儘管他並不知道額爾金離去的背景。他不免自鳴得計，認為英國的伎倆不過如此，「以靜制動」的方略大獲成功。

到了11月，英國已控制了印度的局勢，額爾金重返香港，法、美、俄三使也已先期到達。此時，英法聯軍已大體齊結：英軍有戰艦43艘、海陸軍兵力約一萬人，法軍亦有軍艦十艘。12月12

27　當時中國黑龍江以北、烏蘇里江以東地區駐軍很少，居民也很少。俄軍建立的許多軍事據點，當時清方並沒有發現。

日，額爾金、葛羅分別照會葉名琛，提出了三項要求：一、准許進入廣州城；二、賠償「亞羅號」事件和馬神甫事件的一切損失；三、清朝派「平儀大臣」與英、法進行修約談判。該照會限葉名琛十天內允諾前兩項，否則將進攻廣州。這無疑是最後通牒。

但是，葉名琛卻不這麼看，中英爭端以來，他在香港等處派有大量探子，收集情報。從史料記載來看，他的情報數量非常之多。可是他不會用國際戰略的眼光去分析，仍用陳腐的觀念去判斷。他最信的情報有四：一是英國女王的「國書」已經送到香港，令「中國事宜務使好釋前嫌」，「毋得任仗威力，恃強行事」；二是英國在克里米亞戰爭中被打得大敗，賠俄國軍費七千八百餘萬兩，因而要求入城，每日在城內、城外各收地租一萬兩，另每日收貨稅一萬兩，合計每月收銀90萬兩；英國又因鎮壓印度土著士兵起義，財用耗盡，軍餉都發不出來了；三是額爾金在鎮壓士兵起義之中被打得大敗，陸路奔逃，被士兵追擊到海邊，適遇法國軍艦經過，連開數炮，嚇退追兵，額爾金倖免於難；四、法國國王在葛羅臨行時指示，中英交戰，法國「只在守約通和，不准助勢附敵」。[28] 所有這些，都是子虛烏有之事。真不知葉名琛是從哪裏弄來這些情報的，或許他的探子都是送假情報的雙重間諜？

憑藉着這些情報，葉名琛氣壯如牛，竟然認為額爾金的最後通牒是英方技窮之後的「求和」行動！其目的是想訛一些銀子，就如1841年廣州被圍時靖逆將軍奕山付給贖城費600萬兩一樣。他還認

28　華廷傑：〈觸番始末〉，《第二次鴉片戰爭》，第1冊，頁178；〈闔省防虞公局告示〉，佐佐木正哉：《鴉片戰爭後の中英抗爭（資料篇稿）》，頁331；葉名琛奏，《第二次鴉片戰爭》，第3冊，頁118–128。葉名琛對自己的情報來源十分得意，曾對其下屬稱：「從前林文忠公好用探報而反為探報所誤，偏聽故也。我則合數十處報單互證，然後得其端緒。即如彼中大漢奸張同雲，前日尚有信來，不過不惜重賞，彼故為我用。」

為葛羅發出照會是受英方慫恿所致，並非出自本心，受到美國的揶揄已自生慚惡。由此，葉名琛於12月14日覆照額爾金、葛羅，拒絕了英法的要求。

十天的期限過去了，英、法並未進攻。又過了兩天，12月24日，中方才收到英、法的照會，聲稱已將事務移交給軍方。同日，英法海陸軍總司令亦發出照會，限兩天內廣州清軍退出90里之外，葉名琛仍覆照拒絕。兩天的期限又過去了，英、法仍未攻城。葉以為英、法不過是虛辭恫嚇而已，更兼他好扶乩，這兩天的讖語無不大吉大利。天意實況都在告訴他，最難過的一段日子就要過去了。

1857年12月27日，即收到額爾金最後通牒的第15天，葉名琛興致勃勃地給咸豐帝上了一道長達七千餘字的奏摺，聲稱「英夷現已求和，計日准可通商」，表示要「乘此罪惡盈貫之際，適遇計窮力竭之餘」，將英方的歷次要求「一律斬斷葛藤，以為一勞永逸之舉」。[29]

這一份奏摺整整在路上走了21天。1858年1月17日，咸豐帝收到此摺，心中懸慮甚久的中英爭端，竟能得到如此圓滿的結局，葉名琛不負朕望，不辱君命。當日發出的諭旨更是不乏堅定信心：

> 葉名琛既窺破底蘊，該夷伎倆已窮，俟續有照會，大局即可粗定。務將進城、賠貨及更換條約各節，斬斷葛藤，以為一勞永逸之舉。[30]

咸豐帝完全在重複葉名琛的話，完全受了葉名琛的蒙蔽。如果他知道此摺在路上的21天內廣州城發生了什麼，即使他殺了葉名琛都不會解恨。

---

29 《第二次鴉片戰爭》，第3冊，頁118–129。
30 同上，頁132。

額爾金伯爵(1811–1863)，
英國外交官，第二次鴉片
戰爭時任英國高級專使，
下令燒毀圓明園

在咸豐朝，臣子們哄騙皇帝司空見慣，不是什麼新鮮事。局勢
那麼壞，君上的要求又那麼高，若不行欺瞞延宕之術，哪一位官員
都不可能混下去。葉名琛主持對外事務，許多事情我行我素，不請
示不匯報。「亞羅號」事件後的一年多，中英已經開戰，他僅上了
六篇奏摺，可謂少得不能再少。而且他完全顛倒了廣州的戰況，明
明是一敗塗地，竟被他說成是屢挫敵焰。

葉名琛並不能一手遮天。咸豐帝若勤於政務，早就能發現破
綻。曾在鴉片戰爭中彈劾琦善私許香港而名噪一時的怡良，此時在
兩江總督任上。他通過上海這一窗口，了解了廣州戰況。1856年
12月15日他上一摺，因見葉名琛為咸豐帝所寵信，不敢明言直
陳，只是婉言透泄。咸豐帝對此全然不信，稱此為「英夷造言聳
聽」，下旨讓怡良「勿為所惑」。[31]

31　同上，頁94–96。

當然咸豐帝也作過一些調查。曾在1856年秋外放廣東鄉試正、副考官的鴻臚寺卿王發桂，掌陝西監察御史張興江，「亞羅號」事件時正在廣州。他們的奏摺對戰況的描述相對真實一些，但在基調上卻肯定了「該夷始有卻志，民心亦漸次安定」。[32] 進京觀見返粵的廣東巡撫柏貴也於1857年8月有一摺，但與葉名琛同出一調。[33] 官官相護本是官場上的規矩，咸豐朝尤其如此。這兩份偽詞使咸豐帝誤入歧途。

與當時絕大多數官員粉飾作偽還有所不同，葉名琛謊報的僅僅是戰況，而對局勢的未來發展，卻是出自內心的判斷。既然我完全有能力處理危機，又為何用這些微小敗仗去干擾聖聽！他早就看出咸豐帝是左右搖擺並無定見的主子，一旦報告真相，很有可能被撤職。新派大臣主持其事，很有可能對外示弱，局勢豈不變得更糟？再說，轟破了城牆，損失了幾條戰船，傷害了幾名士兵，又有什麼了不起？當年十萬紅兵圍攻廣州，局勢比此嚴重多了，我不也硬挺過來了嗎？按照傳統道德，葉名琛犯了欺君之罪，但深諳傳統道德精義的葉名琛卻認為，他胸懷着另一種忠誠。

「了卻君王天下事，贏得生前身後名」，葉名琛敢於作偽，不僅是一種自信，而且也因看出咸豐帝的心思。在廣州城陷時，他終於說了一句心中的真言，「有人勸我具疏請罪，不知今上聖情，只要爾辦得下去，不在虛文請罪也。」[34] 強烈的責任感，使得他擅權自專。本是主管對外事務的欽差大臣，正是利用咸豐帝的過分寵信，利用咸豐帝倦怠政務，成了清朝對外政策的決策人。在廣州的外國觀察家稱這位太子少保、世襲一等男爵、體仁閣大學士、兩廣總督、管理五口通

32　同上，頁100–101。

33　同上，頁115。

34　華廷傑：〈觸番始末〉，《第二次鴉片戰爭》，第1冊，頁184。

商事務欽差大臣，是大清朝的「第二號人物」。[35]且不論此說是否可靠，但從前面已介紹的修約、「亞羅號」事件等交涉來看，咸豐帝已被他牽着鼻子走，至少在這些事務上，他是大清朝的第一號人物。

「將將」、「將兵」，正是統帥與將軍的區別。

「用人」是天下君主的第一大政。

在咸豐朝的漢族官員中，曾國藩是咸豐帝最為疑忌的重臣，葉名琛是咸豐帝倚為長城的疆吏，兩人正好形成對照。我在這裏不厭其詳地描繪這兩位人物，不僅因為他們處於歷史漩渦的中心，而且正是通過這些描寫說明咸豐帝的用人之道，同時也想借此機會說明咸豐朝地方政治的實情。

1857年12月28日，即葉名琛上奏英方技窮的第二天，英法聯軍以戰艦20艘、地面部隊五千七百餘人進攻廣州。密集的炮彈如雨點般落到了兩廣總督衙署，兵役再次逃匿一空，而葉名琛依舊鎮靜地在署內尋檢文件，並聲稱：「只此一陣子，過去便無事。」

29日，英法聯軍攻入城內，廣州城陷。逃難的市民擠滿了街道。葉名琛仍居住在城中，並不避逃。對於部屬各種議和的要求，他仍堅持不許英人入城之定見，只同意給一些銀子。1858年1月5日，英法聯軍搜尋廣州各衙門。葉住在左副都統署之第五院，敵軍第一次來搜，未至第五院，家丁勸其趕緊離開，葉仍不肯。不久敵軍復至，將其捕去，送上英艦。直至此時，他仍保持欽差大臣的威儀，準備與英、法專使進行面對面的談判！此後，他被送往印度，仍以「海上蘇武」自居，三個月後客死於加爾各答威廉炮台。

35　柯克：《中國 ——〈泰晤士報〉特派中國記者1857至1858年之報道》（G. W. Cooke, *China: Being The Times Special Correspondence from China in the Year 1857–1858* [London: G. Routledge, 1858]），頁396。

兩廣總督葉名琛（1809–
1859），客死於印度加
爾各答威廉炮台

　　葉名琛的所作所為，被時人譏諷為：「不戰不和不守，不死不
降不走，相臣度量，疆臣抱負，古之所無，今亦罕有。」[36]

　　1858年1月7日，葉名琛被捕後的第三天，以廣州將軍穆克德
訥為首的廣東全體高級官員聯銜上奏，報告廣州城失陷的消息。
20天後，1月27日，這份奏摺送到了御前。十天前剛剛看過葉名琛
大報平安的咸豐帝，聞廣州又來奏摺，以為有了上好消息，哪知竟
會出此等事情，頭腦一下子轉不過彎子，用朱筆在該摺尾寫了幾個
大字：

　　覽奏實深詫異！[37]

36　薛福成：〈書漢陽葉相廣州之變〉，《庸盦全集續編》，卷下。
37　《第二次鴉片戰爭》，第3冊，頁130–132。

九　公使駐京問題

　　儘管第二次鴉片戰爭最初階段的一切失策，都可以歸罪於葉名琛，咸豐帝至多不過落下個「用人不當」的罪名，這也是儒家史學為君主辯護的常用套路；但是，從此之後，咸豐帝被迫走向前台，親自主持其事，一切責任都應由他來負了。

　　咸豐帝久讀孔孟聖賢之書，熟於性理名教之義，唯獨對外部世界一片茫然。英吉利、佛蘭西、米利堅、俄羅斯當時都不是生詞，可「天朝」大皇帝不屑於過問「夷」人之事，對當時的國際社會行為方式、思維方式更是聞所未聞。因此，咸豐帝一接手對外事務，舉措之可笑一點都不亞於葉名琛。

　　廣州城失陷後，咸豐帝將葉名琛革職，以前四川總督黃宗漢繼任，黃未到任前，由廣東巡撫柏貴署理。他發給柏貴的第一道訓令竟是：英國等國所恨者為葉名琛，現在葉名琛已經革職，柏貴與英人「尚無宿怨」，正可以出面「以情理開導」。如果英國退還廣州，請求通商，「可相機籌辦，以示羈縻」；如果英國仍肆猖獗，「惟有調集兵勇與之戰鬥」。[1]

　　從近代國際觀念來看，咸豐帝的對策完全荒謬，但在中國的傳統中卻並非無來歷。本來朝廷對於各地的反叛和邊患，不外乎「剿」、「撫」兩手。「剿」即武力鎮壓，不必多説了，而「撫」的常用手法就是

1　《第二次鴉片戰爭》，第 3 冊，頁 136。

以主辦官員當作替罪羊加以懲辦，再作一些讓步，以能恢復常態。由此觀之，咸豐帝的諭旨是「剿」、「撫」兩手並用。他將前來侵華的英軍當作傳統的邊患，將中國的傳統治術運用到對外關係上了。

可是，現實恰恰相反。就「開導」而言，咸豐帝似乎忘記了1854年英方修約要求18項，他的那些「情理」又何能打動「夷」人之心？就「戰鬥」而言，葉名琛歷來對外強硬，又何嘗不想武力相抗？然在全國陷於內戰的困境中，又何來可戰之兵、可籌之餉？葉名琛「以靜制動」的方略，不正是苦於無兵無餉嗎？

咸豐帝的這道諭旨，今人一看便知無法實行。不過，廣州局勢又有變化，柏貴即便想遵照，也已無可能。

英法聯軍佔領廣州後，急於恢復秩序，以防民眾小股騷擾，襲擊英法士兵。1858年1月9日，被英法聯軍羈留於觀音山的柏貴，在刺刀的簇擁下回到巡撫衙門「復職」，與所謂的「英法總局」共同治理廣州。這是中國歷史上第一個由西方殖民者建立的傀儡政權。柏貴儘管名為「巡撫」，然已無行動自由，旁人前往探視亦不得。廣州政治實由「英法總局」的英方委員、英駐廣州領事巴夏禮一人操縱。可以肯定，柏貴收到了咸豐帝的諭旨，但除了苦笑之外恐怕不能再有別的表示。1858年2月11日，與咸豐帝設想的英國請求通商的情景相反，英法聯軍自行宣佈解除封鎖，恢復了中斷一年多的對外貿易。

由於湖南巡撫駱秉璋等人的奏摺，咸豐帝得知柏貴已被「脅制」。於是，他命令駱秉璋派專差去廣東，將一密詔送交給廣東在籍侍郎羅惇衍等人，要求他們「傳諭各紳民，糾集團練數萬人」，將英軍（直至此時咸豐帝尚不知法國已對華開戰）逐出廣州，「然後由地方官出為調停，庶可就我範圍」。[2] 咸豐帝以為，英軍只有數千，團練能集數萬，以十當一，又何不勝之？

2　同上，頁148。

咸豐帝又錯了。這裏且不論以鬆散的團練來正面攻擊訓練有素的英軍，在軍事上又是多麼的失策，這種軍事行動的結局只能是一敗塗地；更荒唐的是，在咸豐帝的心目中，中英兩國之間的戰爭，可以轉化為民、「夷」之間的戰爭，清政府竟然可以充當中立者，出面調停「交戰雙方」的衝突。這種手法，咸豐帝在此前此後皆有運用。毫無疑問，我們仍舊可以在傳統治術的武庫中找到它的原型。

在專制社會中，天子的聖旨是絕對正確的真理，誰也不能對此有絲毫的懷疑。到了咸豐朝，聖旨因破綻百出雖已自我動搖了神聖的地位，但抗旨仍是臣子們不敢為之的事情。於是，羅惇衍等團練大臣在頌揚聖明之後又以軍費無出而延宕時日，新任兩廣總督黃宗漢不斷隱瞞實情，似乎在安撫咸豐帝那顆受傷的心。時間一天天過去了，廣州周圍的團練在奏摺公文上的數字已經達到數萬，但始終沒有發起對廣州城的進攻。廣州一直為英法聯軍所佔領，一直到第二次鴉片戰爭結束。

廣州城陷的消息，隨着南來北往的商船，很快就傳到上海，引起了一陣小小的恐慌。此時的兩江總督何桂清恐戰火北延，主動派下屬去與英、法等國領事聯絡，宣佈了一項讓英、法都感到詫異的消息：「粵事應歸粵辦。上海華夷並無嫌隙，應當照常貿易。」[3]

「粵事應歸粵辦」，反映出何桂清等一班沿海疆吏的觀念。他們將英法兩國在廣州的軍事行動，看作是廣東省與英、法之間的戰爭。既然江蘇官員與英、法關係和好，上海就不應當開戰而成為第二個廣州。

何桂清也將此想法向咸豐帝報告，提出了具體的理由：一是每年約百萬餘石漕米由上海放洋，上海已成南漕海運的中心；二是上

3　《籌辦夷務始末》，咸豐朝，第2冊，頁643。

海每年對外貿易的關稅達數百萬兩;三是上海的釐金也有相當大的數額。[4] 前一項牽涉到京城的糧食供應,後兩項實是江南大營等處清軍的軍費所在。除此之外,還有一項何桂清此次沒有説,但江蘇的官員曾多次上奏過,那就是上海一旦開戰,清朝勢必陷入兩面作戰,若「夷人」與「長毛」聯手,東南局勢將不可收拾。何桂清的主張居然得到了咸豐帝的批准,上諭中赫然寫道:上海「為海運關稅重地,非如廣東可以用兵」,「上海華夷既無嫌隙,自應照舊通商。」[5]

與何桂清持同樣看法的還有當時的閩浙總督王懿德。他在奏摺中稱,如果英國軍艦前來「窺伺」,「惟有責其恪守和約,析之以理。」[6] 也就是説,只打算堅守條約維持和平,而不準備與之交戰了。他的這種做法也得到了咸豐帝的批准。

由此而出現了中外戰爭史上的奇觀。中國的一部分與英、法兩國處於戰爭狀態,而另一部分卻與英、法和平共處。本來按照國際慣例,兩國交戰,應該撤退平民、中斷商貿、向對方封鎖港口,並在一切陸地和水域進行全力拼死的戰鬥;而在上海、寧波、福州、廈門卻出現另一番景色,酒杯照舉,生意照做,一切與平時並無二致。它們是交戰國中的「和平區」。而上海尤其突出,清朝的官員與英、法官員往從甚密,有時還稱兄道弟,上海港依舊向英、法軍

4　北京的糧食供應依賴於江浙兩湖地區,每年約四百萬石漕米經運河北運。太平天國佔領南京後,原有的漕運路線中斷。兩湖等地區的漕米改為折色,蘇南及浙江的漕米約一百萬石仍舊北運,但不走運河,改為海運。至1858年,上海的對外貿易開始超過廣州,上海成為中國最大的對外貿易口岸,每年的關稅和釐金均有數百萬兩之多,成為當時的經濟支柱之一。若無此項收入,江浙兩省的鎮壓太平天國的軍事活動一天也支持不下去。由於這些在當時已成為常識,何桂清在奏摺中僅提了「海運、關稅、釐捐」六個字。

5　《籌辦夷務始末》,咸豐朝,第2冊,頁665、644。

6　同上,頁643。

艦張開懷抱，成為第二次鴉片戰爭中侵略軍北上南下的中轉站和補給基地。

這些在今人看來不可思議之事，咸豐帝卻看不出有什麼不妥。

廣州是英法聯軍的佔領區，咸豐帝既不派兵也不撥餉，只是讓當地官紳「自救」，因而大體處於和平狀態。上海等四個口岸又是咸豐帝特批的「和平區」，英法軍艦和部隊可以自由地進進出出，沒有任何戰爭的跡象。那麼，戰區又在哪兒呢？

在北方，就在咸豐帝頂頂恐懼的天津一帶。

1858年4月，英、法、美、俄四國使節先後來到天津大沽口外。24日，四國使節照會清政府，限六天內派大員前來談判，否則採取必要手段。

強盜已經打上門來了，咸豐帝仍不欲還手，諭旨中稱：「現在中原未靖，又行海運，一經騷動，諸多掣肘，不得不思柔遠之方，為羈縻之計。」[7] 而他在天津的「柔遠之方」、「羈縻之計」，仍如其在廣州和上海等地的對策，距近代國際觀念十分遙遠。

咸豐帝派直隸總督譚廷襄出面，與各國交涉，其「錦囊妙計」是行分化瓦解之策：對俄國表示和好（中俄和誼已達百年，俄國不應幫助宿敵英國和法國，若能助順，可在恰克圖、伊犁、塔爾巴哈台三口之外，另開兩口，以合五口之數）；對美國設法羈縻（廣州之戰時美國未助惡，大皇帝嘉爾守信秉義，若提出的要求無傷體制，可以懇大皇帝開恩）；對法國進行勸告（上海小刀會起義時助清軍攻剿，曾蒙大皇帝嘉獎，若今後不助英「夷」為害，仍可通商如舊）；對英國嚴詞詰問（廣州攻城禍及商民，現在廣東百姓齊心忿恨，如仍想在廣東通商，必至受虧）。咸豐帝自以為，如此說辭必可拆毀

7　《第二次鴉片戰爭》，第3冊，頁221。

四國同盟，孤立英國，然後再請俄國、美國出面調停說合，即可迫英國、法國以就範圍。他還恐譚廷襄辭不達意，讓軍機大臣代擬了在談判中答覆各國的詳盡辭令。[8]

從未辦理過對外事務的譚廷襄，嚴格遵旨行事，結果處處碰壁。英、法兩國高級專使或以照會格式不合而拒收，或以譚氏無「欽差全權」頭銜而拒見，其派頭一如當年廣州的葉名琛。譚廷襄能夠說上話的，只有以偽善面目出現的詭計多端的俄、美公使。六天的期限過去了，英法因兵力尚未齊集，尤其是能在海河中行駛的淺水炮艇不足，英法聯軍推遲了進攻。

咸豐帝一計未成，未能再生一計，而是固守舊策了：他一方面對四國的要求一概拒絕，只同意可以酌減關稅；另一方面又不准譚廷襄決裂開戰。這種不死不活的決策難死了承辦人員。由於英、法專使始終拒絕會晤，譚廷襄只能去求俄、美從中說合，而俄、美卻乘機提出了譚廷襄不敢答應、咸豐帝也不會答應的要求。在此等交涉中，就連譚廷襄也都看出俄、美與英、法沆瀣一氣，「外託恭順之名，內挾要求之術」，決不會為清朝向英、法「說合」。於是，在交涉不成、一籌莫展之際，譚廷襄鼓足勇氣向咸豐帝提出自己的「制敵之策」：上海、寧波、福州、廈門等通商口岸全部閉關，停止貿易；兩廣總督黃宗漢「速圖克復」廣州，使英、法等國「有所顧惜震慴」；然後由他出面「開導」，使各國漸就範圍。在這份奏摺中，譚廷襄還流露出不惜一戰的情緒。[9]

且不論譚廷襄的建策是否能行果效，但咸豐帝就連這種長江以南地區的反擊也不敢批准。他認為，若上海等處閉關，海運的漕糧正在途中，恐激之生變；若克復廣州，黃宗漢尚在赴任途中，柏貴

<hr>

8　同上，頁246–249。
9　同上，頁275–276。

英法炮艇駛入天津

已被挾持，虛張聲勢只能徒增桀驁。他看出譚氏有自恃大沽軍備完整、不惜一戰的念頭，則警告説：「切不可因兵勇足恃，先啟兵端。」他的辦法，仍是讓譚廷襄對各國的要求予以駁斥，並下發了軍機大臣代擬的駁斥理由。[10]

　　如此一來，退兵之策僅剩下譚廷襄的兩張嘴皮子了。但英、法高級專使拒不相見，譚廷襄即便渾身是嘴也無處説去。

　　1858年5月18日，英、法專使及其海陸軍司令會商，決計武力攻佔大沽，前往天津。5月20日，英、法發出最後通牒，限清軍兩小時交出大沽，被拒絕後，遂以炮艇12艘、登陸部隊約1,200人進攻大沽南北炮台。兩個多小時的激戰，守軍不支而潰。5月26日，英法聯軍未遇任何抵抗，進據天津。5月30日，四國使節

10　同上，頁281–284。

要求清政府派出「全權便宜行事」大臣，前往天津談判，否則將進軍北京！

大沽炮台的失陷，極大地震動了清王朝。自1850年咸豐帝上台未久英使文翰派翻譯麥華陀北上天津投書後，大沽一直是清朝修防的重點。該地設有炮台四座，平時守軍約三千餘人。咸豐帝得知廣州淪陷後，立即考慮了大沽的安全，另派援軍六千餘人。然而，前一次戰爭因時日久遠，清王朝只剩下了一些模糊的記憶。從未領教過西洋兵威的咸豐帝，未想到精心設防號稱北方海口最強的大沽，竟會如此輕易地落於敵手。天津可不同於廣州，距北京近在咫尺，雖說「長毛」四年前也打到過天津，可這次來的「逆夷」兇過「長毛」。咸豐帝似乎聽到了敵軍火炮的轟鳴，感到身下皇位的微微顫搖。再也不能固守舊計了，這次得作一點讓步了。他於6月1日授東閣大學士桂良、吏部尚書花沙納為「便宜行事」大臣，前往天津，與各國談判。

桂良、花沙納面聆聖訓後，出京赴難去了。惠親王綿愉的提醒，又使咸豐帝想起一個人，那就是前文淵閣大學士耆英。6月2日，他召見了這位謫臣，秘密部署機宜。當日授這位已革工部員外郎為侍郎銜，命赴天津參與談判。6月3日，咸豐帝又下旨，命直隸總督譚廷襄主持「剿辦」，命侍郎銜耆英主持「議撫」。

咸豐帝在桂良、花沙納之後又派出了耆英，是想利用耆英當年主持對外事務時與英、法的老交情，在談判桌上討一點便宜。為此，他於6月7日密諭桂良、花沙納，和盤托出了他精心謀劃的機宜：

> 耆英諒已馳抵天津，即可往見英、佛（法）、米（美）三國，將所求之事，妥為酌定。如桂良、花沙納所許，該夷猶未滿意，著耆英酌量，再行允准幾條。或者該夷因耆英於夷務情形熟悉，

可消弭進京之請，則更穩妥。接到此旨，不可先行漏泄。此時桂良作為第一次准駁，留耆英在後，以為完全此事之人。[11]

咸豐帝是讓桂良等人唱白臉，讓耆英來扮紅臉。紅臉白臉，有恩有威，在這位年輕的皇帝心目中，「駕馭外夷」幾與哄弄兒童無異。

咸豐帝的這一計謀又破產了。

桂良、花沙納到達天津之後，會見了四國使節。英、法、美態度強硬，俄國公使卻設下了一個圈套：若同意應允俄國的條件，可以代向英、法說合。而咸豐帝寄予厚望的耆英，英、法專使一點也不照顧昔日的情面，卻以其無「便宜行事」頭銜，只派出兩名翻譯接見。英法聯軍攻陷廣州之後，劫掠了兩廣總督衙署的檔案，對耆英當年陽為柔順、實欲箝制的底牌了解得一清二楚。會見時，這兩名年輕的翻譯手執檔案，對耆英譏諷怒罵，大肆凌辱。耆英此時已年近七旬，在政壇上已被冷落了八年，對此次因咸豐帝看中而復出喜出望外。他本以為憑着他先前多年辦理「夷」務的老經驗，憑着他當年與英、法等國使節的老交情，此行一定會有收穫，自己也可藉此東山再起。他萬萬沒有想到竟會遭到此等羞弄，實在不堪忍受。兩天後，便從天津返回北京了。

還剩下桂良和花沙納。他們手無可戰之兵，更無權屈和。面對英、法的兇焰，他們忍氣吞聲，行「磨難」功夫。他們曾多次請求態度相對溫和的俄、美使節出面說合。俄、美乘機偽飾調停而最先獲利。1858年6月13日，《中俄天津條約》簽訂。6月18日，《中美天津條約》簽訂。

中俄、中美簽約後，咸豐帝原以為俄、美「受恩深重」，必然會知恩圖報。6月14日，咸豐帝又收到黑龍江將軍奕山的奏摺，得

11　同上，頁375。

知奕山與俄國東西伯利亞總督穆拉維約夫簽訂了《璦琿條約》,[12] 竟然在對條約內容尚未作出判斷前,指示桂良,讓他勸説俄國公使普提雅庭:

> 今俄國已准五口通商(指《中俄天津條約》),又在黑龍江定約(指《璦琿條約》),諸事皆定,理應為中國出力,向英、佛(法)二國講理,杜其不情之請,速了此事,方能對得住中國。[13]

在咸豐帝看來,幾千里外的不毛之地,比起近在咫尺的軍事威脅,自然算不上什麼。哪知這些沒有良心的「夷」人,受恩不報,表面上敷衍,背後裏卻幫助英、法,希望英、法勒索越多越好。墨跡未乾的中俄、中美《天津條約》,皆有措辭嚴密的無限制最惠國條款,英、法搶到的一切利益,俄、美都可「一體均沾」。

1858年6月22日,英國專使額爾金照會桂良,如若繼續遲疑不定,即進軍北京。6月25日,英方提交和約草案56款,「非特無可商量,即一字也不容改」。咸豐帝聞此消息,準備決裂開戰。桂良等人心知,開戰必遭失敗,至時更不可收拾,便不顧旨意,於6月26日與額爾金簽訂了《中英天津條約》,又於6月27日與葛羅簽訂了《中法天津條約》。條約簽訂之後,桂良才上奏,力言「戰之不可者」五端,宣稱「天時如此,人事如此,全域如此,只好姑為應允,催其速退兵船,以安人心,以全大局」。[14]

事情已經如此,咸豐帝仍欲討價還價,桂良的奏摺又到了,轉

12　1858年5月28日,奕山與穆拉維約夫在璦琿城簽訂,共三款,其中第一款危害中國最烈,規定中俄東段邊界由外興安嶺改為黑龍江,一下子使中國喪失了六十多萬平方公里的土地,還規定將烏蘇里江以東四十多萬平方公里的土地,改為「兩國共管」。

13　《第二次鴉片戰爭》,第3冊,頁408。

14　同上,頁437–440。

《中英天津條約》簽字圖

告英、法要求援照1842年《中英南京條約》之先例，由皇帝在條約上朱批「依議」二字方肯退兵。到了這個時候，咸豐帝感到無力抗爭了，只能拿起朱筆，在桂良進呈《中英天津條約》、《中法天津條約》上，分別寫上了「依議」兩個字。

炮口下的談判，結果只能如此。咸豐帝胸口積鬱着一股怒氣，卻只能將氣撒在替罪羊身上。他下令耆英自盡，罪名是「擅自回京」。

《中俄天津條約》共有12款；《中美天津條約》共有30款；《中英天津條約》共有56款，另有一專條；《中法天津條約》共有42款，另有補遺6款。從條約的內容來看，《中英天津條約》、《中法天津條約》危害中國甚烈。由於各國條約中皆有片面無限制最惠國條款，一國所得，它國可以「均沾」，因而俄、美亦可享有英、法的同等待遇。

綜合四國條約，主要內容有以下幾點：

一、公使駐在北京、覲見皇帝時用西方禮節。

二、增開牛莊(後改營口)、登州(即蓬萊,後改煙台)、台灣府(今台南)、淡水、潮州(後改汕頭)、瓊州(今海口)、鎮江、南京為通商口岸;並約定在平定太平天國後,長江中、下游另開三埠為通商口岸。

三、外國人憑「執照」可往中國內地遊歷、通商、傳教,「執照」由各國領事頒佈,由清朝地方官蓋印。

四、修改海關稅則,減少商船船鈔。

五、賠償英國銀四百萬兩、法國銀二百萬兩。

六、對片面最惠國待遇、領事裁判權、協定關稅、清政府保護傳教等項,各國條約較之舊條約有了更加明細、詳備的規定。

從這麼一張單子來看,若以當時和今日國際通行的慣例和準則為標準,這些不平等條約損害中國利益最為嚴重者,仍是第四、五、六項,即片面最惠國待遇、領事裁判權、降低關稅和船鈔、戰爭賠款等內容;損害中國利益較小者,是第二、三項,即增開通商口岸、准許外國人到內地等內容。至於公使駐京,雖潛含可直接向清廷施加壓力的意味,但畢竟符合國際慣例。

可是在咸豐帝心目中,情況卻正好顛倒過來。他認為最最可怕的,恰恰是公使駐京,其次是內地遊歷,再次是增開口岸。所謂天津談判二十多天,咸豐帝指示桂良一爭再爭,最後不惜於決裂開戰,就是為了廢置公使駐京等項。至於那些損害中國最為嚴重的條款,咸豐帝、桂良等人在大炮的威脅下倒是比較痛快地接受了。

咸豐帝的觀念為何與國際慣例格格不入呢?

這須從當時人的世界觀念說起。

在中國古代,依據儒家的經典,皇帝為「天子」,代表「天」來

咸豐帝批准英、法、俄、美四國《天津條約》諭旨。稱言：「……所有該大臣前奏俄、米二國條約，並本日所奏英、佛二國條約，朕均批『依議』二字……從此長敦和好，永息兵端，共體朕柔懷遠人之至意……」

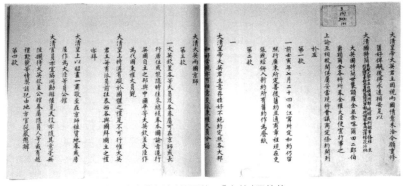

《中英天津條約》抄呈本，注意「大清」抬兩格，「大英」不抬格

統治地上的一切。皇帝直接統治的地區，相對於周邊的「蠻荒」之地，為「天朝上國」。「普天之下，莫非王土」，《詩經》中的這兩句話，經常性地被人引用說明當時的土地制度，實際上也反映了當時中國人心目中的世界觀念，即「天下」的觀念。由於交通等因，中國文明的圈子，主要在東亞地區，因此，中國皇帝長久地自以為是「天下共主」。[15]

這種情勢在清朝，具體表現為「天朝上國」、藩屬國、「化外各邦」的三重關係。由於清王朝前期的強盛，使周邊各國的君主，出於種種動機紛紛臣屬中國，受清王朝的冊封，向清王朝納貢，成為藩屬國。[16] 對於藩屬國以外的各國，包括英國等西方國家，清朝一概視之為「化外蠻夷之邦」，在官方文書中稱為「夷」，如英、法、美三國，分別被稱為「嘆夷」、「咈夷」、「咪夷」。根據傳統的禮儀，清王朝拒絕與非朝貢國進行正式的官方交往，只與它們有通商關係。由此，清朝在對外關係上，自認為是「天朝」，不承認有平等國家的存在，用當時人的語言，即所謂「敵國」。清政府也沒有專

---

15 毫無疑問，中國的「天下共主」的觀念並不正確，但也客觀地反映出歷史上中國文明在東亞地區的優勢地位，反映出外來文明在中國無決定性的影響；並長久地維繫了大一統王朝在中國的世系相傳，即所謂「國無二君」。從世界歷史上看，「天下共主」的觀念也絕非中國所僅有，歷史上許多大帝國的君主，也有此種觀念。它是文明發展到一定階段的產物。隨着中西交通的發展，「天下共主」的觀念越來越顯露出其破綻，但清朝統治者僅以些微變通而處之，並沒有改變或放棄之。

16 這種宗藩關係在一定意義上是政治上的同盟關係。藩屬國可憑藉宗主國的威勢，穩固其國內統治，避免鄰國的侵擾；宗主國亦可由此保持邊疆地區的安定。根據儒家「王德化之」、「柔遠人以服四方」的原則，清王朝並不謀求藩屬國的特殊經濟利益。朝貢也因為清王朝的豐厚「賞賚」而演化成有利可圖的官方貿易。也有一些國家為謀取這種利益而自甘藩屬，進行朝貢。清朝為滿足「萬方來王」的虛驕心理，對此類藩屬國也予以籠絡。由此可見，清朝的宗藩關係，表現出義理至上的東方色彩，與掠奪性、控制性的西方殖民體系迥然有別。

門辦理外交事務的機構。藩屬國的朝貢、冊封等事宜，由執掌王朝典儀的禮部來主管。而管理蒙古、西藏等事務的理藩院，其事務擴展至俄羅斯、廓爾喀，在清朝皇帝的眼中，這些國家似乎是藩部的延伸。乾隆末年、嘉慶末年的英使馬戛爾尼 (G. Macartny)、阿美士德 (W. P. Amherst) 來華，清政府依其慣例，當作「貢使」來接待，結果鬧得不歡而散。

這裏似乎說得遠了一些，但要真正了解咸豐帝的真實思想，卻又是不可缺少的背景材料。

鴉片戰爭失敗後，原來的中外格局已經破壞，咸豐帝的父親道光帝僅僅做了一些修補：他以兩廣總督兼任管理五口通商事務的欽差大臣，這既避免了中央朝廷直接與不肯朝貢的外國打交道時的難堪，也避免了外國與禮部或理藩院交涉時會引起的不快。而且「五口通商」的字樣，也反映出道光帝力圖將與西方各國本應多樣化的關係，限制為「通商」一項，區域上又限制於「五口」。

時代變了，清朝面對的外部世界不同了，但統治集團的觀念依舊不變。咸豐帝比起他的父祖輩，在觀念上沒有進步。

如果從傳統的觀念出發，我在前面提到的咸豐帝種種令今人不可思議的舉措，都可以得到自圓其說的「合理」的解釋。既然中國大皇帝「君臨萬國」，那麼廣東的團練與英法軍的交戰，當然可以由大皇帝所派官員出面調停。既然「天子」為「天下共主」，那麼英、法等國的地位不會高於「天朝」的一個省，廣東省與英、法交戰，江蘇省與英、法交好也是順理成章之事。就是咸豐帝輕易允諾的片面最惠國待遇等不平等條款，也可以用傳統的觀念解釋成為「天朝」大皇帝「懷柔遠人」而施予的「恩惠」，咸豐帝也可以不因此而產生過多的痛苦。

公使駐京，則不然。

在中國的文化傳統中，沒有平等國家的概念，須分清天子與諸

侯的關係。在中國的政治傳統中，即使出現了群雄並立的政治格局，那也必自稱「正統」，視對方為「賊」，表現出「漢賊不兩立」的氣派。因此，儘管中國歷史上也出現過蘇秦、張儀、晏嬰等使節，但辦理的都是諸侯之間的外交，並且是為解決危局而臨時派出的差使；中國從來沒有過西方模式的「常駐使節」，當時的中國人甚至沒有這種概念，因為這從根本上就違反了儒家的政治理念。如果我們再仔細從歷史中尋找，又會發現，常駐在對方京城的，只有「監國」之類的太上皇或「質子」之類的抵押。而這些帶兵要挾常駐北京的「夷」使，又讓咸豐帝歸於哪一類呢？

如果僅僅是公使駐京，咸豐帝在如此危局之下或許也會忍了，但更要人性命的是這些駐京的公使要求面見皇帝，親遞國書！這可牽涉到自1793年馬戛爾尼使華以來一直爭執不休的禮儀問題。

當時的西方人認為，對中國皇帝行三跪九叩之禮，是一種污辱，表示着臣服性的宗藩關係，因而堅持用西方使節見君主的三鞠躬禮。這種禮儀之爭在今天很容易被看作一個小問題，但在當時的「天朝」是非常之事，是牽涉到大是大非的政治性原則問題。

中國以儒家學說立國治國。而儒家政治學說的核心就是「禮」。「禮」在當時具有絕對重要的作用，其準確含義在今日已無相同的概念，它表示着上下等級秩序，是統治的標誌。由於它的功能特別，以致在政府六部中專門有一個「禮」部，主持王朝的典儀。

三跪九叩的確是藩使見宗主的禮儀，但又不是藩使見宗主的專用禮儀。它是清朝唯一的正式朝禮，不用此禮，不是對中國皇帝輕慢嗎？

咸豐帝或許已聽說了西方臣子見君主也不過三鞠躬而已，但從心底裏認定，那只是沒有教化不知尊卑犯上作亂的「夷」俗。讓朕面對一個鞠了三個躬便站着說話的「夷」使，這不僅僅是對朕個人的褻瀆，而且是對大清朝的污辱。若讓此等事情發生，朕又何顏以

對列祖列宗;若讓此等事情錄於史書,豈不遺臭萬年。就是讓那些飽讀經書的臣子們見到此光景,朕今後還有什麼威信?

中國的皇帝決不能面對一個不肯跪拜的人,不管他是中國人還是外國人。那是對「禮」的破壞。「禮崩樂壞」是王朝滅亡的徵兆。

根據這種思路想下去,我們還會發現,「天朝上國」的對外體制的重要內容就是對外封閉,只有關起門來才可以大膽地自吹自擂。通商口岸的增加,正是對封閉的破壞,更何況外人到內地遊歷,華「夷」混雜,不易控制,種種叛逆思想的傳播,最容易發生「天朝」專制統治者們最為擔心的裏通外國、合謀圖反的事件。

由此觀之,咸豐帝此時並不是被個人情感所左右,他考慮的是另一種「國家利益」。只是他心中的「國家利益」與近代世界的看法,完全不能吻合。

《天津條約》還遺下兩案:一是中英條約規定,清政府應派出官員至上海與英方談判修訂關稅則例,降低關稅;法國、美國援引最惠國待遇條款,也要求與清政府談判。二是中英、中法條約規定,條約批准後一年內在北京互換,美國援引最惠國條款,也要求在北京換約。前者使咸豐帝萌生一線挽回權益之念;後者埋下了一顆炸彈。

1858年7月15日,咸豐帝授桂良、花沙納為欽差大臣,會同兩江總督何桂清,在上海與英國等國談判修訂關稅則例。桂良在英法聯軍退出津沽地區後,回京向咸豐帝請訓。咸豐帝當面佈置了上海談判的機宜。桂良等人到達上海後,首先向英、法使節宣佈大皇帝的「新恩」——全免一切海關關稅,鴉片開禁合法輸入,讓「各夷感服」,然後再談判取消公使駐京、長江通商、內地遊歷等《天津條約》載明的條款。「夷」人最嗜利,唯有以利誘之。有如此獲利無窮的浩蕩皇恩必起震撼性的驚喜作用,那些視利如命的夷人豈能不

感恩戴德。在此氣氛下再談判取消公使駐京，自然是易如反掌之事。退一步說，一切爭端的根子還不是為了利，有此恩惠，爭端自然消弭，「夷」人也不必一次次北上天津訴說冤屈，公使就沒有必要駐在北京。咸豐帝顯然對他的這一計謀非常得意，宣稱「此為一勞永逸之計」。[17] 為了消除政治上的禍害，經濟上受一些損失，咸豐帝是不在乎的。君子講究的是「義」，只有小人才注重「利」呢。

這真是驚人的誤國之舉！咸豐帝竟然以現實中最大的國家利益來換取他心目中最大的「國家利益」！

未遵君令擅自簽訂載明公使駐京條約的桂良等人，很可能在面聆聖訓時便對咸豐帝的主張不以為然，但他已是待罪之身，又何敢公然當面頂撞？兩江總督何桂清從先期南下的京官口中，聽到了這一消息，覺得茲事體大，便冒着抗旨的風險，立即上奏：輕改條約，必起風瀾；關稅決不可免。他還指望從上海的關稅中籌措鎮壓太平天國的軍費呢。桂良等人到上海後，也與何桂清進行了商議，同樣出奏抗旨，宣稱免稅只不過是讓商人得利，若以此來罷《天津條約》，勢不可行。尤其是先宣佈免稅，再談修改條約，很可能稅是免了，而條約則改不成。咸豐帝收到這兩份奏摺，依舊固執己見，下旨命桂良、何桂清仍按北京面授的機宜辦理。桂良等人亦一再上奏陳述理由。至10月18日，咸豐帝終於同意不談免稅之事，卻又發下一道嚴旨，命桂良等人「激發天良，力圖補救」，將《天津條約》內的公使駐京、長江通商、內地遊歷、賠款付清前由英法聯軍佔領廣州四項規定，一概取消，否則「自問當得何罪」！[18] 相對於當今動輒經年累月的關稅談判，在上海進行的關稅交涉，進展可謂神速。自10月14日開始，至11月8日，桂良與英、美簽訂了《通

---

17 《籌辦夷務始末》，咸豐朝，第3冊，頁1128。
18 《第二次鴉片戰爭》，第3冊，頁544。

商善後章程：海關稅則》，11月24日，桂良又與法方簽訂《通商善後章程：海關稅則》。這三項條約明確規定了值百抽五的稅率（這可能是當時世界上最低的關稅）；並規定只需付2.5%的子口稅，外國貨物即可轉運內地而不抽稅（中國貨物卻要受釐金之累）；鴉片每百斤納稅銀30兩，即可合法進口（條約中寫作障人眼目的「洋藥」）。桂良等人一切按照對方的開價，沒有半點斤斤計較，此種談判又焉得不順利。但是咸豐帝要求挽回的四項權益，卻使桂良費盡心機。他明知此乃虎口奪肉，可能性極小，但不得不勉力為之。

桂良出生於世家，宦歷嘉、道、咸三朝，是恭親王奕訢的岳父。他早已摸準咸豐帝的心思，認定公使駐京為首害，於是專在此項上下功夫，並不顧及咸豐帝旨命挽回的其他三項。

公使駐京雖是西方各國的慣例，但英國提出這一要求，卻起因於徐廣縉、葉名琛的強硬態度，尤其是葉名琛拒見西方使節的行為。對於當時注重商業利益的西方各國說來，也並不認為該項要求有着至關重要的意義。四國的《天津條約》中，唯有中英條約寫明公使常駐北京，覲見皇帝用西方禮節；中美、中法條約僅規定公使有事可以進京暫住，但清朝允諾他國公使駐京，美、法可援例辦理。因此，消弭公使駐京一項，關鍵在於英國一方。於是，桂良等人一再照會英國專使額爾金，要求重議公使駐京。為此，桂良也提出了一個方案：清朝辦理外交事務的欽差大臣一職，由原來的兩廣總督兼任例駐廣州，改為由兩江總督兼任例駐上海，以後的中外交涉改在上海進行，英國公使也不必常駐北京。

英國高級專使額爾金經歷此等懇求，覺得英國侵華的主要目的已經達到，而讓公使常駐在充滿敵意的北京不僅沒有實際意義，而且會有危險，於是也作了退讓，同意公使另駐他地，有事可進京暫駐，就如中美、中法條約之規定。但是額爾金堅持一條，即《天津條約》的批准書必須在北京互換。

此時的咸豐帝一直在發脾氣，一再申斥桂良辦理失宜，令其挽回全部四項權宜，並聲稱英國等國若至天津，必將開戰。見多識廣的桂良等人似乎並不為聖怒而懼怕，依舊按照自己的設想辦理交涉。專制社會中，臣子的成功與否不在於其辦事是否合理有效，而在於是否合於主子的好惡，不必去談什麼客觀效果。就這一點講，揣摸君主的內心活動是臣子們的真功夫，是升官保官的秘訣。儘管桂良的交涉活動今天看來毫無意義，儘管咸豐帝仍舊怒罵不停，但桂良心裏明白他已經獲得了成功，因為咸豐帝已經在事實上批准了他的方案，旨命以兩江總督代兩廣總督兼任欽差大臣，其頭銜也從「管理五口通商事務」改為「辦理各國事務」。[19] 桂良還從咸豐帝大量的諭旨中發現，他此時的首要任務是阻止英、法、美三國公使進京換約，改在上海互換。

互換條約批准書，只是一個程序問題。英、法、美等國之所以堅持要在北京互換，是因為英法聯軍攻陷廣州後，在兩廣總督衙門發現了《中英南京條約》、《中法黃埔條約》、《中美望廈條約》等鴉片戰爭後第一批不平等條約的批准文本，對這些重要的文件不是由中央朝廷保管而是由一名地方官保管感到十分驚奇。如果英、法、美等國知道了事情的真相會更加驚奇，因為這些條約的正式文本從來也沒有到過北京，且不論這些英、法、美蓋璽的文本互換後一直存放在廣州，就是英、法、美收到的由清朝蓋璽的文本，也是根據兩廣總督的請求，由軍機處將蓋有國璽的黃紙送到廣州，再由兩廣總督貼在條約正式文本上的。「天朝」的大皇帝決不會，也不該去看這些不光彩的東西，他們只看見過按照一定格式抄錄的抄件。清朝之所以不願意在北京互換條約，是因為聽說公使們到了北京後要按照西方的慣例，用西方的禮節覲見皇帝、親遞國書！

---

19 《籌辦夷務始末》，咸豐朝，第4冊，頁1245。

1859年初，英、法、美三國派出新任駐華公使。英國專使額爾金、法國專使葛羅也照會桂良等人，新任公使即將到來，前往北京換約。桂良等人百般努力未獲效果，也只能向咸豐帝報告。咸豐帝至此，態度開始軟化，同意進京換約，但條件是：一、隨行人數不得超過十人；二、不得擺轎排列儀仗；三、換約之後立即離京南下，不得在京久住。咸豐帝的諭旨中，有一句非常關鍵，「到京後，照外國進京之例」，即按中國以往的成例辦理。[20] 在這種「原則」問題上，他是決不讓步的。

桂良繼續留在上海，準備與英、法、美新任公使商議換約事宜。一直等到1859年6月初，英、法、美三國新任公使抵達上海，但他們根本不願意在此事上再作糾纏，不理會桂良等人的一再照會，掛帆北上，直趨天津了。

桂良聞訊，知情況不好，立即馳驛回京了。

自1858年5月20日英法聯軍攻陷大沽後，津京一帶的防禦已經擺上了咸豐帝的議事日程。在此危難之際，他幾乎沒有任何猶豫，立即想到了上次幫他克服危機、鎮壓太平天國北伐軍、戰功赫赫的科爾沁博爾多勒噶台親王僧格林沁。

1858年5月21日，即大沽失陷的次日，咸豐帝即命僧格林沁率軍前往通州，着手京城防禦。

1858年6月2日，咸豐帝授僧格林沁為欽差大臣，節制京津一帶的軍務。

1858年7月10日，英法聯軍離津南下，咸豐帝命僧格林沁回京，面授機宜，讓他負責大沽、天津一帶籌防事宜。

1858年7月14日，僧格林沁聆訓後立即出京開始策劃津沽防務。

20　同上，頁1333。

1858年8月，僧格林沁料理完畢通州大營的軍務後，前往天津、大沽一帶。他在大沽一帶修復炮台五座，安設重炮數十位，小炮上百位，並在海河中架設木筏、鐵戧等攔河防禦設施，手下的部隊達到一萬人，其中4,000人駐在炮台上。可以說，在僧格林沁的統率下，大沽口的防衛力量大大加強。從僧格林沁的奏摺中，咸豐帝感受到一種自信。

到1859年4月，咸豐帝允英、法、美公使入京換約，於是派了他的親信怡親王載垣到大沽，與僧格林沁商量對策。載垣帶來了咸豐帝的密諭：「如果夷人入口時不依規矩行事，可以悄悄擊之，到時候只說是鄉勇，不是官兵。」[21] 此種掩耳盜鈴之技巧，僧格林沁商酌再三，覺得礙難執行。

但是，僧格林沁也有他的麻煩。幾個月來，他在海河中層層設障，已使大沽口成為無法通航的口岸。若允英、法公使從大沽入口，由水路前往天津，須得減撤已設的防衛設施。因此，僧格林沁便奏請咸豐帝，讓各國公使轉道大沽以北三十里的北塘，由陸路進京。1859年6月18日，咸豐帝諭令新任直隸總督恒福，告訴英、法公使勿入大沽，須走北塘。

從後來發生的情況來看，咸豐帝的這一諭令似乎太晚了。就在此道諭旨發出的前一天，6月17日，英侵華海軍司令何伯（J. Hope）已率先行艦隊來到大沽口外，橫妄地要求三天之內撤去口內的木筏鐵戧。6月20日、21日，英、法、美三國公使到達大沽口外，英國公使命令何伯用武力清除大沽口內的水中障礙。6月23日，直隸總督恒福照會英國公使，告知在北塘登岸。6月24日，何伯發出最後通牒，要求通過大沽，當夜，英軍艦船一部已闖入大沽口。

---

21 《郭嵩燾日記》（長沙：湖南人民出版社，1981），第1冊，頁233。

大沽口的形勢空前緊張起來。儘管中英、中法條約規定條約批准書在北京互換，也規定了互換的時間（期限一年，英國於6月26日到期，法國於6月27日到期），但沒有規定進京換約的路線。就法理而言，英、法完全應當遵從清政府的要求避開軍事禁區，正如他國艦隊不能以換約為由硬從泰晤士河闖進倫敦一樣。我們不知道英、法公使不願走北塘，硬要從大沽口進京是否出於時間上的考慮，恐怕清政府會以換約期限已過為由而製造麻煩。若是如此，那麼他們肯定過慮了。因為咸豐帝頭腦中根本沒有國際條約的概念，更不會利用條約條款來自我保護。很可能在他頭腦中印象最深的，是上一年桂良在天津議訂條約時說的一句話：

> 此時英、佛（法）兩國和約，萬不可作為真憑實據，不過假此數
> 紙，暫且退卻海口兵船。將來倘欲背盟棄好，只須將奴才等治
> 以辦理不善之罪，即可作為廢紙。[22]

正因為如此，儘管中英、中法《天津條約》已經簽字，咸豐帝也朱批「依議」二字，但他仍不甘罷休地讓桂良在上海挽回公使駐京等項權益。他似乎不知道已經簽字的國際條約是不能輕易改變的，似乎真以為只要將桂良等人治罪，便可將條約當作「廢紙」。

1859年6月25日，天氣晴朗，英、法炮艇從清晨起就在大沽口內清除水中障礙，開闢通道。僧格林沁在炮台上命令偃旗息鼓，不得作任何聲響，嚴密注視敵方的行動。這種安靜的場面加上和煦的陽光，使英、法士兵們以為闖入了無人之境，昔日一再勝利的榮光更使他們從心底裏看不起清軍的防禦能力。他們高興地唱起歌來。到了下午2點，情況突變。據僧格林沁奏摺，是英、法首先向其炮台開炮；又據英、法的報告，是清軍首先向其炮艇開炮。辨清

---

22 《籌辦夷務始末》，咸豐朝，第3冊，頁966。

事情的真相在今天似乎沒有什麼意義，因為是英、法非法闖入軍事禁區。而沒有爭議的事實是，大沽清軍在僧格林沁的統率下，戰意高昂，第一次齊射便擊中英軍旗艦，英海軍司令何伯當即受傷。英、法軍見炮戰不能取勝，便調整兵力，登陸攻擊，仍被清軍挫敗。美國軍艦在一旁見英、法敗勢，在「血濃於水」的口號下投入戰鬥，仍未奏效。戰至日暮，英、法軍敗退海上。此戰，清軍共擊沉英、法炮艇3艘，重創3艘，斃傷侵略軍484人。

這是鴉片戰爭以來清王朝在對外戰爭中獲得的第一個勝利。

紅旗捷報飛奔北京。咸豐帝打開黃匣，捧讀僧格林沁的奏摺，心中卻是一片混亂。終於殺了殺這群可恨的「逆夷」威風，似乎幫他出了胸中的一股惡氣，使他感到痛快了許多。可是轉念一想，若是英、法不肯罷休，豈不是又要在家門口打仗。從來駕馭西「夷」的方法，終究要歸於羈縻，大清朝武威再揚，也不能天天打仗。更何況多事之秋應以和夷為上策。想到此，他似乎看到了某種不祥。仗雖然勝了，但條約仍應互換，此不正是恩威並舉一張一弛之道？於是，他多次下旨，讓直隸總督恒福勸說英、法、美公使進京換約，甚至讓美國公使代為向英方說合。英、法公使對此毫不理睬，率領艦隊南下上海，準備調兵再戰。

這一次戰爭看來讓美國人得利了。本來《中美天津條約》根本就沒有進京換約的規定，美國公使跟着英、法一起行動，是打算援引最惠國條款。當恒福詢問美方是否願意從北塘進京換約時，美國公使華若翰（J. E. Ward）幾乎沒有任何猶豫立即同意了。咸豐帝絲毫沒有覺察到若英、法公使不進京美國公使根本無權要求進京；他需要一個榜樣、一個範例，說明「天朝」對於外「夷」順昌逆亡的道理。他希望美國公使的舉動，會使英、法公使回心轉意，早早換約，了結一年前就已結束的戰釁。

守衞大沽炮台的清軍士兵

　　英、法公使走了。美國公使進京了。既然進京，一切都按照「天朝」的規格從優寬待。不准坐轎，但代為安排了騾車；不願行跪拜禮，便由大學士桂良接受了國書。從 7 月 20 日至 8 月 18 日，華若翰受到了嚴密監視下的熱情款待，其中在北京待了 17 天。但換約儀式並沒有在北京舉行，而是在華若翰即將南下前在北塘舉行。咸豐帝也有自己的打算，美夷的目的在於換約，若早早地將換約儀式舉行了，到時候賴在北京不肯南下又怎麼辦？

　　大沽口的勝利，使咸豐帝對清朝的軍事實力產生了不切實際的估計；英、法公使不作任何抗辯便南下，更使他誤以為對手的心虛。1859 年 8 月 1 日，他諭令兩江總督、欽差大臣何桂清，宣佈中英、中法《天津條約》「作為罷論」，英、法若「自悔求和」，只能按

照《中美天津條約》另訂新約，而且只能在上海互換！[23]

很可能咸豐帝此時對以往草草閱過的條約仔細地進行了研究，他發現《中美天津條約》只不過多開放了兩個口岸（台南、潮州），沒有長江開放，沒有內地遊歷，沒有賠款，更沒有公使駐京。

咸豐帝感到自豪起來了。

23　《第二次鴉片戰爭》，第4冊，頁203–204。

十　圓明園的硝煙

　　1860 年（即咸豐十年）是清朝立國以來內外交困危機空前的一年，也是咸豐帝備感痛楚的一年。

　　而這一年又本應是一個吉祥年，咸豐帝繼位十年，他本人又三十大壽(虛歲)。因而在大年初一(1 月 23 日)，宮內外一片喜氣洋洋。

　　開春新正，咸豐帝端裝正色到各處行禮後，御太和殿受賀，至乾清宮賜宴，並頒「萬壽覃恩詔」於天下，共有聖恩十六項。受惠的除王公大臣、儒生士子、孝子節婦外，還有幾項與老百姓也有着關聯：

> 軍民年七十以上者，許一丁侍養，免其雜派差役；八十以上者，給與絹一疋，綿一斤，米一石，肉十斤；九十以上者，倍之；至百歲者，題明旌表。
>
> 直省有坍沒田地其虛糧仍相沿追納者，該地方官查明諮部，奏請豁免。
>
> 從前各省偏災地方，所有借給貧民籽種、口糧、牛具等項，查明實係力不能完者，著予豁免。
>
> 各處養濟院，所有鰥、寡、孤、獨及殘疾無告之人，有司留心，以時養贍，毋致失所……

就連囚犯也沾了光，充軍流放者「減等發落」，就是犯了死罪的，若案情較輕，亦可由刑部查明，「請旨定奪」。[1]

大年初一日，咸豐帝共頒下六道諭旨，全與他的三十壽辰有關。

在清朝，皇帝逢十的大壽，特別隆重。咸豐帝二十歲的生日，因為要守制，沒有任何慶典，這一次還不應該好好地樂一樂！宮內外都知道，咸豐帝特別喜歡熱鬧，這幾年天下不靖，把咱們的皇上害苦了，這一次無論如何也得讓壽星開開心了。

然而，這一吉祥年，又成了災禍年。也許從這一年開始，清朝最高統治者的逢十大壽，凶多吉少。繼咸豐帝之後統治中國近半個世紀的那拉氏，四十大壽遇日軍侵台，五十大壽遇中法戰爭，六十大壽遇中日甲午戰爭，而七十大壽雖沒有中外開戰，但日本人與俄國人卻在中國的土地上打起來了。這些都是後話。在剛剛過年的時候，咸豐帝是打算好好慶賀一下自己的生日的。

這一年剛開始的時候，咸豐帝的日子還是比較好過的。在鎮壓捻軍的皖豫魯蘇戰場上，他以漕運總督袁甲三（袁世凱的叔祖父）繼勝保為欽差大臣，主持安徽「剿匪」事務；改派都統勝保去河南，主持河南「剿匪」事務；又派提督傅振邦督辦蘇北徐州、宿遷一帶「剿匪」事務；又派都統德楞額督辦山東「剿匪」事務。如此部署，多有成效，捻軍的勢力被壓制了。江南大營的統帥、欽差大臣和春也報來了好消息：清軍攻克了江浦、九洑洲，太平天國的首都天京已被團團包圍。更讓他心動的是欽差大臣、兩江總督何桂清的奏摺，稱：英法失和、英美相爭，法國準備攻打澳門與葡萄牙為難……[2] 這些消息雖不那麼可靠，但犬羊反覆之夷性，難以理測。

1　《清實錄》，第44冊，頁453–455。
2　《籌辦夷務始末》，咸豐朝，第5冊，頁1762。

可沒過多久，壞消息接踵紛至。

1860年3月19日，太平軍攻下浙江省城杭州，清巡撫、布政使等官死之。江南大營清軍立即前往救援，咸豐帝命和春兼辦浙江軍務。

1860年4月11日起，太平軍在調動了江南大營的兵力後，分路回援天京，先後佔領高淳、溧陽、句容、秣陵關、淳化鎮，並於5月2日起，十萬兵馬分五路撲攻江南大營，至5月6日，再破江南大營，天京解圍。

1860年5月15日起，獲勝的太平軍向東進擊，5月19日克丹陽，26日佔常州，30日佔無錫，6月2日佔蘇州，15日佔崑山，17日佔太倉，準備進軍上海。江南富庶之地，盡為太平軍所有。太平天國第二次達到全盛期。咸豐帝見此，只能不計前嫌，6月8日授曾國藩為尚書銜，署理兩江總督。

自太平天國佔領南京後，兩江總督的衙署臨時遷至常州。此時常州、蘇州皆失，咸豐帝的意圖是，讓曾國藩率領所部湘軍，取道江西、安徽，繞至蘇州一帶，以保東南大局。曾國藩是一個優秀的戰略家，並不像咸豐帝那樣只顧得頭痛醫頭，腳痛醫腳。他已經看出若要撲滅太平天國須得攻克南京；而要攻克南京，又必須首先攻克安慶，從上游逐次而下方可成功。以前江南大營數度圍困南京而不免最終失敗，就是沒有佔據上游。於是，他以種種理由解釋自己不能馬上去江南。咸豐帝對此甚有誤解，以為曾國藩按兵不動，仍是嫌「尚書銜」、「署理」非為真授，為自己多年得不到地方實缺而鬧意氣。這位以「忠臣」、「幹臣」自我標榜的傢伙，到了這個時候反跟朕擺起架子來了。他極想發作，狠狠怒罵曾國藩一頓，然轉念一想，既然江南盡失，浙江也可危，與其讓予「長毛」，不若給了曾國藩算了。他要是真想當兩江總督，地盤要靠他自己一點點打下來，朕不就是給了個頭銜嗎？8月10日，他正式授曾國藩為兩江總

督，並授欽差大臣，督辦江南軍務。咸豐帝心想，這下子曾國藩該滿意了吧。

哪知曾國藩依舊不去江南，而是加緊了對安慶的攻擊。咸豐帝對此惱怒萬分。江南是清朝的財賦之區，京城吃的也全靠蘇南、浙江每年一百萬石海運米支持，這一區域有着至關重要的意義。曾國藩擁兵自重，顯有異心。可是，咸豐帝此時已經管不了江南了，更強大的敵人站在他面前。

自1859年6月英、法兵敗大沽後，兩國出兵報復的風聲不時飄至上海。蘇松太道吳煦私下與英國商人擬訂停戰條件：清政府完全承認《天津條約》、大沽口撤防，另增賠款銀一百萬兩。這種幾乎完全是民間性的調停是否有效，今天也很難確定。一貫反對對外開戰的何桂清對此很有興趣（很可能他就是吳煦的後台老闆），於1860年2月上奏探詢口風，咸豐帝嚴詞拒絕。[3] 同時，在僧格林沁的要求下，咸豐帝先後調兵1.3萬人，合之原防兵使天津、大沽、山海關一帶的清軍兵勇達到2.9萬，其中大沽駐軍1萬人。北方的海防再度加強。

1860年4月，在太平軍解圍天京，進撲江南大營的同時，英法聯軍陸續開抵中國沿海。其中英軍有軍艦79艘，地面部隊約2萬人，僱用運輸船126艘；法軍有軍艦40艘，陸軍7,600人。如此龐大的兵力兵器，在西方殖民擴張史上亦屬罕見。4月14日，英、法公使與海、陸軍司令在上海商訂了作戰計劃。4月21日，英軍佔領定海（今舟山）。5月27日，英軍佔領大連。6月4日，法軍佔領芝罘（今屬煙台）。到了6月下旬，英法聯軍大體完成了軍事準備：以上海、舟山為轉運兵站，以大連、芝罘為前進基地；英艦70艘已

3　同上，頁1810–1814。

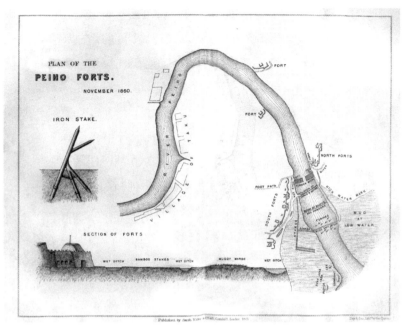

此為英軍軍官回憶錄中所附大沽炮台防禦圖。左下方是炮台平面，左上方是僧格林沁在水道中設置的鐵戧，右上角的炮台即石頭縫炮台，在此發生了激戰

駛入渤海灣，大連駐紮英陸軍1.1萬人；法艦大部也駛入渤海灣，芝罘駐紮法陸軍6,700人。6月26日，英、法政府通告歐美各國，對中國正式宣戰。

面對如此的軍事局勢，受到太平軍沉重打擊的江蘇官員態度再變。兩江總督何桂清數次上奏婉言主和。太平軍攻擊常州時，他又跑到上海，與英、法聯絡，欲借英、法軍隊「助剿」太平軍。6月5日，何桂清明言上奏：「現在東南要塞均為賊據，蘇省無一兵一卒，全境空虛」，要求咸豐帝全盤接受英、法開出的條件，「速定和議，借兵助順。」[4] 儘管何桂清因兵敗被革職，何桂清的請求更是被咸豐帝否決，但繼任者薛煥（以江蘇布政使署理管理各國事務

4 　《第二次鴉片戰爭》，第4冊，頁376–378。

欽差大臣、署理江蘇巡撫)不顧嚴旨，仍在私下裏奉行何桂清的政策，蘇松太道吳煦更是多方聯絡。在這批官員的請求下，英、法公使不顧與清朝開戰的事實，宣佈武裝保衛上海，維護商業活動，並抽調英軍1,030人，法軍六百餘人，在上海佈防。由此而產生了世界戰爭史上的奇特現象：在中國北方與清中央政府作戰的英、法兩國，在上海地區卻與清地方政府進行軍事合作。本是對手，卻成戰友。

到了這個時候，咸豐帝的態度也變了。他已陷於兩面作戰的困境：英法聯軍大兵壓逼北方，太平軍乘勝掃蕩東南。從各處的奏報來看，此次前來報復的夷兵夷船甚夥，不知僧格林沁能否抵擋得住？而上海官員的言論更讓他擔心，英法若與「長毛」合作(在江蘇，雙方的控制區已經連接)，大清的江山岌岌可危。他先是頻頻下旨，讓何桂清、薛煥等人「開導」，以求能夠出現「轉機」。可是這種咸豐帝慣用的不予任何實際承諾只靠下級官員嘴皮子的外交，自然不會有任何成效。於是，他又下令駐守大沽的僧格林沁不得首先開炮，並諭令直隸總督恒福，若英、法使節前來換約，「大皇帝寬其既往」，「由北塘進京換約」。[5]

咸豐帝讓步了。他已經不再要求廢除《天津條約》，甚至對《天津條約》中公使駐京等條款，也沒有提出修改。很可能美國公使「乖順」的進京舉動使他感到了某種心安，只要能不面見這些桀驁不馴的「夷」人，就讓臣子們去折衝尊俎保全「天朝」吧。儘管咸豐帝自以為讓步很多，但他的價碼與英、法此時的要求相比，差距甚遠，根本談不到一起去。且英國專使額爾金、法國專使葛羅認為，若不先給予清朝以極大的軍事打擊，任何談判都不會成功。

5　同上，頁444。

觀望北塘的法軍

　　大炮的轟鳴是最為有力量的外交辭令。在一個強權的世界，誰
也不能否認這一點。

　　1860年8月1日，英法聯軍以艦船二百餘艘、陸軍1.7萬人，
分別由大連、芝罘開拔，避開防守嚴密的大沽，在清軍未設防的北
塘登陸。直隸總督恒福依照咸豐帝的旨意，頻頻照會英、法使節，
希望他們按照美國的先例，進京換約。來勢洶洶的英、法兩方對此
根本不予理睬。

　　駐守大沽的欽差大臣僧格林沁，奉旨不得首先開戰，對登陸之
敵也未能乘其立足未穩而施加打擊。英法聯軍在未遇任何抵抗的情
況下，登陸行動進行了整整十天。一直到8月10日，即咸豐帝將江
南全權交予曾國藩的當日，英法聯軍才全部登陸完畢。從8月12日
起，英法聯軍開始行動，當日攻佔大沽西北的新河。8月14日又攻
克大沽西側的塘沽。僧格林沁此時才真正明瞭英法的意圖：繞開防
守嚴密的正面，而從防衛薄弱的側後來攻打大沽。但此時已晚，大

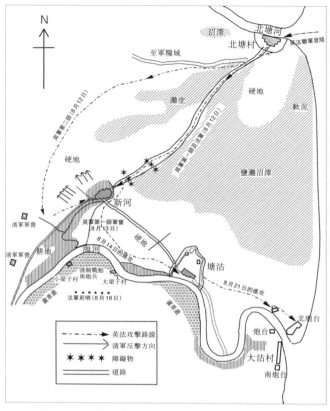

1860年大沽口之戰示意圖

沽柔軟的腹部完全裸露在對手的面前。僧格林沁見軍情不利，決心
在大沽拼死一戰，不求成功只求成仁，也算對得起君主的隆恩了。
咸豐帝聞此大驚。

　　清朝的精銳部隊主要有兩支，一支是兵勇將近十萬的江南大
營，主要圍攻南京，此時為太平軍撲滅，咸豐帝不得已才重用曾國
藩和他的湘軍。另一支就是由僧格林沁統率的總兵力約三萬的部
隊；而三萬部眾中精華萬餘名是僧格林沁直接指揮的大沽守軍。若
是僧格林沁在大沽死拼，那又靠誰來保駕呢。咸豐帝知道僧格林沁
的脾氣，立即派人帶了一道親筆朱諭給他，詞句語重心長：

握手言別，倏逾半載。現在大沽兩岸正在危急，諒汝在軍中，憂心如焚，倍切朕懷。惟天下根本，不在海口，實在京師。若稍有挫失，總須帶兵退守津郡，設法迎頭自北而南截剿，萬不可寄身命於炮台。切要！切要！以國家倚賴之身，與醜夷拼命，太不值矣……[6]

咸豐帝的意思是讓僧格林沁若見形勢不利，立即帶兵從大沽脫逃，以能最後保住北京。與此同時，他還不顧英、法一意開戰的態度，於8月16日由內閣明發了一道自欺欺人的上諭（讓今人看了完全莫名其妙），全文為：

著派文俊、恒祺前往北塘海口，伴送英、佛（法）兩國使臣，進京換約。欽此。[7]

這時候的咸豐帝，對先前極度不滿的《天津條約》，不再敢有任何意見了。

1860年8月18日，英法聯軍攻佔了大沽西側僅數里遠的大、小梁子，完成了從大沽側後實施進攻的一切準備。8月21日，聯軍再攻大沽北岸主炮台西北側500米的小炮台——石頭縫炮台，守軍奮力堅持兩小時而不支，大多戰死，指揮作戰的直隸提督樂善亦陣亡。僧格林沁見敗局已定，急忙統兵撤離大沽，繞開天津，直往通州。經營三載，耗帑數十萬，安炮數百位的大沽炮台，在此次戰鬥中沒有發揮任何作用。8月23日，英法聯軍進據無人防守的天津。

6　同上，頁469。同時，咸豐帝怕僧格林沁不肯遵旨仍在大沽死拼，還讓御前大臣、軍機大臣等另外致函勸僧。
7　《第二次鴉片戰爭》，第4冊，頁478。文俊當時的職務為西寧辦事大臣，但未赴任。恒祺當時的職務是武備院卿。

大沽北岸石頭縫炮台，清軍在此堅強抵抗，傷亡甚大

　　我在這裏還應提提上海的戰況。1860年8月18日，太平軍在李秀成的統率下進至徐家匯，逼上海西、南兩城門，署江蘇巡撫薛煥借英法聯軍之兵固守。8月19日，太平軍三面包圍上海，進逼租界，為英法聯軍所挫。8月20日，太平軍再攻上海，仍被英法聯軍所敗，李秀成中彈受傷。8月21日，太平軍因連敗而撤出上海。在同一個時間，英法聯軍在南、北戰場扮演了迥然不同的角色。不過，這一切，咸豐帝當時並不十分清楚。

　　戰敗了，結果都是相同的。咸豐帝只得派出大學士桂良為欽差大臣，至天津與英、法進行談判。英、法開出的價碼是：增加賠款；承認《天津條約》；公使駐京與否由英方自行決定；開天津為通商口岸。桂良等人根據咸豐帝諭旨正欲唇槍舌劍進行一番辯駁，傲慢的英、法專使直截了當地告訴桂良，只許簽字，不容商議。桂良等人要求寬限以備上奏請旨，英、法又以桂良無「全權」為由，宣佈談判破裂。9月8日，英法聯軍由天津向北京開進。

桂良的交涉失敗了，咸豐帝又派出最為信賴的怡親王載垣為欽差大臣。英法聯軍的行動，又使談判地點從天津移至通州。至9月17日，載垣等人奉旨屈從英、法的各項要求，戰事眼看就要結束。哪知第二天，9月18日，時任英國使團中文秘書的巴夏禮，卻提出了換約時須親見皇帝面遞國書，皇帝蓋璽的條約批准書亦須當場交給英國使節。這下子可刺中了咸豐帝的痛處。這是他最不能容忍之事。

巴夏禮，英國一鐵廠工人之子，家境貧窮。其表姐嫁給了普魯士傳教士郭士立 (K. F. A. Gutzlaf)，[8] 13歲時 (1841) 來中國尋出路，學會了中文。靠着郭士立的關係，1842年找到了一份工作，充任英國公使代表濮鼎查的秘書，參加了鴉片戰爭。此後在廈門、上海、福州英國領事館裏當翻譯。1856年代理廣州領事。「亞羅號」事件時他極力擴大事態，英法聯軍佔領廣州後成為廣州的實際主宰 (見第八章)。1858年底改任代理上海領事。此次英法聯軍再度北犯，專使額爾金任命他為中文秘書。由於額爾金不願與清朝官員打交道，常常派巴夏禮出面。在清朝的文獻中，巴夏禮是一個頻頻出現的人物 (因為他與清方官員交涉最多)，對他的議論和猜測也最多。然從各地大臣的奏報中，咸豐帝也竟然認定巴夏禮是英方的「謀主」，[9] 因而在通州談判開始前 (9月14日)，就下旨怡親王載垣設法將巴夏禮及其隨從「羈留在通 (州)，勿令折回以杜奸計。」[10] 擒賊先擒王。

8　郭士立，鴉片戰爭中英軍的主要翻譯之一，曾在英軍佔領的定海、寧波、鎮江充當「民事長官」。

9　這種將英方「翻譯」視為「謀主」的現象在兩次鴉片戰爭中非常常見。鴉片戰爭的郭士立、馬儒翰就被視為「謀主」，第二次鴉片戰爭中，除巴夏禮外，還有威妥瑪、李泰國。

10　《籌辦夷務始末》，咸豐朝，第7冊，頁2290。

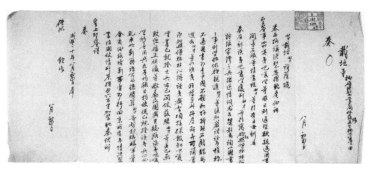

載垣奏摺報告捉拿巴夏禮

此時談判破裂，怡親王載垣立即通知駐守通州東南張家灣的僧格林沁。而僧格林沁立即率部出動截拿巴夏禮等39人。怡親王載垣得知拿獲巴夏禮，上奏中稱：

> 該夷巴夏禮善能用兵，各夷均聽其指使，現已就擒，該夷兵心必亂，乘此剿辦，諒可必操勝算。[11]

以為捉住了巴夏禮即可在軍事上獲勝。誰知此後的戰事一敗如水。這時，他們又想起了關在北京刑部北監的巴夏禮，讓他寫「退兵書」，而巴夏禮提出的反條件又讓他們瞠目，「該書只寫英文，不寫漢文。」

偌大個北京城，清朝找不出一個懂英文的人。這事情的本身，就能透視出許多。

早在欽差大臣僧格林沁兵敗大沽退守通州一帶之後，曾上有一密摺，請咸豐帝「巡幸木蘭」。

「木蘭」是指熱河行宮（今承德避暑山莊）西北的打獵場所（位於今圍場縣境內）。此地原為蒙古王公獻給康熙帝的。避暑山莊建成

11　同上，頁2319。

後，每年夏秋之際，清朝皇帝便來此處行圍打獵，召見蒙古王公，顯示「滿蒙親睦」，頗有今日統戰工作之意義。此稱「秋獮」，又稱「巡幸木蘭」。僧格林沁此次上奏的目的，當然不是讓咸豐帝在此時跑到熱河行宮去打獵散心，或者做做蒙古王公的「民族調解」工作，而是婉轉地表達了對戰局的判斷，讓咸豐帝離開北京，「避避風頭」。

在當時的環境中，作為一名統兵大員只能表達對「逆夷」決戰決勝的信心，絕不能說「無勝利把握」，更不可說「不能獲勝」，此乃長敵人威風滅自己志氣之舉。但僧格林沁深知，在通州一帶將要進行的是一場決戰，他手中並無制勝之術，一旦失敗，北京將陷入敵手，皇帝將成為俘虜。茲事體大，不能不言。

此種我武不揚的密摺，咸豐帝當然是留中不發。但僧格林沁的表白，卻使他在一片高調聲中看到自己的位置。1860 年 9 月 9 日，他得知桂良在天津談判失敗，英法聯軍開始向北京進攻，便決定開戰了，但又怕戰之不勝而身陷圇圄，便頒下了一道親筆朱諭：

> 桂良等奏，夷務決裂情形。覽奏何勝憤怒！朕為近畿百姓免受荼毒，不得已勉就撫局，乃該夷屢肆要挾，勢不決戰不能。況我滿、漢臣僕，世受國恩，斷無不敵愾同仇，共伸積忿。朕今親統六師，直抵通州，以伸天討而張撻伐。著內廷王、御前大臣、軍機大臣、內務府大臣迅速定議。並有僧格林沁密摺一封，一併閱看。本日奏事之外廷大臣，並著與議。特諭。[12]

咸豐帝在這裏明顯要了個滑頭，明明是想逃離北京到熱河躲避，卻說是「御駕親征」至前線。總不能讓朕自己說出來要逃難吧，發下僧格林沁的密摺，就是想讓你們仿效僧格林沁，聯名上奏勸朕移駕，朕再表示勉從其難。一場做給老百姓看的戲也就算完成了。

---

12 《籌辦夷務始末》，咸豐朝，第 6 冊，頁 2254。

參加朱諭討論的大臣們，完全了解咸豐帝的心思，但他們首先需要考慮的是，天子一旦離開京師，會對全國形勢和朝廷形象發生什麼樣的影響。反覆商議後，由體仁閣大學士賈楨領銜上奏，稱「時無寇準」，澶淵之功難恃；木蘭無險，「土木之變堪虞」。[13]

這一篇奏摺中引用了兩個典故。一是1004年遼兵犯北宋，宋真宗畏敵，準備遷都南下，宰相寇準力議御駕親征，結果宋真宗統兵到澶州（今河南濮陽）督戰，宋軍受到激勵而大獲勝利，迫使遼方議和，史稱「澶淵之盟」。二是1449年瓦剌進攻明朝，大太監王振挾明英宗率軍親征，結果在土木堡（今河北懷來境內）被瓦剌軍俘虜。明英宗之弟被推為帝，即明代宗。朝廷大臣的意見是，咸豐帝既不親征通州，也不北上熱河，而是堅守北京。

咸豐帝閱此奏摺十分生氣，難道讓朕坐以待斃？因為看到此摺上諸親王並未列銜，乃問何人定稿、何人秉筆？答以由總管內務府大臣、戶部左侍郎寶鋆主稿。咸豐帝再下朱諭：

> 巡幸之志，朕志已決，此時尚可從緩。惠親王天潢近派，行輩又尊，自必以國事為重，著與惇親王、恭親王、端華等速行定議具奏。[14]

這一次，咸豐帝已經顧不上什麼面子了，讓手下擬一道明白請求移駕的奏摺來。

9月10日，陰雲慘淡。惠親王綿愉、惇親王奕誴、恭親王奕訢、鄭親王端華等人奉旨會議，毫無主見。問及京城能否守禦，眾皆莫對，聞者徒有嗟嘆而已。咸豐帝派怡親王載垣出城談判的消息，使他們感到了一線生機；而前門外的燒餅卻被搶購一空，當作不測時乾糧

13　同上，頁2255。
14　《翁同龢日記》（北京：中華書局，1989），第1冊，頁66。

之用。另一道命令使京城處於一片恐慌之中:限大興、宛平兩縣在當夜子刻(11時至次日1時)前,準備大車五百輛。[15] 還有一條謠言在京城迅速蔓延:「夷人已到通州,定於二十七日(9月12日)攻城!」[16]

自1853年太平天國北伐軍攻及天津引起京城大亂之後,1858年5月、1859年6月大沽口的炮聲也在不同程度上製造了京城的恐慌。此次也不例外,大沽口一開炮,京城裏的富紳大戶們紛紛作逃難計。可偌大個京城,上百萬人口,能走的只能是少數,大多數人從來就把目光集中在他們的皇上身上,就連金枝玉葉的皇上都穩穩地住在圓明園內,咱小老百姓還跑什麼呢?此次不一樣了。皇上要跑了,這條消息使人們感覺如同頭頂上響了一枚炸彈。

9月11日,各位大吏、諫台言官、內廷詞臣紛紛上奏,請求咸豐帝留下來,同守京師,甚至要求他從城外的圓明園,搬到城內的皇宮,以激發民氣,安定人心。咸豐帝對此,統統留中不發。用當時官場用語來說,這些奏摺被「淹了」。消息靈通人士又得知,咸豐帝當日又頒下一道朱諭:

> 朕察時審勢,夷氛雖近,尤應鼓勵人心,以拯時艱。即將巡幸之豫備,作為親征之舉,鎮定人心,以期鞏固。著惠親王等傳諭京城巡守、接應各營隊,若馬頭、通州一帶見仗,朕仍帶勁旅,在京北坐鎮,共思奮興鼓舞。不滿口〔萬〕之夷兵,何慮不能殲除耶?此旨著王、大臣等同看。[17]

在專制社會中,統治者說的話字面上的意思與實際要表達的意思經常有不小的差距。我在這裏接連引用幾段朱諭,正是想讓讀者獲得

15　同上,頁66。
16　〈罔極編〉,《第二次鴉片戰爭》,第2冊,頁66。
17　《籌辦夷務始末》,咸豐朝,第7冊,頁2269。

十　圓明園的硝煙　| 　219

一種「語境」，能夠直接了解當時的政治語言。明明是逃跑，卻找個藉口「巡幸木蘭」，這也就罷了，但將「巡幸」作為「親征」，那是另一種「語言技巧」了。即將開戰的通州一帶在北京的東南，咸豐帝「帶勁旅在京北坐鎮」，不就是見勢不妙即可滑腳而逃嗎？

一傳十，十傳百，咸豐帝要逃跑的消息在北京引起了一陣雪崩。9月13日，在京的軍機大臣匡源、文祥、杜翰[18]聯名上奏，直言不諱，要求咸豐帝收回成命。此外，大學士彭蘊章出奏，六部會奏，都察院、九卿、科道各遞封奏，皆要求「止駕」。面對如此強大的壓力，咸豐帝只能由內閣明發上諭：

> 近日軍務緊要，需用車馬，紛紛徵調，不免嘖有煩言。朕聞外間浮議，竟有謂朕將巡幸木蘭舉行秋獮者，以致人心疑惑，互相播揚。朕為天下人民主，當此時勢艱難，豈暇乘時觀省。且果有此舉，亦必明降諭旨，豫行宣示，斷未有鑾儀所在，不令天下聞知者。爾中外臣民，當可共諒。所有備用車馬，著欽派王、大臣等傳諭各處，即行分別發還，勿得盡行扣留守候，以息浮議而定人心。[19]

這一篇諭旨，將執意逃跑的咸豐帝洗刷得乾乾淨淨，公然宣佈從無「巡幸木蘭」之議，只是民間的謠言。但當時的細心人也能看出破綻：既然上諭一開頭就宣稱徵調車馬不是為了「巡幸木蘭」，而是因為「軍務緊要」，又為何「分別發還」呢？難道軍務不再「緊要」了嗎？這麼多的車馬不是為了逃跑又是為了什麼？

《翁同龢日記》透露了更多的內幕：這一天咸豐帝的七弟醇郡

---

18 當時軍機大臣僅四人，穆蔭已隨怡親王載垣去通州談判，匡、文、杜三人實際上就是全體軍機大臣了。

19 《籌辦夷務始末》，咸豐朝，第7冊，頁2285–2286。

王奕謨入圓明園痛哭流涕，要求身先士卒，決一死戰，請咸豐帝不要北逃，五弟惇親王奕誴亦大力支持此議。軍機大臣文祥見勢更是力爭。咸豐帝不得已而讓步。這一天由內閣明發的上諭很可能就是軍機大臣文祥起草的。他要乘此時機用咸豐帝的嘴來綁住咸豐帝的腿。在當時的環境中，起草人只需將冠冕堂皇的詞句遞上去，任何一位上級也無法修改，只能點頭稱善，這又是專制社會裏下級操縱上級的特殊手法之一。

北京的民情隨着發還的車馬而漸漸平靜下來。莊嚴的上諭使咸豐帝再也無法提逃跑之事，前方主帥僧格林沁奏摺中的一段話，又及時地給他送來了寬心丸：

若奴才等萬一先挫，彼時即行親征，亦可不致落後。[20]

這句官場用語翻譯成現代白話，那就是，「就是等到我部戰敗之後，皇上再開始逃跑，也還是來得及的。」

9月18日，僧格林沁所部兩萬人與英法聯軍先頭部隊四千人大戰於張家灣，結果僧部大敗。消息傳到北京，咸豐帝頻頻召見親王、大臣，但仍未逃跑。

9月21日，陰雲慘淡。僧格林沁等部清軍三萬人與英法聯軍五千餘人決戰於通州以南的八里橋。僧格林沁再次戰敗。咸豐帝得知消息，再也坐不住了。當天晚上，圓明園內的燈光終夜不息，咸豐帝召見親信重臣商議。御前會議上決定了兩項對策：一、咸豐帝避居熱河，這時候再也沒有人敢出面反對了。在公私文獻中，此次逃跑名曰「北狩」。二、恭親王奕訢留在北京，全權處理英法事務。當日由內閣明發的上諭稱：

---

20 同上，頁2292。

1860年9月21日八里橋之戰，清軍與英法聯軍的最後決戰

　　恭親王奕訢著授為欽差便宜行事全權大臣，督辦和局。

此外，咸豐帝還給奕訢一道朱諭：

> 現在撫局難成，人所共曉，派汝出名與該夷照會，不過暫緩一
> 步。將來往返面商，自有恒祺、藍蔚雯等。汝不值與該酋見
> 面。若撫仍不成，即在軍營後路督剿；若實在不支，即全身而
> 退，速赴行在。[21]

「行在」是指皇帝臨時駐蹕之地。看來咸豐帝對形勢已作了最壞的
估計，如果講和不成，拒戰又敗，那也逃到熱河來吧。

　　9月22日，是咸豐帝至死都不能忘記的日子，儘管上天給他的
日子已經不多了。這一天，他離開了北京，離開了圓明園。野史中
稱，但凡皇帝在圓明園乘舟時，岸上宮人必曼聲呼曰「安樂渡」，遞
相呼喚，其聲不絕，直至御舟到達岸邊。咸豐帝出逃時，他的兒子

21　同上，頁 2334–2335。

也效法呼喊「安樂渡」。咸豐帝聽後感慨萬千，抱着他兒子説：「從今以後再也沒有什麼安樂了」，言畢潸然淚下。[22] 又據時任詹事府詹事、上書房行走的殷兆鏞的記錄，這一天的卯初 (約早晨 5 點)，咸豐帝召見惠親王綿愉、恭親王奕訢、惇親王奕誴、怡親王載垣、鄭親王端華和軍機大臣等人，作了最後的安排。已正 (大約上午 10 點)，咸豐帝一行從圓明園的後門出逃。臨行前十分匆忙，就連御膳及鋪蓋帳篷都未帶。[23] 而臨行前的匆忙，又使咸豐帝沒有機會再看看京城，甚至連圓明園的秋色均未注意。這一切，他以後再也看不見了。

在清代，皇帝出巡是大事，一般需在一個半月前就得準備，沿途安排行宮膳食。可這一次，全無供張，甚至地方官聞警已逃，禁軍饑不得食幾欲潰散。清人筆記中描寫了狼狽的情景：

> 聖駕遂於初八 (9 月 22 日) 巳刻偷走⋯⋯鑾輿不備，扈從無多
> ⋯⋯車馬寥寥，宮眷後至，洶迫不及待也。是日，上僅咽雞子
> 二枚。次日上與諸宮眷食小米粥數碗，泣數行下。[24]

沒有前驅之鹵簿，沒有錦揚之鑾儀，沒有跪迎之官員，沒有酒宴之鋪張，甚至沒有合用的被褥，咸豐帝一路上只能吃到兩個雞蛋，喝碗小米粥，流着眼淚走。

這是清朝歷史上第一次皇帝出逃京城。40 年後，他的妻子 (慈禧太后那拉氏) 帶着他的侄子 (光緒帝) 再次出逃。

八里橋之戰後，英法聯軍稍事休整，繼續開進。9 月 24 日佔領通州。9 月 26 日，其一部進至朝陽門外。儘管咸豐帝在出逃的路上於

22　《清朝野史大觀》，卷 1，頁 68。
23　〈殷譜經侍郎自訂年譜〉，《第二次鴉片戰爭》，第 2 冊，頁 328–329。
24　〈庚申英夷入寇大變記略〉，《第二次鴉片戰爭》，第 2 冊，頁 49。

英法聯軍兵臨城下，老百姓亦在圍觀「西洋景」

9月25日命令欽差大臣兩江總督曾國藩、欽差大臣漕運總督袁甲三、河南巡撫慶廉、安徽巡撫翁同書、提督傅振邦從鎮壓太平軍、捻軍的戰場上抽調「精勇」援京；[25] 到達熱河行宮後於10月2日命盛京將軍玉明、綏遠城將軍成凱、山東巡撫文煜、陝甘總督樂斌、山西巡撫英桂、河南巡撫慶廉親自率領精兵進京「勤王」，並命欽差大臣湖廣總督官文、湖北巡撫胡林翼派兵勇救京；[26] 又於10月10日再次催促各地「勤王」之師星夜前進，並命吉林、黑龍江將軍「派兵內援」，[27] 但是，從當時的運兵條件來看，這些兵勇趕到北京至少在一個月之後。

25　《籌辦夷務始末》，咸豐朝，第7冊，頁2360。

26　同上，頁2384–2385。

27　同上，頁2414–2417。

北京城安定門，交由英法聯軍看守。圖為英軍軍官回憶錄中的插圖

　　留在北京身負重任的欽差大臣恭親王奕訢，一再致書英國專使額爾金、法國專使葛羅，要求停戰議和，但英、法方面要求首先釋放巴夏禮。手無可戰之兵的奕訢，卻欲以巴夏禮作為人質，迫英法退兵。雙方的交涉一時以巴夏禮為中心。奕訢等人至此尚不明巴夏禮的真實地位，敵人催逼越緊，他越以為此人重要。10月6日，英法聯軍在北京安定門、德勝門外再次擊敗僧格林沁等部清軍，法軍一部衝進了圓明園，開始搶劫。奕訢等人避走萬壽山。10月8日，在京城的清朝官員，在英、法的脅令下，釋放巴夏禮。10月10日，英法聯軍司令官照會奕訢，限三天內交出安定門，否則即將城門攻開，清朝官員只得乖乖地照辦了。

　　1860年10月13日中午12時，北京的安定門向英法聯軍開放，侵略軍之一部列陣進入北京。這座始建於明代的城門，本是王師出征之道（明清慣例，禁軍出京攻守，出安定門，入德勝門），此時正式交給英法聯軍「代為看守」。北京已完全落入英法聯軍的軍事控制之中。

自10月6日法軍闖入圓明園進行搶劫後，眼熱的英軍第二天也入園參加搶劫。燦爛的東方名園頓時成了一個強盜世界。

從咸豐帝的五世祖康熙帝修建圓明園起，經歷了雍正、乾隆、嘉慶、道光諸朝的全力經營，耗帑二億兩以上的白銀；終於在京西北的山山水水之間，[28] 建起了這座佔地五千餘畝、中西景觀一百多處的皇家園林。1793年，乾隆帝在此接待了第一位到達中國的英國使節馬戛爾尼，並讓他遊覽全園。由此，圓明園更以清朝「夏宮」的名稱流傳於歐洲。從未到過中國，更未見過圓明園的法國大文豪雨果，以文人特有的靈敏感受，描繪了這一地方：

> 在地球上的一個角落，有一個奇特的世界，它叫做夏宮。藝術的基礎在於兩種因素，一是產生歐洲藝術的理性，二是東方藝術的想像。在想像的藝術中，夏宮相當於理性藝術的帕提儂神廟。[29] 凡是人們，近乎神奇的人們的想像所能創造出來的一切，都在夏宮身上得到體現。帕提儂神廟是世上極為罕見的、獨一無二的創造物，而夏宮卻是根據想像，而且只有根據想像方可拓制的巨大模型。您只管去想那是一座令人心馳神往的、如同月宮城堡一樣的建築。夏宮就是這樣。您盡可以用雲石、玉石、青銅和陶瓷來創造您的想像；您盡可以用雲松來做它的建築材料；您盡可以在想像中拿最珍貴的寶物，用最華麗的綢緞來裝飾它⋯⋯

28　當時的北京不若今日這般乾旱，京北、京西多湖泊，至今還留下了「海淀」這一地名。在這一區域中建起皇家園林群，稱為三山五園，即香山、玉泉山、萬壽山、圓明園、靜明園（在今玉泉山）、暢春園（今北京大學西門外）、清漪園（今頤和園）、靜宜園（今香山）。其中圓明園最為華美。

29　帕提儂神廟（Parthenon），古希臘雅典城邦奉祀其女守護神雅典娜·帕提儂（Athene Parthenos）的神廟，公元前5世紀建成，全部用白色大理石造，是古希臘藝術之傑作。其遺址留存至今。

沒有見過圓明園的雨果，把它想像成夢幻般的仙境；而見過圓明園的人，卻稱它是夢幻仙境的真實再現。

此時，這座「想像藝術」中的帕提儂神廟，正在侵略軍手下呻吟。一名「冷靜」的法國貴族客觀地描繪了當時的場面：

> 我只是一個旁觀者，一個不抱任何偏見、卻也充滿好奇心的旁觀者，貪婪地欣賞着這一幕奇怪且令人難忘的情景：這一大群各種膚色、各種式樣的人，這一大幫地球上各式人種的代表，他們全都鬧哄哄地蜂擁而上，撲向這一堆無價之寶。他們用各種語言呼喊着，爭先恐後，相互扭打，跌跌撞撞，摔倒又爬起，賭咒着，辱罵着，叫喊着，各自都帶走了自己的戰利品。初看起來真像是一個被人踏翻了的螞蟻窩，那些受驚了的勤快的黑色小動物帶着穀粒、蛹蟲、卵或口衡麥稈向四面八方跑去。一些士兵頭頂着皇后的紅漆箱；一些士兵半身纏滿織錦、絲綢；還有一些士兵把紅寶石、藍寶石、珍珠和一塊塊水晶放在自己的口袋裏、襯衣裏、帽子裏，甚至胸口還掛着珍珠項鏈。再有一群人，他們手裏拿着各式各樣的座鐘和掛鐘，匆忙地離去。工兵們帶來了他們的大斧，把家具統統砸碎，然後取下鑲在上面的寶石……這一幅情景只有吞食大麻酚的人才能胡思亂想出來。
>
> ……在園裏，到處都有人群，他們奔向樓閣，奔向宮殿，奔向寶塔，奔向書室，唉，我的天呀！

這位法國伯爵還寫道，他的一名傳令兵為了討好他，「雙手滿滿地給我捧來一大把珍珠。」[30] 相比法軍搶劫中的混亂，英軍操行此事時顯然「有序」得多。英軍統帥格蘭特 (J. H. Grant) 得知法軍的獲

30　德里松伯爵：〈翻譯官手記〉，《第二次鴉片戰爭》，第6冊，頁359–360。

利，「非常仁慈地發出一道命令，讓每個軍團的一半軍官在第二天上午可以去圓明園搶劫，但這批人必須在中午回來，以便其餘的一半軍官可以在下午去搶。」[31] 在「軍官優先」的原則執行之後，很快又准許士兵「沾利」。

為了使沒有機會參與這場大搶劫活動的官兵們不至於失望，「公平」地分配這些「戰利品」，英法聯軍還成立了專門委員會，進行拍賣、分配等活動，並將最好的一份獻給英國女皇和法國皇帝。等到後來英法聯軍撤退時，載運臟物的大車隊有幾里長。

圓明園的罹難並沒有到此為止。

當時僧格林沁截拿巴夏禮一行共39人，到10月8日、12日、14日三次釋放被俘人員時僅19人，另外20人死在獄中。為了報復清朝的「殘暴」，英國專使額爾金決定給咸豐帝一個永久的「教訓」。最初意欲燒毀城裏的皇宮，後因恐皇宮化成灰燼，清朝顏面盡失而有可能垮台，從清朝手中攫取的利益隨之再失。最後額爾金選擇了圓明園。而搶劫圓明園時最為努力的法方，卻認為此舉「不文明」而拒絕參加。

1860年10月18日，英軍第一師數百名士兵根據額爾金的命令在園中放火。頃刻間，幾十股濃煙升起，圓明園成為一片火海。熊熊的大火，三日不息，遠在京城裏的人們都可以看見西北方向那衝天的黑煙。天空黯淡，日月無光，塵埃與火星，隨風飄到城裏，在我們民族的歷史上，蒙上了一層埃塵。

我們不知道咸豐帝得知他的出生地在舉行了他30歲生日大慶後毀於一炬作何感想，但可以肯定，不管他怎麼想，他什麼也不能做了。他已經沒有任何反抗的力量。

---

31 《圓明滄桑》(北京：文化藝術出版社，1991)，頁117。

《圓明園銅版畫·海晏堂西面》,清宮廷畫師繪。海晏堂是圓明園最大的洋樓,建成於
1760年(清乾隆二十五年)。此組建築還包括十二生肖噴水池、噴水池、蓄水池、水
車房等。池兩側各排六隻銅鑄水動物,組成地支「十二屬」,其中左側從內而外為鼠、
虎、龍、馬、猴、狗;右側為牛、兔、蛇、羊、雞、豬,用以表示十二時辰。這些銅
像皆獸首人身,身着袍服。每到一時辰,代表這一時辰的銅像口中向外噴水;如此周
而復始,構成別致的時鐘。正午時分,十二鑄體同時從口中噴泉,蔚為奇觀

今日海晏堂遺址

這三件生肖銅像本是海晏堂前水力鐘的構件，由郎世寧等歐洲藝術家設計，中國宮廷工藝匠師製作。造型生動寫實，做工極為精細，融東西方造型藝術特色於一身

圓明園遠瀛觀遺址

能搶的，都搶光了；能燒的，也都燒光了。只剩下那些打不爛、燒不掉的石柱，留存至今。昔日金碧輝煌的圓明園，今日已成了一片廢墟。

我不止一次地去過圓明園，卻很少去遊人眾多的西洋樓遺址，偏愛獨自一人在今日已無痕跡、據說在航空照片上依然清晰的最能反映圓明園特色的中式園林區徜徉。風輕輕吹着，亂石衰草在夏日中也透出一種淒冷。歷史在這裏凝固了。我總是覺得這裏是與一百三十多年前那場災難時空距離最近的地方。

根據「眼見為實」的史學格律，我很難想像出當年的景象。根據史料，我知道這邊曾是湖泊，那邊曾有樓閣，但始終不能在腦海中拼成一個完整形象。乾隆年間的宮廷畫師精心繪製的圓明園四十美景的畫冊，現在仍存在法國巴黎國家圖書館中。

也就在這個地方，我突然感悟到，對於盜賊的橫行，批判固然有理，固然義正辭嚴，但又是無用的。既然盜賊不可能被消滅，重要的是研究防盜措施。因此，我在這本小書中，對咸豐帝和清朝的批判甚於當年上門搶掠的英國、法國、美國和俄國。

近些年來，修復圓明園的呼聲日益響亮，這又使我感到另一種淒冷。荒蕪的圓明園是我們民族臉上的傷疤，提示着當年的恥辱。在我們這個民族尚未強大到能夠拒絕一切恥辱之前，千萬不要用人為的整容術，來抹掉這一傷疤。

一個民族的歷史，有過榮光，也會有恥辱。榮光使人興奮，恥辱卻讓人沉思。我以為，一個沉思中的民族較其興奮狀態更具有力量。

十一　真正的宰相

　　在中國傳統政治中，輔佐皇帝的大臣被稱為「宰相」。儘管歷朝歷代的宰相有着不同的稱謂，權力也有大有小，但再精明強幹的君主也離不了大臣的幫助，因而「相業」伴隨着「帝業」長存。

　　正因為如此，儘管明太祖朱元璋廢除了宰相的職位，並命其子孫永遠不得設丞相一職，但職位的廢除並不意味着職能的消除。輔佐皇帝的秘書班子──內閣大學士，又成了「宰相」的變種。清承明制，內閣大學士被當時人呼為「相國」，多少說明了這一職位的真實意義。可到了雍正帝設立軍機處後，權力再次轉移，軍機大臣，尤其是首席軍機大臣才是真正的「相國」，內閣大學士成為一種位尊的榮銜。

　　在中國的傳統政治中，皇帝之政，首在用人，而用人之政，首在擇「相」。君權神授，天子是不能選擇的，但「相」可以選擇。「明君賢相」自然是傳統政治的佳境。但若君不甚明，有一名「賢相」，也不無裨益。這種結構上的調劑作用，最為儒家政治學所重，周公被尊為賢相的代表，成為天下千萬臣子的楷模。

　　我在第三章中提到過，軍機大臣的工作猶如秘書，根據皇帝的旨意擬旨。可是皇帝並不能了解萬情、知曉萬理，總不免對軍機大臣有所諮詢，皇帝的思想也難免為軍機大臣所左右。如若皇帝倦政，直接將奏摺下發軍機處，讓他們「寫旨來看」，軍機大臣的權

力就大了。如若皇帝此時對軍機大臣所擬聖旨仍不加思索，草草下發，軍機大臣實際上就是行使皇帝的權力了。

軍機大臣權重，不僅因他們手中的筆可以擬旨，還因為他們距皇帝很近，每天都被召見討論政事，經常可以在不經意中影響皇帝的思想。在專制社會中，距專制者最近的人，可能是最有權勢的人。這是一條定理。人們經常談起「天子近臣」，也就是在說這一條定理。

以上空泛地談這許多，那是說明正常現象。在非常時期的咸豐朝，情況又有特殊。真正的「相權」常常不在軍機處。可不說說正常又怎麼能說明特殊呢？

咸豐帝登基之後，一開始仍沿用道光帝留下的軍機班底，但真正執柄相權的，卻是他的老師杜受田。每遇朝廷大政，咸豐帝必先詢之而後行。穆彰阿、耆英的罷斥，林則徐、周天爵的復出，向榮兵敗後獲保全，以及黃河決堤發漕米六十萬石賑災等事，皆可見到杜受田活躍的身影。面對危難時局，杜氏雖無解懸妙策，但以老成持重在朝野中頗受崇信。與此相反，留任的首席軍機大臣穆彰阿，在每日召對中數次向咸豐帝進言，也想影響咸豐帝的思想與決心，但穆氏沒有想到的是，咸豐帝不僅不聽，反將之作為後來罷斥他的罪名。

穆彰阿被罷斥後，軍機處以祁寯藻、賽尚阿班次在前，但他們的影響力仍不能與未入軍機的杜受田相比。杜受田仍是真正的「相國」。但到了1852年杜受田去世，賽尚阿赴廣西督師，首席軍機大臣祁寯藻在政壇上開始扮演重要角色。

祁寯藻，山西壽陽人，1793年生，大咸豐帝38歲。他於21歲中進士，入翰林院，散館後在京官的位置上循例上升，到了1841年，升為戶部尚書、入值軍機處。在此期間，他還放過湖南、江蘇兩省的學政。

祁寯藻升至如此高位，與他南書房的經歷是分不開的。自1820年道光帝上台不久，便命祁氏在南書房行走，以後丁憂、外放回京復職，道光帝總讓他回南書房。南書房本是皇帝閒暇時讀讀詩書、舞文弄墨之處，在南書房行走各官員也只是幫着皇帝炮製些御製詩文，但畢竟適應於「天子近臣」的定理。祁氏在道光一朝的亨達，正是因為他在南書房的出色表現。

祁寯藻之所以被道光帝看中，又與他的學識功力分不開。祁氏為樸學之士，兼通義理和訓詁，一時被士大夫推為儒宗。在儒家政治、科舉時代，他這種學問上的優勢即刻可以換化為官場上的強勢。儒家政治的特點就是引經據典，誰又講得過這位儒學大師呢？科舉時代的副產品之一是門生的聽命，祁氏做過學政、國子監祭酒，更當過多任考官，門生滿天下。

就如絕大多數情況下的書生學政一樣，祁寯藻為事不免迂腐。儒學經典與現實政治之間還有着一套「活學活用」的功夫，祁氏的手法卻不免生硬。有一條祁氏的傳記史料稱：咸豐帝召見時總是問他「用人行政之道」，祁寯藻「引經據典，動逾晷刻，同列多苦之」，「猶説不已」，而咸豐帝「亦未嘗倦聽焉」。[1] 祁氏滔滔不絕的言談使共同召見的軍機大臣們深以為苦，咸豐帝居然對此尚有興趣，這或許是傳記作者的溢美之詞。然而，他對湘軍及曾國藩多有微詞，可見他的言論誤國害君。咸豐帝此一時期政務不能顯達，與祁氏不無關係。1855年1月，祁寯藻稱病求退，咸豐帝允之。按照慣例，大學士（祁為體仁閣大學士）病退、丁憂，其位暫空一個月，表示君主對老臣的慰撫。而祁退的當天，咸豐帝即授賈楨為大學士。此種特例，也説明了咸豐帝對祁氏的態度。

1　〈祁文端公神道碑銘〉，《續碑傳集》，卷4。

天壇

　　當然，祁寯藻求退的真正原因看來並不是病，因為他退了之後不僅活了11年，而且在同治朝復官。促使祁氏告退的或許是恭親王奕訢在政壇的崛起。1853年11月，奕訢入值軍機處，由於他的特殊身份，很快便取代祁氏為首席軍機大臣。與奕訢同期入值軍機處的還有一班新進人士。青年人與老年人之間不可避免的矛盾，使祁寯藻感到孤掌難鳴。他已經入值軍機處15年了，當年的同事都已離去。他即便再戀棧，可皇上的意思已經很明顯了，聖意是用恭邸而非老臣，此時若再不退，必然受辱。實際上，祁氏還是求退太晚，因為新任軍機大臣賈楨，正是恭親王奕訢的老師，這對他來說可是一個明顯的警告。

　　奕訢入值軍機處不到兩年，便於1855年9月2日被罷值了（原因後述）。這位年輕的王爺在短短的時間內初顯才幹。幸好咸豐帝選擇接替他的是一個合適的人選 —— 文慶。

　　文慶，費莫氏，滿洲鑲紅旗人，官宦人家出身，曾祖父做過大學士、祖父做過兩廣總督，文慶也是一位老臣。他於1822年中進

士，這在滿人中是不多見的。道光一朝，文慶屢升屢降，兩度入值軍機處，均因細故而被罷官，而他在道光朝所受的處分，更是不可計數。咸豐帝初登位時，文慶任吏部尚書、步軍統領、內務府大臣、翰林院掌院學士等職，但因道士薛執中招搖撞騙案再度革職。不久後，由五品頂戴擢至戶部尚書。文慶在此時被咸豐帝選為首席軍機，很可能因為他是道光帝臨終前受顧命的大臣之一。

文慶辦事方式，一反祁寯藻，不重虛名，推崇實在。他雖為滿人，但主張重用漢人，曾説道：

> 欲辦天下事，當重用漢人。彼皆從田間來，知民疾苦，熟諳情偽，豈若吾輩未出國門一步，懵然於大計乎？

名門世家出身的滿族官員能有此種認識，確實具有非凡的深識偉量。因此，他也曾密奏咸豐帝「破除滿漢藩籬，不拘資地以用人。」[2]此期曾國藩在江西屢敗，對曾氏疑忌者多欲抑之，文慶卻極力保全，認為曾氏負時望，能殺敵，終當建非常之功。胡林翼早年因江南科場案失察，丟官降級，文慶卻知其才能，屢次密薦，由湖北按察使而湖北布政使而湖北巡撫。凡胡林翼奏請諸事，上諭無不從者，皆是文慶暗中相助。此時在安徽鎮壓捻軍的袁甲三、在湖南看守湘軍老家的駱秉璋，皆為文慶看中，密薦其才，請求咸豐帝不要他調，以觀厥成。在他管理戶部時，特別看中主事閻敬銘（後官至大學士、軍機大臣）。主事為正六品，為司官最低一級，文慶卻有事不恥下問。他的門第、資歷、見識和經驗，使他很快得到京內王公貴族的敬信，得到京外各戰場主帥的佩服，咸豐帝更是倚重。自他入軍機處後，咸豐帝先後授協辦大學士、文淵閣大學士、武英殿大學士，並加太子太保銜。文慶為相期間，正遇咸豐帝倦怠政務，

2　〈書長白文文端公相業〉，《續碑傳集》，卷4。

他為咸豐帝排憂解難，頗費心力。然而，這麼一位相才卻於1856年底老病去世。據稱他在遺疏中稱：「各省督撫如慶端、福濟、崇恩、瑛棨等，皆難勝任，不早罷之，恐誤封疆事。」[3] 而他要求盡早罷免的，全是滿人。這些人後來果然壞事。

繼文慶任首席軍機大臣的，是另一名資深官僚彭蘊章。

彭蘊章，江蘇長洲（今蘇州）人，1792年生，大咸豐帝39歲。他先是由舉人捐內閣中書，1832年，充任軍機章京。軍機章京是為軍機大臣謄錄鈔寫代筆的官員，因參與機要而地位重要，時稱「小軍機」。但彭蘊章不滿自己的舉人出身，於1835年考中進士，以主事分發工部，道光帝仍命他在軍機章京上行走。此後，他在京官上遷轉，曾放福建學政。1851年，彭蘊章任工部右侍郎，咸豐帝授其為軍機大臣，由此到1856年底文慶去世，彭氏從最後一名「挑簾子」軍機，以資深而列首位，[4] 官職也從一名侍郎升到文淵閣大學士、工部尚書。彭氏能爬上如此高位，與他廉謹小心的為人有關，處處注意不樹敵。這種無大志向亦無大建樹的平庸政治家，在矛盾激烈險象環生的政壇上經常有機會發達。

彭蘊章在儒學的研究上，不如祁寯藻那般有心得。若從他死後留下二十六卷詩集、十六卷文集、四卷讀書筆記來看，又可知他平日的興趣和用力，彭氏的詩文當時也小有名氣。而他在政務上又與祁寯藻一樣迂腐。與平時的慎言相比，最突出的一點，即為在咸豐帝面前對手握兵權的曾國藩多有讒言，此又與祁寯藻完全一致。若

3　同上。按，慶端當時任福建布政使、護理福建巡撫，福濟任安徽巡撫，崇恩任山東巡撫，瑛棨任河南布政使。

4　按照清代官場慣例，最後入值軍機處的大臣，要為首席軍機大臣挑門簾，俗稱「挑簾子軍機」，而軍機大臣的排列又以入軍機之先後、官秩之高下而定。因而奕訢、文慶入軍機雖晚，因品級高而位列首輔。奕訢去職、文慶去世後，無論入軍機早晚或官秩高下，彭蘊章都為第一，按照官場舊例，彭氏理所當然為首席軍機大臣。

按照彭氏的意見辦理，湘軍早被裁撤，清朝的命運也隨之斷送。後來的名士薛福成談到咸豐朝祁、彭兩位相國，說了一句極中肯的評語：「有學無識。」即有學問，無才識。學問與才識從來不是等同的，而當時的學問與才識往往背道而馳。

以上提到穆彰阿、祁寯藻、奕訢、文慶、彭蘊章五位首席軍機大臣，除穆氏為道光帝留下來的以外，其餘四人都與咸豐帝的選擇有關。從這些人選上，我們能看出咸豐帝的用人標準嗎？他似乎心中無數，沒有定規。

儘管咸豐帝知道，天子之政，首要之首在於擇相，可他分不出相才來。

然而，就在彭蘊章執掌軍機處時，肅順已經崛起。

肅順，皇族，生於1816年，大咸豐帝15歲。在今天觀念日新月異的時代，這一年齡差距已有難越的代溝，但在當時年輕皇帝身邊一片鬢白老臣的情況下，肅順是理所當然的「青年幹部」。年齡的接近，使得他與咸豐帝易於溝通。

肅順是清初八個「鐵帽子王」鄭親王濟爾哈朗的八世孫，濟爾哈朗是清太祖努爾哈赤的姪子。在清朝，努爾哈赤父親塔克世的直系子孫，都稱為「宗室」，又稱「黃帶子」，享有眾多特權。若從塔克世起論輩份，肅順是十世孫，而咸豐帝是九世孫，儘管肅順比咸豐帝年長，但他卻是咸豐帝的姪子。

按照清代制度，「鐵帽子王」世襲罔替，但只有一人能承襲王爵。1846年，肅順的父親鄭親王烏爾恭阿去世，他的三哥端華承襲為和碩鄭親王，從此他與王爵無緣。但肅順卻以其精明強幹走出另一條新路來。

肅順的履歷，一開始並無特殊之處。1836年按制封三等輔國將軍，委散秩大臣。1839年充前引大臣。1844年任乾清門侍衛。

1848年署鑾儀衞鑾儀使。1849年授內務府奉辰苑卿，這些都是宮廷內的差使（其性質後將介紹），仍然是皇族子弟及名王之後入仕的常見套路。

隨着道光帝去世，咸豐帝登極，肅順的政治行情看好。1850年，肅順任內閣學士，此後出任副都統（1853），侍郎（1854），都察院左都御史、都統，理藩院尚書（1857），禮部尚書，戶部尚書（1858），協辦大學士（1861）。然而真正能使肅順發揮作用的，卻不是這一類職務，而是另一類：御前侍衞（1854）、內大臣（1858）、署正白旗領侍衞內大臣（1859）、御前大臣（1860）。

按照清代制度，負責皇帝隨侍警衞的宮廷侍衞，由上三旗（皇帝自將的鑲黃旗、正黃旗、正白旗）子弟中武藝高強者，分班入值。而率領這支不到一千人的親軍的領侍衞內大臣（正一品）、內大臣（從一品）、散秩大臣（正二品），多從皇親貴族中選授。

當然，即便是親軍侍衞，也不能時常跟隨在皇帝的身邊，另有御前大臣、御前侍衞、乾清門侍衞等，在內廷輪值。親軍侍衞平時的任務只是帶領被召見的官員入觀，充當皇帝的扈從。這些職位自然只能由被朝廷視為最忠誠的皇親國戚充任。

從理論上說，所有內廷侍衞官員都不負有任何政治責任，也不准干預政務，但他們作為皇帝的隨員，與皇帝見面的機會比軍機大臣還要多。可以說，除了貼身的太監外，他們是距天子最近的人，因而有可能在政治上做微妙動作。

肅順是名王之後，很早就獲得了內廷的職位，從而避免去飽嘗科舉的苦頭，儘管此類晉身之階當時不認為是正途。這雖然不利於書本知識的積累和深入，但給他提供了一個從近處觀察高層政治運作的極佳角度。作為閒散宗室，他青年時除了內廷值差外，並無他事，喜愛外出遊逛，接觸了各類各色的人和事，對社會有着較深的了解。又據稗史，他少年時經常詐人酒食，甚至是「盤辮，反披羊

西人眼中的西苑（今中南海與北海）

皮袆，牽狗走街頭」的一副無賴模樣，對三教九流無一生疏。所有這些使他對政治的理解具有直接性的深入。再加之他本人聰明強記，「接人一面，終生能道其形貌。治一案牘，經年能舉其詞」，[5] 這更是他的有利條件。

據野史稱，肅順被咸豐帝發現，是因為他充侍衛叫起時聲音特別洪亮；而「狀貌魁梧、眉目聳拔」的外形，或許也幫了點忙。不清楚咸豐帝最初與肅順的交談起於何時，涉及何內容，但肅順那種知無不言、直抒己見的風格，與那些察言觀色、見風使舵的滑頭老臣形成鮮明的對照，頗得咸豐帝的賞識。這位侍衛官對於軍國大事竟然有着不少真見解。

與其父道光帝相比，咸豐帝似乎對官風民情多了一層明瞭。生性節儉的道光帝受內務府官員的蒙蔽，居然相信吃一個雞蛋要一錢銀子、打一個補丁要五兩銀子，在野史中留下不少笑話。而

5　沃丘仲子：《近代名人小傳》（台北：崇文書局，1918），頁74–75。

在野史中這一側面的咸豐帝又多少流露出精明和親切。一次他去南書房，看到一名官員貂褂破舊，第二天便送了一件。後來這名官員外放雲南學政期滿歸京，咸豐帝特意讓他兼署順天府丞，召見時還特意關照：

> 朕聞順天府丞，每逢考試，賣卷可得千金，聊償汝在滇之清苦。[6]

此類賣卷的情節、任職雲南的清苦，在正式召見時誰又會告訴九重之上的天子？這裏面似有肅順的投影。

一個深居宮禁御園、失去自由天地的人，最愛了解外面精彩、無奈的世界，也只有肅順之類卑微且可靠的侍衞交流，方可如此不拘一格。

肅順與咸豐帝的關係越來越近。

僅僅憑藉這些，肅順還不至於攬權，他畢竟只是一個侍衞。咸豐帝的經歷、性格、心理也起到了極大的作用。

我在前面說過，咸豐帝御政之初，相權並不在軍機處。恩師杜受田的暗中點撥指教，使這位年輕的皇帝一開始就在軍機大臣面前充滿着自信，擺上一副老成相。他自然不會去諮詢穆彰阿，也無必要諮詢祁寯藻，他不停地下達聖旨，一切從自聖裁，根本不去聽軍機大臣的意見。

杜受田的去世，使他沒了主見。但天子的尊嚴，祖宗的才華，使他不可能承認自己並無才能。而這種無能缺才引起的內心自卑，反過來使他更具強烈的自尊心，更愛裝腔作勢。他害怕在朝臣面前出醜，也不願在軍機面前露怯，因而不願意諮政於外臣。皇帝是天之子，本來就是至聖至明，沒有解決不了的難題。年輕的皇帝最容

6　《清稗類鈔》，第 1 冊，頁 328。

易相信這一套理論，自己欺騙自己。但到了實在沒有對策時，他也不像前朝皇帝那般依賴軍機處，而是將目光向內，尋找最親切、最可靠的人。就如兒童遇到難事偏愛尋找母親一樣，儘管兒童的身邊就站着一個解決難事的行家裏手。

在最親近的人中，咸豐帝認為五叔惠親王綿愉關係最好，六弟恭親王奕訢天分最高。因而在太平天國北伐軍逼近北京時，咸豐帝將這兩位最親近的親王都搬了出來，一個掌軍，一個主政。然而惠親王綿愉生性怯怯，恭親王奕訢又遭猜嫌，咸豐帝開始依靠怡親王載垣、鄭親王端華。

除了清初八個「鐵帽子王」外，乾隆帝唯一特批「世襲罔替」的便是怡親王一支。載垣是第一代怡親王胤祥的五世孫，就輩份而言，他是咸豐帝的侄子。可這位侄子年齡很不小了。我們今天雖不知道載垣的確切生年，但從1825年即咸豐帝出生前六年便承襲王爵來看，至少長咸豐帝20歲。鄭親王端華是肅順的哥哥，年齡與載垣差不多。他的家世背景前面談到肅順時已經介紹，1846年承襲王爵。

怡親王載垣、鄭親王端華在道光朝就已充任御前大臣。道光帝臨終前他們同受顧命，遵旨扶立新君，地位自然與其他親王不一般。咸豐帝信賴他們也是很自然的事。

面對咸豐帝的寵信和依靠，載垣、端華的心境喜憂參半。在專制時代，沒有比受到獨裁者的寵愛更幸福的事了。這使他們備感榮光。可載垣、端華既無才華又無膽識。他們的肩膀根本承受不了如此重託，平時充任帶領引見等御前大臣的本職還有點貴胄的氣度，若言及政務不免懵懂茫然。於是，他們便引肅順為助，三人結成死黨，一切以肅順為主謀，內廷中相為附合。咸豐帝於政務詢及載垣、端華，實際聽到的仍是肅順的主張。更何況三人意見一致，也很容易造成「英雄所見略同」的錯覺。

杜受田、祁寯藻時期，肅順羽翼未滿。奕訢、文慶時期，肅順

才望不敵。至平庸的彭蘊章執柄軍機處，相權已從軍機處轉至內廷，實際上落到肅順的手中。彭蘊章名列首輔，實際不過伴食而已。至於「老五王爺」惠親王綿愉，肅順等人時有讒言。1858年綿愉又因為保全耆英而獲咎，在內廷地位下降。綿愉自忖不是肅順的對手，自己退出了紛爭的政壇。事情到了這種份上，其他軍機大臣還敢不識相嗎？

肅順，成了真正的宰相。

如果説1856年底文慶剛剛去世，彭蘊章初執軍機時，肅順就把持相權，那麼當時誰也不會承認，肅順本人也不敢相信。他的權力是逐步膨脹的，戊午科場案使他立於人臣之巔。

戊午，即1858年。此年順天府鄉試，協辦大學士、軍機大臣、戶部尚書柏葰被派為主考官。柏葰的家人靳祥在此中舞弊，傳遞條子。事發後輿論嘩然。咸豐帝命肅順參與辦理此案。

肅順此時的正式職位只是禮部尚書、內大臣，參加此案審理的還有其他地位比他高的官僚。而柏葰案發時已升任文淵閣大學士管理兵部事務，在軍機處的地位僅次於彭蘊章，名列第二。在政治級別上，柏葰顯然比肅順高出許多。

更重要的是，在當時人的心目中，肅順只是新起的政治「暴發戶」，柏葰卻是宿望老臣，被認為「有風骨」。柏葰，巴魯特氏，蒙古正藍旗人，1826年中進士，入翰林院，在道光朝就已升至總管內務府大臣、都察院左都御史。咸豐帝登基未久，又任他為內大臣、吏部尚書等要缺。就在文慶去世的第二天，柏葰奉旨入值軍機處。入值僅一個月，又授予協辦大學士。這是一個明顯的信號，咸豐帝要重用此人。權欲旺盛的肅順自然將之視為眼中釘。

按照清制，科舉戒律甚嚴，但因其為進身之階，仍有不少人鋌而走險。久而久之，科舉場上邪惡叢生，作弊已成風氣，人們也不

以為大罪。何況此中的關鍵人物柏葰家人靳祥，此時已不明不白地死於獄中，由此追查到柏葰，至多是「失察」的罪名，按例只能給予革職的處分；而柏葰1843年出使朝鮮，朝鮮國王贈銀五千兩，柏葰堅拒未成，歸國後上交朝廷，廉名著稱一時，人們一般也不會認為他從案中得了「好處費」。肅順接手此案後，窮追嚴訊，逮問地位比他高許多的柏葰，牽連官員十餘人。他提出的結案意見，是對柏葰用極刑。

咸豐帝因柏葰老成宿望，不願殺之，打算從寬處理。肅順見此竭力進言，取士重典，關係重大，須以嚴刑治積習。此時又際英、法等國迫清朝訂立《天津條約》，太平軍摧毀江北大營後又在安徽三河大敗湘軍，咸豐帝有意振作精圖，整飭腐敗的吏治，遂聽從肅順的意見。1859年3月諭旨中的語言充滿了「揮淚斬馬謖」的味道：

> ……情雖可願，法難寬宥，言念及此，不禁垂淚。柏葰著照王、大臣所擬，即行處斬。[7]

咸豐帝的這一決定，遠遠超出了當時人的預料。當審案奏摺上送後，柏葰以為憑藉自己的地位，必不會死，咸豐帝准有恩旨，最多不過是發遣軍台或遣戍新疆。他得此諭旨後，心知必定是肅順所為，臨刑前破口大罵，宣稱肅順他日必同我一樣。此語兩年後果然言中。

柏葰是清朝歷史上涉及「腐敗」案被斬首的最高級官員。

戊午科場案尚未了結，戶部寶鈔案又起。肅順繼柏葰出任戶部尚書後，派員清理舊帳，發現寶鈔處一筆欠款，與存檔數不符，遂立案嚴究，查出司官與商人勾結侵吞，立即籍沒查抄官

7　《清史列傳》，第10冊，頁3184。

員、商人數十家。體仁閣大學士翁心存曾於1856至1858年任戶部尚書，升大學士後旨命管理戶部，肅順將翁心存也牽連進此案，請求咸豐帝批准將翁氏褫職逮問，效法柏葰，再次下手。翁心存一面上奏辯白，一面以病請求開缺。案子從1859年初一直審理到1860年6月。英法聯軍再度北犯，咸豐帝不願此時再興大獄，遂批准翁心存休致，並下令以「失察」罪論處，免翁心存傳訊，降官五級，待以後補官時革職留任。翁心存自知肅順還不會放過自己，從此至肅順敗亡，這一位曾在上書房當過綿愉、奕訢師傅的老臣，一直生活在恐懼之中。

「科場」、「寶鈔」兩案，反映出肅順力圖求治、不惜嚴刑峻法之用意。「治亂世，用重典」是當時的政治教科書反覆提示的歷史經驗。在吏治久壞的積勢下，不殺幾個高官，決不能示儆。肅順深明此理，因而毫不手軟。兩案的客觀效果也如肅順之願。戶部的貪污有所收斂，科舉場上一時弊清。

「科舉」、「寶鈔」兩案，也反映出肅順剷除異己、張揚權勢之用意。這一點當時人嘴不敢言而心知肚明。「戶部寶鈔案」後，協辦大學士周祖培從吏部尚書調任戶部尚書，與肅順是同官（當時六部實行滿、漢雙缺制），地位聲望又高於肅順（肅順授協辦大學士時，周祖培又升為體仁閣大學士）。但周祖培批過的文件，經常被肅順否決，並在公堂中大罵：「若輩憒憒者流，但能多食長安米耳，烏知公事？」周祖培聞此，只能默然忍受。[8]

就連一向乖順的彭蘊章，後來也不為肅順所容。1860年太平軍東征蘇、常，兩江總督何桂清棄城而逃，肅順以彭蘊章是何桂清的薦主為由，多加攻擊。咸豐帝於是年7月27日罷彭氏軍機大臣，仍留武英殿大學士一職，彭蘊章見勢不妙，連忙以病求退了。

8　薛福成：《庸盦筆記》（南京：江蘇人民出版社，1983），頁17。

隨着肅順權力的膨脹，許多官員紛紛趨炎附勢，再加上肅順等人舉薦、扶持、支助，至1860年大致形成了以肅順為核心，包括載垣、端華、穆蔭、匡源、杜翰、焦佑瀛、陳學恩、黃宗漢等人的官僚政治集團。他們大多為「天子近臣」，在宮內外京內外有極大的權勢，完全控制了軍機處。[9]

這一官僚政治集團，在當時被目為「肅黨」。

肅順的政治發跡，與咸豐帝倦怠政務有關，也與肅順的權術妙用有關，然更不能忽視的，又是他的政見才識。政治家欲爬上高位，必不擇手段，但若沒有高尚的政治企劃心，則屬流品低下的陰謀家。肅順才氣橫溢，勤於治事，有法家綜核之風，有起弊振衰之心。這才是他在政壇上能站住腳的真正原因。

肅順出生於滿族世家，親身的經歷使他最清楚滿人的毛病，因而尊敬漢人，優禮賢士。清人筆記中也曾錄下他毫不掩飾的話：

> 滿人胡塗不通，不能為國家出力，惟知要錢耳。國家遇有大疑難事，非重用漢人不可。
>
> 咱們旗人渾蛋多，懂得什麼？漢人是得罪不起的，他那枝筆厲害得很！[10]

因此，他對手下的旗籍屬官眦睚暴戾，驅使有如奴隸；但對漢員卻謙恭有禮。更有甚者，他收受賄賂，也只受旗人不受漢人。他若見到漢人中有真才學者，必竭力羅致。邸中名士滿座，高談闊論，意氣干雲。而肅順最具遠識者，就是他對湘軍將帥的傾心推崇。平日

9　　至1860年，軍機處的組成人員為彭蘊章、穆蔭、匡源、杜翰、文祥、焦佑瀛，而彭氏罷位之後，除文祥外，盡是「肅黨」。文祥根本起不了多少作用。

10　《清朝野史大觀》，卷7，頁47–48。

與座客談論，常心折曾國藩之識量、胡林翼之才略，主張由他們執掌兵符。

我們在此可見一有趣的現象：祁寯藻、彭蘊章雖為漢人，但對漢人統率的湘軍多加詆毀，文慶、肅順雖為滿人，但對曾國藩等人卻極力維護。這是一種反常的現象。若究其原因，不能不說是清朝長久的文化專制引起了漢人的心理和思維的異化，不能不說是清中葉後滿洲貴族的迅速腐敗而引起滿人中有識之士的自我覺察。

肅順重用湘軍的主張，與咸豐帝的旨意有着明顯的差別。自1853年後，咸豐帝是越來越不放心漢人，越來越信賴親貴。軍機處的落勢，肅順等人的權重，也正是這一趨勢的明顯表徵。但肅順卻利用各種機會，不失時機地施展微妙手腕。在這一方面，他是一個高手。

後來的名士薛福成在其筆記中記下了兩則事例。[11]

一是1859年湖廣總督官文指使下屬參劾湘系重要人物左宗棠。咸豐帝密諭官文：「如左宗棠果有不法情事，可即就地正法。」肅順得知此訊，感到事關重大。左宗棠此時以在籍舉人、四品卿銜在湖南巡撫駱秉璋幕府，策劃主持一切。左氏一去，湖南必動搖，湘軍的後方將會不穩。肅順決心保左，故意外泄密諭內容。當湘籍京官前來求助時，又暗授機宜：「必俟內外臣工有疏保薦」，他方能啟齒。於是，在他的策劃下，大理寺少卿潘祖蔭三次上奏保左，疏言：「國家不可一日無湖南，湖南不可一日無宗棠。」[12] 湖北巡撫胡林翼上奏稱左宗棠才可大用，疏云：「名滿天下，謗亦隨之。」咸豐帝此時尚不知左宗棠其人，得奏果然向肅順詢問，並表示了「方今

---

11   薛福成：《庸盦筆記》，頁14–15。
12   羅正均：《左宗棠年譜》（長沙：岳麓書社，1983），頁70–71。

天下多事，左宗棠果長軍旅，自當棄瑕錄用」的態度。蕭順直到此時見火候恰當才進言：

> 聞左宗棠在湖南巡撫駱秉璋幕中，贊劃軍謀，迭著成效，駱秉璋之功，皆其功也。人才難得，自當愛惜。

他還建議將保薦左宗棠的各奏摺抄錄一份，密寄官文，讓官文「察酌情況辦理」。咸豐帝從之。當官文再次收到諭旨和保薦左氏的抄件，馬上意識到中樞欲重用此人，又何敢再加害之？只得草草結案。咸豐帝自此知曉左宗棠大名，不久派為「四品京堂候補，隨同曾國藩襄辦軍務」。左氏亦從此領兵出湘，成為湘軍的統帥之一。

另一則是1860年兩江總督何桂清因蘇、常失守而革職，咸豐帝準備調湖北巡撫胡林翼為兩江總督。蕭順於此及時進言：

> 胡林翼在湖北措注盡善，未可挪動，不如用曾國藩督兩江，則上下游俱得人也。

咸豐帝聽從了這一意見。曾國藩從此有了督吏籌餉之權，不再空名督師了。

一是救了左宗棠的命，一是成就了曾國藩的事業，蕭順在此中施展了老到圓滑的政治手段，不動聲色之間改變了帝意。左、曾兩人後來的表現也證明蕭順挽救了清朝。僅僅憑着這一點，不論蕭順如何擅權弄勢，仍可以說是清朝最好的「宰相」之一。

在專制社會中，政治的成敗往往在君主的一念之間。高明的蕭順正是在一念之間撥正走向。

用嚴刑以圖精治，用湘軍以平反叛，蕭順在內政上顯示了才識不凡。而在外交上，他亦有可稱道之處。

我在第九章中提到，1858年5月，俄國東西伯利亞總督穆拉維

約夫以兵威逼清朝黑龍江將軍奕山簽訂了《中俄璦琿條約》。當此消息傳京時，正際清朝與英、法在天津交涉的緊要關頭，為讓俄國說合，咸豐帝輕率地下旨欽差大臣桂良將此事通知俄使普提雅廷：「今俄國已准五口通商（指《中俄天津條約》），又在黑龍江定約（指《璦琿條約》），諸事皆定，理應為中國出力……」[13] 其中「諸事皆定」一語，潛含着對《璦琿條約》的承認，這是咸豐帝重大失策之一。

1858年12月，俄國駐北京東正教會監護官彼羅夫斯基 (П. Н. Перовкий) 奉俄國政府之命，交涉互換《天津條約》事宜。咸豐帝派肅順為代表，進行談判，經過一番糾纏，至1859年4月完成換約手續。彼羅夫斯基此時又行文軍機處，提出訂立《補續和約》八條，要求中俄東部以烏蘇里江為界，西部「自沙斌嶺卡倫至額爾齊斯河、齋桑湖、又自塔爾巴哈台、伊犁所屬地方，至阿拉塔烏山考康（浩罕）為界。」[14] 也就是説，俄國要求將《璦琿條約》中規定中俄共管的烏蘇里江以東地區劃歸俄國，並在西部提出大片領土要求。

肅順從俄國的新要求中，看出了《璦琿條約》的嚴重性（這也是清政府第一次發現《璦琿條約》喪權失地）。在他的謀劃下，軍機處覆文對俄方的八項要求逐一批駁，其中關於中俄東部邊界，強調「自康熙年間鳴炮誓天，以興安嶺為界」，表明了清政府堅持《尼布楚條約》的立場。在這篇文件裏，肅順有意迴避《璦琿條約》，正企圖用曲折的方法來否定它。對於俄國對中國西部的領土要求，則答覆稱「向有定界，應毋庸議」。[15] 彼羅夫斯基見此，幾度囂嚷，肅順在談判中堅持己見，毫不讓步。

13　《清代中俄關係檔案史料選編》（北京：中華書局，1979），第3編，中冊，頁520。

14　同上，中冊，頁666–669。

15　同上，下冊，頁683–684。

1859年6月，俄國又派伊格納切夫（Н. П. Игнатъев）來北京。咸豐帝看來對肅順的表現十分欣賞，再次派他與俄方談判。伊格納切夫的主要使命是提出領土要求，尤其是烏蘇里江以東地區。肅順面對的障礙是《璦琿條約》及「諸事皆定」的諭旨。為此，肅順定下了兩項對策：一是宣佈奕山違旨越權，《璦琿條約》無效；與此相對應的是將黑龍江將軍奕山革職，黑龍江副都統吉拉明阿戴枷示眾。二是宣稱清朝皇帝僅同意將黑龍江北岸土地「借」給俄國，但烏蘇里江以東的土地絕無爭議地屬中國。談判桌上充滿着火藥味。肅順針鋒相對地駁斥了俄方的一切要求，並將《璦琿條約》文本擲在桌上，稱其一紙空文，毫無意義。伊格納切夫行文軍機處，指控肅順，要求更換談判大臣。軍機處對此立即覆文，稱肅順「皆係據理直言」。[16]

從1859年6月至1860年5月，肅順與伊格納切夫的談判，斷斷續續，持續了近一年。在整個中國近代歷史上，沒有一個中國外交代表敢於在談判桌上表現出如此強硬的態度。伊格納切夫見勢只得離京，登上俄國太平洋艦隊的戰艦，前往上海，會合英法聯軍去了。

肅順自以為勝利了，但後來的結果完全相反。由於黑龍江、吉林的清軍已調入關內與太平軍作戰，俄國此時已經完成了對黑龍江以北、烏蘇里江以東地區的軍事佔領。肅順在談判桌上的強硬態度，改變不了前方的敵我態勢。外交是講實力的，並不在於辭令有多麼莊嚴。肅順的強硬態度，很大程度上還是在用「天朝」的眼光來看待世界。他根本看不起俄國，但不知中國亟須改革而改變自己的落後狀態。他的門客、後來的名士王闓運曾向他要求擔當出訪俄羅斯的正使，他不同意，告訴王闓運，「那可甘粗使！」[17]

16　同上，下冊，頁792。
17　黃濬：《花隨人聖盦摭憶》（上海：上海書店印行，1983），頁430。

伊格納切夫這一次雖沒有得手，但不久後隨英法聯軍來到了北京，狐假虎威、膽小的奕訢同意了俄國的全部要求。而肅順此時正隨咸豐帝躲在熱河。

十二　京師與熱河之間

　　咸豐帝在逃離北京的那一天，1860 年 9 月 22 日，已經陷於他一生中最大的絕望。宗廟社稷在心中遠去，最最起作用的似乎只是一種逃生的本能。然而在此一片混亂之際，他還是作出了一個後人看來頗有眼光的決定：選擇他的六弟恭親王奕訢來處理危局。

　　一個人在混亂中作出正確的決定，是因為這個決定在他心中已經潛藏了很久，只不過在平常中他有意不肯用罷了。

咸豐帝上諭底稿

咸豐帝此時起用奕訢，是知道六弟的才能。咸豐帝此前不用奕訢，是對六弟的猜嫌。

　　同生於一個父親，同養於一個母親，自9歲時生母孝全成皇后鈕祜祿氏去世後，至19歲登上皇位，咸豐帝與奕訢共同生活了十年，朝夕相處。咸豐帝雖然沒有識辨人才的本領，但他知道，這位僅年少一歲多的弟弟，本事比朕要大。儘管今天的許多人認為，應當由奕訢來繼承皇位，奕訢是搶了他弟弟的位子，而在咸豐帝的心中，情況正好相反，這一位六弟差一點搶了朕的皇位。

　　但是，局勢敗壞到如此田地，已容不得咸豐帝計較前嫌，委託給自己的六弟總比外人更可靠吧。

　　咸豐帝逃往了熱河，恭親王留在了京師。

　　臨危受命，對奕訢説來已不是第一次了。

　　自父親道光帝去世後，奕訢似乎是一夜成熟。父親封他親王的遺詔，既使他感到失意，也使他感覺到父親綿綿的愛意。政壇敗將是危險的。昔日的四哥，已成了當今的天子。一切再也不能像過去那樣了，曹子建的教訓悄悄潛入了他早熟的心田。

　　在咸豐帝初政的階段，兄弟關係至少在表面還找不出多少毛病。咸豐帝平時住在圓明園，便將附屬的一處園林「春和園」賞賜給他，並親賜御名「朗潤園」。到了1852年，奕訢虛歲20了，按皇家制度不應再住在皇宮內而當分府，咸豐帝又將乾隆時權臣和珅的宅第給了他。「朗潤園」，恭王府，均是當時的邸院精華，至今在北京仍甚有名氣。這種過分的優惠待遇充分顯示了兄長今非昔比的身份和仁愛包容的大度，或許裏面也有一點點歉意？

　　恭親王奕訢此時盡量地調整關係，不光是兄弟了，更重要的是君臣！他自知若要保全，須得自貶，須得頌「聖」。於是便利用各種機會讚揚四哥的「明德」，裝出一副自嘆不如的模樣。他與咸豐

帝的唱和詩章，後來編成《賡獻集》，共有50首之多，全是這一類的恭維之作，讀起來並沒有多少真情，但絕無一絲一毫的不敬。

1853年秋，太平天國北伐軍逼近北京，咸豐帝開始啟用奕訢，先是命他署理領侍衛內大臣，辦理京城巡防事宜，不久後又命他為軍機大臣，直接參與政務了。

在清朝的歷史上，皇弟協理朝政多是入關前旗主制度時期之事，當然不利於皇權的鞏固。但定制以後仍有一個明顯的例外，即我在前面提到的第一代怡親王、雍正帝的十三弟胤祥。可自從雍正帝1730年正式建立軍機處之後，沒有一位親王能入值為軍機大臣。[1] 其用意自然是防止宗藩勢盛危及皇權。嘉慶年間成親王永瑆一度受命入值軍機處，但以與定制不符當年便退出。[2]

咸豐帝命奕訢入值軍機處，明顯違反了祖制。而這種違制的做法正說明了局勢有多麼危急。

從1853年11月至1855年9月，奕訢在軍機處值事一年零十個月，以名份之尊，位居領班。他雖然沒有什麼政治經驗，但憑着他的幾分才華，加上兢兢業業兼小心翼翼，也竟然幫着咸豐帝度過難關。少年老成，為政中和，恭親王在軍機處的作為頗有古風。知道內情的人自然會想到他的岳父、在咸豐朝升至文華殿大學士的精明老臣桂良。1854年，咸豐帝頒給奕訢一幅御筆親書的堂額——「屏翰宣勤」，[3] 並授其為宗人府宗令、正黃旗滿洲都統。然而，就在兄弟關係日見融洽之時，又來了場暴風雨。

1　怡親王胤祥可以認為是軍機處的前身軍機房的第一位入值者，但畢竟不是正式的軍機大臣。軍機處正式建立時，他已經去世。雍正帝死後，新繼位的乾隆帝任命皇叔莊親王胤祿、果親王胤禮為總理事務王大臣，實際上行使軍機大臣的權力，但軍機處此期已取消名義，等到乾隆帝服滿後，胤祿、胤禮又自請解職。軍機處的名義恢復。

2　梁章鉅、朱智：《樞垣記略》，頁130。

3　同上，頁289。

奕訢的生母、咸豐帝的養母靜妃像。清宮廷畫家繪。蓋有「道光御覽之寶」印，
屬道光帝欽賞之作。圖中文字為：「道光十三年八月十五日晉封靜貴妃」

　　1855 年夏，奕訢的生母博爾濟錦氏病重。對於這位有十年養
育之恩的養母，咸豐帝充滿感激之情，登位後尊為皇考康慈皇貴太
妃，宮居壽康宮，園居綺春園，都按皇太后的規制。若無重要政務
不得離身，他每天都去康慈皇貴太妃處請安。此時養母病重，更牽
動他的心，天天前往探病。

　　作為親生子的恭親王奕訢，此時更是悲痛萬分。眼看着皇額娘
病勢無可逆轉，他更想用非常的辦法讓生母的最後幾天能高興，能
榮光，能心滿意足地離開人間。

　　康慈皇貴太妃在道光末年以靜皇貴妃的身份，攝六宮事，距皇
后僅一步之遙，但皇后這一當時女子最尊貴的鳳冠始終沒有戴到頭
上。這是她一生最大的憾事。雖說到了此時她的一切生活待遇比照
皇太后之例，但畢竟有禮制上的差別。特別是死後，皇太后可以升
附太廟，合葬於皇陵，與死去的夫君共同升入天堂。如果說天下男

人最重功利的話，那麼，天下女子最念名份。恭親王奕訢深知生母的這塊心病，決心向咸豐帝請下這一名份來。

一日，咸豐帝去探視康慈皇貴太妃，在門口恰遇奕訢從太妃寢宮出來，詢及病況，奕訢跪在地上流着眼淚回道：「已經不行了，想要等一個封號方可瞑目。」咸豐帝不在意地答道：「哦，哦。」奕訢聽到此語，喜出望外，立即跑到軍機處，傳「旨」令禮部查制具奏。禮部據此上奏，請尊康慈皇貴太妃為康慈皇太后。

咸豐帝看到禮部這一奏摺，怒不可遏。他沒有想到自己隨口「哦，哦」兩聲，會引出這麼一個後果。清代並無嗣皇帝尊先皇帝妃嬪為皇太后之先例，只有尊嗣皇帝生母為皇太后的定制。自順治帝起，康熙帝、雍正帝、乾隆帝、嘉慶帝接連五個皇帝皆為庶出，生母都尊為太后。此時，咸豐帝尚未生子，六弟奕訢的生母卻要尊為太后，怎能不引起咸豐帝的疑忌？

如果我們再聯繫野史中稱康慈皇貴太妃病重時誤將奕詝當奕訢，提到道光帝曾有意立奕訢為儲的故事，就更能理解咸豐帝此時的心情。六弟奕訢平日毫無差錯，此次分明是矯旨，顯然別有用意。當年兄弟倆爭奪皇位的種種情節，瞬間全部湧進咸豐帝的腦海。他真想把禮部的奏摺撕個粉碎。

一旦冷靜下來，咸豐帝才真正知道自己的麻煩所在。康慈皇貴太妃養朕十年，平日已尊為母，種種孝子情狀已為宮內外盡知。若無禮部奏摺，還倒好辦，若禮部奏摺上達後被駁回，豈不是朕的不孝？再說禮部只知是奉旨具奏，駁回等於出爾反爾，朕的威信何在？若說明朕無此意，即為宣告六弟矯旨，那是殺頭的罪名，豈不是養母未亡先絕兄弟，朕將仁義天良喪盡！不得已，咸豐帝只能批准此奏，儘管心中絕不願意。

1855年8月22日，受封號僅九天的康慈皇太后不留遺憾地升天了。

1855年9月1日，咸豐帝扶柩送康慈皇太后的梓宮由紫禁城康寧宮至圓明園之綺春園後，頒下一道朱諭，稱「恭親王奕訢於一切禮儀多有疏略之處」，革去軍機大臣、宗人府宗令、正黃旗滿洲都統等職，並不准他再辦理喪儀，發回上書房「讀書」。在這道朱諭的最後，有一句意味深長的話：

> 俾自知敬慎，勿再蹈愆尤，以副朕成全之至意。[4]

很可能當時只有他們兄弟兩人知道這句話的真意。不明真相的旁觀者聞之感到詫異，奕訢怎麼會對其生母的喪儀「多有疏略之處」呢？

過不了多久，旁觀者也能看出點名堂來了。兩個月後，咸豐帝上養母博爾濟錦氏尊號為「孝靜康慈弼天輔聖皇后」，尊號只有八字，而不是例行的十二字；更要緊的是，尊號裏少了一個「成」字。道光帝死後的尊號為「成皇帝」，皇后、皇太后死後的尊號當然稱為「成皇后」。少了這麼一個「成」字，自然不能升附太廟。兩年後，大行皇太后的梓宮葬於道光帝慕陵之東的妃園寢，升格為「慕東陵」。這又開了清代皇太后喪儀的特例。[5]

奕訢好不容易為生母爭來了皇太后的名份，仍使她孤零零地獨葬於慕東陵，自己也被趕出權力中心。但他仍不甘心。咸豐帝死後，奕訢掌權，再次尊生母為「成皇后」，行附廟禮，終了心願。此是後話。[6]

4　《清實錄》，第42冊，頁920。

5　咸豐帝的生母孝全成皇后和其他兩位皇太后與道光帝合葬於慕陵。慕東陵原為妃園寢，入葬奕訢生母後，升格為陵。咸豐帝一不護送梓宮，二不參加葬禮，以表其不滿的態度。

6　咸豐帝去世後十天，孝靜皇后謚號增加「端淑」兩字；祺祥政變後，改為增加「懿昭端惠」四字，與皇后謚號字數相同，並係宣宗廟謚，稱「成皇后」。1862年，在慕東陵舉行加謚禮，其神碑升附太廟、奉先殿。

上為奕訢生母孝靜成皇后諡寶，下為咸豐帝生母孝全成皇后諡寶。孝靜皇后諡號祺祥
政變後改為「孝靜康慈懿昭端惠弼天撫聖成皇后」，光緒元年加「莊仁」，宣統元年加
「和慎」。其諡寶印文為「孝靜康慈懿昭端惠莊仁和慎弼天撫聖成皇后之寶」，與孝全成
皇后印文「孝全慈敬寬仁端愨安惠誠敏符天篤聖成皇后之寶」，規制完全相等

　　而咸豐帝此時能夠毫無顧惜地罷斥奕訢，還有一個客觀原因，
就是當年5月太平天國北伐軍覆沒。北方的軍情已經緩解。到了這
個時候，用不用奕訢，沒有多大關係了。

　　飛鳥盡，良弓藏。

　　賦閒五年期間，恭親王奕訢經常想到重返政壇，但此次復
出，並沒有讓他感到絲毫的興奮，軍國社稷命運要靠自己一手來
挽回，責任重大如天。當他手捧咸豐帝朱諭出圓明園大門時，心
亂如麻，不知如何是好，儘管身邊站着已與「逆夷」交手多次的岳
父桂良。

自第二次鴉片戰爭爆發以來，奕訢曾單銜或領銜上呈多道奏摺。觀其主旨，仍是武力抵抗。然這種具有正義性的見解明顯地不具有可行性，是建立在對敵情的無知之上的——清朝當時並無武力抵抗的實力。奕訢此時受命為欽差大臣後，京城裏還有一些官員高唱「剿夷」，但他已明白，此時只能與對手講和了。

既然手中沒有決戰制勝的武力，又要迫兇狠的英、法退兵，奕訢發現手中還有一張王牌，即被關押的巴夏禮一行。他的第一招，就是9月24日向英法發出了先退兵、後釋俘的照會。

尚在途中的咸豐帝，對奕訢的這一對策沒有表示直接的態度，在奕訢的奏摺上朱批道：

> 覽奏均悉。此後情形，實難預料，亦不便遙為指示，只有相機而行。[7]

咸豐帝的這一諭旨表面上是放權，但恭親王奕訢深知權力有限。「不便遙為指示」實際上是沒有對策可「指示」機宜的代名詞。

奕訢的以釋俘換退兵的方案，立即遭到了英、法的拒絕。英使額爾金、法使葛羅的照會態度十分強硬，宣佈若在三天內不釋放全部俘虜，將立刻攻打北京！

到了這個時候，9月27日，奕訢亮出了自己真正的底牌：

> 所有在天津議定和約，自必一一皆准，本爵必不失信……至親遞國書一節，俟貴大臣到京日，選擇嚴肅處所，設立香案，由本爵代接貴國國書，置之案上，以昭禮敬。

這就是說，清朝可以同意英法以往提出的各項要求，但只有一條決不讓步，那就是「面見皇帝親遞國書」。為此奕訢提出了折中辦法，

---

7 《籌辦夷務始末》，咸豐朝，第7冊，頁2356–2358。

由他出面代表大皇帝，並用香案等儀，表示與皇帝親接無異。至於巴夏禮等人，奕訢強調「將來換定和議，必定送還。」[8]

咸豐帝到達熱河的當天（9 月 30 日）收到奕訢的奏摺。他對奕訢的處理辦法十分滿意，諭旨中稱「恭親王等給予照會，措詞均尚得體」。他在再次強調了「不為遙制」的空言後，提出了一個總體要求：

> 總期撫局速成，和約已換，國書已遞，朕即可及早回鑾，鎮定人心，並保全億萬生靈之命，回鑾後不至再生枝節，方為妥善。[9]

從此諭來看，咸豐帝的主旨是迅速致成和局。他對和約內容並無任何意見，卻專門指出不准出現「親遞國書」的場面。

旨意十分明確。

由於觀念的不同，英、法方面似乎沒有理解奕訢的本意。他們的覆照主要是堅持立即釋放巴夏禮等人，法使葛羅對親遞國書未置一詞，英使額爾金的照會卻說了一段讓奕訢不得要領的話：

> 至於我大君主親筆國書一節，賫呈大皇帝御覽之禮，除親遞外，別無他儀。不盡此禮，則國書不便呈上。惟查前文所論賫遞國書，原為敦好交接之典，本大臣向未列入准此動兵之議。可見貴親王似懷更有別節之疑，實係無端之揣測。[10]

這一段照會的翻譯太成問題了。額爾金強調了國書必須親遞的西方禮節，又強調了這種禮節是「敦好」之典。但是「未列入准此動兵之議」的意思很不明確，據後來的英方文件，這句話的意思是，「沒有將親遞國書一事列為此次起兵的要求」，也就是說，沒有要求將

8　《第二次鴉片戰爭》，第 5 冊，頁 133–134。

9　同上，頁 144。

10　同上，頁 140。

此事明確列入和約內容。這層意思奕訢沒有看出來。

奕訢收到英法的照會，立即覆照，再次說明大皇帝已經「秋獮」，國書只能由他「恭代接收」。他要求英、法迅速退兵，議定和約後才將巴夏禮送回，否則巴夏禮一行「恐終難於保全」。當日奕訢給咸豐帝的奏摺中稱，已勸巴夏禮致書退兵，若英法進攻北京城，將巴夏禮「立即正法」。

奕訢的態度接近於開戰，但又知戰守皆不足恃。他如此行事，是因為自知雖有「全權」之名，並無「全權」之實。他怎麼敢在「親遞」一事上有所差池呢？他在奏摺上反覆強調兵將怯戰，自稱將殫盡血誠，力圖挽救，一副毫無把握的樣子。[11] 很顯然，他是將難題上交，把皮球踢到熱河去了。

奕訢的奏摺於9月30日發出，咸豐帝在熱河10月2日收到。奕訢那種不惜決裂的姿態使他立即軟了下來，指示將巴夏禮等人全行釋放，以示大方，「尚可冀從此罷兵之議」。至於「親遞國書」一節，咸豐帝似乎看懂了「未列入准此動兵之議」，提醒奕訢英、法不至於因「親遞」一事達不成協議而「再致決裂」。咸豐帝的諭旨雖未下最後的結論，仍讓奕訢「參酌辦理」，但很明顯地露出不願開戰的意思。[12]

皮球又踢了回來。這一道諭旨於10月4日遞到奕訢手中。

奕訢已沒有時間等待諭旨了，他派人去獄中與巴夏禮談判。巴夏禮關於「親遞國書」的一番說明，使他看到了光明：

此節（指親遞國書）原非條約可比，彼此無庸勉強。

事情既可如此處置，還有什麼可猶豫的呢？於是，奕訢於10月5日照會額爾金：

11　同上，頁139–140、142。
12　同上，頁151。

既然如此，則諸事無庸再相疑惑，自可蓋印畫押，堅定和議，
永敦和好。

　　他甚至還提議，他可以在北京城內與巴夏禮將一切談妥，「寫入續
增條約」，免得將來再有辯論。[13]

　　而釋放巴夏禮的諭旨，奕訢卻不以為然。這是他手中唯一的王
牌，他還指望這一人質將使英法聯軍有所顧忌。他認為巴夏禮因被
捕而銜恨甚深，一旦釋放，英法必定肆其毒螫。他的這一想法，後
來也為熱河的咸豐帝認可。

　　英法聯軍並沒有因巴夏禮在押而停止軍事行動，而是聽說咸豐
帝尚在圓明園而向圓明園進攻。到了此時，奕訢發現自己的各種設
計全是一廂情願，統統無效，只能下令釋放巴夏禮。

　　以人質來阻擋英法的進攻，是奕訢不識侵略者的本性。以阻止
「親遞國書」作為其外交的第一要義，是奕訢不懂得國際慣例。所
有一切表明，這位年輕聰明的親王柄政之初全盤皆錯，並無高明之
處。他是「天朝」中的人，渾身都是舊時代的痕跡。

　　此後的情節發展，完全由英法自編自導自演，奕訢成了歷史舞
台上的配角，完全聽人擺佈。他雖然也有一些小的抗爭，但都不足
以影響劇情的發展。只要不提「親遞國書」，沒有什麼不好商量的，
而英、法也真的沒有提出這一點來。

　　1860年10月24日，根據英、法的安排，奕訢來到了北京城內
的清朝禮部大堂，與英使額爾金簽訂了《中英續增條約》（又稱《中
英北京條約》），並互換了《中英天津條約》的批准書。次日，10月
25日，禮部大堂上再次上演了相同的一幕，奕訢與法使葛羅簽訂

13　同上，頁158。

了《中法續增條約》(又稱《中法北京條約》),並互換了《中法天津條約》的批准書。

《中英北京條約》共九款、《中法北京條約》共十款,主要內容為:

一、割讓九龍予英國。[14]

二、對英賠款由四百萬兩增至八百萬兩,對法賠款由二百萬兩增至八百萬兩。

三、開天津為通商口岸。

四、准許華工出國。

五、歸還以前沒收的天主教教產。

毫無疑問,這兩項條約對中國利益損害甚大。條約簽字前,奕訢也沒有將此內容上奏請旨(英法不容討論,請旨亦無用)。他唯恐此事為人攻訐,呈送條約抄本時有所顧忌,奏稱:

> ……種種錯誤,雖由顧全大局,而捫心自問,目前之所失既多,日後之貽害無已,實屬辦理未臻妥協,相應請旨分別議處,以示懲做。[15]

這一段言不由衷的話,像是說給咸豐帝身邊的肅順聽的。

如果奕訢知道國際慣例,早早宣佈無條件投降,早早順從英、法的要求(就像後來那樣),就不會有從9月22日至10月25日這一個多月心力交瘁的磨難。但若如此,在熱河的咸豐帝肯定會因此事辦得太容易而責怪奕訢沒有盡心竭力,肯定對條約內容提出種種責難,就像他以前經常做的那樣。與奕訢一樣,咸豐帝出京後的一個多月吃盡了苦頭,一直在焦心等待撫議成功的消息,惟恐戰火蔓

---

14 在《中英北京條約》簽訂以前,兩廣總督勞崇光於1860年3月20日竟然稀裏糊塗地將九龍半島以每年五百兩銀子的代價永遠租給了英國政府。

15 《籌辦夷務始末》,咸豐朝,第7冊,頁2499。該摺是奕訢、桂良、文祥三人聯銜上奏的,因而稱「分別議處」。

西人筆下的《中英北京條約》簽字儀式。簽字儀式在冷淡對立的氣氛中進行，額爾金故意遲到兩個多小時，且對前去迎接的恭親王佯裝未見，徑直走向簽字大廳。奕訢自奉命議和後，第一次見到自己的對手，受到此羞辱，又不得不忍氣吞聲，深受刺激

法國使團

延，因而看到奕訢送來的條約，反而有一種如釋重負的感覺。他立即批准了條約，並在諭旨中體恤地稱：「恭親王辦理撫局，本屬不宜，朕亦深諒苦衷。」對自請處分一事，表示「毋庸議」。

儘管咸豐帝對條約本身並無任何意見，但還是發現了奕訢在交涉中未盡如人意的地方。他仔細查看了奕訢與英、法使節的來往照會後，嚴肅地提醒道：

> 其親遞國書一節，雖經巴酋與恒祺言及，作為罷論，照會中究未提及，亦須得有確信。[16]

咸豐帝的這一擔心不是沒有必要的。11月3日，額爾金謁見奕訢，談了兩個小時。其中的一個重點，就是親覲皇帝遞交國書一事。奕訢引用額爾金照會中「未列入准此動兵之議」一句，婉言予以拒絕。額爾金亦沒有繼續堅持下去。奕訢在奏摺中用了一個不肯定的答覆，「或能即作罷論」。

雖說奕訢的這份奏摺報告了英法聯軍已約定期限撤離北京的喜訊，然關於親遞國書這麼一個重大問題，僅作了一個模棱兩可的答覆，咸豐帝大為光火。此事不作徹底解決，讓朕如何回鑾？他在該奏摺尾上寫下一段言詞極重的朱批：

> 二夷雖已換約，難保其明春必不反覆。若不能將親遞國書一層消弭，禍將未艾。即或暫時允許作為罷論，回鑾後復自津至京，要挾無已，朕惟爾等是問！此次夷務步步不得手，致令夷酋面見朕弟，已屬不成事體。若復任其肆行無忌，我大清尚有人耶！[17]

16　同上，頁2503。引文中「巴酋」指巴夏禮，「恒祺」是奕訢派往與巴夏禮在獄中談判的清朝官員。

17　《第二次鴉片戰爭》，第5冊，頁238–239。

不要説親遞國書，原來在咸豐帝的心目中，他的弟弟與「夷酋」會面，也是「不成事體」的莫大羞辱。這也是咸豐帝派奕訢主辦和局以來最嚴厲的訓斥！

中英、中法《北京條約》屬城下之盟，其條件再屈辱、再苛刻也是無奈。就個人責任而言，恭親王奕訢簽訂此條約並無大罪。當英法聯軍如約從北京撤往天津時，京城的官員百姓簡直將奕訢視為救主。

然而，此時奕訢與俄使伊格納切夫的談判，情況就完全不同了。

自1860年5月伊格納切夫與肅順談判處處失敗後，取道天津，由海路南下上海。他一面向英、法提供了京、津地區的軍事政治情報，慫恿擴大侵略，一面在英法兵勝之際頻頻向清政府示意，願意「善為説合」。清朝官員對俄方的「説合」已有領教，雖有初步的接觸，但未上鈎。

當1860年10月13日英法聯軍佔據安定門，控制北京後，奕訢立即亂了手腳。他派人與伊格納切夫接洽，請他出面調停。伊格納切夫乘機提出了三項條件：一、由奕訢書面提出請求；二、清政府的談判內容須事先徵求他的意見；三、領土問題上須同意他先前提出的要求。處於危急之中急欲求和的奕訢，已不敢放棄任何一根救命稻草，眼前即使是毒藥也敢喝下去，在照會中稱：「如能一切妥協，其貴國未定之件，自易速議辦理，應請貴大臣無庸多慮也。」[18]

以後俄方的「調停」，不過是以「調停者」的身份，引導奕訢步步順從英、法的要求。中英、中法《北京條約》簽訂後，英使額爾金、法使葛羅對伊格納切夫的出色「調停」工作感激不盡。而伊格納切夫反過來又以「調停」有功，向奕訢索要報酬了。

18　同上，頁213。

恭親王奕訢(1833–1898)，
咸豐帝去世後與慈禧太后
主持朝政數十年

　　奕訢並不知道伊格納切夫在清朝與英、法談判中的真面目，也
準備對俄國有所酬謝。當他看到伊格納切夫多達15條的條約草案
時，也不免大吃一驚。俄方竟然提出開北京為通商口岸！但此時的
奕訢驚魂未定，經受不住任何威脅，俄使照會中「兵端不難屢興」
一語敲打着他的神經。他更懷疑伊格納切夫與英、法已串通一氣，
可能會唆使英、法「變生意外」。甚至到了英法聯軍已經從北京退
兵後，也居然相信俄使所宣稱的若不允條件將「召回」英法聯軍的
大話。至於北疆的俄國陸師，海洋上的俄國艦隊，此時雖尚無準
備，但也屢屢從伊格納切夫的口中吐出，成為即刻可以刺中清朝要
害的利箭。奕訢膽怯了，退讓了。

　　同與英、法的談判不同，奕訢將中俄談判的詳細情節頻頻上奏
於咸豐帝。然而奕訢的那種夾帶分析地轉述俄方要挾的奏摺，使咸
豐帝比奕訢更為恐懼。第二次鴉片戰爭已經徹底將他打怕了。只要
不再開戰，什麼樣的條件都已經無所謂了。簽約只是丟掉些據説是
荒無人煙的土地，開戰將會使朕皇冠落地。因而他得知俄方不再要

求闢北京為通商口岸後，下旨曰：「事勢至此，不得不委曲將就」，讓奕訢與俄方簽約了。[19]

1860 年 11 月 4 日，根據咸豐帝的諭旨，奕訢赴北京城宣武門一帶的俄羅斯南館同伊格納切夫簽訂了《中俄北京條約》。該條約共有 15 款，其核心內容為：

一、中俄東部以黑龍江、烏蘇里江為界。這不僅承認了《璦琿條約》，而且將《璦琿條約》規定「中俄共管」的烏蘇里江以東的領土也劃歸俄國了。中國為此丟失了一百多萬平方公里的土地。

二、中俄西部邊界將順山嶺走向、大河流向及清軍卡倫路線而劃定。據此派生出來的《中俄勘分西北界約記》，又使中國損失了44 萬平方公里的領土。

據此，今天的人們完全有理由稱，《中俄北京條約》是中國近代史上禍害中國最為深重的條約，是中國近代史上最大的不平等條約。

然而，更讓今天的人們吃驚的是，咸豐帝不僅沒有看出西部劃界會給中國帶來多大的損害，就連本屬龍興之地的東部領土的丟失，也沒有引起他的痛心。在上奏中俄條約草本的同時，奕訢還上了一道奏摺，說明「親遞國書」一事已派員在天津交涉，但尚未有結果。咸豐帝為此破口大罵，指責奕訢辦理不當，而對中俄條約卻沒有挑任何毛病。

喪地事小，喪禮事大，這是咸豐帝心中稱出來的份量。

一年後，恭親王奕訢與某一外國外交官公事之餘閒談，當他聽到英法聯軍在條約簽訂後「絲毫沒有意思在中國留下一兵一卒」，一下子驚呆了，馬上聯想起伊格納切夫的訛詐。他佯裝鎮靜地問道：「你是不是說我們被欺騙了？」對方答道：「完完全全被欺騙了。」一直以為英法退兵有伊格納切夫調停之功的奕訢，一下子顯

---

19 《籌辦夷務始末》，咸豐朝，第 7 冊，頁 2560。

露出灰心喪氣的神態。[20] 他可能已經後悔了。而咸豐帝此時連後悔藥都吃不上了。他已經去世了。

我在本章的開頭，提到咸豐帝起用奕訢是一項明智的選擇，並非是指奕訢在議和中的表現。咸豐帝若選擇其他人，也可能達到這一結局，或者說，奕訢在議和過程並沒有顯示出足以令人稱道的高明之處。然在議和之後，情況大不相同。這一位年僅27歲的青年，表現出極高的悟性、好學精神和接受新事物的勇氣。

與英、法的談判過程中，奕訢發現這些志在通商的西「夷」，完全不同於歷史上那些問鼎犯邊、爭城奪地的「蠻狄」。英、法兩國在簽訂條約後，竟能如約撤軍南返，更使他看到素來被稱為「性同犬羊」的「夷」人也有信義。這種新認識，使他從「天朝」的思維模式中走了出來，用新的眼光打量這些已與清朝打了20年官方交道而又完全陌生的「夷」人。

根據清朝已經在第二次鴉片戰爭中失敗的事實，根據俄國擴大侵略的勢頭，根據南中國太平天國等反清起義聲勢正熾的狀況，奕訢於1861年1月11日上了一道長達四千餘字的《通籌夷務全域酌擬章程六條折》，[21] 提出了「滅髮、捻為先，治俄次之，治英又次之」的戰略決策。特別有意思的是，他將清朝與英、法等國的關係，比擬為三國時期蜀國與吳國的關係，「蜀與吳仇敵也，而諸葛亮秉政，仍遣使通好，約共討魏」，這種將「天朝」與「蠻夷」平起平坐的比擬方法，已經體現出平等國家的思想，這種「天朝」與「蠻夷」之間「遣使通好」，以便盡快擊敗「髮」（太平天國）、「捻」（捻軍）的思想，更是驚世之論。

根據這一思想，奕訢提出了六條建策，其中獲准並在後來歷史中起到極大作用的有三條：

20　《第二次鴉片戰爭》，第6冊，頁545。
21　《第二次鴉片戰爭》，第5冊，頁340–346。

中國第一個近代外交機構——總理衙門，後於1901年改為外務部

一、在北京建立「總理各國事務衙門」，專理外交事務，以親王、大臣領之。這是中國歷史上第一個具有近代意義的外交機構。

二、南北通商口岸分設大臣。最初在天津設立「辦理三口通商大臣」，後改為由直隸總督例兼，稱「北洋大臣」；在上海的欽差大臣管理南方各口通商事務，後由兩江總督例兼，稱「南洋大臣」。[22]

三、在北京設立「同文館」，選青年人入內學習外國語。

奕訢的這一奏摺在今天許多歷史學家看來，吹響了後來「同(治)光(緒)新政」的號角。而1861年2月成立的以奕訢為首的總理衙門，立即顯示出不同於傳統的六部九卿的「新潮」氣派。不久後舉凡一切與外國有關又不屬六部事務的政要，如關稅、學堂、鐵

---

22 曾國藩接任兩江總督後，原由兩江總督例兼的管理五口通商事務的欽差大臣，由當時退縮在上海的江蘇巡撫薛煥兼任。李鴻章率湘軍至上海接任江蘇巡撫，薛煥成了專職的「頭品頂帶管理通商事務欽差大臣」。不久後，薛煥調京，欽差大臣一職由江蘇巡撫李鴻章兼任。李鴻章升任兩江總督後，欽差大臣一職改稱南洋大臣，仍由他兼任。此後，兩江總督兼任南洋大臣成為定制。

路、電報、海防、礦務、傳教等，都歸由總理衙門管轄。[23] 由此，總理衙門成為同、光兩朝洋務運動的領率機構。

傳統的國度裏由此注入了新的因素。而這些新因素又隨着時代的要求急速膨脹。新生事物常常具備着不可抗拒的力量。由此為起點，中國的近代化開始了緩慢且艱難的啟動。

鴉片戰爭失敗後，道光帝囿於傳統，未能總結出真正的經驗教訓，「天朝」之中沒有任何新氣象。今天的歷史學家無不為之扼腕嘆息：中國白白損失了20年的光陰。

第二次鴉片戰爭失敗後，奕訢敢於作新思維，並利用手中的權力有一些新振作，今人作對照比較後更能體會到此中的可貴，儘管奕訢的新振作以今天的標準來衡量，又是多麼的差強人意。

在奕訢的奏請下，借用法國、俄國軍隊協助鎮壓太平天國（時稱「借師助剿」）在清政府高層中進行了認真討論。[24] 根據當時的現實情況，奕訢先後任命了英國人李泰國（H. N. Lay）、赫德（R. Hart）

23　這些被後人稱為「洋務」的新生事物，很大程度上是奕訢等人創辦或創造出來的。在當時未設立新機構的情況下，這些與外交事務有別的新政，歸於「洋務派」把持的總理衙門管理，也是順理成章之事。

24　「借師助剿」發端於1853年，當時的署理兩江總督楊文定等人令蘇松太道吳煦「僱備夷船」，以「合力勦賊」。咸豐帝基於「尊王攘夷」之戒律，明令禁止。但上海的官紳不管這一套，明的不行，便行暗策，以私人僱買的方式，配置大小「洋船」31艘，僱用一些外籍水手，在鎮江一帶配合清軍作戰。1855年，在上海官紳的操辦下，法軍又配合清軍進攻上海的小刀會。此時的「借師助剿」，表面上有「私對私」的味道，中外官府名義上未介入，但在此背後，又可以明顯地看見地方官不顧聖旨與外國領事聯手，暗中操作。1860年，太平軍東征蘇、常，兩江總督何桂清出面請英法聯軍保全上海，上海官紳僱用的以美國人華爾（F. T. Ward）為首的「洋槍隊」，亦在上海成立。咸豐帝對此極為不滿，斥之「紕繆已極」，並多次下令解散「洋槍隊」。戰後議和時，法國、俄國多次向奕訢表示願意出兵幫助清王朝鎮壓太平天國。奕訢對此很有興趣，急忙上奏請旨。雖然此次討論並沒有同意法軍和俄國加入內戰，但奕訢從此建立起一個思想，即對外國軍隊、外籍軍人既利用又限制。這一思想在同治朝得以貫徹。

為總稅務司。[25] 由於當時俄國主動表示贈送洋槍洋炮的意願,奕訢還計劃用新式武器來裝備、訓練清軍。[26] 這些都是傳統國度中聞所未聞的新鮮事情。

　　毫無疑問,奕訢熱衷於西方事務的姿態,背離了傳統的祖制。在西方外交官拍手叫好的同時,也使許多守舊的官員感到不適,暗地裏送他一個外號——「鬼子六」。

　　除此之外,奕訢的另一項工作是恢復首都的秩序。

　　英法聯軍的攻勢,咸豐皇帝的「秋獮」,使京城陷於混亂,與富紳大戶的逃難相「輝映」的是官員們紛紛作鳥獸散。各官署衙門

25　1853年上海小刀會起義,佔領縣城,英法領事以中立為由,不准許清朝官員在租界內的江海關原址辦公。上海海關的徵稅陷於停頓。兩江總督怡良因軍費短絀,於1854年派蘇松太道兼江海關監督吳健彰與英、美、法領事談判,最後同意三國領事各推薦一人,「幫辦」上海海關事務。由此,中國當時最大的進出口口岸上海的海關管理權,落於外人之手。1858年,中英、中美、中法《通商章程善後條約:海關稅則》規定:「任憑」清政府「邀請」英、美、法人士「幫辦稅務」。1859年,兩江總督兼欽差大臣何桂清「札諭」英國駐上海副領事李泰國為「總稅務司」,凡各通商口岸選募的外國人由李泰國負責。奕訢在總理衙門成立後,重新「札委」李泰國為總稅務司,總稅務司一職也由管理通商事務的欽差大臣轉隸屬於總理衙門。1861年李泰國回國治病,根據李泰國的推薦,奕訢札委赫德署理總稅務司,後又改實任。由外人操縱中國海關,是對中國主權的破壞;但這些「洋員」把持的新海關,改變了中古式的稅收辦法(即每年上交一筆固定的稅款給戶部,其餘由海關監督自行使用,大多用於中飽或行賄),引進了西方的會計制度,使得污穢不堪的海關部門消除了貪污賄賂,使清政府稅收大增,成為清政府的主要財政收入之一。海關也因此變成清政府中最有行政效率的部門。

26　1858年《中俄天津條約》簽訂後,俄方提出願意贈送清朝一萬支步槍,五十尊大炮,另派軍事教官教習使用。經桂良請旨後,咸豐帝同意接受。俄使伊格納切夫的最初身份,就是「軍事援助團」的團長。後因故這批武器並未運達。《中俄北京條約》簽訂後,俄方再提此事,奕訢請旨同意接收。於是,他還奏請派清兵去恰克圖學習使用方法。俄國武器最終到達的數量為步槍兩千支,大炮六尊,炸炮五百件。其餘因奕訢看出俄方的險惡用心而予以拒絕。奕訢雖不是第一個倡導使用西方先進武器的,但他的這種開明態度,對後來西方武器的引進和生產起到了很大的推進作用。

中已無人辦公，國家機器陷於癱瘓。土匪盜賊也乘機生事。百姓們緊閉家門，不敢出外。

英法聯軍退出後，奕訢也從城外遷至城內。這一種姿態本身就成了一種政治行為，一下子起到了鎮定人心的作用。逃難的人們返回了，關閉的店舖開張營業了。散逸的官員們編造了各種堂皇的理由後，又重新坐在官椅上，發號施令起來。一度消失的清兵們又在城內外各堆撥柵欄前值勤，刺耳的叱喝聲如從前一樣響亮。作為全國政治中心的北京逐漸井然有序，國家行政的中樞開始運作了。

也就在這項工作中，奕訢完成了身份的轉換，由辦理和局的「欽差便宜行事全權大臣」，變為督率京內百官的「在京辦事王大臣」了。

肅順為政苛烈嚴治，為人飛揚跋扈，弄得積怨甚重。京城的官員大多對肅順恨懼交加，就像大學士周祖培、翁心存那樣的高官，都提心吊膽地過日子。「倒肅」的私議在京官中浮動。而奕訢為政寬和中庸，且能推陳出新。他帶來了一股清新的空氣。尤其在當時那麼危險的絕境中，這位手無寸鐵的青年王爺，竟然能轉危為安，退敵萬里。在許多不知底蘊不解外情的官員心中，其功績有如「再造乾坤」。奕訢很快得到了絕大多數京官的認同和讚揚。由此，不管奕訢個人主觀願望如何，在實際上他已經成了有別於肅順的另一派政治勢力的代表。而緊緊站在他的身邊的，一位是他的岳父文華殿大學士桂良，另一位是此時仍留在北京的軍機大臣、戶部左侍郎文祥。

奕訢、桂良、文祥，又是第一批總理衙門大臣。

北京與熱河，有着兩大政治集團。

此時正在督部圍攻安慶的兩江總督曾國藩，素以知人料事著稱，他於 1860 年 10 月 23 日的一封家書中稱：

恭親王之賢，吾亦屢見之而熟聞之，然其舉止輕浮，聰明
太露，多謀多改。若駐京太久，聖駕遠離，恐日久亦難盡愜
人心。[27]

且不論「多謀多改」的評價是否得當貼切，僅就奕訢與咸豐帝分開
時間太長恐有不利而言，曾國藩的政治判斷極具前瞻性。

咸豐帝出逃熱河後，清中央政府由此分成兩半。在熱河，隨駕
的有御前大臣載垣、端華、肅順，軍機大臣穆蔭、匡源、杜翰、焦
佑瀛，吏部尚書陳孚恩——清一色的「肅黨」；在京師，是以奕
訢、桂良、文祥等「在京辦事王大臣」為首的整個政府機構。由此
可見，清政府的頭在熱河，身體卻在京師。身首異處，畢竟是不正
常現象，給整個中央政府的運作帶來了許多麻煩。當時並無先進的
通訊手段，從北京到熱河，公文以「六百里加急」的速度，來回需
要四天，更何況許多事又需要當面請旨，不能全憑公文往來。

然而，此事的解決方法又別無選擇。既然北京六部九卿幾十個
衙門不可能搬至熱河（熱河當時也絕無此接納能力），那麼只能請
咸豐帝盡早回鑾，早早結束這一非常時期。

為此，奕訢及京城裏文武百官不知上了多少道奏摺，懇請咸豐
帝回京。儘管這些奏摺寫得極其動人，但咸豐帝仍然沒有回來。

回鑾一事，是當時清朝高層政治中的一場決戰性的鬥爭。

咸豐帝在英、法議和退兵之際，曾一度有盡早回京之念，但很
快便打消了這一念頭。這裏面最主要的因素，是「親遞國書」一事
沒有着落。這位決心恪守儒家禮教的皇帝，死心拒見不肯叩頭的
「夷」人。若一旦回京，「夷」人要求無厭又如何是好？即使英法聯
軍從北京退至天津，他仍害怕「夷」兵聞訊從津北返。到了那時，

27 《曾國藩全集》，家書一，頁581。

難道讓朕再次去北狩？於是，他反覆下旨，讓奕訢將「親遞國書」一事辦出個不漏罅隙的紮實結果。得不到這方面的保證，他是不想也不敢回京的。

奕訢知道咸豐帝的心思，也為此事傷透了腦筋。英、法專使在北京時，他不理解「親遞國書」在西方外交中的意義，以為是英、法方面的實質性要求，僅是好言相勸，唯恐影響英、法撤軍計劃。額爾金、葛羅退至天津時，他又派專人去游說。1860 年 11 月 26 日，奕訢為此專門發一照會給英、法使節：

> 至大皇帝願見各國欽差（指使節）與否，均可自主，斷無勉強
> 之理。[28]

而額爾金、葛羅在覆照中卻大講「親遞國書」在西方外交中的意義。他們當然也不會為此將事情弄大。他們在表示遺憾之後，仍同意了奕訢的意見。英使在覆照中稱：

> 誠如來文所云，斷無勉強之理，貴親王亦可釋然矣。[29]

法使在覆照中稱：

> 但大清國大皇帝願見本國全權大臣與否，自然可以作主，本大
> 臣等欽奉我大皇帝諭旨，斷無以此勉強貴國之意。[30]

奕訢得到這些承諾，如獲至寶，立即上奏附呈。他是可以交差了，但咸豐帝心中仍不能釋然。天曉得這些性如犬羊的夷人又會變什麼花樣呢。現在天氣已冷，回鑾之事過了年再說吧。[31]

28　《第二次鴉片戰爭》，第 5 冊，頁 324。
29　同上，頁 325。
30　同上，頁 328。
31　《籌辦夷務始末》，咸豐朝，第 7 冊，頁 2584。

1861年的春節(2月10日),咸豐帝是在熱河度過的。冷清的場面讓他回想起京城的鋪張。正月初二日(2月11日),咸豐帝終於下旨,3月23日回鑾。哪知才過了一天,咸豐帝變卦了,宣佈回京後將於4月11日再次啟程謁東陵,禮成後又回熱河。如此算來,在京只是小住幾天罷了。

3月20日,已臨啟駕沒幾天了,咸豐帝再改日程:4月4日由熱河啟程,11日到達北京,21日再啟程謁東陵,禮成後回熱河。

即便是這個日程,咸豐帝也沒有執行。不久又變卦了。

咸豐帝的態度多變,實與「公使駐京」有關。英法聯軍撤離之前,公使駐京的原則已定。北京東交民巷的梁公府、純公府已經出租給英、法使節,修葺一新,準備迎接新主人。而與修葺工作並起的是京城中的謠言:「英、法公使將各帶兵三千進駐北京!」

根據奕訢的事先調查,各公使館至多帶兵十名,僅作警衛用。而3月25日法國公使入京時,並未帶兵,僅帶了僕從30人;3月26日英國公使進京時,也只帶了僕從30人。帶兵進京的謠言被事實粉碎,但奕訢是3月27日上奏此情,而咸豐帝收到此報告時已經是3月29日了。將此日期兩相對照,咸豐帝回鑾日期一變再變,正與公使駐京相吻合。

咸豐帝最怕這批可惡的「夷」人。

咸豐帝不願意回鑾,還有一個重要原因是喜歡上了行宮的生活。

熱河行宮,又稱「避暑山莊」,初建於康熙年間,規模宏大,建築精美。康熙帝每年約有半年住在此地。雍正帝執政時未來過。乾隆帝和嘉慶帝幾乎每年來此避暑,一般5月來,9月走。自1820年嘉慶帝死於熱河行宮後,連續40年,沒有皇帝來此。美麗的山莊未免塵封垢積,冷落蕭疏了。

咸豐帝的到來，匆亂慌張，來不及事先通知打掃修繕；更不是時候，9月30日到達，正是祖輩們離去之時。與炎夏的清涼相對應，這裏的秋冬一片冰天雪地，只有被賜名「熱河」的一眼泉水，寒冬不凍，仍舊噴發，稍顯生意。

　　到達行宮之時，咸豐帝的心情已敗壞到了極點，龍體也大為欠安。國難沉重，政務維艱。他對政務不僅僅是倦怠，幾乎是厭惡了。遠離了政務中心——北京，來到了清寒之地——熱河，這一地理位置的變化，使得他自我感覺身上的擔子輕了許多：難以對付的「夷人」已交給了聰明的六弟奕訢辦理；江南聚反的「長毛」也委之能幹的漢臣曾國藩；豫皖勢盛的捻軍，此時又派了欽差大臣僧格林沁帶兵彈壓。這一位蒙古族的表兄，雖然此次敗於「夷」人，但對付這些土匪自當穩操勝券。從各地紛至熱河的奏摺，他也發下軍機寫旨來看，而不願意多費心思。好在身邊還有一個精明強幹的肅順，關鍵時刻，朕可以聽聽他的主意。塞外的寒冷，行宮的冷清，使他一時感到不適，以至在過年時突發回京之念；但由此擺脫那些煩人心境、攪人不眠的政務，又使他從荒涼冷靜中得到了某種超脫，感到前所未有的輕鬆。朕做了十年的皇帝，挑了十年的重擔，這一次就徹底放鬆放鬆，嘗嘗瀟灑的滋味吧。

　　由於咸豐帝的緊急到來，行宮未及準備，差役人手，物品供奉，以及殿堂房舍都顯得十分緊張。所有的一切都不能像皇宮和圓明園那樣合符皇帝的規制，各種程序性的儀禮也只能一減再減，在常人的眼中，咸豐帝吃苦了。但咸豐帝反而從中體會到一種常人的生活，在「苦」中體味到了樂，就像日日山珍海味反覺青菜豆腐的美味一樣。不再需要裝出那副偉然天子的模樣了，不再需要表演那種宵衣旰食的神情了。人的天性突破了束縛皇帝的教條。一時興起，他竟然寫了「且樂道人」的條幅，命太監在寢宮內張掛，願像遠離塵囂的道人那樣得樂且樂。賢惠的皇后鈕祜祿氏見此不妥，反

覆勸阻，這一幅真正反映出其心境的條幅終未懸露。[32]

這一時期的咸豐帝，尤其醉心於戲劇。內務府昇平署（宮廷戲班）分批召到熱河。1860年11月起，避暑山莊的「煙波致爽」一陣吹打後正式開戲。此後，每兩三天就要演一齣。有時上午已經花唱，又傳旨中午還要清唱。每次的戲目、角色都由咸豐帝朱筆欽定。聽說熱河行宮中還有當年侍候過祖父嘉慶帝的老伶人，他立即召見撫慰，並親自觀看這些老伶人向年輕的一代傳授戲文。一次，一位老伶人將唱句中的「憑」字念作上聲。內行的咸豐帝立即指出，應當念作去聲。老伶人引經據典地找出了舊曲譜，咸豐帝卻告訴他舊曲譜已經錯了。除觀戲外，行宮距圍場不遠，身體已經十分虛弱的咸豐帝也曾去遊獵打圍。馬上馳騁的痛快，追捕截殺的緊張，一時間讓他感到消融於天地之間。至於他一直偏愛的女色，行宮中也免去了宮中的種種規矩，咸豐帝的興趣也就更大了。善解人意的肅順，又經常給他找來一些纏足的民女，要比宮內那些大腳的旗女更為婀娜多姿。

京師中的文武百官引頸翹望回鑾，熱河中的咸豐帝已樂不思蜀……

懼怕「夷」人也罷，樂於休閒也罷，都不足於真正阻止咸豐帝回京。他畢竟是一個皇帝而且願意做一個好皇帝。只要他身邊有人經常倡以大義，咸豐帝還是會啟蹕回鑾。他不是一個很堅定、很固執的人。

真正阻撓咸豐帝回京的，是他身邊的寵臣肅順。

「巡幸木蘭」之議，雖為統兵大員僧格林沁之首倡，然竭力促成的當屬肅順。就動機而言，肅順是為了保證咸豐帝的安全。從後來的結局來看，若以傳統禮制為標準，肅順的意見也是正確的：不

---

32 《清朝野史大觀》，卷1，頁67。

去「北狩」，咸豐帝雖不至於淪為階下囚，但受到的種種挾制，也必使他不堪忍受。至於臨行前旨命恭親王奕訢辦理和局，限於史料，我們還不清楚肅順在此中起了什麼作用。但危急至此，肅順似來不及細想，更沒有預料奕訢會由此崛起。

奕訢留京辦事，權重一時。而他所辦的結果既符在京官員之心，也合咸豐帝之意。他在京中形成一股強大勢力之同時，也越來越見重於咸豐帝。此事不妙！肅順立即產生了一種恐懼，自己的地位有可能被奕訢所取代。

雖說權力傾軋是不講是非的，但奕訢的事業也確實挑不出什麼毛病來（以當時肅順的觀念而言，並非以今天的標準來衡量）。肅順的當務之急就是阻斷咸豐帝與奕訢的私人聯繫，不能讓這種手足之情繼續發展。奏摺之類的公文，畢竟只能打官腔，說官話，親昵的私語畢竟不能見諸於文字。肅順一手控制的軍機處，在諭旨上仍有許多手腳可做。但若兄弟倆一見面，無話不談，情況就會失去控制，誰知道旨意又會轉向哪邊。即使奕訢一派對自己全無微言，就是接觸太多，聽話太多，也會使自己失寵。在專制時代，受寵等於權力，爭寵就是權力鬥爭之核心。肅順深明此義。更何況「天朝」新敗，按慣例亦需總結教訓，殺幾隻替罪羊以向天下人做個交代。而政壇若有反覆，最受寵的往往是最危險的，自己很可能被牽連進去。想到此，肅順打了個寒戰，下定決心：無論如何也不能讓咸豐帝回京！只要咸豐帝還在熱河，聖駕周圍全是自己的人，輿論一律，必然聽不到不同的聲音，自己盡可以在暗中左右咸豐帝的思想。

肅順如此決策，還有一個重要原因，就是他已經看出咸豐帝的身體已經不行了。

咸豐帝本來就身體羸弱，即位初年的勞心勞力，身體吃虧很大，而倦怠政務娛情聲色，簡直是縱欲自戕的勁頭。他開始咯血了。據說鹿血能治此病，便養了一群鹿，日飲鹿血而療之。咸豐帝

的醫案，用今天的醫學知識判斷，很可能是肺結核，當時稱為癆病。在青霉素等抗生素發明之前，這種病只能靠靜養，説白了，也就是等死。

自咸豐帝到熱河後，肅順與他的距離更拉近了，隨侍左右。他看到咸豐帝上午精神尚可，一至午後便支撐不住，知道聖上的時日已經不多了。歷史已經反覆證明，君主的去世很可能伴隨着一場大的政治變動，咸豐帝的兒子載淳此時年齡尚小，僅五歲，顯然不足以當大任。而咸豐帝臨終前的遺命，將關係到今後的政治格局。到了此關鍵時刻，咸豐帝若回到北京，託孤於奕訢，自己面對的將不僅僅是政治上的失勢，而是有生命危險。

於是，肅順反覆進言「夷」人會有反覆，正是利用咸豐帝不願親見「夷」人的心理。

於是，肅順等人引誘咸豐帝娛情聲色，正是為了留住咸豐帝。

肅順和奕訢，兄弟排行皆為老六，兩位「老六」在暗地裏開始較量。

肅順的這一套計謀，騙不過奕訢，騙不過京城的文武百官。他們為了使咸豐帝能夠擺脱肅順的控制，也為了使王朝的統治秩序能恢復正常，便不顧咸豐帝「不准再行瀆請」回鑾的諭旨，頻頻發動奏摺攻勢。兵部尚書沈兆霖上疏，請咸豐帝在回京一事上「宸衷獨斷，弗為眾論所游移」，此中的「眾論」當指肅順等人。欽差大臣勝保的言辭更為激烈：「欲皇上之留塞外者，不過左右數人，而望皇上之歸京師者，不啻億萬計。我皇上仁武英明，奈何曲循數人自便之私，而不慰億萬來蘇之望乎？」這一篇一千多字的奏摺，被當時人譽為「近年有數文字」，幾乎是直截了當地攻擊肅黨。但咸豐帝看後，僅朱批一字：「覽。」[33]

33　轉引自蕭一山：《清代通史》（北京：中華書局，1986），第3冊，頁422–424。

咸豐帝最後決定回鑾，前已敘及，定為4月4日，然到了4月1日那一天，由奕譞（咸豐帝七弟）等人上奏，以聖躬欠和為由請求暫緩啟鑾，咸豐帝朱批：

> ……不意旬日以來，氣體稍覺可支，惟咳嗽不止，紅痰屢見，非靜攝斷難奏效。除明降諭旨停止回鑾外，特將朕之不得已之苦衷宣示在京王大臣及九卿等知悉……[34]

同日頒下的諭旨稱：

> 本日王大臣等，以朕躬尚未大安，奏請暫緩回鑾，情詞懇切，不得已勉從所請，暫緩回鑾，俟秋間再降諭旨。[35]

這一推，便推到秋天去了，足足有半年之久。京城內的官員們知道，這一次肅順又贏了。

恭親王奕訢見咸豐帝遲遲不回北京，熱河那邊又不時傳來咸豐帝病重的消息，十分緊張。他上奏請求到熱河去請安，企圖能與咸豐帝直接對話，打破肅順的封鎖。與他同時請求去熱河的還有唯一在京的軍機大臣文祥。奏摺遞上後，奕訢焦慮不安地等待結果，哪知於4月16日發下的諭旨是：

> 朕與恭親王奕訢，自去秋別後，條經半載有餘，時思握手而談，稍慰廑念。惟朕近日身體違和，咳嗽未止，紅痰尚有時而見。總宜靜攝，庶期火不上炎。朕與汝棣萼情聯，見面時回思往事，豈能無感於懷，實於病體未宜。況諸事妥協，尚無面諭之處。統俟今歲回鑾後，再行詳細面陳。著不必赴行在。文祥亦不必前來。[36]

---

34 《清代檔案史料叢編》，第1輯，圖3。
35 《清實錄》，第44冊，頁1091。
36 同上，頁1107。引文中「行在」是指皇帝臨時住蹕之地，即熱河。

這一篇諭旨寫得情意親切，但卻斷然拒絕奕訢前往探視，其理由又是任何一位臣子都不敢再置一詞的：請不要打擾皇上的養病！

奕訢收到這一份無可挑剔的諭旨後，知道肅順又在背後搗鬼。果然不久後熱河又傳來消息，肅順在咸豐帝面前讒言，竟然稱奕訢欲與「夷」人聯手謀篡。惇親王奕誴不久前獲准赴熱河隨駕，言辭也極為不利。這位沒有政治頭腦的五哥，竟然說自己有反意。肅順的這一招太狠毒了，完全掌握了四哥的心理，從繼位異言到生母封號，四哥對自己戒心未消。自己是完全可以洗白的，但四哥為何不給我機會讓我當面說說清楚呢？乾脆少幹一點事吧，幹得越多，麻煩也越多。這年頭多幹不如少幹，少幹不如不幹。

過了沒多久，因潮州反入城事件，咸豐帝諭旨中對奕訢為首的總理衙門微露不滿，似有諉卸之嫌。奕訢奉旨後立即借題作文章，奏摺中大發一通議論，宣稱自己從去秋辦理和局以來，一切從權辦理，「好言者」當時沒有任何反對意見，而大局甫定後，謠諑紛來。由此，他乾脆直接點破：

> 雖委曲之隱，固不必求諒於人言，而專擅之譏，則不敢不預防於眾口。[37]

這裏的「專擅」和「眾口」，當然是有所指。但奕訢至多也只能作此軟弱的抗辯。

清代的一切權力均出於皇帝，專制制度由此而達頂峰。熱河那一頭，擁天子自重，權力明顯具有優勢。據敬事房檔案，1861年的春節，咸豐帝淨面冠服在前宮升座，「章京希拉緔阿用楓木櫻奶

37　《第二次鴉片戰爭》，第5冊，頁486；《籌辦夷務始末》，咸豐朝，第8冊，頁2888。

「煙波致爽殿」為熱河行宮避暑山莊的皇帝寢宮，咸豐帝最後病死於此

茶碗呈送奶茶，肅中堂揭碗蓋。」[38] 親揭碗蓋這一舉止，可見肅順與
咸豐帝關係之密切，也可見肅順一黨權勢之薰灼。

　　京師與熱河之間，京師處於下風。兩位「老六」的權爭，「肅老
六」看來壓「鬼子六」一頭。主宰一切的咸豐帝，在肅順揭開碗蓋
後，正慢慢地品嘗奶茶。

38　轉引自蕭一山：《清代通史》，第3冊，頁426。

十三　笑到最後的人

　　站在咸豐帝身邊的肅順，在與奕訢的較量中顯得那麼自信和自如。如此大事，辦起來有如手縛小雞，一點兒都不覺得費勁。權重一時之際，他也曾環視朝野，謙恭的面容底下是躊躇滿志的心緒：我已是當朝天子心目中的頭號人物了，就連皇上的親弟弟奕訢都不是對手，誰堪與我匹敵？他雖然知道這場關係重大的權爭尚未結束，仍須與奕訢再戰幾個回合，但自覺勝券在握，無可畏懼。想到此，他得意地笑了，一副笑傲天下的派頭。此時此際，他似乎忘記了一個關鍵人物，那就是後宮中的懿貴妃，唯一皇子載淳的生母——那拉氏。

　　在政治鬥爭中，笑在前面是要付出代價的。肅順因為他的大意而丟掉了自己的性命。

　　那拉氏，祖先居葉赫（位於今吉林省梨樹縣一帶），又稱葉赫那拉氏。滿洲鑲藍旗人，後因位尊太后而抬入上三旗中的鑲黃旗。她生於1835年11月，小咸豐帝四歲。官私記載中都稱是模樣俊麗的美人。

　　在中國歷朝歷代的皇太后中，那拉氏可謂是各種傳說最多且最為戲劇化的。經過近些年來歷史學家的詳細考證，她又成了歷朝歷代皇太后中身世來歷最為清晰者。筆記小說中流傳甚廣的葉赫部為

努爾哈赤所滅時，葉赫祖先誓言「只要還剩下一位女子也必能覆滅滿洲」的故事，已被證明是筆記小說家筆下生花的創造；當時官場上議論頗多的她與吳棠（後官至四川總督）的義父女關係，在今日史家的解剖刀下顯得無根無據；野史中最為津津樂道的她因來自南方擅唱各種南曲在「洞陰深處」打動咸豐帝心弦，而從宮女中拔出，更被訂正為無稽之談……在一切最讓人眼花繚亂的傳說統統被粉碎之後，那拉氏讓人看起來像一位標準型的良家女子——祖輩皆為北京城裏的中層官吏：曾祖父吉郎阿當過軍機章京（要差），後任戶部銀庫員外郎（肥缺），最後在刑部員外郎（從五品）任上死去。祖父景瑞由筆帖式升至刑部郎中（正五品），京察一等，準備外放江蘇知府，誰知在道光帝召見時印象不佳，又發回刑部去了。父親惠徵從吏部筆帖式升至員外郎，外放山西歸綏道、安徽寧池太道（正四品）。她的母親也出身於官宦人家，外祖父惠顯當過安徽按察使、駐藏大臣、工部左侍郎、歸化城副都統，品秩達到正二品。

　　從這一家庭背景來看，那拉氏生在北京，長在北京，從未去過南方，入宮前的家庭住址為北京西四牌樓劈柴胡同（今改為辟才胡同）。如此家境，雖談不上名門閨秀，似也超過小家碧玉。但到了1847年，那拉氏家中出現了恐慌，祖父景瑞因賠銀未完而入獄。[1]父親惠徵告貸變賣，在一年多的時間裏交了九千多兩銀子，到了1849年，又交兩千八百多兩銀子，總算將祖父從牢裏保了出來。

1　1843年戶部銀庫庫丁貪污庫銀案發，道光帝派大臣至戶部銀庫盤查，查出現銀與帳面應存數虧空達九百二十五萬餘兩之多。道光帝命從1760年起，歷任庫官各按在職年限，每月罰銀1,200兩，已故者由其子孫照半數代賠。那拉氏曾祖父吉郎阿任銀庫員外郎達三年之久，應賠銀43,200萬兩，因已故去，減半賠銀21,600兩，限定兩年賠完。這筆帳落到那拉氏的祖父景瑞的身上。但景瑞在兩年中僅賠了1,600兩。只是一個零頭。戶部見期限已過，再三催促，讓他至少先賠六成，然景瑞只是再賠200兩。由此於1847年6月入獄。後惠徵在兩年內賠了1.2萬兩，總算達到應賠數的六成，才保出景瑞。

此時正際那拉氏12至14歲，已經懂事了，可以肯定她在此會有一些人生的體會。另一件值得一提的大事，是父親惠徵在寧池太道任上遭太平軍打擊，攜帶官印餉銀從安徽蕪湖逃到江蘇鎮江，於1853年4月被革職，不久後在鎮江病故了。不過後一件事似乎對那拉氏影響不大，因為她已經入宮了。

按照清朝的制度，旗籍官員的女兒都要參加選秀女。1851年正值選秀女之年，那拉氏恰好16歲，鑲藍旗的官員們也在此年秋天將其登錄在案呈送。此是咸豐帝上台後第一次選秀女。

雖說1851年是選秀女之年，但真正選看的日子推遲到1852年3月28日、29日兩天。那拉氏細心打扮後乘着騾車來到了紫禁城，隨即改變了一生的命運，她被選上了。

咸豐帝奕詝尚為皇子時於1848年成婚，嫡福晉薩克達氏卻在兩年後去世。1850年，他承繼皇位後，追封薩克達氏為皇后，身邊的侍妾武佳氏也同時封為雲貴人。年輕的皇帝後宮空虛，此次選秀女的目的非常明顯，就是為了填充後宮。

非常明顯，咸豐帝此次最為傾心的是廣西右江道穆楊阿的女兒，年僅15歲的鈕祜祿氏。兩天後，3月31日，敬事房太監傳下了諭旨，鈕祜祿氏封為貞嬪，命於6月14日入宮。而貞嬪入宮僅幾天，便晉為貞貴妃（跳過了「妃」一級），一個月後，便擬為皇后（又跳過「皇貴妃」一級）。1853年11月，未經「嬪」、「貴妃」冊封典禮的鈕祜祿氏，直接舉行了立皇后的典禮。史書上稱讚這位新皇后十分賢惠。

除了貞嬪鈕祜祿氏外，3月31日敬事房太監還傳下聖旨：惠徵之女那拉氏封為蘭貴人，主事慶海之女他他拉氏封為麗貴人，命於6月26日進宮。這道諭旨送至劈柴胡同那拉氏家中時，全家皆沐浴在浩蕩的皇恩之中。惠徵此時剛剛卸任山西歸綏道一職回京，送女兒入宮更是鋪張一番。等到完成一切禮儀後，趾高氣揚地攜眷南

《慈安太后便服像》，清宮
廷畫家繪。「慈竹延清」四
字為同治帝所書。 慈安太
后（1837-1881)， 鈕祜祿
氏，1852年立為皇后，咸
豐帝死後尊為皇太后，徽
號慈安，又稱東太后

下，到蕪湖接任寧池太道去了。蘭貴人那拉氏與麗貴人他他拉氏同
日受封同日進宮，按理說是平起平坐，但讓那拉氏感到高興的是，
在內務府的文件中，蘭貴人在前，麗貴人在後。

　　1852年初的選秀女，咸豐帝究竟選了多少人，至今尚無人認
真考證。但從1853年內務府奏銷檔來看，是年後宮中有皇后、雲
嬪、蘭貴人、麗貴人、婉貴人、伊貴人、容常在、鑫常在、明常
在、玫常在，共計十人。蘭貴人那拉氏排在第三位。雲嬪即是皇子
侍妾武佳氏，在貞嬪鈕祜祿氏入宮時她由雲貴人晉為雲嬪。如此算
來，那拉氏實為咸豐帝選秀女時看中的第二人。1852年3月的那
天，咸豐帝第一次看見那拉氏時作何思想、那拉氏第一次見咸豐帝
又作何媚態，今皆無從查考，但從眾多女子中能以第二名入選，至
少可以證明在咸豐帝眼中她的姿色出眾。

咸豐帝與那拉氏的關係，可由官方文獻證明的是那拉氏在宮廷地位的升遷。1854年3月24日，咸豐帝晉那拉氏為懿嬪，這是入宮女子中除皇后外第一個晉升的。那拉氏與宮中其他三名貴人由原來的排序在前變成了名份在前。後宮中位居第三的地位極其牢固。此後不久，1855年1月，麗貴人他他拉氏詔封麗嬪，緊跟其後；1855年2月，雲嬪武佳氏去世。那拉氏在後宮的地位由第三位升至第二位，但讓那拉氏感到十分緊張的是麗嬪他他拉氏此時已身懷六甲。1855年6月20日，他他拉氏生下一個女兒，似乎讓那拉氏鬆了一口氣，而他他拉氏因生女有功，晉為麗妃，名位又跑到那拉氏前面去了，那拉氏由第二位復降至第三位。

　　生性好強的那拉氏，決不會甘心地位下降，於是向咸豐帝施展魅力，果然不久後也有喜了。宮殿檔冊對此次懷孕、生育有着詳細的記錄。1856年1月31日，總管太監韓來玉傳旨：兩天後允許那拉氏的母親入儲秀宮住宿。按照宮廷的規定，妃嬪等懷孕八個月左右，生母可以進宮陪待產的女兒同住一段時間。這也是清宮中難得的一項合乎人情的規定。

　　此後的一切，都依照皇家的規矩。1856年2月1日，欽天監博士張熙也來到儲秀宮，查看喜坑的地點，選了一個大吉的位置。2月29日，總管太監韓來玉帶來營造司首領太監三名按選定地點刨了喜坑，並隨姥姥兩名，在喜坑前唱喜歌，安放筷子（取「快生子」之意）、紅綢、金銀寶。懿嬪那拉氏為此賞了三兩銀子。慎重準備的喜坑，是為了日後掩埋胎盤、臍帶之用，而各種儀式的用意當然超過喜坑的實際用途。也就在這一天，太醫院的三位御醫為懿嬪那拉氏號脈，認定是「妊娠七個月之喜」。咸豐帝得此消息，下旨於3月10日開始上夜守喜。[2]

2　妃嬪等人懷孕，一般在近八個月時上夜守喜。那拉氏孕期開始守喜的時間較早，可視為咸豐帝的特別關照。

《懿妃遇喜檔》,「咸豐六年三月二十三日立」。此為後來的謄清記錄。封面題「懿妃」,
而正文中均記「懿嬪」,是因生了皇子載淳,很快晉封為妃之故。內頁記載了同治帝出
生後的情況

參加守喜的有姥姥兩名,大夫六名;另外還有那拉氏親自挑選
的精奇呢媽媽里、燈火媽媽里、水上媽媽里各兩名。[3] 縫製嬰兒穿
用的衣物等共用去各種綢料156.4尺,各色布料10匹。除此之外,
臨產時用的大小木槽、木碗、木鍁、木刀、黑氈、吉降搖車等也都
開始準備。

1856年4月27日中午,總管太監韓來玉向咸豐帝報告:本日
巳時(上午9至11時)懿嬪坐臥不安,似有轉胎之象。不久後韓來
玉再次報告:本日未時(下午1至3時),懿嬪分娩阿哥,母子脈息
均安。萬歲爺大喜!

終於有了一個兒子了,咸豐帝心中的喜悅難以遏制。懿嬪為大
清朝立了大功,當受獎勵。他立即拿起朱筆寫下一道朱諭:

懿嬪著封為懿妃。欽此。

3　精奇呢媽媽里、燈火媽媽里、水上媽媽里皆由鑲黃旗、正黃旗披甲人或蘇
　　拉的妻子中挑選,主要責任是服侍孕婦,其名稱似來自滿族的早期宗教薩
　　滿教。

產後的那拉氏身體看來欠安。此次晉封的典禮推遲至 1857 年 1 月舉行。僅過了一個月，咸豐帝再晉那拉氏為懿貴妃。

那拉氏封為懿妃時，雖在地位上與麗妃他他拉氏扯平，但畢竟受封晚，排在麗妃之後，但受封懿貴妃後，又重新確立了後宮位居第二的地位。「母以子貴」的後宮原則，再一次展示其顛撲不破的可靠性。

過了兩年，又出現了小小的曲折。1858 年 3 月 19 日，玟貴人徐佳氏又產下一位男嬰，未經命名當日旋殤。從此至 1911 年清朝滅亡，清皇帝後宮中再也聽不到新生嬰兒的哭聲了。

一直到咸豐帝去世，後宮的排列次序為：皇后、懿貴妃、麗妃、婉嬪、玟嬪、祺嬪、璷貴人、吉貴人、禧貴人、慶貴人、容貴人、璹貴人、玉貴人……懿貴妃那拉氏穩穩地佔據了第二的位子。

然而官方文獻僅能讓今人看到事物的表象，要深層次地了解咸豐帝與那拉氏的關係，還不得不借助於稗官野史。

幾乎所有的野史都宣稱，那拉氏之所以得帝寵，全憑着會唱南曲，愛穿南衣，一改北方旗籍女子的風範，多有南方纏綿溫柔的味道。儘管這種說法因那拉氏從未去過南方而顯得不那麼可信，但也有人稱她家裏有一位南方來的老媽子，教她學會了南方的詞曲和裝扮。就咸豐帝的性偏好而言，似乎更喜歡南方纏足漢女。假如那拉氏真有此等優長，似能助其在後宮中出人頭地。野史中談到咸豐帝有「五春之寵」，其中那拉氏被列為「天地一家春」，與圓明園的漢女「四春」並列（詳見第七章）。這種提法明顯將那拉氏歸到南方女子一類去了。

這裏講的是性吸引力，雖然聽起來也有幾分道理，但此類私生活畢竟與歷史發展無涉。官方文獻證明了那拉氏獲寵，至於她用什麼手法吸引咸豐帝已無關緊要，因而就此問題深入，似無多大意義。

問題的關鍵在於野史中還宣稱咸豐帝曾讓那拉氏代閱奏摺，參與政務。這件事就大了。披閱奏摺是皇帝的專用權，讓那拉氏代閱奏摺，實際上就是分享皇權了。

沃丘仲子（費行簡）著《慈禧傳信錄》稱：

> （那拉氏）既生穆宗（指載淳，同治帝），乃立為妃。時洪、楊亂熾，軍書旁午，帝宵旰勞瘁，以后（指那拉氏，慈禧太后）書法端腴，常命其代筆批答章奏。然胥帝口授，後僅司朱而已。迨武漢再失，回、捻交作，帝以焦憂致疾，遂頗倦勤，後窺狀，漸思盜柄。時於上（指咸豐帝）前道政事。帝寖厭之。[4]

此書作者對那拉氏持批判態度，但他也不能否認讓那拉氏閱看奏摺是咸豐帝的主意。

濮蘭德（John O. P. Bland）和白克好司（Sir Edmund Trelawny Backhouse）合著《慈禧外紀》稱：

> 慈禧入宮，時時披覽各省章奏，通曉大勢。[5]

此書作者對那拉氏持讚揚態度，在他們的筆下，似乎那拉氏一入宮就獲得閱讀奏摺的權力。

上引的這兩部書，全書錯誤頗多，為今日歷史學家不敢輕易採用，唯獨披閱奏摺一事，為各種史籍引用。而咸豐帝讓妃嬪代閱奏章是嚴重違制的行為，咸豐帝不會對外說，那拉氏也不敢對外說，不可能得到其他旁證材料的確認。這裏只能採用情理分析了。

從咸豐帝的角度來看，他倦怠政務，每天又有大量的奏摺擺在他的案前，按制當由他本人親拆親閱。即便全部發下軍機處，至少

4　沃丘仲子：《慈禧傳信錄》，卷上，頁2。
5　濮蘭德、白克好司：《慈禧外紀》（瀋陽：遼瀋書社，1994），頁9。

也得拆封讀一遍，不然軍機大臣請旨，豈不一無所知，答非所問，鬧出個大笑話，令皇帝威嚴的身份大損。在此時刻，讓他心愛的妃子代拆代閱，告其梗概，也是有可能的。

從那拉氏的角度來看，她從小讀過經史著作，會寫字（儘管錯別字一開始仍很多），也有一定的閱讀能力。奏摺是一種比較直白的文言文，但當時沒有今日之新式標點，能夠斷句，也是一種功力。那拉氏對此毫無困難，這在文化相對不發達的旗籍女子中可謂鳳毛麟角。身為皇后的鈕祜祿氏，賢惠堪稱國母，但她後來閱讀奏摺中就有讀不斷句的麻煩。很可能那拉氏是後宮中唯一有能力閱看奏摺的女子。

最明顯的證據還有兩點：一是後來那拉氏當政，對送上來的奏摺，慣用劃痕、折角等手法。這是歷代皇帝常用、軍機大臣心領神會的另一種語言，但當時誰也不會明說。那拉氏若從未閱看過章奏，又何知這些技巧？二是咸豐帝死後不久，那拉氏曾主動要求看奏摺（後將詳述）。若從未看過奏摺，又何來此等膽量？

歷史事件的發展一般都會合乎當時的「情理」，儘管隨着價值觀念的變化，這些「情理」今日看來很可能不合「情理」。

由此看來，咸豐帝讓那拉氏代拆代閱奏摺是極有可能的，儘管這一說法尚無紮實的史料根據。若以此作為前提緊接着的問題是，咸豐帝讓那拉氏披閱奏摺是想借重她的才識？還是僅想減輕工作負擔，讓她代勞而已？說得更通俗一些，咸豐帝將那拉氏當作贊劃政務的幕僚還是辦理事務的役僕？

幾乎所有的私家記載在這個問題上都對那拉氏言辭不利，稱那拉氏干政。這在當時引起了咸豐帝的警惕。不管咸豐帝如何荒誕風流，其骨子裏是願意做一個「治國平天下」的好皇帝；不管咸豐帝如何違制，但對可能引起綱紀敗壞、國脈危厄的現象仍不會放任由

之。他可能一開始聽聽那拉氏的政治見解覺得很有意思，一個女人也會關心國家社稷。但那拉氏喋喋不休地說下去，後宮干政的種種歷史教訓立即會浮現在他的腦海中。咸豐帝很可能對皇后鈕祜祿氏說過他的擔憂：朕龍體欠安，可能不久於人世，那拉氏若以皇帝生母自居而干預朝政，非為朝廷之幸。筆記小說中對此還有更加戲劇化的情節，稱咸豐帝曾寫下一條密諭給皇后鈕祜祿氏，內容是如果那拉氏將來「失行彰著」，鈕祜祿氏可召集廷臣，當眾宣示此諭，賜那拉氏一死。而此密諭的下落，又被渲染為那拉氏得知有此詔書，時時事事禮敬鈕祜祿氏。這種恭順的態度終於感化了鈕祜祿氏，一天，她拿出珍藏的密諭當着那拉氏的面燒了。歷史上咸豐帝有無此一密諭，今日已無從考證，不可能弄清楚。但是這種說法本身也能說明問題，即使此說全是謊言，至少也可證明捏謊者心中認定咸豐帝對那拉氏是有防範的。

相對於密諭的說法，另一種傳說似乎更具真實性。黃浚所著《花隨人聖庵摭憶》中稱：

> ……偶與惜陰老人談及端（華）、肅（順）遺事，老人曰：「吾有所聞，藏之數十年矣。當時李芳農侍郎（文田）最喜搜拾掌故，鈎稽秘聞，一日告予：『西后（西太后，指那拉氏）先入宮，夏日單衣，方校書卷，文宗（指咸豐帝）見而幸之，有娠，始冊封，及晚年厭其專權。文宗最喜肅順，言無不盡，一日以那拉氏忤旨，又謀於肅順，肅順請用鈎弋故事，文宗濡濡不忍。亡何，又以醉圭漏言，西后聞之，銜肅刻骨，後遂有大獄。』芳農蓋聞於內廷舊監，談此戒勿妄泄，此外間所莫知也。」[6]

6　《花隨人聖庵摭憶》，頁430。

這真是一份完整的記錄。作者黃濬聽惜陰老人趙鳳昌談，惜陰老人又是聽李芍農談。李芍農是一個關鍵人物。他本名文田，字芍農，廣東順德人，1859年以一甲第三名高中探花，入翰林院，後在翰林院、詹事府的官職遷轉，官至禮部右侍郎。李文田還有重要的差使，就是入值南書房，這可是容易獲得宮廷秘聞的地方。而李文田也透露了他的消息來源，即「內廷舊監」，這些人的消息既多，且可靠程度又非常人可比。

讓今日歷史學家感到可以憑信的是，李文田的說法，還有兩處旁證：一是惲敏鼎著《崇陵傳信錄》，一是許指嚴著《十葉野聞》，皆明確提到了「鈎弋故事」，但沒有說明他們的消息來源。

蕭順向咸豐帝建議的「鈎弋故事」，是指西漢武帝於公元前88年殺太子生母鈎弋夫人趙倢伃之事。漢武帝奇愛鈎弋夫人所生之子弗陵（即後來的漢昭帝），但恐子幼，生母擅權干政，便借細故賜鈎弋夫人死，確保不出現第二個呂后。行「鈎弋故事」，就是建議咸豐帝殺那拉氏而確保載淳的地位。

蕭順行事專橫用極，但若建議「鈎弋故事」，畢竟是一件了不得的大事，不是可以隨便說說的。因為若不行此計，嗣皇帝繼位後受生母影響，會對自己極為不利；若行此計，嗣皇帝繼位後念及生母，仍會對自己極其不利。蕭順口出此議，只可能出於兩種情況：一是咸豐帝對那拉氏已經惱怒至極，二是他根本沒有將那拉氏視作敵手而細心周致。否則，憑着他的機智，他會想出一些更為穩妥可行果效的辦法來。

讓咸豐帝殺掉那拉氏，超出了咸豐帝的心理空間，他根本就不會去做。很可能他對那拉氏干政過多，心機太深不滿，但心裏仍然是喜歡她的。夫妻之間的事情，旁人是看不清更說不準的。今日雨明日晴，誰知會有什麼變故。有一件事可見出咸豐帝對那拉氏的寵信。1859年，咸豐帝將那拉氏的親妹妹指配給自己的弟弟醇親王奕譞。姊

避暑山莊煙波致爽殿西所，懿貴妃那拉氏的住所

妹二人嫁兄弟二人，雖說是出自聖裁，但誰都能看出來是那拉氏的暗中操作。後來她的妹妹也生了一個皇帝（光緒帝）。此是後話。

　　從以上的私家記載中，我們似乎可以拼湊出這麼一個大致的印象：偏愛南方纏足漢女的咸豐帝，可能因為那拉氏的身上頗有南風而寵之。他可能因那拉氏表現出旗籍女子中罕見的文史之才而讓她代閱奏摺，而對她的政見卻不屑一顧，對她熱心政事抱有警惕。他雖然不願意用極端手段殺掉那拉氏，但也可能考慮採取一些防範措施，即留給皇后鈕祜祿氏一份密詔。請讀者原諒我在這一段不長的描述中使用了三次「可能」。在沒有確鑿史料的情況下，歷史學家不應該忽視合乎「情理」具有可能性的私家記載；而且許多似無來由的消息，很有可能比官方文件更可靠、更真實。

　　蕭順是將那拉氏徹底得罪到家了。

　　除了前引「鉤弋故事」因咸豐帝酒後失言泄露外，私家記載還記錄了一些那拉氏與蕭順的正面衝突。

按照清代制度，後妃與外臣是根本見不到面的，更無衝突可言，但咸豐帝「北狩」熱河後，宮中的規矩被打亂，肅順的許多張揚情態都被那拉氏看在眼中，記在心裏。

其一，咸豐帝從圓明園逃往熱河時，倉皇而無準備。只有咸豐帝一人得宮中一車而行，後妃嬪御，皆僱民間車馬。分給那拉氏的車十分敝舊，且騾尤羸瘠。沿途簸蕩，崎嶇升降，那拉氏不勝其苦，在車中啜泣。忽然見到肅順的騾車，便要求換一輛車。肅順漫應之，稱：「中途到哪裏去找車？到了宿地再想辦法。」待到了某鎮市少憩，那拉氏又提起此事。肅順正在咸豐帝面前奏事，太監等到其退下時告訴他。肅順不耐煩地答道：「都已經是什麼時候了，我還哪有空閒來辦理此事！」過了一會兒，車駕啟行，肅順騎馬又經過那拉氏的車旁。那拉氏涕泣乞請，肅順正色厲言：「危難不能與平時相比，此地又從哪兒去弄新車，有輛舊車就已經不錯了。你也不看看皇后坐的也是街上僱來的車，其羸敝與你的車相等。你是什麼人？想凌駕於皇后之上嗎？」[7] 那拉氏正欲爭辯，肅順已策馬而去。

其二，在逃跑的路上，沿途供張無辦，皇后貴妃不得食，僅以豆漿充飯。而肅順有食擔，供奉酒肉。此事讓皇后鈕祜祿氏、懿貴妃那拉氏切齒，但她們似乎不知真相：後宮有單獨的膳房，外臣不敢私自供進。此一誤會自然沒有人為之解開。[8]

其三，到了熱河行宮之後，供應仍十分困難。肅順等人盡力進奉咸豐帝，而抑制宮眷，供應極薄。皇后上食「不過一羹一菜飯一器而已」，貴妃以下，月給膳錢五千。[9] 如此算來，那拉氏每天的伙食費不過一百多個銅錢。這在百物騰貴的行宮，根本買不到什麼東西。

7　《清代野史》（成都：巴蜀書社，1988），第7輯，頁173–174。

8　王闓運：〈祺祥故事〉，《第二次鴉片戰爭》，第2冊，頁324–325。

9　李慈銘：《越縵堂日記補》，咸豐十年十一月二十二日。

説起來都是一些瑣碎小事，但決不能低估這些細故在高層政治中的酵母作用。在權貴政要的心目中，這些生活細節不再具象為車子問題、吃飯問題，而是抽象為對其本人的態度問題、感情問題，由此判斷對其是否忠誠。

　　精明的肅順不會不懂得其中的道理，只不過自恃帝寵，沒有將那拉氏放在眼裏。

　　除了那拉氏外，皇后鈕祜祿氏對肅順也十分厭惡。不過，鈕祜祿氏的理由與那拉氏不同，更接近於道德層面。在熱河行宮時，咸豐帝不僅在政治上依靠肅順等人，而且在生活上也委託於肅順。結果原先歸由內務府辦理之事，如行宮有所修繕，皆命肅順監督。肅順等人也由此出入無禁，「寢宮亦着籍，嬪御弗避」。[10]這種破壞後宮規矩不避男女的做法，當然使身為後宮之首的皇后看不慣。熱河生活緊窘，咸豐帝吃飯時還設置一「看桌」（所謂「看桌」，即是放置幾十種菜餚，但皇帝只看不吃，以顯示鐘鳴鼎食的皇家風派），皇后鈕祜祿氏建議撤去，以節省費用。咸豐帝對此稱：「你的話極有道理，不過得問問肅六。」第二天，咸豐帝與肅順談起皇后的建議，肅順回答道，設一「看桌」所費無幾，但若撤去，反而會使外間驚疑，皇帝吃飯都沒銀子了。咸豐帝聽後極對心思，見到皇后說：「肅六稱不可。」[11]一面是後宮供應不繼，一面是鋪張糜費，皇后若遭到皇帝的駁斥，倒也合乎夫妻之倫理，而皇后遭到臣子的駁斥，天下沒有這個理！鈕祜祿氏對此十分氣憤：這肅老六未免太囂張了。

　　身為皇后，身為貴妃，對此只能忍氣吞聲。在那個時代，一切權柄操自於天子。當肅順將自己的想法轉化為皇帝的諭旨時，對抗

10　同上，咸豐十年十一月二十二日。
11　王闓運：〈祺祥故事〉，《第二次鴉片戰爭》，第2冊，頁325。

蕭順就等於對抗皇上。鈕祜祿氏也罷、那拉氏也罷，對於這一切是不敢言甚至不敢當眾怒。她們曾在私下場合發泄不滿，但極其注意避人耳目，唯恐有人傳到蕭順的耳中。後來的名士薛福成（其兄曾為那拉氏醫病）在筆記中寫道：

> 當是時，蕭順專大政，暴橫不可制，太后（指鈕祜祿氏）與慈禧皇太后（指那拉氏）俯巨缸而語，計議甚密。[12]

説話都要躲在巨缸的後面，那就不僅僅是怕人聽見她們談話的內容，而且還怕人看見她們私下接觸。不過，她們商議之事也確屬絕密，是在咸豐帝死後討論如何處置蕭順。

不管那拉氏做得如何秘密，但似乎沒有隱瞞自己的兒子、未來的皇帝載淳。野史中還有一條記載：

> 穆宗（指載淳）天資英敏，即位時方八歲（有誤，當為虛歲六歲、週歲五歲）。知蕭順有異志，嘗戲於小刀割菜，呼曰：「殺蕭順，剮蕭順。」及見蕭，亦周旋無異他人，故蕭不之疑也。[13]

當時的人們決不是害怕蕭順本人，而是害怕蕭順的後台老闆咸豐帝。他們在無奈之際已經盤算如何在咸豐帝死後下手，已經開始培育新皇帝的仇恨心理。世界上的一切權臣似乎都難以保全，是因為他們本人並無權，憑藉君權作威；君主一變動，他們就萬分危險了。

只要咸豐帝還活着，蕭順當可敵天下，要是咸豐帝龍馭賓天，蕭順在理論上就得聽命於新皇帝——一個五週歲的男孩。而這個男孩又緊緊依偎在其生母那拉氏的懷裏。摟着唯一皇子的那拉氏也知道，咸豐帝不久於人世了。

---

12 薛福成：《庸盦筆記》，頁25。
13 《清稗類鈔》，第7冊，頁3358。

十三　笑到最後的人　|　299

自 1861 年 4 月咸豐帝詔告天下，回鑾之事推至秋季再議，自己將「靜攝」保養後，身體並沒有出現轉機，反而是病情加重。沒有抗生素的時代，肺結核病人也只能如此。他經常咯血，精神不支，有時都不能久坐，只得半倚半躺。

然而「靜攝」的生活過於乏味，慣於尋求生活刺激的咸豐帝也總得來點樂趣。此一時期，他最熱衷於看戲，檔案中留下了不少這方面的聖旨。如：

> 十一年四月初五日（1861 年 5 月 14 日）旨：初六、初七日，煙波致爽花唱，新進學生侍候。

「煙波致爽」是熱河行宮中的皇帝寢宮；「花唱」是正式扮裝的演出，與「清唱」相對；「新進學生」是指剛剛學戲的小太監。又如：

> 十一年五月二十三日（1861 年 6 月 30 日）旨：二十四日早晨，著昇平署總管太監帶領內學首領、斛斗武小旦、武行三人、武丑至如意洲一片雲試演戲台。

「昇平署」是宮廷戲班的名稱，「如意洲」是熱河行宮中路湖面的一處洲島，「一片雲」是一水上戲台，供夏季使用。由於幾十年不用了，不知是否牢固可用，咸豐帝派了一些演武戲的人試試台子。這一次試演的效果極佳。從此之後咸豐帝看戲就改在此處。天氣已漸入夏，此處傍水清涼，晚風習習，更覺得歌舞之妙美。

到了這一年的六月初八日（1861 年 7 月 15 日），昇平署送來次日「萬壽節」的戲單（六月初九日為咸豐帝生日，按當時的計算方法為 31 歲，按週歲計算，恰好 30 週歲），咸豐帝用朱筆劃掉了「四海昇平」、「訓子」、「教子」、「夜奔」四齣戲，並傳諭：「『四海昇平』下次再傳。」此時的天下極不「昇平」，咸豐帝勾去此戲，是否有感於此？

剛剛過完生日，咸豐帝一下子病倒了，接連躺了十多天。宮廷中陷於一片混亂。而到了8月上旬，只見病情稍有好轉，宮中人人都口稱萬歲，呼喊當今皇上萬壽無疆。但是有經驗的人似乎已經看了出來，這只不過是臨終前的迴光返照罷了。

一旦覺得身體尚可支撐，咸豐帝便下令繼續演戲，可見他的嗜迷。8月19日傳旨：「如意洲花唱照舊。」8月20日，病況轉劇，如意洲花唱亦照舊。

1861年8月21日（咸豐十一年七月十六日），是咸豐帝去世的前一日。這一天早上，他在寢宮煙波致爽用餐，傳了鴨丁粳米粥。這一天中午，又點了羊肉片白菜、膾傘單（牛肚）、炒豆腐、羊肉絲炒豆芽等，可見食欲尚佳。但他已經感到病情不妙，又傳旨：「如意洲承應戲不必了。」[14] 當日午後，咸豐帝突然暈厥。內廷中承值的各位大臣不敢散去，都留下來等待着最後的囑託。

一直到了夜晚，咸豐帝才蘇醒過來。大約在晚上11時40分左右（按中國記時為次日子初三刻）宣召大臣入內，在場的大臣有御前大臣、怡親王載垣，御前大臣、鄭親王端華，御前大臣、一等公爵景壽，[15] 御前大臣、協辦大學士肅順，首席軍機大臣、兵部尚書穆蔭，軍機大臣、吏部左侍郎匡源，軍機大臣、禮部右侍郎杜翰，軍機大臣、太僕寺少卿焦佑瀛等八人。咸豐帝勉強掙扎，宣諭：「皇長子載淳，著立為皇太子。」又諭：「皇長子載淳現立為皇太子，著派載垣、端華、景壽、肅順、穆蔭、匡源、杜翰、焦佑瀛盡心輔弼，贊襄一切政務。」[16] 前一道諭旨是無可爭議的，因為咸豐

14　有關咸豐帝觀戲的檔案，皆轉引自蕭一山：《清代通史》，第3冊，頁425–427。

15　景壽是咸豐帝的姐夫。道光帝第六女壽恩固倫公主（恭親王奕訢的同母姐，從小與咸豐帝一起長大）於1845年下嫁一等誠嘉毅勇公、工部尚書博啟圖之子景壽。景壽於1856年授御前大臣。因為他是襲封公爵，又是公主額駙，故排名僅在親王之後，位於肅順之前。

16　《清代檔案史料叢編》，第1輯，頁82–83。

帝只有一個兒子。後一道諭旨內容極為重要，決定今後政治的走向，肅順等人請求咸豐帝朱筆親寫。據在場一目擊者稱：

> 子初三刻見時，傳諭清楚。各位請丹毫。諭以不能執筆，著寫來述旨。故有承寫字樣。[17]

咸豐帝手力已弱，不能握管，遂下令讓承受顧命的王大臣「寫來述旨」。這兩項最重要的工作完成後，已經到了第二天的凌晨。御膳房接到諭旨，「上傳冰糖燕窩」，而到了卯時（1861年8月22日早晨5至7時），咸豐帝最終氣絕，升天了，來不及享用冰糖燕窩了。

咸豐帝死了，臨終將一切政務交給肅順等人「贊襄」。[18]顧命大臣雖有八位之多，但咸豐帝也知道，這些人的核心是肅順，這是他最信賴的大臣。將後事託付給他，朕在天堂也可放心。他沒有將六弟奕訢列入「贊襄」，是害怕出現第二個多爾袞。

咸豐帝死了，肅順如喪考妣，悲痛無比。奴才對主子的忠誠，在此時顯露無遺。儘管咸豐帝的臨終指示，實際上是肅順將近一年來的「工作成果」，同受顧命的八人，是清一色的「肅黨」，但親耳聽到恩主的遺言，胸中湧動着崇高的使命感：從此之後，中國政治的方向將由我來把舵了。

咸豐帝死了，消息第二天便傳到北京。恭親王奕訢看到「贊襄政務」的大臣名單中，沒有自己的名字，知道皇兄臨終前尚未能原

---

17 〈熱河密札〉，《近代史資料》，1978年第1期，頁13。軍機處《隨手登記檔》有着內容相同的記載：「本日子初三刻，寢宮召見一起，御前大臣載垣、景壽、肅順，內廷王端華，軍機大臣穆、匡、杜、焦。面奉諭旨，寫朱諭遞上。發下，當即發鈔。」（《清代檔案史料叢編》，第1輯，頁82）由此可以確認，讓肅順等八人「贊襄政務」是咸豐帝的本意，決非是矯旨行為。

18 「贊襄」一詞出自《尚書‧皋陶謨》：「禹曰：『俞，乃言底可績。』皋陶曰：『予未有知思，曰贊贊襄哉。』」皋陶的意思是「我尚沒有自己的見解，還是按先帝的意見去辦理。」後「贊襄」解釋為贊助之意。

記錄咸豐帝臨終兩條「朱諭」的《上諭檔》，其中軍機章京用小字註明：「本日子刻大人們同內廷王、御前大臣一起寢宮召見，面諭並輔政一道寫朱諭，述旨後，發下，即刻發抄。」「大人」為軍機大臣穆蔭、匡源、杜翰、焦佑瀛，「內廷王」為載垣、端華，御前大臣為景壽、肅順。由此記錄可證明，「朱諭」不是由咸豐帝親自寫的，而奉旨寫的，由咸豐帝發下，即抄。

諒自己。這明顯是肅老六暗地裏讒言誹謗，說我有心謀篡，自己的一片忠心無以上達天聽。事情決不能這麼就完，我還得破釜沉舟再幹一場。他知道，一旦被排斥出權力中心，自己會有生命危險。就在此時，肅順的一名心腹領班軍機章京曹毓英也暗地裏向奕訢輸誠，[19] 他已經掌握了熱河的一舉一動。

　　咸豐帝死了，懿貴妃那拉氏也開始作新的打算。雖說按清代制度，皇帝的生母無權干政，但順治爺、康熙爺少年繼位時，孝莊皇太后博爾濟錦氏輔佐新君，功彪史冊。再也不能容忍肅老六飛揚跋扈了，為了兒子，我得豁出去與這批人鬥一鬥，看看到底是誰屬

19　曹毓英機謀多智，肅順倚為臂膀。然肅順後來重用焦佑瀛，讓焦入軍機，引起了曹的不滿，轉投奕訢，《熱河密札》有人稱是出自曹毓英。肅順倒台後，奕訢引曹毓英入值軍機處，可為此事的證據。

害。她此時手中正握有一方咸豐帝生前賞賜她的印章──「同道堂」。

按照咸豐帝生前的安排，皇位由皇子載淳繼承，但因其年幼，在親政前，[20] 政務由「贊襄政務王大臣」主持，也就是讓肅順等八位大臣行使皇權：代閱奏摺，代擬聖旨。為了防止「贊襄政務王大臣」擅權弄勢，咸豐帝還給了皇后鈕祜祿氏一方印章「御賞」，給了皇子載淳一方印章「同道堂」，皇子年幼，「同道堂」印章由其母那拉氏代管，凡「贊襄」大臣所擬聖旨，蓋「御賞」之印於起首，蓋「同道堂」之印於末尾。也就是說，讓鈕祜祿氏、那拉氏監督「贊襄政務」大臣，起一種政治平衡作用。咸豐帝的這一安排，在他死後的第二天便以諭旨的名義，詔告天下。[21]

咸豐帝的這一套政治設計，其目的就是確保皇位能平穩過渡到他的兒子載淳的手中。然而這一套設計看起來十分精美，但不久後就被打破了，問題就出在執掌「御賞」、「同道堂」兩方印章的后妃身上。在不具備法治的國度裏，任何事先的政治設計都是不能持久的。

1861年8月23日，「贊襄政務」八大臣上鈕祜祿徽號為母后皇太后，8月24日上那拉氏徽號為聖母皇太后。並說是兩宮並尊，但以時間的先後來貶抑那拉氏。那拉氏對此心懷不滿，但未置一詞。

1861年8月24日，肅順等進見兩宮皇太后，討論公文處理程序。肅順等人主張，奏摺由八大臣共同閱看，諭旨由八大臣共同擬定，然後請兩宮皇太后分別鈐蓋「御賞」、「同道堂」之印，但皇太后不得更改諭旨。兩宮皇太后堅持要閱看奏摺，所擬諭旨經她們認

20　按清朝制度，皇帝至14歲（虛歲）親政。由此算之，載淳此時虛歲6歲，尚有八年才可親政。

21　《清代檔案史料叢編》，第1輯，頁85。

同治二年十月初二日内閣奉

上諭閻敬銘奏請將庸劣不職之鹽場各員分別革
職休致一摺山東永利場大使范春城永阜場大
使彤嶧於該場鹽垣濬墊並不隨時飭商修理致
啟梟匪窺伺之心聲名亦甚平常均著即行革職
官臺場大使姚德用年已七旬辦事昏瞶著以原
品休致以上各員均有未完竈課著先行撤任予
限三月協同接任之員趕緊徵償逾限不完即
著嚴參治罪餘著照所議辦理該部知道欽此

凡諭旨起首蓋「御賞」印，末尾蓋「同道堂」印

可後方鈐印生效。這是「贊襄政務」八大臣與兩宮皇太后的第一次
正面衝突。

　　客觀地說起來，肅順等人的方式更符合咸豐帝的臨終意願。咸
豐帝雖然發下兩枚印章，但只是希望鈕祜祿氏、那拉氏在涉及皇位
安危時出面干涉，平日裏只是象徵性的「虛君」，起震懾作用罷了。
要求諭旨經認可後方鈐印，當然合乎咸豐帝頒下印章之用意；而要
求閱看奏摺，等於要求干政。在這場衝突中，鈕祜祿氏似乎意志更
為堅定。她根本看不懂奏摺卻堅持要閱看奏摺，顯然是受了那拉氏
的唆使。在此後的鬥爭中，兩宮完全一致行動，鈕祜祿氏完全被那
拉氏當槍使。

精明的蕭順，此時犯下了第一個錯誤。他妥協了，同意了兩宮的要求。看奏摺畢竟是皇帝的權力，兩宮口口聲聲以小皇帝的名義出頭，他也難以阻擋。這位風頭正健的核心人物在內心裏也看不太起這兩位年輕的皇太后，鈕祜祿氏年方24歲，那拉氏僅26歲。女流之輩能看得懂嗎？既然要看，就讓你們看好了。過不了幾天，成匣成匣的奏摺鋪天蓋地而來，會把你們累死，那時就會知難而退了。他此時心中的大敵，依舊是在北京的奕訢，認為這位控制京城局面的昔日皇弟、今日皇叔，未列入「贊襄」之列，肯定會有動作。當務之急，是先將他穩住。於是，蕭順又以小皇帝的名義發下一道諭旨，既讓奕訢參與「恭理喪儀」，又明令他留在北京，不必前往熱河。

　　奕訢在北京收到不許他去熱河的諭旨，知道蕭順又做了手腳，可不久後又接待了兩宮皇太后派來的密使，囑其奔赴熱河商議大計。他立即上奏，請求奔喪。8月30日，他收到了獲准的諭旨，知道兩宮皇太后在此也起了作用。

　　奕訢在動身前，作了細緻的準備：確認了京城百官對他的政治支持，摸清了北方兵權最大的勝保、僧格林沁的政治態度，測試了駐京外國公使的政治傾向。一切皆如意。於是他滿懷信心，快馬揚鞭，北驅熱河。

　　1861年9月5日清晨，奕訢到達行宮。他一頭撲向咸豐帝的梓宮，放聲大哭。所有的親情和所有的怨屈此時正隨着淚水奔流而下。在場見到這一場景的人們，都被感染了，落淚了。誰說恭親王有反意呢？自8月22日大行皇帝駕崩後，還沒有見誰悲痛到如此地步呢。

　　祭禮剛剛結束，就傳來懿旨，兩宮皇太后召見恭親王奕訢。奕訢奉此，便謙恭地請載垣、端華、蕭順等人陪同入見。

　　對於奕訢的到來，蕭順是有警惕的。對於兩宮的召見，蕭順原想阻擋，但奕訢到熱河後對「贊襄政務」各位大臣的畢恭畢敬，出乎其意料。他原以為奕訢會因為未列「贊襄」而大吵大鬧，他甚至

準備了對付的言詞。見到奕訢大方地邀請他陪同入見，反覺得不好意思起來。他對奕訢笑道：「老六，你與兩宮是叔嫂，何必讓我輩陪呢？」[22] 便允奕訢單獨入見。肅順此時又犯下了一個錯誤。

奕訢與兩宮皇太后的會面，達兩個多小時之久。當時極為機密的商談內容，今日已經大白。其中最重要一點是，奕訢請兩宮皇太后攜小皇帝迅速回鑾北京，至時再除「肅黨」。9月10日，奕訢再次拜見兩宮，繼續要求迅速回鑾。9月11日，奕訢離開熱河。他恐肅順加害於他，便間道星夜直奔北京了。

就在奕訢赴熱河期間，在京的官員們也開始動了起來。其中最為活躍者之一，是飽受肅順欺辱的體仁閣大學士周祖培。他指使其門生御史董元醇於9月9日上奏，請求皇太后垂簾聽政，請求另簡親王賢王輔政。這是對「贊襄」制度的根本否定，是對肅順等人的公然抗爭。此奏一上，京師官員們奔走相告，大家都屏息以觀熱河的反應。

9月13日，董元醇的奏摺遞到了行宮。由於兩宮皇太后獲權閱看奏摺，便將之留中不發。9月14日，董摺繼續留中。9月15日，「贊襄」八大臣進見兩宮皇太后，雙方展開了激烈的爭論。兩宮明確表示讚賞董的主張，八大臣堅決反對。關鍵時刻，載垣說了一句極有份量的話：

> 臣等是贊襄幼主，不能聽命於皇太后，請皇太后看摺亦為多事。[23]

根據咸豐帝的臨終囑託，八大臣的職責是「盡心輔弼，贊襄一切政務」，其實質是代替幼主行使皇權。若聽命於皇太后，那麼皇太后實際上成了皇帝，「贊襄」大臣也就變成了軍機大臣。爭論的激烈

22　薛福成：《庸盦筆記》，頁19。
23　吳語亭編：《越縵堂國事日記》（台北：文海出版社，1978），第1冊，頁547。

「祺祥」是贊襄八大臣為新皇帝所擬的年號,當時已鑄幣、印曆,為新君登位賀

政變後改年號為「同治」,另鑄「同治通寶」

也證明了允許皇太后閱看奏摺的後果之嚴重。而真正有權決定一切的小皇帝坐在母后皇太后鈕祜祿氏的懷中。他從未見此場面,驚怖至極,尿了鈕祜祿氏一身。兩宮皇太后儘管氣憤,但終於知道她們無權將奏摺留中。那拉氏不得不將董摺發下,讓八大臣擬旨。當日遞上的旨稿狠狠批責了董元醇,並悄悄影射奕訢。兩宮看了旨稿後,拒不鈐印。雙方陷於僵持。第二天,9月16日,八大臣進見兩宮皇太后,又是一番大的爭吵。兩宮發下了所有的摺、諭,唯獨不發下董摺和八大臣所擬諭旨。肅順等人見此,決計「擱車」,即停止辦公使國家中樞停轉逼迫兩宮就範。到了這一天的中午,兩件公文終於發了下來。獲勝的八大臣彈冠相慶,他們只聽說兩宮皇太后在後宮哭哭啼啼。

　　從9月13日到9月16日,整整抗拒四天,兩宮皇太后雖然最終失敗,但也使京城的官員看清楚:兩宮皇太后是制約肅順黨人的唯一力量。那班痛恨肅順的人們由此將他們的希望轉繫於太后身上。垂簾聽政之議雖被駁斥,但佔據了更多官僚的心。他們認為此是清除肅順的唯一好辦法。

此後的一個多月裏，肅順等人柄政作勢，兩宮皇太后準備回鑾，奕訢在北京部署一切，風波未止，爭論依舊，但表面上似乎風平浪靜。由於奕訢、那拉氏的細緻周密，肅順在激戰前夜依舊無所覺察，反而接連犯了幾個錯誤：同意盡早回鑾而丟掉了御林軍的控制權；同意回鑾時載垣、端華伴隨新皇帝而自己護送咸豐帝梓宮。

1861 年 10 月 26 日，咸豐皇帝的梓宮由熱河移返北京。兩宮皇太后攜小皇帝目送了大行皇帝上路後，坐上了馬車，由載垣、端華伴隨，分道先回北京。忠誠的肅順親送梓宮在後慢慢移動，心中念着舊主的種種聖恩，不盡的思念陣陣湧來。他決心做一個忠臣，將咸豐帝的遺志貫徹到底。

載垣、端華、肅順想都沒有想到，他們正步入奕訢、那拉氏為他們設置的陷阱。

11 月 1 日，兩宮皇太后與皇帝載淳到達北京，奕訢率文武百官出城跪迎。在迎候的儀式中，奕訢密告：政變的準備工作一切就緒。

11 月 2 日，兩宮皇太后召見奕訢、桂良、周祖培等在京大臣，大罵肅順。那拉氏拿出事先準備好的諭旨：將載垣、端華、肅順革職治罪。而來得稍晚一步的載垣、端華，被拒在門外；當奕訢等人手持詔書，宣佈將他們治罪時，他們仍驚異地厲聲怒言：「我輩未入，詔從何來？」[24] 這兩個糊塗蟲至此尚不明白，依舊認為擬旨是「贊襄」大臣的專權。當日晚上，睿親王仁壽、醇郡王奕譞帶兵趕至百里之外的密雲，將肅順從床上抓了出來。

11 月 3 日，兩宮皇太后以皇帝的名義頒旨：授奕訢為議政王；由奕訢、桂良、沈兆麟、文祥、寶鋆、曹毓英組成新的軍機處。兩宮垂簾、恭王輔政的新體制由此建立起來。

剩下的事情才是羅織肅順等人的罪名。

---

24 薛福成：《庸盦筆記》，頁 21。

兩宮皇太后在養心殿東暖閣進行垂簾聽政。兩太后面前
垂黃色幔帳，簾前為皇帝御坐

　　11月8日，奕訢上奏開列載垣、端華、肅順的罪狀，一看就是
生編硬湊而成。其中最關鍵者是：「大行皇帝面諭立皇太子，伊等
假傳諭旨，造作贊襄名目。」[25] 竟將「贊襄政務」的諭旨，説成是肅
順等人編造出來的。政治鬥爭是不講究事實真相的。咸豐帝臨終前
手力衰竭不能手寫，使那拉氏、奕訢有了構罪的機會，即便咸豐帝
親筆書寫，那拉氏、奕訢也會想出理由的。

　　當日，兩宮皇太后以皇帝的名義頒旨：賜載垣、端華自盡，判
肅順為斬立決。此項諭旨立即執行。載垣、端華在監視下於宗人府
的空房內自縊。肅順被押上囚車送往法場。一路上，這一位老六面
無懼色，大罵不停，聞者無不驚駭。及臨刑，又不肯跪，劊子手以
大鐵柄敲之才跪下，而兩脛已折。白光一閃，鮮血四濺。兩年前的
一幕再現，柏葰的預言成真。

　　在載垣、端華、肅順被處死後，其餘五位「贊襄政務」大臣也
都被革職查辦了。

25　《清代檔案史料叢編》，第1輯，頁114。

慈禧皇太后之寶

自咸豐帝死後，奕訢一直在提心吊膽地過日子，唯恐不測。此時他笑了，笑得那麼開懷。他現在的職位是議政王、首席軍機大臣、總理衙門大臣、宗人府宗令、總管內務府大臣、管理宗人府銀庫，權勢正熾。

自咸豐帝死後，那拉氏一直在哭哭啼啼中過日子，受盡屈辱。此時她也笑了，但只是微微一笑，保持着皇太后的風度。奕訢幫助她扳倒肅順，又富有治國經驗，不得不借助之；但奕訢的權重，又使她感到新的不適。四年後，她再施手段，立即讓奕訢也服服帖帖。

自咸豐帝死後至自己被殺，肅順僅僅「贊襄」了73天。他擬定的新年號「祺祥」被廢置了，成為後來歷史學家命名此次政變的名稱：「祺祥政變」。他可能在牢中反覆地想了很久，總結出許多政治經驗，但統統沒有用處了。高層政治鬥爭是你死我活的。

「祺祥政變」是肅順的失敗，更是咸豐帝的失敗。這位生前事事不能敢志的倒楣皇帝，臨終前的政治安排，就在其屍骨尚未送到北京前又被推翻了。

只是後人們發現，在肅順被誅、奕訢柄政後，清王朝的政策開始調整，到後來，出現了「同光中興」的可觀局面。

結　語

　　在這個世界上，每一個人都一定會有一個最適合他的位子。如果能夠找到它，佔有它，那是人生的最幸。與此相反，一個人佔有的位子，若不能充分發揮他的全部才能，那是一種痛苦。具有同樣痛苦的是，一個人坐在其才力不逮卻又下不來的位子上，除非他每日只是混日子過。若他有強烈的責任感，結果事事與願望相違，那幾乎是一種人生的自我折磨。

　　咸豐帝奕詝就是後一類不幸的人。他根本不是當皇帝的材料。就他的個人歷史而言，凡是當時和後來被證明為有效的舉措，如湘軍、釐金、總理衙門……都不是他的創造，也都不符合他的思想；凡是他盡心盡意制訂出來的政策，如怎樣鎮壓太平天國、怎樣對抗英法聯軍……卻全不可行。他在位十一年零六個月，時間可謂不短，但我們找不出一項可以稱道的大決策、可載史籍的大功績。皇帝當到這種份兒上，那就不是他個人的不幸了，而是連帶整個國家陷於災難之中。

　　於是，我在寫這本書的時候，頭腦中經常浮現出一個問題：假如奕詝沒有被他父親選為接班人，而只是當一名親王，他的個人命運又會怎樣？雖說歷史不能重演、個人的經歷不會改變，但我卻試圖在頭腦中想像一個未做皇帝的奕詝──毫無疑問，他不再擁有寬大的殿堂和美麗的園林，但可在街頭自由徜徉；他不再擁有龐大的御膳房，但可在京城譽名的八大飯莊嘗嘗各自的特色；他不再擁

有眾多的妻妾，但也少去了宮中的規矩，艷遇的機會只會增多；他不再擁有無上的權力，但也不再擁有與之相等的煩惱；他不再是神，從此也就不必去裝神。作為一名皇子，作為一名親王，他蠻可以過一種悠閒、舒適、清靜、無爭的日子。就他的稟性而言，他似乎更適應於這種生活。

歷史的假設之所以不能成為科學，就是無法進行實驗。奕詝真的不當皇帝會過一種什麼樣的生活，絕對無法推測。但是有一點，我幾乎可以肯定：奕詝頭上若無此頂皇冠，可以活得更久遠一些。30歲的年齡，風華正茂。於此等歲數亡去，總是一件讓人可惜的事情。就其直接死因而言，是肺結核，但若細究深查，十分明顯，他故於不堪承受的心靈重壓。

於是，我又想到一個問題：假如當時的中國有皇帝退位制度，咸豐帝奕詝會不會主動讓賢？這個問題一出現，就被自我否定掉了。

咸豐帝知道自己不是絕頂聰明，但決不會承認自己不夠當皇帝的資格。他知道太多的當皇帝的規範、原則、機謀、策略和秘訣，知道了太多的成功和失敗的治國經驗。他認為，只要按照恩師杜受田的教誨，只要按照千年不變的政治教科書（如《資治通鑒》等）所闡明的精義，只要按照已創造出「康雍乾盛世」的祖制，必然造出一片輝煌。他非常注重克己，盡量使自己的一切行為符合「帝德」。即便是對他個人私行的批評，也最終採取寬容的態度，這在歷朝君主中亦屬罕見。儘管遇到一次又一次的失敗，但他從來不懷疑手中的武器，只是將之未達效果歸結於操作層面的問題，歸罪於臣子們不肯用力用命。就是到了最絕望的時刻，他也只是想到了「天命」，尋找那些不可捉摸難以解釋的理由。

咸豐帝不認為自己當不了皇帝，是因為他確實也不比許多人差。可以說，他比同時代的大多數人知道的要多，他只是不知道他所處在的時代。

咸豐帝廟號為「文宗」，此為「文宗顯皇帝諡寶」，印文為「文宗協天翊運執中垂謨懋德振武聖孝淵恭端仁寬敏莊儉顯皇帝之寶」

今天的人們當然看得十分清楚，1840年鴉片戰爭後，中國進入了另一種時代。這種歷史的必然，不以個人的意志轉移。一個人若想有所作為，就得適應於這個時代；而當時的中國若要跟上這個時代，須得來一次大的改革。咸豐帝一切舉措，無不是墨守祖制，背離了時代，那必然碰壁。

由此來觀察咸豐帝奕詝，恰恰是一種奇特的姿態：他直身躺在時代的分界線上，手和腳都已經進入了新時代，但指揮手腳的頭腦卻留在舊時代。

這就不僅僅是他個人的悲劇了，而是當時中國的道德和價值觀念的悲劇。要解開這一歷史的結扣，須得一位雄才大略的偉人。當時的中國有沒有這麼一位偉人？我不清楚。但我可以肯定，若有這麼一位偉人，也不會坐到為中國航船轉舵的位子上去。當時的中國政治不具備這種可能。由此而論，我們還能指望咸豐帝什麼呢？我們還能指責咸豐帝什麼呢？今日在我手中的看來理由充足的期望和批判，在當時又有幾分可行？能否擺脫「歷史風涼話」之譏？

咸豐帝奕詝由此陷入於漩渦的中心。他越是努力，下沉越快。在位4,184天中，他沒有過一天輕鬆的日子。他死的時候，天下局勢仍然大亂。內憂外患使他困惑、棘手、憤懣、無策，娛情聲色也

鬆弛不了高度繃緊的神經。挽救危局的千方百計，換來的只是千絲萬縷的憂慮，看不到一線生機，找不到一條生路。於是，他帶着無窮無盡的憂慮，去了那個據說沒有憂慮的世界。

定陵方城，咸豐帝最後的歸宿，荒草浸道，很久未開放

附錄　曾國藩和他的湘軍[*]

　　生活・讀書・新知三聯書店要辦讀者講座，讓我來做第一講，又要與我的書有點關係。我也不太清楚講什麼內容為好，便選擇了「曾國藩和他的湘軍」這一題目。

　　我為什麼會講這個題目呢？第一，曾國藩這個人有點意思，許多讀者都知道這個人，不像咸豐帝奕詝那樣默默無聞，甚至連「詝」這個字也讀不出來。第二，我長期做軍事史，對打仗的事情還有點興趣。然而這個看起來好像是純軍事史的題目，實際上大大超越了軍事史一域。無論政治史、經濟史還是思想文化史，都沒辦法繞過曾國藩這個人，甚至可以說，曾國藩和他的湘軍是那個時代的一個轉折點。

　　一般都認為，中國近代史是以鴉片戰爭為起點的。這一歷史解釋的取向，強調的是西方對中國的強力衝擊，影響了中國的發展方向。但是這一衝擊並沒有立即對中國社會發生影響，真正發生影響的卻是後來的太平天國。所以說，如果我們要製作一個標準版的圖式來描繪這一歷史過程，可以很清晰地看出來，上海應該是一個榜

---

* 　2006年7月15日北京生活・讀書・新知三聯書店舉辦「文史悅讀消夏讀書會」專題講座，本文即為據錄音整理的講稿，應出版社要求收入本書，並作文字訂正。

樣：對外開放的沿海沿江通商口岸一定會成為中國經濟發展的先行者，中國應該走上海的路。但實際情況不是這樣的。太平天國的造反，從下層到上層，從內地到沿海，使得中國社會內部發生了劇變。而太平天國的敵人——湘軍在軍事上獲得了勝利，也大大改變了中國政治、經濟甚至思想文化的面貌，當然我們也可以看到它具有許多西方化的色彩。我過去曾經說過，曾國藩和毛澤東這兩個來自湖南中部農村的知識分子在兩個世紀中分別取得了最偉大的勝利，他們才是中國面貌的改變者。這就觸及中國近代史研究的一個基本問題：如果說西方的衝擊是強有力的，照這個邏輯關係來講，中國應當像上海那樣，以最快的速度直接走向近代化。但實際情況正好相反，是湖南人取得了勝利。縱觀鴉片戰爭以後一百多年來的歷史，可以肯定地說，那些被視為「最先進」的沿海沿江的東西在中國屢遭挫敗，而來自中部地區、往往不那麼先進甚至可以說有點保守的東西卻在中國具有很大的力量。如果我們把眼光放遠，把時間放長，會更加清楚地看出這種作用力的長期性和有效性。這就是我為什麼會注意到曾國藩這一類人，注意到中國傳統這樣的因素。

　　由此看來，中國近代歷史的這趟車是不可能直接到達目的地的，在此之前會經歷過很多次的轉折，我也不太清楚會在哪兒轉折。但我清楚的是，如果不了解中國的中部地區，不了解內地農村，提出的解決方案是不可能長久生存，不可能真正有效的，儘管我個人是非常強調西方化的。也就是說，中國的近代歷史是以國家的近代化為最終目標，但「最為近代化」的東西卻不太可能取勝，只有那些浸透中國傳統、同時又有近代化因素的東西，才有可能真正獲勝。這是中國近代史的特點。這個題目很大，我自己也沒有考慮成熟，不可能把這個問題真正解決。所以還是回到本題「曾國藩和他的湘軍」上來。

一、湘軍的創立與特點

湘軍是曾國藩的發明，產生於清王朝的不經意之間。1852年，咸豐皇帝讓曾國藩幫辦團練，組織鄉民，搜索土匪。這一指令的內容很清楚，也不表示咸豐皇帝對曾國藩的重用。為什麼呢？像曾國藩這樣的幫辦團練大臣，咸豐皇帝前後任命了45個。團練是一種不離鄉的武裝組織，也不一定要集中居住，有事的時候再一起出來防止土匪作亂。從這個意義上講，咸豐皇帝的本意是讓他保境安民。曾國藩知道這樣小打小鬧的團練是不解決問題的，所以他創造出一支新的軍隊。

清朝原來的軍隊是我們大家經常提到的八旗和綠營，當時的八旗有20萬，分成兩部分。一部分在北京，叫京師八旗；還有一部分在各地，叫駐防八旗，大概有35個大的駐守地。京師八旗有10萬人，主要護衛北京的城門，也要負責各種各樣的事務。駐防八旗也有10萬人，主要的任務是監視漢族軍隊，我們知道西安、南京、杭州、荊州、廣州都是八旗駐地，他們在許多城市裏另建單獨的滿城。當時的綠營有60萬人，是分省駐紮的，非常分散。按照我看到的材料，在一個駐兵點駐紮的兵數最多的是二百多人，最少的只有1個人，標準的兵數大約為20到50人。為什麼這樣駐紮呢？這與清軍的任務有關。清代是沒有警察的，平時各種治安事務都是由軍隊完成，所以說綠營的主要任務是對內，而不是對外。而湘軍是專門用來作戰的機動部隊，與八旗、綠營不同。

更為特殊的是，湘軍的士兵是由軍官回家鄉招來的子弟兵。它的動員成本非常低，不用花很多錢，也不用花很大的力氣，就能以很快的速度動員出一支軍隊來。這種招兵方法產生了驚人的效果，消除了清朝軍隊一戰即潰的現象，消除了敗不相救、積不相能的舊習。師生、同鄉這些在當時非常富有感情的紐帶，形成湘軍的凝聚

力。從社會學的角度講，湘軍「同鄉」、「師生」這種凝聚力是不會長久的，所謂的凝聚力就是共同利益——有肉大家吃。到了後期，湘軍也發生了很大變化，好好打仗的目的就是可以升官發財；此外是打下一個城市允許公開的搶劫，這在當時非常流行，也是後患非常嚴重的一種做法。

湘軍這種招兵的做法形成了湘軍的指揮體系——三級指揮體系。最初是兩級，大帥是曾國藩，第二級是營官，營官管士兵，不能越級指揮。這樣做在戰時有很多好處。曾國藩有一條原則，如果打了敗仗，這支部隊馬上就地解散；如果營官死在戰場上，士兵沒有把他救下來，這支部隊同樣就地解散。打了勝仗呢？給得勝的營官更多名額、銀子，讓他回鄉繼續招兵，一個營變成兩個營，兩個營變成三個營，部隊就在打勝仗中成長起來了。打勝仗的部隊越打越壯大，打敗仗的部隊立即消亡，這就是湘軍的做法。部隊多了，大帥與營官之間增加了一級，叫分統，分統對他下面的營也不越級指揮。這就成了三級。湘軍開啟了「兵為將領」的先河，兵不再是國家的兵，而是將領的兵。我們可以看到後面李鴻章、袁世凱、蔣介石都是這樣，他們練的軍隊，別人休想染指。

曾國藩是科舉出身，所認識的也只有儒生。而讓儒生去招兵，也只能回鄉下老家。這種出於自然的方法，使湘軍不缺乏軍官和士兵。在當時的科舉制度下，能考取功名的讀書人是極少數，考不上的是大多數，軍官的來源幾乎是無限的。當時又處於農村破產，社會大量富餘勞動力沒有地方去，當兵正好是一條出路。湖南到現在還稱當兵為「吃糧」。也就是說，湘軍不愁沒有軍官，不愁沒有士兵，只有一條限制，就是愁錢。只要有了錢，就可以速度極快地擴軍。

從軍事學的角度來講，湘軍的崛起和清朝當時軍事學的落後有關，與它的對手太平天國的落後有關。當時擁有世界最強大陸軍的國家為普魯士王國（後為德意志帝國），有義務兵役制，有職業軍

官，有常備軍與後備役，更有許多重要的軍校。與此相對照，湘軍的發展方向好像與國家軍事近代化背道而馳，但它卻非常有效。這種臨時徵用的方法成本很低，打完仗就解散回家，到需要時再徵募就又來了。這也成了清朝後來常用的方法。它的後遺症到了中日甲午戰爭時暴露出來：清朝使用的軍隊是淮軍，制度與湘軍相同，又在不到兩個月的時間內，臨時徵募數以萬計的新軍；一旦遇到經過德式訓練的對手——日本軍隊，打起仗來吃虧吃大了。曾國藩自己講過，他是學戚繼光的。隔了將近200年，還能照搬使用明末戚繼光的練兵方法，這說明了什麼？說明武器裝備在200年中沒有太大的進步，說明作戰樣式200年中沒有太大的變化。這就形成了湘軍的基本特點——「以儒生帶鄉農」。

二、湘軍的基本戰術——「結硬寨，打呆仗」

曾國藩是一個崇尚「守拙」的人，不太喜歡靈巧的東西，也不相信那種能「四兩撥千斤」的取巧事情。

所謂「結硬寨」，是指湘軍到了一個地方後，要馬上要紮營，這一點是學太平軍。曾國藩制定了紮營之規，按照他的規定，湘軍每到一個地方首先要看地形選擇紮營地點，最好是背山面水；然後修牆挖壕，牆高八尺、厚一丈，用草坯土塊砌成。壕溝深一丈半，挖出來的土必須搬到兩丈以外，否則敵人可以用這些土輕易地把壕溝填掉。壕溝外是花籬，花籬高五尺，埋入土中兩尺，有兩層或者三層。根據曾國藩的規定，湘軍開到新地，無論寒暑風雨，立即挖壕溝，限一個時辰完成。對湘軍的士兵來說這種土木作業正是他們的老本行——他們本來就是農民，在家也是挖地。營壘的防禦牆，近內側的叫子牆，由士兵站在上面把守；牆外面是壕溝，防步兵；再外邊是籬笆，防馬隊。

曾國藩的「結硬寨」能夠達到「制人而不制於人」的目的。這是為什麼呢？

本來是太平天國佔了城市，湘軍執行的是攻城的任務。當時湘軍或太平軍能用於野戰的火炮數量很少，火力也很弱小，攻城不是靠火炮，而是靠雲梯、靠人爬城，消耗極大，而防守方有固定的火炮，又能據險，則是更有利的一方。曾國藩通過「結硬寨」的方法把進攻任務轉變成了防守任務。我們知道《孫子兵法》中說過：

> 昔之善戰者，先為不可勝，以待敵之可勝，不可勝在己，可勝在敵。故善戰者，能為不可勝，不能使敵之必可勝，故曰：勝可知，而不可為。不可勝者，守也；可勝者，攻也。

也就是說，首先是「不可勝」（不敗、守），然後等待時機（「待敵之可勝」）。清朝給湘軍派定的任務是攻打武昌、天京等大城市，湘軍怎麼進攻呢？很簡單，他們到一個城市邊上後，並不跟太平軍打，而是安營紮寨，開始挖壕，每駐紮一天就挖一天壕溝、建一天防禦牆。湘軍就是不進攻，而是等著別人來進攻它。湘軍攻打的城市，如安慶、九江等，城牆外圍的地貌全都被當年所挖的壕溝改變了。湘軍攻打一個城市用的不是一天兩天、一月兩月，而是一年兩年，通過不停地挖壕建牆來「待敵之可勝」。我一直開玩笑說，湘軍做的事情和他們在家鄉是一樣的，都是土木作業。這個辦法很有效，一道一道的壕溝，一道一道的圍牆，直到讓這個城市水泄不通，就看城裏的糧食能堅持多久，守軍的意志能堅持多久。斷敵糧道，斷敵補給，亂敵軍心。這個方法很笨，但是很有效。這就是「打呆仗」。

曾國藩非常注重守營，規定軍營裏每天要做七件事情，其中有三件是指派士兵按規定時間站到子牆上。比如第一條規定，五更（三點鐘）即起，派三成隊站牆——30%的部隊要站到牆上去。

等到放醒炮，大家全起來了，部隊全整理完畢了，牆上的部隊才可以下來。第五條規定，燈時（晚上）派三成隊站牆，一直到部隊全部作業完畢。到了夜裏，還要派一成隊站牆。曾國藩認為，早上和晚上是軍隊最容易鬆懈之時，要防止敵方的偷襲，夜裏也要有10%的部隊值班，以防止夜襲。如果我們今天總結一下曾國藩打仗有什麼奧秘，那就是他用世界上最笨的方法打了世界上最聰明的仗。太平軍驍勇能戰，清朝原來的軍隊被打得落花流水，但是碰到湘軍這種路數的軍隊，就一點辦法也沒有。太平軍希望跟湘軍進行野戰，而湘軍很少野戰，他們的大戰術就是圍敵打援，不停地包圍城市，守著最要緊的地方就是不動，看你怎麼辦，等你來進攻。

　　湘軍這種「結硬寨，打呆仗」的戰法是從攻城不利的教訓中總結出來的。胡林翼在1855年底到1856年初攻打武昌，帶著士兵往上衝。衝了三個月，傷亡了三千多人。這個數字在中國近代史中並不是很可觀，但湘軍承受不起。湘軍是子弟兵啊，三千多人的傷亡可能使家鄉幾十個村莊的青壯年全都拼光了。對帶兵的軍官來說，是帶著老鄉（許多是親戚朋友）去打仗，如此大的傷亡，所承受精神壓力也是吃不消，所以湘軍是死不起人的。自武昌之戰傷亡三千人之後，另一次就是湘軍歷史上最大的敗仗即三河之戰，又戰死三千人；此外湘軍作戰時都沒有重大人員傷亡，基本上是以很小的傷亡、很長的時間獲得最終的勝利。1855年湘軍開始攻武昌城，三個月後因傷亡過大改為挖壕，而且分內壕和外壕。內壕圍困城裏的太平軍，外壕阻擋城外趕來支援的太平軍。另外以水師切斷長江的通路，防止太平軍從長江上增援。這個方法一直用了一年，也就是挖了一年，把武昌打下來了。打九江也是這樣，打安慶的時間更長。

三、曾國藩的戰略

除了挖壕這類很簡單的戰術之外，曾國藩的戰略也很簡單。在他看來，長江把中國分成南北兩部分，長江上有三大鎮——上鎮荊州，中鎮武昌（還包括九江），下鎮南京（還包括京口，即鎮江），總共五個城市。太平天國已經佔據了南京、九江、安慶，如果再向上游發展，佔領武昌和荊州，清朝就亡了。曾國藩對此有一系列的解說，有時候是說給別人聽，有時候是說給自己聽的，其中也有許多附會的說法。但是有一點曾國藩很清楚：如果長江被斷，全國就分成南北兩部分。中國是一個中央集權的國家，首先要保證的是文報的通達，即各種指令的傳達。如果地方收不到皇帝的諭旨，那就亂了。中國不是封建制，沒有地方自治的能力和經驗。所以曾國藩要保住長江，保持南北的文報相通、保證中央指令最終能下達到地方。

湘軍中有一支很重要的部隊，就是水師，用水師來控制長江。而要能控制長江，從其大本營湖南出發，沿江向東發展作戰成為基本戰略。從湖南出來以後第一個要打的大城市就是武昌，往下打到九江，然後打安慶，再往下打就到南京了。在這樣的交戰過程中，湘軍的後方基地很堅固，長江控制權也是穩固的。曾國藩的這個想法本身不複雜，但是要實現這個想法很不容易，他是戰略的制定者，而戰略決策者卻又不是他。咸豐皇帝經常要調湘軍去各地作戰，也希望曾國藩能盡快把湘軍派到江南來發展，讓湘軍能作戰的部隊直攻南京城下。曾國藩當時跟他鬥來鬥去。到1860年，太平軍快打到上海了，這時候咸豐皇帝頂不住了，任命曾國藩為署理兩江總督，潛在的意思是，如果你曾國藩不想做掛名的兩江總督，就得把南京打下來。但曾國藩還是不理會。他的戰略思想是一成不變的，態度也非常強悍。

曾國藩是一個毫無情趣的人，他的生活極為乏味。這個人一直過得很苦，有牛皮癬，每天都要抓癢。高興的時候找人下下棋，或是讀讀書，沒有出格之舉。他是一個很寡欲的人。他做的事情也是建立在「傻」的基礎上，而不是建立在聰明的基礎上。這就使我們看到了一種真正的智慧：人類的大智慧絕對是要守住根本，不要討巧，不要取巧，不要用很多方法。他就是這麼一個人。曾國藩後來成為一個萬眾矚目的人，所有的目光都集中在他身上，後人的附會、後人對他的神話從來沒有停止過。但是我們應該知道，曾國藩只是一個飽讀經書，做事紮實，稍微有點土、有點呆的人。

四、安慶之戰

下面我以安慶之戰為例，簡單講一下他是怎麼打仗的。

安慶在很長一段時期內是安徽省的省會，在長江的北岸，東面有一個小城叫樅陽，長江南岸有一個小地方叫祁門，曾國藩將大本營駐紮在祁門。武昌在它的上游，天京在它的下游，合肥在安慶之北。

曾國藩打安慶之前已經把九江打下來了，沒有後顧之憂。湘軍進攻安慶的部隊一共是三支：第一支是曾國荃部，開到安慶城北的集賢關；第二支是水軍楊載福部，佔了樅陽；第三支是湘軍主力多隆阿、李續賓部，大約兩萬人，在安慶北面的桐城一帶。1860年5月，曾國荃部開到之後立即開挖壕溝，挖了三個月，到8月份大體上是挖完了，即完成了對安慶的陸上包圍。水師楊載福部在樅陽控制長江，封鎖了安慶南面的長江。太平軍要救安慶，只有從北面進攻。安慶是太平天國最重要的城市，地位僅次於天京，湘軍知道太平軍一定會來救，所以把主力部隊放在北面桐城一帶，負責打援。此即圍城打援。

安慶之戰是太平天國和湘軍的戰略決戰，這一仗一旦失敗，太平天國就注定大勢已去，雙方都使用主力來作戰。這時候身在天京的太平軍領袖正在考慮怎麼救安慶。太平天國後期的主要領袖是三個人：第一是陳玉成，安慶是他的地盤，他的態度最積極；第二是李秀成，想先到江南去發展，到危急的時候再來救安慶；第三是洪仁玕，想先打到上海，買20艘小輪船，從水路突破長江的防線。洪仁玕的思路最好，但實際上實現不了，太平軍沒有打到上海，他也沒有錢來買船。結果是陳玉成坐不住了，自己帶著大隊人馬前去救援，打了幾個月，打不進去。怎麼辦呢？他跨過湘軍主力多隆阿、李續賓部，直奔武昌。湘軍要圍城打援，陳玉成則攻其必救。如果陳玉成打下武昌，湘軍必須回救，安慶之圍不戰而解。陳玉成一直打到黃州，遇到一個英國人巴夏禮（這個人當過廣州等處的領事，在第二次鴉片戰爭中任英方的翻譯，起到很大作用）。巴夏禮對陳玉成說，你不可以到武昌，英國在漢口的勢力必定會干涉。陳玉成看到了英國火輪船，想想也是，就回去了。此後他持續在安慶之北集賢關一帶進攻曾國荃部，仍然打不進去。安慶城東北角有一個地方叫菱湖（今天算是市中心了），安慶的太平軍守軍和陳玉成的部隊都能夠隔湖相望，但楊載福的水師把菱湖從水上截斷，還是打不進去。

由於安慶情況危急，太平軍各部也都有所行動，李秀成部、楊輔清部、李世賢部、劉官芳等部都開動了。其中有一支打到祁門，曾國藩當時已經寫好遺書了，準備投水。而李秀成一支在長江南岸大肆活動，打到了武昌附近，又回去了。

當時太平軍只有一條路可以救安慶，即從北線打掉桐城一帶的湘軍主力，但這條路根本過不去。如果太平軍真的把武昌打下來，湘軍會不會動？肯定會動，當時樅陽的楊載福水師已經開始動了，桐城的李續賓部也開始動了。在整個過程之中，雙方都沒有險招，都是明招。不是在比聰明，比的是誰傻，一條心幹下去，誰幹到底

誰就幹成了。太平軍打到祁門大營附近，曾國藩還是不動。從這個戰例中我們可以看到湘軍最基本的特點，也可以看到曾國藩做事的方法和思維的特點。在許多時候，聰明的人太多，還是笨一點好。從1860年5月到1861年9月，湘軍用了將近一年半的時間，打下了安慶。

曾國藩一輩子打了無數敗仗，就打過四次勝仗：第一次打下武昌，第二次打下九江，第三次打下安慶，第四次打下天京。

現場問答

問：曾國藩跟太平天國名將石達開交過手，曾對石達開的評價很高。我的老師跟我講曾國藩跟石達開交過手，而且曾國藩打敗了，請您談談曾國藩對石達開的印象。

茅：這麼專門的問題對我來講很困難。我最近幾年沒有做這個題目，我現在所講的是憑著十多年前的印象。《苦命天子》這本書是十多年前寫的，現在是重印。曾國藩的交戰對手很多，後期主要是陳玉成。他敗仗打得太多了。在我的印象中他和石達開沒有直接交戰，石達開以前作戰的對象主要是胡林翼的湘軍。曾國藩對石達開的評價似乎不高。

問：從安慶攻防戰來看，湘軍的作戰方法太單一，就是把着這幾個點；而太平軍是大規模、長距離、多次數的迂迴作戰。我想問在這次作戰中太平軍的預備隊在哪裏？我想了三條救援路線：一、太平軍可以直接攻擊樅陽，集中兵力不會攻不下來；二、陳玉成、李秀成兩支部隊直接打武昌；三、直接攻擊祁門。為什麼陳玉成和李秀成打到武昌城下都要退回去？為什麼不直接攻打祁門去活捉曾國藩？

茅：我要告訴你，你的想法是標準的紙上談兵。當時的作戰方式是沒有預備隊的。另外還要考慮攻城很難。太平軍兩次攻佔武昌都是在武昌沒有防備的時候，此時真要想攻下來也不是那麼容易。更重要的是，陳玉成和李秀成對這個問題的看法有分歧，這是沒有辦法的。至於說直接攻樅陽，這一招他們也想到了，但是長江的控制權不在太平軍手裏，在湘軍手裏。太平軍的水師被打掉了。沿江從陸上進攻幾百里，恐怕很難達到效果。後來洪仁玕沒有輪船也就採取了陸上進攻這個辦法，但是效果不太好。

問：關於您講的「結硬寨、打呆仗」，有一個供給線的問題，湘軍怎麼保證供給線？

茅：湘軍有一個特點，每個營大概有一百三十多名長夫專門挑東西，這對湘軍的作用很大。清軍的補給靠地方政府，地方政府抓夫，總有人逃跑，所以效率低下。湘軍最大的運輸量幾乎是靠自己完成的，在機動過程中不太利用當地政府提供的民夫。另一方面是糧草和軍火的問題，這與湘軍的戰略——沿江作戰——有關。雖然江西巡撫跟曾國藩關係不太好，但是湖北、湖南巡撫都是湘軍最忠誠的支持者，他們一直給湘軍很大的支持。還有一個問題，湘軍不像太平軍，太平軍是反政府武裝，可以搶劫，打下一座城都是它的，但是湘軍要依賴兩湖地區補給。但湘軍的人數少，出動幾千人對他們來說都是數量很大的。絕對人數少使它本身的補給壓力比太平軍要小一點。

問：毛澤東和蔣介石這兩個打了一輩子仗的人，去世之前在枕旁都放著《曾文正公全集》，在他們一生的軍事博弈中各自使用、借

鑒了曾國藩的哪些軍事戰略思想？第二個問題，曾國藩的思想對於我們現在中國國內和國際的戰略又有什麼啓迪？

茅：你的問題很高深。如果說毛澤東和蔣介石借鑒了曾國藩，首先大約是曾國藩的治軍。曾國藩的湘軍應該說治理得還是不錯的。湘軍在治理上不是完全沒有「主義」的，曾國藩也把自己儒家思想的「主義」灌輸到軍隊之中。至於曾國藩的戰略戰術以及建軍方式，尤其在現代戰爭武器裝備大規模變換之後，想借鑒是很困難的。第二方面是曾國藩的人格，曾國藩不是一個地位非常高的人，但是他有人格感召力，很多人都非常欣賞他、佩服他。他的人格感召力，部分來自於湖南人的執拗。毛澤東比蔣介石更厲害，一個很大的因素在於毛澤東是湖南人。我的導師也是湖南人，湖南人認定的事情你改不了，他也不想改。

曾國藩對中國文化的認知水準是很高的，為臣之道以及他後來所做的事情都可以證明他是19世紀中國最偉大的政治家。還有一點必須要說，他不是太保守。中國第一個比較西方化的運動是曾國藩發動起來的，中國最早派學童出國留學也是他派出去的。他有開明的一面，對新事物不是完全拒絕。我們國家表面上追求新的東西，每隔一段時間就要宣布進入「新時代」，可是經過了幾個「新時代」之後，我們發現國家在許多方面仍然是舊的，真正能主宰國家的大約還是保守主義的東西。

對於蔣介石，我不是太欣賞。他對曾國藩的學習大概更出自想要建立一支受他自己控制的軍隊的希望，而且要士兵從內心佩服他，就像湘軍佩服曾國藩那樣。在毛澤東的時代，曾國藩是被批得最厲害的人。我原來在中國社會科學院近代史研究所工作，我們的前所長就寫過《漢奸劊子手曾國藩的一生》，好像是指曾罵蔣。

後一個問題，我可說不上來。

問：您剛才說湘軍的發展方向和我們國家近代化的方向完全相反，
但是為什麼在這種情況下曾國藩卻取得了巨大成就，湘軍能獲
得八旗、綠營這樣的國家軍隊不能達到的成績？

茅：中國是一個很大而且歷史很長的國家，這在世界歷史上是少有
的。中國到19世紀以後遇到了兩個問題，第一個是外部世界
的問題，第二個是國家內部的問題。國家內部的問題表現為中
國傳統的治亂興廢，曾國藩當然可以用中國傳統的方法來救。
傳統之所以能經歷幾千年而保存下來，正因為它是有用有效
的。不光是用兵，更重要的是在怎樣應對當時中國社會內部的
種種問題上，傳統仍然是有用有效的。你不能想像直接用西方
的方法來處理中國的內部事務。這就產生了一個悖論：中國的
問題，尤其是內部的問題，如果直接用西方的方法來解決，毫
無成功的可能性；但僅用中國傳統的方法來解決，又會使得這
個國家毫無生氣。

再回到湘軍，如果按照西方化的方式建設軍隊，首先應該
建立近代海軍，然後建立近代陸軍，而不是「以儒生帶鄉農」
的方式。然西方軍事近代化，首先與國家的工業能力有關，與
國家的科技能力有關，又與近代教育有關——需要建立一個
近代教育體系。這些在當時還是辦不到的，曾國藩也不例外。

曾國藩的成功只是中國內部事務的成功，使清政府忽略了
一個更重要的問題——實際上中國最大的敵手來自於外部，
真正要解決的問題是與外部世界的關係。而在這方面一百多年
來失敗太大了。

當這兩重矛盾放到一起的時候，我們需要一個比較好的
路線，即在看到中國內部問題的同時，也要盡可能用比較西
方化的方法來化解。前面講到過上海與湖南、傳統與西方，
中國一百多年來的勝利者絕對不是上海、不是西方，造成了

中國的特殊性。這是中國近代史上難以解答，而我在目前也無法回答的一個大問題，或者說是大背景。我們的國家真正以西方化為取向，大約是以深圳等特區建設為開端的，那時叫「接軌論」。這是中國近代史的根本問題，不僅僅是一個軍事近代化的問題。

　　至於八旗、綠營，它們的問題就更大了。

問：您剛才講到湘軍的私屬化問題，有人說曾國藩是近代軍閥的鼻祖，但是我個人認為私屬化是封建軍隊不能逃避的特點，曾國藩利用封建教育使他的軍隊封建化的特點更加突出。您剛才講的「指揮不越級」的特點可能促進曾國藩湘軍的私屬化更加突出，但我們現在也有「指揮不越級」。

茅：軍事指揮不越級是現代軍事學中一個基本要素。湘軍之所以執行得比較好，是因為曾國藩本人都不越級。湘軍是匆匆忙忙建立起來的軍隊，曾國藩只認識手下的幾員大將，也只能指揮那幾員大將，大將下面的人曾國藩都不怎麼認識，也指揮不了。但曾國藩的部隊本質上是清朝的軍隊，不能算是封建的。我們對「封建」的理解可能不同。「指揮不越級」在現代軍事學中是指不要妨礙指揮員的執行力，但當時作為一種體制，就使得私屬化的力量很強大。至於說他是軍閥的鼻祖，有各種各樣的版本，但是我們要承認一點，曾國藩並沒有拿這支軍隊來做發動兵變或割據地盤之類的事情。

問：我讀過關於曾國藩的歷史小說，當然小說演繹的成分大。曾國藩和曾國荃打下南京以後軍事力量非常強大，當時有一個有名的人，叫王闓運，他曾經跟曾國藩說讓他推翻清王朝，清朝是滿族人的，漢族人應該恢復中國的傳統，但是曾國藩沒有答

應，並且非常快地就把軍權都交出去了。過了不長時間，曾國藩也被調到他地去當官，不久去世。我想問，如果您當時是曾國藩的幕僚，處於那種情況下，您同不同意曾國藩推翻清王朝？另一個問題是，曾國藩和左宗棠關係不太好，經常互相寫信辱罵；還有曾國藩和他的學生李鴻章，曾國藩後來把湘軍交給淮軍。請您評價一下他與這兩個人物之間的關係。

茅：歷史小說裏的許多內容是小說家演繹的。關於在南京的那場談話，野史上有不少記載，我估計這件事情是有的。至於我做曾國藩幕僚，這個可能性是完全沒有的。我二十幾歲做研究生的時候讀到這段也非常興奮，認為對中國來說這裏有一個轉機。中國是一個集權主義的國家，做一切事情都需要有一個最高領導人，按照傳統的觀念最高領導人是不能推翻的，但也是可以更換的。中國的進步可能要靠最高領導人的更換來實現。但曾國藩想做萬世楷模，他內心有一種期許：他不是要做皇帝，而是要做讓後人敬仰的聖賢，不能做了皇帝讓人家罵，甚至死後別人還在罵。曾國藩心中有一定的界限。跟他說這件事的都是最要好的朋友，因為這種話是不能隨便說說的，是殺頭的事情。曾國藩想做的不是曹操那種英雄——連曹操自己都不敢做皇帝，讓他兒子做。

曾國藩打下南京後有12萬軍隊，這支軍隊他解散了。當時清朝有80萬軍隊，但這80萬軍隊是不能動的，而湘軍的12萬軍隊是可以隨時機動、可以作戰的。他要推翻清朝在軍事上沒有太大的困難，最大的困難在於他的內心。

左宗棠和曾國藩之間的恩恩怨怨沒有小說家說的那麼嚴重、那麼戲劇性，見面還是客客氣氣。李鴻章曾經做過曾國藩的幕僚，他的部隊有一部分來自湘軍。李鴻章做事情和曾國藩不一樣。李鴻章真是宰相肚裏能撐船，什麼人都能用，什麼人

都敢用——只要這個人還想做官、還想要錢，這個人對李鴻章來說就好用。而曾國藩是一個有操守的人，他做事情有分寸，用人是要看其人品的。

問：請您簡單介紹一下當時湖南的經濟狀況在全國處於什麼水平？湘軍對湖南的影響是正面還是負面的？當時湘軍招兵是否有安家費？

茅：當時的湖南在中國是生活水準較好的。中國有兩個富裕區，到現在也沒有變，一個是長江下游的江南，一個是珠江下游的三角洲。現在有一個很大的變化，對外開放了以後，沿海一帶都發展起來了，長江航運也有一百多年的歷史，沿江城市發展也很快。相對而言，湖南在這一百多年中地位有所下降。以前的湖南在中國堪稱僅次於江南、珠江三角洲的比較富裕的地區，就像四川盆地那樣。湖南特別是洞庭湖一帶、湘中一帶，應該講是十分富庶的。我們過去經常用一個詞「魚米之鄉」——有水能養魚、有水能種大米的就是好地方。按照這個標準來講，湖南是比較好的。曾國藩帶的兵主要來自湖南中部的幾個縣。

湘軍有沒有安家費我沒有查過，湘軍是發工資的，士兵每個月的工資大概是4.5兩銀子。他們也定期寄錢回家。他們像打工一樣，挖了很多壕溝掙錢；也有自己的匯錢方法與系統，能夠把錢寄回家。到了後來進行搶劫了，回家的時候一船一船地運東西回去。

至於湘軍對湖南經濟發展的影響，應該說正面的多一點，負面的少一點，因為有大量資金流入，另外還解決了勞動力問題。但是我覺得這種正面作用還是小一點比較好，我們判斷某種因素對經濟發展的作用，是要看它所起的後勁，要看它所引起的社會結構與經濟制度的變化，光靠外面給錢，是給不好的。

後 記

　　促使我寫這一本小書的，出自兩個動因：其一，1994年春節我回上海省親，好友朱金元先生與我交談學術著作的市場前景問題。他認為一定存在着一種既有品位而又好看的學術著作。作為一個老編輯，他習慣從讀者的角度來看書。對於市場上專供學者閱讀的專著和專供普通人閱讀的通俗讀物的分野，他似乎也不以為然：有些專著趨於偏深，有些通俗讀物趨於媚俗，最終都會失去市場；好書應當是能夠給專家以啟發、讓普通讀者愛看的精品。我的另一位好友潘振平，近年也經常提到「非專業讀者」的概念，即將讀者對象定位為非本專業且有高等程度的文化人。所有這些，與習慣於做研究的我，自然有視角上的差別。原先我寫點東西，純屬個人化的行為，從不考慮讀者，但今天的局面引起了我對這個問題前所未有的思考。於是，我就試了一試，想寫出一本專業和非專業各種層次的人都可以接受的書來。

　　其二，我在讀大學期間，曾寫過太平天國的論文，研究生時的畢業論文題目則是關於第二次鴉片戰爭。這些都是咸豐朝的事情。以後十多年來，我對咸豐朝的人與事從未失去過興趣。1994年春節前後，我在完成鴉片戰爭的研究後，一直考慮要對咸豐一朝作一番總結。而作為一個學者，沒有一種方法能比寫一本書更有效地條理自己的思想了，即所謂讀一遍不如抄一遍，抄一遍不如寫一遍。

於是，我就寫了起來，企圖在自己頭腦中對咸豐朝的人和事，建立起一個清晰的框架結構。

此後，我幹了將近一年。

到了今天，書是寫完了，回過頭來檢討是否達到目的，反覺迷茫。就前者而言，是否寫得好看，那是要讓讀者作評價的。作為作者，我已有一種感覺，這本書作為一種新的嘗試，可能不是理想中那麼漂亮。就後者而言，整理自己的思想，結果發現咸豐朝需要深入的東西還很多。

如此看來，我也說不準，這一年的光陰是否白費了？

在寫這本小書時，我也參考了許多研究成果。本書的寫法不允許我像正規的學術論文一樣，詳細開列參考著作、引用觀點並一一作出評估，但我覺得此處應將那些對我多有幫助的論著作一個交代。在這些著作中，特別需要指明的是我的導師陳旭麓教授的遺著《近代中國社會的新陳代謝》(上海人民出版社，1992)，這部書不僅給我知識上的啟迪，而且常常使我想起當年受業時的場景，他傳授的許多方法將是我終生受益的。如果按照這本書的章節順序，使我受益的主要著作為：羅爾綱《太平天國史》(中華書局，1991)、王慶成《太平天國的文獻與歷史》(社會科學文獻出版社，1993)、酈純《太平天國軍事史概述》(中華書局，1982)、龍盛運《湘軍史稿》(四川人民出版社，1990)、朱東安《曾國藩傳》(四川人民出版社，1985)、羅玉東《中國釐金史》(商務印書館，1936)、彭澤益《十九世紀後半期的中國財政與經濟》(人民出版社，1983)、黃宇和《兩廣總督葉名琛》(中華書局，1984)、蕭一山《清朝通史》(中華書局，1985年影印)、董守義《恭親王奕訢大傳》(遼寧人民出版社，1989)、俞炳坤等《西太后》(紫禁城出版社，1985)、莊練《中國近代史上的關鍵人物》(中華書局，1988年影印)。我所參考的論著當然不止這些，限於篇幅無法全部羅列，但我心中仍是充滿着感

激之情的。我在這裏還有必要提醒，若有做研究的同行，發現本書還有某些可取之處，敬請務必再查閱上述著作，以注明真正的出處。

除此之外，我得感謝本所(中國社會科學院近代史研究所)圖書館的各位女士和先生，使我能很方便地利用我所需要的資料；我得感謝同一研究室的朱東安先生、姜濤先生，他們提供的幫助是特別的，盡可能為我創造我最需要的時間。至於本篇後記一開頭提到的朱金元先生、潘振平先生，我想沒有必要去感謝。太熟的朋友，說一聲謝謝，反覺得生份了。

茅海建

1995年2月12日於北京東皇城根

2005年版後記

　　這是一本十年前寫的書，當時我正好有一年的空閒。

　　回想那個時候的學術，應當說是掉到了谷底，一部好的學術書，銷量也就是一千冊，有錢的不買，想買的沒錢。「下海」成了知識人最流行的語言和最時尚的舉動。歷史專業似乎要更糟一點，被稱為「史（屎）坑」，一不小心沾上了，臭哄哄的。寫出來的書，更是沒有人要。我的編輯朋友，見面即談「圖書市場」。其中一位朋友的話，我現在仍記憶猶新，說書名一不能出「史」字，二不能出「傳」字，出了就賣不掉。也就在此時，我剛寫完《天朝的崩潰：鴉片戰爭再研究》（未敢用「史」字），於是便試一下，看看自己有沒有本事寫出一本歷史方面的「暢銷書」來。

　　《苦命天子：咸豐皇帝奕詝》（未敢用「傳」字）作為「暢銷書」，無疑是失敗了，雖然在上海人民出版社印了兩次，但遠遠談不上銷售上的成功，讀書界也沒有什麼反響；反倒是經常聽到一些本專業學者鼓勵的話，可此書在本意上並不是寫給他們看的！由此看來，它的影響面很可能還沒有出專業圈。十年的時間很快過去了，再交生活‧讀書‧新知三聯書店出版，看看有沒有新的生機與生意。

　　此次再版，只是改了一些錯字。另由戴海斌君幫助配了一些圖片。此次重校舊稿，回想起以往的許多場景，已有了懷舊的老年心態。當年我還希望如果此書「成功」了，再寫上幾本，以改變生存

的境遇，卻未能如願；現在經常有出版社來約我寫同樣類型的書，我雖然有此意，卻發現再也找不到一年的空閒了。

茅海建

2005 年 10 月 15 日於北京大屯